나를 만지지 마라

2

Noli Me Tangere as translated by Leon Ma. Guerrero, First Publication, 1961
By Longman Group Ltd., London

Published by arrangement with Guerrero Publishing, Inc., Philippines
© 2010 Guerrero Publishing Inc., Philippines.

This edition first published in Korea in 2015 by Institute for Southeast Asian Studies,
Busan university of Foreign Studies, Busan

Korean edition © Institute for Southeast Asian Studies

호세 리살 장편소설

김동엽 옮김

나를 만지지 마라
Noli Me Tangere

2

ᄂ ᄀ ᄅ
ᄆ ᄂ

차례

2권

2

일러두기

1 이 책은 호세 리살Jose Rizal의 소설 Noli Me Tangere를 레온 게레로Leon Guerrero의 2010년판 영문 번역본을 대본으로 하여 국내 초역한 것이다.

2 외국어 및 외래어 표기법은 국립국어원의 규정을 따르되, 쉽게 읽히기 위하여 유연하게 적용하였다.

3 설명이 필요한 부분은 '_옮긴이' 표시와 함께 괄호로 묶어 본문에 표시하였다.

34
자유사상

이베라가 옷을 거의 다 갈아입었을 때, 하인이 와서 한 농부가 만나길 청한다고 전했다.

건축 현장의 일꾼들 중 한 명일 것이라 생각한 이베라는 서재이자 실험실로 쓰는 방으로 그 농부를 불렀다. 하지만 방으로 온 사람은 놀랍게도 냉철하면서도 신비스러운 얼굴을 한 엘리아스였다.

엘리아스는 이베라의 행동을 면밀히 살피면서 따갈로그어로 말했다

"당신은 이전에 제 생명을 구해주셨습니다. 이제 그 절반을 갚았습니다. 그러니 고맙게 생각할 필요는 없습니다. 그건 그렇고, 제가 여기 온 것은 한 가지 부탁이 있기 때문입니다."

이베라는 농부의 진중함에 놀라며 같은 따갈로그어로 답했다.

"말해보시오."

엘리아스는 이베라의 눈을 잠시 보더니 대답했다.

"이 사고가 조사될 때 제가 교회에서 당신에게 한 경고에 대해서는 침묵해주십시오."

엘리아스는 아무 거리낌 없이 거침없이 말을 이었다.

"물론 이 부탁은 결코 저 자신을 위한 것이 아닙니다. 모두 당신을 위한 것입니다. 저는 아무도 두려워하지 않습니다."

이베라의 의구심은 더욱 커져갔다. 이전에 뱃사공이었던 농부의 말투는 그에게 매우 생소하게 들렸고, 엘리아스의 신분과 재산에 전혀 걸맞지 않아 보였다. 이 정체를 알 수 없는 남자를 자세히 살피며 이베라가 물었다.

"그게 무슨 뜻이오?"

"저는 수수께끼를 내는 사람이 아닙니다. 그저 분명하게 제 의견을 말할 뿐입니다. 당신의 안위를 위해, 적들이 당신이 부주의하고 자만심에 가득 차 있다고 생각하게 해야만 합니다."

그 말에 이베라가 흠칫했다.

"적들이라고? 내게 적들이 있단 말이오?"

"누구에게나 적은 있습니다. 하찮은 곤충에서부터 인간에 이르기까지, 가난한 사람부터 부유하고 권력 있는 사람까지 말입니다. 서로 반목하는 것은 인생의 법칙이지요."

이베라는 조용히 엘리아스를 바라보았다. 이베라가 중얼거렸다.

"당신은 농부도 뱃사공도 아니군요."

"당신의 적들은 부자부터 하층민까지 다양합니다."

엘리아스는 그의 중얼거림에 개의치 않고 말을 이었다.

"당신은 위대한 일을 시작한 겁니다. 선조들을 생각해보십시오. 당신의 아버지와 할아버지는 자신들의 열정 때문에 적들을 만들었습니다. 세상에서 가장 미움을 많이 받는 자는 범죄자가 아니라 바로 정직한 사람입니다."

"당신은 내 적들이 누군지 아시오?"

엘리아스는 즉시 대답하지 않고 잠시 생각에 잠겼다.

"한 사람은 알고 있습니다."

그가 대답했다.

"바로 사고 현장에서 죽은 사람입니다. 지난밤 그가 어느 정체 모를 사람과 같이 당신을 해칠 공모를 하는 모습을 우연히 보았습니다. 군중들 틈에서 그를 발견했으나 곧 사라졌지요. '내일이면 다 알게 될 것이오'라는 말이 귀에 약간 거슬리더군요. 단지 그 말 때문만이 아닙니다. 그자가 며칠 전 현장 책임자에게 주춧돌 내리는 일을 맡겠다고 자청했다는 이야기를 들었기 때문이지요. 그자가 불온한 생각을 품었다는 건 몰랐지만 뭔가 의심스러운 느낌이 들었습니다. 그래서 당신이 더 이상 제게 반문하지 못할 장소에서 경고를 전했던 것입니다. 나머지 일들은 제가 설명하지 않아도 알 것입니다."

엘리아스는 잠시 말을 멈추었고 이베라도 아무 대답이 없었다. 그는 깊은 생각에 잠겼다. 이베라가 말을 꺼냈다.

"그자가 죽은 것은 안타까운 일입니다. 그에게 무언가를 알아낼 수도 있었을 텐데 말입니다."

"만일 그가 살았더라면, 알 수 없는 누군가의 영향으로 벌을 면했을 겁니다. 하느님이 그를 심판하고 벌을 내리신 것입니다. 오직 하느님만이 우리의 재판관이십니다."

이베라가 미소를 지으며 물었다.

"당신도 기적을 믿습니까? 바로 내 앞에서 기적이 일어났다고 말입니다!"

그의 시선은 엘리아스의 근육질 팔에 난 상처에 머물렀다.

"만일 제가 기적을 믿었다면 아마 진정으로 하느님을 믿지 못했을 것입니다. 오히려 인간이 만든 신을 믿는 것이지요. 저는 인간이 자신의 형상과 특징을 가지고 하느님을 만들었다고 봅니다."

엘리아스가 신중하게 대답했다.

"하지만 저는 그분을 믿습니다. 전 그분의 손길을 여러 차례 느꼈습니다. 오늘 모든 것이 산산조각으로 무너지면서 주위의 모든 것을 삼키려 할 때 저는 그 악인을 꼭 붙들고 있었습니다. 그런데 그 사람은 떨어지는 건축 더미에 맞아 죽었지만, 저는 아무런 상처도 없이 이렇게 무사하죠."

"당신이? 그게 바로 당신이었습니까?"

"네, 맞습니다. 그자가 일을 저지르고 달아나려 할 때 제가 그를 꽉 붙잡아두었습니다. 저는 그자가 죄를 저지르는 모습을 봤습니다. 제가 당신에게 말했죠. 오직 하느님만이 우리를 심판하신다고요. 오직 그분만이 우리의 생명을 주관하십니다. 그 어떤 인간도 감히 그 자리를 넘볼 수는 없습니다."

"하지만, 이번에는 당신이……."

엘리아스가 강하게 반박했다.

"아닙니다! 그건 그렇지 않습니다. 만일 누군가 다른 사람을 단죄하여 죽음에 이르게 한다거나 그의 미래를 완전히 파괴시키려 한다면, 그자 스스로는 어떤 위험도 감수하지 않고 그저 다른 사람을 시켜서 그 일을 수행토록 하겠지요. 그의 판단이 잘못된 것일 수도 있는데 말입니다. 하지만 저는 그저 그 범죄자가 다른 사람을 해치기 위해 준비한 위험 속에 있도록 했을 뿐입니다. 제가 그자를 죽인 것이 아닙니다. 저는 그저 하느님의 손길이 그에게 닿도록 했을 뿐입니다."

"우연을 믿지는 않습니까?"

"우연을 믿는다는 것은 기적을 믿는 것과 다를 바 없습니다. 둘 다 하느님이 미래를 알지 못한다고 가정하는 것이죠. 우연이 무엇입니까? 그 누구도 온전히 예측할 수 없는 것입니다. 기적이 무엇입니까? 자연의 순리를 거스르는 모순입니다. 그런 우연과 기적이 존재한다는 것은 세상의 이치를 지배하는 전능자이신 하느님의 불완전함을 의미합니다."

이베라가 알 수 없는 두려움에 휩싸여 물었다.

"당신은 대체 누구죠? 학교를 다닌 적은 있습니까?"

엘리아스가 질문에 대한 대답을 피했다.

"저는 인간을 더 이상 신뢰하지 않기 때문에 하느님을 믿을 수밖에 없습니다."

이베라는 이 수배자를 이해할 수 있을 것 같았다. 그는 인간의 정의를 믿지 않는다. 그는 인간이 다른 이를 판단하는 행위를 거부하는 것이다. 그는 사회의 한 계층이 다른 이들에게 가지는 우월의식과 권력에 대하여 저항하고 있다. 이베라가 말했다.

"아무리 불완전하다고 할지라도 인간의 정의가 필요하다는 사실을 당신도 인정해야만 합니다. 하느님께서 얼마나 많은 사자들을 이 땅에 보내셨는지는 모르겠지만, 인간의 욕망 때문에 일어나는 많은 갈등들을 하느님도 모두 해결하실 수는 없을 겁니다. 또 그러시지도 않겠지요. 인간이 스스로 인간을 판단하는 자리에 설 필요가 있습니다. 그게 정의로운 일입니다."

"물론 선을 행하거나 왜곡을 바로잡고 나아가기 위해서라면 그렇겠지요. 하지만 악행 또는 파괴를 위해서 법이 이용된다면 그건 절대 그렇지 않습니다. 만일 그가 잘못된 판정을 내렸다면, 그는 정의를 바로잡을 능력이 없는 겁니다. 하지만……."

그는 목소리를 가다듬으며 말했다.

"이런 논의는 제 능력을 넘어서는 것 같습니다. 너무 오래 당신을 잡아두었군요. 저들이 당신을 기다리고 있을 겁니다. 제가 말한 것을 잊지 마십시오. 당신에게 적들이 있다는 사실을 말입니다. 몸조심하십시오, 조국을 위해서라도."

엘리아스가 자리를 떠났다. 이베라가 물었다.

"우린 언제 또 볼 수 있을까요?"

"당신이 제 도움이 필요할 때면 언제라도 볼 수 있지요. 제가 당신에게 진 빚이 아직 남았으니까요."

35

연회

도시의 모든 유력 인사들이 나뭇잎과 꽃으로 장식된 정자에 모여 식사를 하고 있었다. 주지사가 테이블 한쪽 끝에, 이베라는 그 반대편에 앉았다. 이베라의 오른편에는 마리아 클라라가, 왼편에는 시청 서기가 있다. 카피탄 티아고, 주둔군 부대장, 시장, 성직자들 그리고 관원들과 아직 남아 있는 일부 젊은 여성들은 지위에 상관없이 자신들이 원하는 대로 자리를 잡고 앉았다.

활력이 넘치고 즐거운 자리였지만, 식사 도중에 한 심부름꾼이 카피탄 티아고에게 전보를 전달했다. 카피탄 티아고는 사람들에게 양해를 구한 후, 눈썹을 올리고 인상을 찌푸리며 전보 내용을 읽었다. 그는 갑자기 얼굴색이 변하면서 서둘러 전보 용지를 접고 자리에서 일어섰다. 그가 더듬거리며 말했다.

"여러분, 존경하는 총독 각하께서 영광스럽게도 오늘 오후 저희 집을 방문하신다고 합니다."

그리고 그는 자신의 모자도 챙기지 않은 채 냅킨과 전보 용지만 들고 서둘러 그 자리를 떠났다. 그를 부르는 소리와 질문들이 뒤를 따랐다.

"이봐요! 카피탄 티아고!"

"언제 오신답니까?"

"우리에게 말해주시오!"

"총독 각하라고 하셨죠?"

카피탄 티아고는 이미 그 소리가 들리지 않는 곳에 가 있었다.

"정말이야? 다른 분도 아니고 총독 각하께서, 그것도 머무실 장소로 카피탄 티아고의 집을 선택했다니…… 믿을 수 없는 일이야!"

누군가 같은 자리에 티아고의 딸과 미래의 사윗감이 있었음에도 불평을 늘어놓았다. 이베라가 답했다.

"각하께서 더할 나위 없는 선택을 하신 것입니다."

성직자들은 의도가 무엇인지 명백히 알겠다는 듯 서로 눈길을 주고받았다. 총독이 자신의 오랜 수법을 쓰는 거야. 우릴 모욕하겠다는 거지. 원칙적으로라면 우리의 교구관사에 머물러야 하는데 말이야. 모두들 이렇게 생각했지만, 아무도 입 밖으로 내지는 않았다. 주지사가 말했다.

"어제 그의 방문에 대한 소식을 들었소이다. 하지만 각하께서 아직 마음을 굳힌 것은 아니었습니다."

시장과 주둔군 부대장이 불안한 표정으로 물었다.

"주지사님은 총독께서 얼마나 머무르실 계획인지 아십니까?"

"확실히는 모르겠습니다. 각하께서는 사람들을 깜짝 놀라게 하시는 취미가 있지요."

"여기 또 다른 전보가 있습니다!"

주지사와 시장, 주둔군 부대장에게 온 전보였다. 모두 같은 내용을 담고 있었다. 성직자들은 자신들을 위한 전보는 하나도 없다고 불평을 늘어놓았다. 주지사가 준엄하게 말했다.

"여러분, 각하께서 오후 4시에 도착하신다고 합니다. 우리가 오찬을 즐길 시간은 아직 충분합니다."

그의 말은 불운한 스파르타의 왕 레오니다스가 테르모필레(레오니다스와 그의 군대가 이 전투에서 페르시아 군에 의해 모두 전사하였음_옮긴이)에서 했던 최후의 말보다 더 준엄하게 들렸다.

'오늘 밤 우리가 죽음의 만찬을 즐기리라.'

대화는 다시금 일상의 화제로 돌아갔다.

"그 유명한 설교자는 오늘 우리와 함께하지 않았습니다."

관원 중 한 명이 소심하게 말했다. 그 관원은 남에게 해를 끼치는 사람이 아니었다. 밥을 먹을 때 빼고는 거의 입을 열지 않았다. 오늘도 그는 줄곧 한 마디도 하지 않았다.

"이런! 그분이 이런 자리에 빠진 것은 처음이네요!"

이베라의 아버지에 관해서 아는 모든 사람들은 이렇게 말하고는 서로 눈짓을 주고받았다. 하지만 그 외의 사람들은 그를 언급하지 않으려 했다.

"신부님은 피곤한 게 틀림없습니다."

"피곤하다고!"

부대장이 말했다.

"아주 곤죽이 되었을 거야. 일어설 기운조차 없다고들 하던데 그럴 만도 하지. 그렇게 마라톤 설교를 했으니 말이야."

시청 서기가 말했다.

"훌륭하고 대단한 설교였지요."

특파원이 말을 거들었다.

"정말이지, 심오했습니다."

마틴 신부가 견해를 내놓았다.

"그렇게 설교를 할 수 있으려면 그 신부님처럼 강한 폐를 가져야 하지요."

그 아우구스티누스회 신부는, 자신과 라이벌 관계에 있는 다마소 신부의 폐가 강하다는 것 이외에 어떤 것도 수긍하지 않는 듯했다.

살비 신부가 덧붙였다.

"그분의 표현력은 또 어땠고요!"

주지사가 대화를 자르고 끼어들었다.

"그거 아시오? 이베라 씨가 이 지역에서 가장 훌륭한 요리사를 데리고 있다는 말을 이제야 믿겠습니다."

관원들 중 한 명이 말했다.

"저도 그 말을 하고 싶었는데 말입니다. 여기 계신 그의 아름다운 연인께서는 음식들이 마음에 안 드시는 듯합니다. 거의 드시지 않는 것 같더군요."

마리아 클라라의 얼굴이 빨갛게 달아올랐다. 그녀가 부끄럽게 말을 더듬었다.

"너무도 친절하시네요, 하지만⋯⋯."

"하지만 이렇게 아름다운 분이 이 자리에 참석해준 그 자체만으로도 충분하지요."

호탕한 주지사가 그녀를 위해 말 한마디로 대화를 정리했다. 그러곤 살비 신부를 향해 여전히 큰 목소리로 말했다.

"제가 보기에 신부님께서는 온종일 뭔가 깊은 생각에 잠겨 있으신 것 같습니다."

시빌라 신부가 큰 소리로 의미심장하게 말했다.

"주지사께서는 자세히도 관찰하셨습니다그려."

그 프란시스코회 신부가 중얼거리듯 답했다.

"그건 제 습관입니다. 저는 말하기보다는 듣기를 좋아하지요."

주둔군 부대장은 억지웃음을 터뜨리며 미묘한 분위기를 회피하려 했다. 그리고 그는 축제 기간에 도시에서 있었던 도박 결과에 대한 대화를 이끌어내려고 했다.

"하지만, 여러분."

주지사가 끼어들었다.

"우리가 어떻게 이 자리에서 도박의 승패에 대한 얘기를 할 수 있겠습니까? 여기 계신 숙녀 분들께서 우리를 어떻게 생각하시겠어요. 저에게 여인은 한밤에 듣는 에올리언하프(바람이 불면 저절로 울리는 악기_옮긴이)와도 같습니다. 아주 간절한 마음으로 귀를 기울여야만 그 형용할 수 없는 하모니가 영혼을 울려 천상의 세계로 인도하지요……."

"주지사님은 시인 같으십니다."

시청 서기가 웃으면서 아부하듯 말하곤 주지사와 함께 술잔을 비웠다. 주지사가 입술을 닦으며 말했다.

"아무렴, 시인보다 못할 건 없지요. 기회를 도둑맞지만 않았더라면 시인이 되었을 겁니다. 저는 젊었을 때 종종 시를 쓰곤 했어요. 그리 나쁘지 않았지요."

특파원이 거들었다.

"그럼 주지사님께서는 법률을 위해 시적 영감을 포기하신 것이군요."

"아니면 어쩌겠소? 나는 한꺼번에 모든 일을 다 할 수 있기를 꿈꿨지요. 어제는 꽃을 따며 노래를 부르고, 오늘은 정의의 저울을 가늠하며 인류에게 봉사하고, 내일은……."

시빌라 신부가 거들었다.

"내일은 당신의 따뜻한 겨울밤을 위해 정의의 저울을 난로에 던져버리고 정부의 장관 자리를 꿰차겠지요."

"흠…… 그렇지. 아니, 아니지…… 정부의 장관이 되는 것은 내 꿈이 아니지요. 누구라도 그 자리에는 오를 수 있으니까요. 하지만 스페인 북부에 있는 여름 별장, 마드리드에 있는 타운하우스, 겨울을 위해 안달루시아에 있는 저택은…… 우리는 사랑스러운 필리핀에 대한 생각을 하며 시간을 보내겠지요. 계몽주의자 볼테르도 우리가 단지 부를 축적하고 이곳 원주민들을 빈곤하게 만들기 위해 여기 와서 지냈다고 말하지는 않을 겁니다."

주지사가 프랑스어로 볼테르의 말을 인용하자 관원들은 그가 농담을 하는 줄 알고 웃음을 터뜨렸다. 성직자들도 따라 웃었다. 그들은 주지사가 언급한 볼테르가 자신들이 그토록 미워하고 저주하며 지옥에 넘겨버린 그 볼테르임을 깨닫지 못했다. 하지만 시빌라 신부는 그것을 알고 있었다. 그는 심각한 표정을 지으며 주지사가 이단적이고 불경한 표현을 하고 있다고 생각했다.

학생들은 옆에 있는 다른 정자에서 교장 선생의 지시에 따라 식사를 하고 있었다. 그 당시 필리핀 학생들은 식사 자리에서, 특히 모르는 사람이 있을 경우에는 부산하지 않고 얌전했다. 하지만 그들도 보통 아이들이 내는 정도의 소음은 일으켰다. 학생들 사이에선 음식을 어떻게 먹어야 하는지를 놓고 논쟁이 오갔다. 몇몇은 숟가락으로 먹어야 한다고 주장했고, 다른 이들은 포크로 먹어야 한다고 했다. 또 다른 학생은 나이프를 이용해야 한다고 했다. 권위 있는 판단을 해줄 사람이 아무도 없는 이상, 그들의 논쟁은 신학 논쟁을 하는 것이나 다름이 없었다.

부모들은 서로 윙크도 하고 팔꿈치로 꾹꾹 찌르기도 하면서 행복하게 그 광경을 바라보았다. 한 농부 여인이 베틀 열매를 씹고 있는 노인에게 말했다.

"저기 봐요! 논쟁이 끝났나 봐요. 남편이 좋아하건 말건, 우리 안도이는 성직자로 만들 겁니다. 아무렴, 우리가 돈은 없지만 일은 할 수 있거든요. 필요하다면 구걸이라도 해서 뒷바라지하지요. 돈을 대줄 사람은 언제나 있어요. 그렇게 하면 가난한 아이들도 성직자가 될 수 있다고요. 마테오 씨 아시죠? 그는 거짓말을 하는 사람이 아닙니다. 그가 말하길, 교황 식스투스도 바탕가스에서 그저 물소를 치던 사람이었대요. 저기 우리 아들 안도이를 보세요, 마치 성 빈센트 같지 않나요?"

그 행복한 여인은 아들이 양손에 포크를 잡고 있는 모습을 보며 침을 삼켰다.

"신이시여 우리를 도우소서."

노인이 열매를 씹으면서 말했다.

"만일 안도이가 교황이 되면 우리 모두 로마에 갈 수 있겠네, 헤헤! 아직 내 다리는 튼튼하지. 만약 내가 그때까지 살지 못한다면, 헤헤!'

"걱정 마세요, 할아버지! 안도이는 할아버지가 가르쳐주신 바구니 짜는 방법을 잊지 않을 거예요."

"그렇지, 페트라. 나 역시 자네 아들이 뭔가 될 거라고 생각하네. 최소한 보좌 주교라도 될 거야. 안도이처럼 빠르게 배우는 아이는 본 적이 없어. 어쨌든 그가 교황이나 주교가 되었을 때, 나와 함께 음식 담는 바구니를 짜면서 즐거워했던 시간을 기억해야 할 텐데. 아마 내 영혼을 위해 한두 번의 미사는 열어주겠지. 헤헤!"

희망으로 부푼 노인은 다시금 베틀 열매를 한입 가득 넣고 씹었다.

"만일 하느님이 나의 기도를 듣고 소원을 이뤄주신다면 나는 안도이에게 이렇게 말할 거예요. '자 아들아, 우리의 모든 죄를 씻어서 곧바로 천국으로 보내주렴.' 그럼 우리는 기도할 필요도, 금식할 필요도, 면죄부를 살 필요도 없겠지요. 설사 죄를 짓는다 해도 아들이 교황인데 무슨 상관이 있겠어요?"

"들어봐, 페트라."

노인이 흥분해서 말했다.

"내일 안도이를 우리 집으로 보내. 내가 정말 좋은 잎담배 케이스 만드는 법을 가르쳐줄 테니까."

"무슨 그런 말씀을 하세요, 할아버지! 교황이 스스로 일하는 것 보셨어요? 그저 일반 성직자일 뿐인 교구 신부도 오직 미사 때에만 일하는데. 게다가 하는 일이라곤 고작 빙그르 돌기만 하는 것뿐인데요. 대주교는 그럴 필요조차 없이 앉아서 미사를 드리잖아요. 하물며 교황은 어떻겠어요. 아마도 침대에 누워 부채질을 받으며 미사를 드릴 거예요. 그러지 않겠어요?"

"하지만, 페트라. 안도이가 짚으로 모자나 지갑을 만드는 방법을 알아둬서 나쁠 건 없지. 그걸 팔 수도 있고, 그러면 교구 신부처럼 매년 교황의 이름으로 구걸하지 않아도 되고 말이야. 훌륭한 성인이 그렇게 가난하다니 마음이 아파. 그래서 난 언제나 저축해놓은 것을 모두 드린다고."

또 다른 농부가 끼어들었다.

"차라리 이렇게 해. 그를 의사로 만드는 거야. 의사보다 좋은 것은 아무것도 없어."

페트라가 대답했다. "의사라고? 집어치워! 성직자가 최고야!"

"성직자라고? 천만의 말씀! 의사는 돈도 아주 많이 벌고 환자들은 마치 그를 성인처럼 대한다고."

"들어봐! 성직자가 하는 일은 그저 서너 차례 빙그르 돌면서 '데미노스파비스콤' 하고 중얼거리는 것뿐이지. 그러곤 좋은 음식을 먹고 많은 보수까지 받잖아. 거기다 우리들 모두, 심지어 여자들까지 그들에게 비밀을 털어놔야 하잖아."

"의사는 어떻고? 의사가 무슨 일을 하는지 알기나 해? 의사는 여자들의 모든 것을 볼 수 있지. 어린 여자들의 손을 잡을 수도 있고…… 며칠만이라도 의사가 되어보면 좋겠다!"

"성직자는 어떻고? 의사가 볼 수 있는 걸 성직자가 못 본다고 생각해? 그보다 더한 것도 보지! 그 말 알지? '살찐 암탉과 미인으로 성직자를 대접하라.'"

"그게 어떻다고? 그럼 의사들은 말라비틀어진 생선이나 먹는 줄 알아? 아니면 그냥 자기 손가락이나 빨 것 같아?"

"성직자가 자네가 말하는 의사들처럼 손에 더러운 것을 묻히는 줄 알아? 많은 재산을 가지기 위해 힘들게 일할 필요도 없지. 그는 단지 음악을 하고, 모든 일은 관리인들이 알아서 하니까 말이야."

"고해성사를 듣는 것은 어쩌고? 그게 일이 아니라고 말하진 않겠지?"

"그게 일이라고? 공짜로 모든 이들의 비밀을 듣는 것뿐이잖아! 우리는 이웃 사람들이 무엇을 하는지 알려고 힘들게 뛰어다녀야 하지. 하지만 성직자들은 그저 고해실에 앉아 있기만 하면 모두들 달려와 전부 털어놓잖아. 가끔씩은 졸기도 하지만 두서너 차례 우리를 축복해주면 우리는 다시금 하느님의 자녀가 되는 거지. 사순절에 한 나절 동안만이라도 성직자가 되면 바랄 게 없겠다!"

이미 자신이 이 논쟁에서 이길 가망성이 없다고 느낀 농부는 간신히 이의를 제기했다.

"설교는 어떻고? 그게 일이 아니라고 말할 순 없겠지! 오늘 아침에 그 뚱뚱한 신부님이 얼마나 많은 땀을 흘렸는지 봤잖아!"

"설교? 설교가 일이라고? 제정신으로 하는 얘기야? 강대에서 감히 대꾸할 엄두도 못 내는 사람들에게 꾸짖고 잔소리하고, 게다가 그 후엔 보수까지 받는데? 나에게 시켜주면 반나절이라도 기꺼이 하겠다! 내가 돈을 빌린 모든 이들이 참석한 아침 미사에서 내가 교구 신부였으면 바랄 것이 없겠다고! 다마소 신부를 봐. 그가 얼마나 사람들을 잘 꾸짖고 때리는지 말이야."

그때 뚱뚱한 몸을 뒤뚱거리는 진짜 다마소 신부가 반쯤 미소를 띤 채 뭔가 말하면서 나타났다. 곱지 않은 시선으로 신부를 보는 이베라에게 그의 말이 귀에 들어올 리 없었다. 이베라를 제외한 모든 참석자들은 어색하게 웃는 얼굴로 그와 인사를 나누었다. 그들은 이미 식사를 마친 후 샴페인과 디저트를 즐기고 있었다.

만면에 미소를 짓고 있던 다마소 신부는 마리아 클라라의 오른편에 앉아 있는 이베라를 발견하자 긴장한 듯 표정이 굳어졌다. 주지사의 옆자리에 앉은 그는 의미심장한 침묵이 흐르는 가운데 말을 꺼냈다.

"내가 즐거운 분위기를 망쳐놓는 게 아닐까 걱정되는군요, 여러분."

"저희는 지금 막 건배를 하려던 참이었습니다."

주지사가 말했다.

"이베라 씨가 이 자선 사업에 도움을 준 사람들에 관해서 이야기하고 있었습니다. 그리고 신부님이 막 오셨을 때는 건축가에 대해서……."

다마소 신부가 말을 가로챘다.

"그래요! 나는 건축에 대해서는 잘 모릅니다. 하지만 그 하찮은 건축가들과 그들을 고용한 멍청이들이 우습기만 합니다. 보시오! 나는 직접 이 도시 교회당을 설계하고 훌륭하게 완성까지 했습니다. 이 말은 제가 한 게 아니라 한 영국인 보석상이 교구관사에 머물 때 한 말이지요. 조금만 머리를 짜내면 건축 계획을 수립하는 데 아무런 문제가 없어요!"

이베라가 아무 대꾸도 하지 않자 주지사가 이의를 제기했다.

"그렇지만 학교와 같은 특별한 건물을 지을 때에는 노하우가 필요합니다."

"노, 하우? 노, 와우!"

다마소 신부가 비웃었다.

"오직 무지한 사람만이 노하우가 필요한 것이지요! 자신의 집은 지을 줄 알면서, 네 개의 벽면을 세우고 지붕만 올리면 되는 학교는 지을 줄 모른다는 원주민보다 요만큼만 더 나은 야만인이면 되겠군요!"

모두들 이베라를 바라봤다. 얼굴은 창백해져 있었지만 그는 계속해서 마리아 클라라와 얘기를 나누고 있었다.

"하지만 존경하는 신부님, 이런 것도 고려해야 하지 않을까요."

주지사의 말을 끊으며 다마소 신부가 말을 계속했다.

"여길 보세요. 우리 평신도 중에서 당시 가장 멍청하다고 불린 사람이 아주 훌륭하고 값싼 병원을 지었습니다. 그는 일을 어떻게 처리하는지 잘 알고 있었지요. 그는 다른 도시에서 온 일꾼들에게 하루에 고작 동전 여덟 개 이상은 지불하지 않았습니다. 잘난 척하는 저급한 혼혈인이 원주민 일꾼들에게 금화 서너 개씩 줘가며 버릇없게 만드는 것보다 오히려 그 멍청이가 원주민들을 어떻게 다뤄야 하는지 아는 셈이지요."

"존경하는 신부님, 일꾼들이 겨우 동전 여덟 개씩만 받았다고 하셨습니까? 그건 불가능합니다!"

주지사가 대화의 일방적인 흐름을 바꾸려고 노력했다.

"정말입니다, 지사님. 이 이야기는 훌륭한 스페인인이 되려고 하는 모든 사람들에게 좋은 교훈이 되고 있는 걸요. 수에즈 운하가 열린 이후 우리도 많이 오염되었지요(수에즈 운하는 1869년에 개통되었고, 이로 인해 유럽에서 아시아를 오가는 길이 훨씬 수월해졌다_옮긴이). 이전에 아프리카의 희망봉을 돌아 이곳에 와야 했을 때에는 타락한 사람들이 그리 많지 않았습니다. 그리고 외국에 나가 자신들의 영혼을 잃어버린 사람들도 많지 않았고요."

"하지만 다마소 신부님!"

"원주민들이 어떻게 변했는지 보세요! 어떤 자는 겨우 알파벳이나 몇 자 배운 주제에 갑자기 의사가 되어 나타나고, 제 앞가림도 제대로 못하면서 유럽으로 유학을 떠나는 멍청이도 있지요!"

과격한 언설에 마음이 불편해진 주지사가 끼어들려 했다.

"하지만 존경하는 신부님, 들어보시죠……."

신부는 말을 멈추지 않았다.

"그들의 종말은 보지 않아도 뻔합니다. 신께서 모든 일을 주관하시니까요. 그 모습을 보지 않으려면 장님이 되셔야 할 겁니다. 그런 독사 같은 놈들의 아비들은 이승에서 이미 심판을 받기도 했지요. 감옥에서 죽었다지. 헤헤, 말하자면 말이지……."

그렇지만 다마소 신부는 마지막 말을 끝내지 못했다. 이베라는 격분한 눈빛으로 그의 눈을 똑바로 응시하고 있었다. 그리고 자신의 아버지를 암시하는 대목이 나오자, 신부에게로 달려가 머리를 후려치고 등을 발로 차 기절시켰다.

사람들은 모두 놀라고 떨려서 끼어들지 못했다.

"물러들 서시오!"

이베라가 험악한 목소리로 외쳤다. 그리고 다리에 차고 있던 날카로운 칼을 빼 막 정신을 차리려고 하는 신부의 목에 들이댔다.

"다치기 싫으면 물러들 서시오."

이베라는 극히 흥분해 온몸이 떨리고 있었고 눈은 공포로 흔들렸다. 다마소 신부는 애써 몸을 일으키려 했다. 그러나 이베라가 그의 목을 잡아 흔들며 무릎을 꿇렸다. 누군가 애원했다.

"이베라 씨! 이베라 씨!"

하지만 그 누구도, 심지어 주둔군 부대장조차도 감히 가까이 가지 못했다. 그저 날카롭게 빛나는 칼과 젊은이의 격분한 모습을 바라볼 뿐이었다. 모두들 몸이 마비된 듯 보였다.

"모두 그 자리에 꼼짝 말고 있으시오! 당신은 그 과거를 들추어내지 말았어야 했소. 이제는 내 차례요. 지금까지 나는 이 사람을 피하려 애써 노력했습니다만 하느님께서 그를 내 앞으로 데려오셨습니다. 하느님께서 심판하시는 것입니다."

이베라는 거친 숨을 몰아쉬었다. 하지만 그의 강철 같은 손은 벗어나려고 버둥거리는 프란시스코회 신부를 굳건히 붙들고 있었다. 그는 주위를 둘러보며 말했다.

"내 마음은 평온하고, 지금 무슨 일을 하고 있는지 분명히 알고 있소. 여러분들 중에 자신의 아버지를 사랑하지 않거나 아버지를 혐오해서 그에게서 태어난 것조차 부끄러워하고 창피해하는 사람이 있습니까? 신부님, 침묵하는 사람들이 보이십니까? 당신은 하느님을 대신하는 평화의 사도라며 입으로는 온갖 거룩함과 신앙심을 떠벌리지만 마음은 탐욕으로 가득한 사람입니다. 당신은 그 어떤 아버지도 알지 못하고, 그대 자신의 아버지조차도 기억하지 못하는 사람이오! 보이십니까? 당신이 그처럼 멸시했던 이 모든 사람들 중 당신보다 더 비열한 사람은 아무도 없소이다. 당신은 말할 것도 없이 유죄요."

주위에 모여든 사람들은 이베라가 곧 살인을 저지를 것이라 생각하고 이를 저지하려 그에게 다가갔다. 그가 다시 위협적으로 소리쳤다.

"물러들 서시오! 당신들은 내가 손에 불결한 피를 묻힐까 봐 걱정하는 것이오? 나는 평정을 잃지 않았다고 방금 말하지 않았습니까? 할 일을 하도록 날 내버려 두시오. 자신이 다른 사람들과 다르고 다른 이들에겐 없는 특권을 가지고 있다고 생각하는 성직자들과 재판관들은 들으시오! 내 아버지는 정직한 분이셨습니다. 그의 선함을 기억하고 있는 사람들에게 물어보시오. 내 아버지는 훌륭한 시민이셨습니다. 그는 이 나라와 저를 위해 스스로를 희생하셨습니다. 그는 어려운 상황에 처한 이방인과 도망자가 찾아오면 문을 열고 음식을 대접했습니다. 그는 또한 훌륭한 신자였습니다. 가난한 사람에게 언제나 친절하게 대해주었고 억압하거나 괴롭히지 않았습니다. 문을 열어주고 테이블에 함께 앉아 가난한 이를 친구라고 부르며 얘기를 나누었습니다.

그런데 이 신부는 내 아버지에게 어떻게 은혜를 갚았습니까? 그는 내 아버지를 비난하고, 무지한 사람들을 선동하여 박해했습니다. 또한 교회의 힘을 빌려서 무덤까지 훼손하고, 그에 대한 기억을 욕되게 하고, 죽음의 평온에도 머물지 못하게 끌어내어 괴롭혔습니다. 지금도 이 모든 것에 만족하지 못하고 그의 아들까지 비난하고 있습니다! 나는 그를 피하여 마주치지 않으려고 노력했습니다. 여러분은 오늘 아침에 그가 신성한 교회의 강단을 욕되게 하며, 신도들에게 나를 매도하는 소리를 들었습니다. 나는 그래도 평정을 잃지 않았습니다. 그는 이제 이곳에까지 와서 날 비난하고 있습니다. 다시 말하지만 나는 많은 고통을 스스로 참아내고 있었습니다. 하지만 지금 그는 모든 아들에게 소중한 아버지의 기억을 모욕하고 있습니다……. 여기 계신 성직자님들과 재판관님들, 여러분의 아버지께서 잠 못 이루며 고민하다 여러분의 안위를 위해 멀리 외국으로 떠나보낸 후, 여러분의 포옹을 그리워하며 외로움과 병마에 시달리다가 감옥에서 돌아가신 것을 본 적이 있습니까? 외국에서 돌아왔을 때 그의 이름이 불명예스럽게 더럽혀져 있고, 아버지를 위해 기도하려 무덤을 찾았을 때 텅 빈 구덩이만 남아 있는 것을 보신 적이 있나요? 없지요? 모두들 침묵하고 계시군요. 그럼 여러분들은 이 사람에게 죄가 있다고 하는 것입니다."

그가 팔을 치켜들었다. 그러나 이때 한 여인이 황급히 달려들어 부드러운 손으로 복수의 팔을 가로막았다. 바로 마리아 클라라였다. 이베라는 미친 사람 같은 눈으로 그녀를 응시했다. 그러고 천천히 손에서 힘을 풀어 칼을 떨어뜨리고 프란시스코회 신부를 놓아주었다. 그리고 그는 얼굴을 손으로 가리고 군중들 사이로 달아났다.

36
반응들

소문이 곧 온 시내에 퍼졌다. 처음에는 아무도 믿으려 하지 않았다. 하지만 이 모든 것이 사실임을 인정하게 되자, 사람들은 각각의 성향에 따라 자신들만의 이야기를 만들어냈다.

"다마소 신부가 죽었대."

누군가 말했다.

"사람들이 그를 붙잡았을 때 이미 얼굴은 피로 범벅이 되어 있었고, 숨은 끊어진 상태였다는데."

"그분이 평안히 잠들었어야 하는데. 하지만 자업자득이죠, 뭐."

한 젊은이가 말했다.

"보세요, 아무도 그분이 오늘 아침에 교구관사에서 어떤 짓을 했는지 말하지 않습니다."

"무슨 짓을 했는데? 또 대리 신부에게 매질을 했나?"

"자, 무슨 일이 있었는지 우리에게 말해주게."

"오늘 아침 설교 도중에 어떤 스페인 혼혈인이 성물실을 통해 나가는 것을 봤지요?"

"그럼, 봤지. 다마소 신부님도 틀림없이 봤을걸."

"신부님이 설교 후에 그 사람을 불러서 왜 설교 도중에 나갔는지 물었대요. '저는 따갈로그어를 이해하지 못합니다.' 그가 이렇게 대답했답니다. '그럼 왜 알아듣지도 못하면서 분위기를 우습게 만든 거지?' 다마소 신부는 소리를 지르며 그에게 주먹을 날렸대요. 그러자 젊은이도 몇 마디 변명을 하고는 서로 주먹질을 하며 싸웠다고 합니다. 누가 와서 말릴 때까지 그렇게 싸웠대요."

한 학생이 중얼거렸다.

"나에게 그런 일이 일어났다면!"

다른 이가 말했다.

"그 프란시스코회 신부의 행동이 잘못되었다고 봐. 누군가를 정죄하거나 벌주는 것은 종교에서 하는 일이 아니지. 젊은이가 그런 행동을 했을 때 오히려 통쾌하더군. 나도 그 젊은이를 알고 있거든. 그는 산페드로마카티 출신이며 따갈로그어도 잘 알아듣고 말도 잘하지. 그 사람은 지금 막 러시아에서 당도한 사람처럼 행동하면서 자기 모국어도 모르는 체하고 있었던 거야."

"끼리끼리 만나게 되는 법이라니까."

또 다른 학생이 말했다.

"그렇지만 다마소 신부가 한 짓에 대해서는 우리도 항의를 해야 해. 침묵은 무언의 찬성과도 같으니까. 그리고 그 친구에게 일어난 일은 누구에게나 일어날 수 있는 거야. 지금 우리가 로마의 폭군 네로 시대를 살고 있는 게 아니잖아!"

"비유가 틀렸어."

다른 이가 이의를 제기했다.

"네로는 위대한 예술가였지만 다마소 신부는 고작 부패한 설교자일 뿐인 걸."

　나이 든 사람들의 의견은 다소 달랐다. 그들이 시내 외곽의 한 작은 집에서 총독의 도착을 기다리고 있는 동안 시장이 말했다.

　"누가 옳고 그른지는 말하기 어렵지요. 하지만 이베라 씨가 좀 더 신중했더라면 하는 아쉬움이……."

　"아마도 시장께서는 다마소 신부님이 이베라 씨의 절반만큼이라도 신중했더라면 하는 생각이신 것 같습니다."

　돈 필리포가 끼어들었다.

　"문제는 저들의 역할이 바뀌었다는 것입니다. 젊은 사람이 나이 든 사람처럼 행동했고, 나이 든 사람이 어린애처럼 행동한 것이지요."

　카피탄 마틴이 물었다.

　"그건 그렇고 카피탄 티아고의 따님 외에는 아무도 싸움을 말리려고 나서지 않았다지요? 성직자나 시장님조차도 말입니까? 흠, 최악이로군. 그 젊은이의 입장이 되지 않은 게 천만다행이야. 사람들 모두 그를 두려워했을 것이고, 결코 그 일을 잊지 않을 텐데. 정말 최악의 상황이군요."

　카피탄 바실리오가 흥미롭다는 듯이 물었다.

　"정말 그렇게 생각합니까?"

　돈 필리포가 그의 눈을 바라보며 말했다.

　"나는 사람들이 그를 버리지 않기를 바랍니다. 우리는 그 젊은이의 가족이 우리에게 해주었고 또한 지금도 하고 있는 많은 일을 생각해야 한다고 봅니다. 만일 사람들이 두려워서 말하지 못한다면, 최소한 그의 친구들이라도……."

　시장이 끼어들었다.

"하지만 우리가 무엇을 할 수 있습니까? 사람들은 또 무엇을 할 수 있고요?"

"상대방은 그르고 자신이 언제나 옳다는 전제하에 시작하기 때문에 저들의 눈에는 자신의 모든 것이 옳은 것으로 보이지요."

돈 필리포가 참지 못하고 대꾸했다.

"우리가 한 번이라도 동등한 위치에 앉아 논의한다면 제대로 말할 수 있겠지요."

시장은 머리를 긁적거리면서 천장을 쳐다보고 불평하듯 대답했다.

"아, 이 빌어먹을 혈기! 우리가 어떤 나라에 살고 있는지 잘 몰랐나 봅니다. 우리 국민들도 잘 몰랐고요. 성직자들은 부유하고, 자기들끼리 잘 단합되어 있지요. 하지만 우리는 분열되어 있고, 게다가 가난하고요. 좋습니다. 그럼 이베라 씨를 변호한다고 하지요. 그러면 그 사람은 곧 자신이 곤경에 빠져 있다는 사실을 깨닫게 될 것입니다."

"나도 알고 있습니다."

돈 필리포가 씁쓸하게 한숨을 내쉰다.

"우리가 그렇게 생각하며 두려워하기 때문에 그런 일이 일어나는 거지요. 우리는 근본적인 선善을 추구하기보다 그저 임박한 악惡을 회피하려는 경향이 강합니다. 그래서 위기 상황을 자신감 있게 대처하기보다는 당황해서 허둥지둥하지요. 모든 사람들이 자신만 생각하고, 아무도 다른 이를 배려하지 않습니다. 이런 모습이 바로 우리에게 희망이 없다는 증거입니다."

"그럼 스스로를 돌보기 전에 남부터 챙기라는 말인가요? 그렇게 하면 당신은 곧 궁지에 몰린 자신을 발견하게 될 것입니다. 자비는 집 안에서부터 시작된다는 말을 들어보지 못했소이까?"

"차라리 소소한 이기심에서 시작되어 수치심으로 끝난다고 말하는 게 낫겠습니다."

참다못한 부시장이 대꾸했다.

"저는 사임하겠습니다. 지금 이 자리에서요. 더 이상 아무 일도 하지 않는 다고 조롱받고 싶지 않습니다. 잘들 계세요."

여자들의 의견은 달랐다.

"젊은이들은 언제나 그렇다니까."

친절해 보이는 여인이 한숨을 내쉬며 말했다. "만일 그의 천사 같은 어머니가 살아계셨다면 뭐라고 말하실까? 오, 주여! 안 그래도 성깔 있는 내 아들에게 그런 일이 일어났더라면? 맙소사, 그 비통함이란. 차라리 돌아가신 그의 어머니가 부러울 것이오!"

또 다른 여인이 말했다.

"난 반대예요. 만일 그런 일이 내 두 아들에게 일어난다면 나는 슬퍼하지 않을 거예요."

이전에 말한 여인이 손뼉을 치면서 소리쳤다.

"카피티나 마리아, 그게 무슨 말이에요?"

"내 아들들이 자기 아버지의 명예를 지키려고 애쓰는 모습을 보는 게 기쁘다는 거예요. 카피티나 티나이, 만일 부인께서 미망인이 된 후에 누군가가 죽은 남편을 헐뜯는 말을 하고 있는데, 아들인 안토니오오가 그저 머리를 숙이고 아무 말도 하지 않는다면 기분이 어떻겠어요?"

루파 자매가 대화에 끼어들면서 큰 소리로 말했다.

"그를 축복하지 않겠지요. 하지만……."

착한 성품의 카피티나 티나이가 말을 끊었다.

"축복하지 않는다고? 오, 아니에요. 전 그렇게 할 수 없어요. 어떤 어머니도 그렇게 말하지 않을 겁니다. 하지만 어떻게 해야 할지 모르겠습니다. 정말 모르겠습니다. 차라리 죽는 게 좋겠다는 생각도 들고, 오, 주여! 하지만 다시는 그를 보고 싶지 않을 것 같네요. 카피티나 마리아, 그런데 왜 그런 상상을 하시는 거죠?"

루파 자매가 말을 거들었다.

"모든 상황을 염두에 두는 것이지요. 성직자와 같이 성스러운 분을 매질하는 것은 절대 용서받지 못할 죄라는 사실을 잊어서는 안 됩니다."

카피티나 마리아가 대답했다.

"자기 아버지를 명예롭게 기억하는 것이 더욱더 신성한 것입니다. 그 어떤 사람도, 설사 다마소 신부가 아니라 교황님일지라도, 그런 신성한 기억을 훼손시킬 수는 없는 것입니다."

카피티나 티나이가 두 사람의 지혜에 감탄하면서 중얼거렸다.

"그것도 옳은 말이네요. 어쩌면 그렇게 훌륭하게 논쟁을 할 수 있나요? 오랫동안 그 문제를 생각하셨나요?"

루파 자매가 반문했다.

"하지만 교회에서 파문당하는 것과 천벌을 받는 것에 대해서는 어떻게 생각하시죠? 만일 우리가 죽어서 천벌을 받는다면 이승에서의 명예가 다 무슨 소용이 있겠어요. 모든 것은 지나갑니다. 그것도 아주 빠르게요. 하지만 예수님의 사도에 대한 불경한 행위로 파문을 당하면 오직 교회만이 그 죄를 용서해줄 수 있습니다!"

"우리의 아버지와 어머니를 공경하라고 말씀하신 하느님께서 용서해주실 겁니다. 하느님은 그를 파문시키지 않을 거예요. 내가 분명히 말하지만,

그 젊은이가 내 집에 찾아오면 나는 그를 맞아들여 함께 얘기를 나눌 겁니다. 만약 나에게 딸이 있다면 그를 사위로 맞이하고 싶습니다. 좋은 아들이 좋은 남편과 좋은 아버지가 되는 법입니다. 내 말을 믿으세요, 루파 자매님."

"두 분 다 옳으신 말씀입니다. 교구 신부님도 옳지만 하느님은 더더욱 옳으시지요. 정말 모르겠어요. 저는 그저 어리석은 사람일 뿐이에요. 하지만 제가 무엇을 할지는 알고 있어요. 저는 제 아들에게 공부를 포기하라고 할 겁니다. 현명한 사람들은 교수대에서 죽는다고들 하지요. 오, 성모님! 제 아들이 그렇게 유럽에 가기를 원했는데!"

"어떻게 하실 계획이시죠? 그 아이에게 가지 말고 그냥 여기 있으라고 하세요. 왜 공부를 더 많이 하려고 하는지 모르겠네요. 우리가 배우건 못 배우건, 모든 사람은 내일이든 언젠가는 죽게 될 텐데 말입니다. 중요한 것은 평안한 삶을 사는 것이지요."

카피티나 티나이가 한숨을 내쉬면서 말하고 눈길을 하늘로 돌렸다.

"하지만 전……."

카피티나 마리아가 심각하게 말했다.

"만일 제가 당신처럼 부자라면 제 아이들을 여행 보낼 겁니다. 그들은 아직 젊고 언젠가는 어른이 되겠지요. 제가 얼마나 오래 살지는 모르겠지만 죽어서 저승에서 우리 아이들을 만날 겁니다. 아들들은 자기 아버지보다 더 훌륭한 사람이 되기를 소망해야 합니다. 하지만 우리는 아이들을 그저 치마폭 속에만 남겨두려고 하지요."

카피티나 티나이가 당황한 듯 손을 꼬며 말했다.

"부인은 정말 이상한 생각만 하시는군요. 누가 들으면 부인께서는 쌍둥이를 아무런 고통도 없이 낳은 줄 알겠어요."

"내가 고통스럽게 아이들을 낳았기 때문에 비록 가난하지만 잘 키우려고 학교에 보내는 겁니다. 내 이런 모든 노력에도 불구하고 애들이 제대로 된 남자가 되지 못할까 봐 걱정이지요."

루파 자매가 신랄한 어조로 말했다.

"제가 이해하기로는, 부인께서는 하느님이 명령하신 대로 아이들을 사랑하지 않는 것 같네요."

"용서하세요, 모든 어머니들은 자기 나름대로 자식들을 사랑하는 법이지요. 어떤 어머니는 자식들이 자신을 사랑하기 때문에 그들을 사랑한다고 하고, 어떤 어머니는 자신의 미래를 위해서 자식들을 키운다고 하고, 어떤 어머니는 자식들 그 자체를 위해서 그들을 사랑한다고 합니다. 제 남편은 저에게 마지막 어머니처럼 되어야 한다고 말했어요."

루파 자매가 간단하게 정리했다.

"카피티나 마리아, 부인의 생각은 전혀 신앙적이지 않습니다. 차라리 성모 마리아나 성 프란시스코, 혹은 성 리타나 성 클라라회 수녀가 되는 게 어떻겠냐고 제안하고 싶군요."

카피티나 마리아가 미소를 띠며 말했다.

"루파 자매님, 우선 사람들의 좋은 자매가 된 후에 성인들의 수녀가 되는 것도 생각해보지요."

오늘 낮의 사건에 대한 반응들을 마무리하기에 앞서, 순박한 농부들은 어떤 생각을 하는지 어렴풋이나마 알아보는 것도 좋을 것 같다. 시내 광장의 그늘 아래 모여 대화를 나누는 그들의 말을 들어보는 게 좋은 방법이었다.

그들 중 한 남자는 아들이 의사가 되기를 꿈꿨던 사람이다.

"제가 가장 안타깝게 생각하는 것은……."

그가 말했다.

"저들이 학교 짓는 일을 그만둘 것이라는 사실입니다."

주위에 있는 사람들이 호기심이 가득해서 물었다.

"아니 왜? 왜 그렇지?"

"내 아들은 결국 의사가 되지 못할 것 같아요! 마차 운전이나 하게 되겠지요. 다 끝났어요. 이제 학교도 없어지고 말이에요."

긴 턱에 길쭉한 얼굴형을 가진 한 거친 남자가 물었다.

"누가 학교가 없어진다고 했는데요?"

"내가 말했지. 그 백인 성직자가 돈 크리소스토모에게 사바르시브라고 불렀어. 그건 더 이상 학교 따위는 없을 것이라는 말과 같아."

모두들 의아하다는 듯이 서로의 얼굴을 바라봤다. 처음 들어본 말이었다. 거친 남자가 용기를 내서 물었다.

"그게 나쁜 말이에요?"

"그건 그리스도교인으로서 다른 사람에게 할 수 있는 가장 저주스러운 말이지."

"담풀이나 밤브라운보다 더 심한 말이에요?"

"그건 아무 것도 아니지! 그런 말은 저들이 나에게도 수도 없이 했는데 난 아무렇지도 않았거든."

"자, 들어봐. 아무리 그래도 그 말이 주둔군 부대장이 주로 사용하는 니거라는 말보다 더 심할 수는 없을 거야."

아들이 의사가 되기를 꿈꿨던 농부는 더더욱 풀이 죽었다. 또 다른 이는 머리를 긁적이며 깊은 생각에 잠겼다.

"그럼 그 말은 주둔군 부대장의 어머니가 주로 하는 사나마빗보다 더 나쁜 말임은 틀림없을 거야. 그보다 더 저주스러운 말이 있다면, 아마도 성체에 침을 뱉는 행위일 거야."

한 사람이 심각하게 대답했다,

"그럴까? 그게 어쩌면 성금요일에 성체에다 침을 뱉는 것보다 더 심한 말일지도 몰라. 사스펙이라는 말 기억나지? 누군가를 그렇게 부르는 것만으로도 주둔군 특공대에게 체포되어 추방당하거나 감옥에 수감된다지. 아마 사바르시브가 더 저주스러운 말일 거야. 통신원과 관원들의 말에 따르면, 그리스도교도나 성직자 혹은 스페인인이 우리 같은 원주민 그리스도교도를 사바르시브라고 부르는 건 마치 우리에게 마지막 축복의 말로 '평안히 잠드소서'라고 인사하는 것이나 다름없대. 만약 당신이 누군가에게 사바르시브라는 말을 들었으면, 곧바로 고해성사를 하고, 빌린 돈도 갚고, 조용히 교수형을 기다려야 할 거야. 통신원와 관원들은 분명히 뭔가를 알고서 그런 말을 했을 거야. 그 통신원은 전선줄에 대고 말을 할 줄 알고, 손에 펜대만 들고 있는 관원들은 스페인어도 잘 알거든."

모두들 공포에 질렸다.

"누군가 나를 사바르시브라고 부르는 것을 들을 바에야 차라리 말 오줌을 신발에 담아서 평생 동안 맥주처럼 마시는 편이 낫겠다."

한 사람이 두 손을 움켜쥐며 맹세하듯 말했다.

"내가 만일 돈 크리소스토모처럼 부자에다 스페인어도 잘하고, 나이프와 스푼으로 그렇게 빨리 밥을 먹을 수 있다면, 성직자 다섯 명 정도는 내 편으로 만들 수 있었을 텐데."

한편 그 자리를 떠나면서 한 농부는 이렇게 중얼거렸다.

"다음에 또 군인이 닭을 훔치는 것을 보면, 그를 사바르시브라고 불러야겠다."

37
첫번째 영향

카피탄 티아고의 집은 곤혹스러운 분위기였다. 마리아 클라라는 이모와 사촌 자매 안뎅의 위로를 들은 체도 않고 계속 울기만 했다. 아버지는 이베라가 성스러운 교권을 공격함으로써 자동적으로 적용된 파문에 대해 성직자들이 용서하고 철회할 때까지 딸이 그를 만나지 못하게 했던 것이다.

한편 총독을 자신의 집으로 맞아들일 준비에 바빠야 할 카피탄 티아고는 교구관사에 불려 가 있었다.

거울처럼 맑은 마리아의 얼굴에 흐르는 눈물을 닦아주며 이모 이사벨이 말했다.

"울지 마라, 아가야. 파문은 철회될 거야. 우리가 교회에 진정서도 제출하고…… 많은 헌금도 바칠 거야. 다마소 신부님은 죽은 게 아니고, 그저 기절한 것뿐이야."

안뎅이 속삭였다

"울지 마, 곧 그를 만나 얘기를 나눌 수 있을 거야. 죄를 짓지 않는다면 고해성사가 왜 있겠어? 성직자에게 고백만 하면 모든 것이 용서될 거야."

때마침 카피탄 티아고가 돌아왔다. 그의 표정만 보더라도 무슨 일이 있었는지를 짐작할 수 있었다. 티아고의 얼굴은 땀에 흠뻑 젖어 있었고, 낙담하는 표정이 역력했다. 손으로 이마의 땀을 훔치는 그는 무슨 말을 해야 할지 모르는 듯했다.

이사벨이 걱정스럽게 물었다.

"어떻게 되었어요, 산티아고?"

그는 대답 대신 한숨을 쉬며 눈물을 닦아냈다.

"제발 말 좀 해주세요. 답답해 죽겠어요."

그는 눈물을 흘리며 고함치듯 말했다.

"내가 염려했던 대로야. 다마소 신부님께서는 이베라와의 약혼을 파기하라고 명했어. 그렇게 하지 않으면 내가 살아서나 죽어서나 천벌을 면하지 못할 거라고 했어! 모두가 다 나에게 그렇게 말하더군. 시빌라 신부님조차 말이야. 더 이상 이베라를 우리 집에 들일 수 없게 되었어. 게다가 난 그에게 5만 페소를 빌렸는데, 파혼을 하면 그 돈을 곧바로 갚아야 해! 이 모든 것을 말씀드렸는데 내 말을 들으려고도 하지 않았어. 5만 페소보다 내 목숨과 영혼이 더 중요하지 않느냐고 반문하더군. 오, 성 안토니오시여! 내가 미리 알았더라면, 내가 이 일을 미리 알았더라면! 울지 마라, 아가야."

카피탄 티아고는 훌쩍이고 있는 마리아 클라라를 돌아보며 말했다.

"너는 어쩌면 그렇게도 네 어머니를 안 닮았니. 네 어머니는 어떤 일이 있어도 울지 않았어. 그녀가 운 건 오직 임신 중이었을 때뿐이었지. 다마소 신부님이 내게 이런 말을 하더라. 그의 친척 한 명이 곧 스페인에서 이곳으로 올 텐데, 그가 바로 네 약혼자가 될 거라고 말이지."

마리아 클라라는 양손으로 귀를 막았다. 이모 이사벨이 소리쳤다.

"하지만, 티아고, 제 정신이에요? 어떻게 이 시점에 또 다른 약혼에 대해 얘기한단 말이에요! 마리아가 약혼자를 마치 옷 갈아입듯이 바꾸는 그런 사람인 줄 알아요?"

"나도 그렇게 생각해, 이사벨. 돈 크리소스토모는 그 자신이 부자인 거지만, 다마소 신부가 추천한 그런 부류의 스페인 사람들은 오직 여자 집안의 돈만 보고 결혼하려고 하지. 하지만 내가 뭘 할 수 있겠어? 저들이 나까지 교회에서 파문시킬 거라고 협박을 하더군. 그들은 내 영혼뿐만 아니라 육신까지도 위험에 처해 있다고 말했어. 내 육신 말이야, 육신!"

"지금 그런 말은 마리아에게 고통만 안겨줄 뿐이에요. 대주교님이 당신의 친구라고 하지 않았어요? 그에게 편지라도 써보는 게 어때요?"

"대주교도 성직자 중의 한 명일 뿐이야. 대주교는 그저 성직자들이 요구하는 것만 할 뿐이지. 울지 마, 마리아. 곧 총독께서 오셔서 너를 보려고 하실 텐데, 눈이 온통 빨갛게 되어 어쩌려고. 오, 나는 오늘 아주 행복한 오후가 되리라 기대했었는데! 이런 불행한 일이 일어나지 않았더라면, 정말로 행복한 오후가 되었을 것을! 이런 불행한 일이 일어나지 않았더라면, 나는 모두가 부러워하는 가장 행복한 사람이 되었을 텐데. 진정해라 아가야, 내가 너보다 더 불행한 사람이다. 그래도 난 울지 않잖니. 너는 또 다른 약혼자를, 아마 더 나은 약혼자를 만날지도 모르지만, 난 5만 페소를 잃게 되었단 말이야! 오, 안티폴로의 성모님! 오늘 밤이 무사히 넘어가게 해주소서."

경례 소리, 마차와 말이 움직이는 소리가 났다. 장엄한 행진곡 연주가 필리핀 섬 총독 각하의 도착을 알렸다.

마리아 클라라는 침실로 들어가 버렸다. 야속하고 무정한 세상의 일들이 가련한 그녀의 마음을 더욱 아프게 했다. 집 안은 사람들로 가득 차고, 거친 발자국 소리, 명령하는 소리, 검도와 박차가 부딪치는 소리가 여기저기에서 들려왔다. 의기소침해진 소녀는 성모 마리아 그림 앞에 무릎을 꿇고 기도를 드렸다. 그 성모 마리아 그림은 마치 사랑하는 아들을 무덤에 두고 돌아온 듯 비통하고 쓸쓸한 모습을 하고 있다.

하지만 마리아 클라라는 자식을 잃은 어머니의 비통함이 아니라 자신의 안타까운 처지 때문에 괴로워하고 있었다. 그녀의 머리는 힘없이 푹 숙여져 있고, 손은 길게 펼쳐져 마룻바닥을 짚은 모습이 마치 폭풍에 꺾인 백합화 줄기처럼 보였다. 그녀의 사랑은 어린 시절부터 싹트기 시작해 청소년기를 거치면서 자라났고, 이제 그녀의 일부가 되었던 것이다. 그토록 오랜 기간을 가꾸어온 그녀의 꿈이 단 하나의 명령으로 머리와 심장에서 지워질 수 있단 말인가! 마치 맥박이 멈추고 모든 판단력이 흐려진 것처럼 느껴졌다.

그러나 마리아는 신실한 그리스도교도인 만큼 또한 한 아버지의 사랑스러운 딸이었다. 그녀를 두렵게 만드는 것에는 사랑하는 사람의 파문뿐이 아니라, 그녀의 사랑을 포기하도록 요구하면서 아버지의 안위를 위태롭게 하는 성직자들의 위협도 포함되었다. 지금까지 그녀가 그다지 지각하지 못했던 성직자들의 강력한 권력이 느껴지기 시작했다. 여태까지의 삶은 부드러운 모래 언덕 위에 자라는 향기로운 꽃들을 따라 조용히 흐르는 시냇물과 같았다. 잔잔한 바람에 시냇물의 표면은 거의 흔들리지 않아, 언뜻 보기에는 멈춰 있는 듯 보였다. 그런데 갑자기 물길이 좁아지고 거친 바위가 길을 가로막았고, 쓰러진 고목들이 물길의 흐름을 이리저리 흩뜨리더니, 거친 강물처럼 변한 시냇물은 아우성치며 솟구쳐 오르고, 끓는 물처럼 파도와 거품을 일으키면서 장애물들을 거칠게 돌아 심연의 나락으로 떨어지는 듯했다.

그녀는 기도하고 싶었다. 그러나 그 누가 이 절망의 순간에 기도할 수 있을까? 사람들은 희망을 품고 신께 기도했다. 아무런 희망이 없다면 기도는 단지 신을 원망하는 소리가 될 것이었다. 바로 이런 마음으로, 그녀는 어찌하여 다른 사람도 아닌 자신이 사랑하는 이에게 이런 일이 일어났는지 울부짖으며 원망하고 있었다. 그리고 이베라에게는 태양이나 공기, 하늘은 없어도 살 수 있지만, 사랑이 없으면 살 수 없다는 사실을 왜 받아들이지 않았는지 물었다. 그녀는 이러한 원망이 하늘 보좌에 다다르긴 하는지, 혹은 저 불행한 성모 마리아가 듣고 있는 건 맞는지 의심스러웠다. 슬픔이 가득한 이 소녀는 이승의 어머니를 만나본 적은 없지만, 지금은 오직 딸과 어머니 사이에서만 공감할 수 있는 인간적인 사랑에 애타는 마음을 털어놓고 있었다. 번민에 가득한 그녀는 세상의 이상적인 창조물 중에서도 가장 사랑스러운 여성의 전형이면서, 처녀와 어머니라는 여성의 가장 고결한 본질을 아무런 흠결도 없이 결합한 그리스도교의 시적 창조물에게 의존하고 있는 셈이었다. 바로 마리아라고 불리는 성모였다.

그녀가 자신의 어머니를 원망하고 있을 때, 이모 이사벨이 들어와 그녀의 절망스러운 마음을 흔들었다. 마리아의 친구들 중 일부가 도착한 것이 분명했고, 총독도 그녀와 얘기를 나누고 싶어 한다고 전했다.

공포에 휩싸인 소녀가 애원했다.

"제발 제가 아프다고 말해주세요. 그 사람들은 내게 피아노를 치며 노래를 불러달라고 부탁할 거예요."

"네 아버지가 이미 네가 그럴 거라고 말했어. 아버지 입장을 곤란하게 만들고 싶은 거야?"

마리아 클라라는 자리에서 일어났다. 그리고 이모의 손을 붙들고 속삭였다.

"내가 정말로 그렇게 해야……."

하지만 그녀는 거기서 말을 끊고, 슬픔을 추스르며 손님들을 만날 준비를 했다.

38

총독 각하

"그 젊은이를 좀 보고 싶군. 아주 흥미로운 인물이야."

총독이 한 부관에게 말했다.

"저들이 그를 찾고 있습니다, 장군님. 그리고 지금 밖에서는 마닐라에서 온 다른 청년이 기다리고 있는데, 총독님을 꼭 뵙고 싶다고 합니다. 총독께서 그의 청원 따위를 듣기 위해 여기 오신 게 아니라고 말해봤지만, 그는 총독께서는 어떠한 상황에서도 정의를 실현할 시간이 있다고 항변하고 있습니다."

총독은 고개를 돌려 기묘한 표정으로 주지사를 바라봤다.

"제가 잘못 들은 게 아니라면."

주지사는 고개를 약간 숙이며 대답했다.

"그 젊은이가 바로 오늘 아침 다마소 신부의 설교 때 논쟁을 일으킨 사람인 것 같습니다."

"그게 무슨 말인가? 그 수도사가 이 지역에서 불화를 일으키고 있다는 거야? 아니면 그가 이 지역을 통치라도 한다는 것인가? 그 젊은이를 들어오라고 하게."

총독은 흥분해서 응접실을 이리저리 서성거렸다. 응접실 밖 대기실에서는 산디에고 혹은 이웃 지역에서 온 군인, 관료들과 함께 담화를 나누는 스페인 사람들이 있었다. 또한 그중 일부는 논쟁을 하기도 했다. 다마소 신부를 제외한 교구의 나머지 성직자들도 보였다. 모두가 총독을 만나 인사드리길 희망하고 있는 것이다.

"총독 각하께서는 존경하는 신부님들이 조금만 더 기다려주시길 바란다고 하셨습니다."

부관은 이렇게 말하고, 그 젊은이에게 먼저 들어오라는 몸짓을 했다. 마닐라 출신으로 그리스어와 따갈로그어를 혼동했던 그 젊은이는 잔뜩 긴장해 떨면서 들어갔다. 나머지 사람들은 모두 아연실색했다. 총독이 성직자들을 기다리게 하는 걸 보아 몹시 화가 나 있음이 틀림없었기 때문이다. 시빌라 신부가 말했다.

"어쨌든 난 별로 할 말이 없습니다. 시간 낭비를 하고 있는 게 아닌가 싶군요."

"나 역시 마찬가지입니다."

한 아우구스티누스회 수도사가 맞장구쳤다.

"그냥 갈까요?"

살비 신부가 물었다.

"그 사람이 어떤 생각인지 알아보는 것도 좋지 않겠어요? 공연히 소란을 피우는 일도 피하고, 또한 그에게 교회에 대한 의무도 각인시킬 겸 말이에요."

그때 부관이 데리고 들어갔던 젊은이와 함께 나타났다. 젊은이는 얼굴에 화색이 만연해 있었다.

"신부님들, 괜찮으시다면 들어오시지요."

시빌라 신부가 먼저 들어가고, 그 뒤로 살비 신부, 마누엘 마틴 신부, 다른 성직자들이 차례로 따라 들어갔다. 모두들 총독에게 공손하게 경의를 표했다. 그러나 시빌라 신부는 거만한 자세로 고개만 약간 숙였다. 이와 정반대로 살비 신부는 머리를 거의 허리까지 조아렸다. 총독은 성직자들에게 자리를 청하지도 않고, 안부를 묻거나 가식적인 칭찬 몇 마디조차 던지지 않은 채 퉁명스럽게 물었다.

"어떤 분이 다마소 신부님이십니까?"

"다마소 신부는 이곳에 함께하지 않았습니다, 각하."

시빌라 신부가 총독만큼이나 무뚝뚝하게 대답했다.

"각하의 충성스러운 하인은 지금 아파서 누워 있습니다."

살비 신부가 겸손하게 대답했다.

"저희는 각하께 먼저 인사를 드리고, 또한 국왕의 모든 충성스러운 신하들과 스페인 국민들의 안부까지 물은 후에 불행한 일을 당한 충성스러운 하인에 관해 말씀드리려고⋯⋯."

한 발로 의자를 툭툭 차면서 총독이 끼어들었다,

"아하, 나의 충성스러운 하인이 모두 다마소 신부님 같다면 차라리 내 스스로가 충성을 다하는 게 낫겠군요."

이미 몸이 경직되어 있던 신부들은 총독의 말에 정신적으로도 마비가 오는 것만 같았다. 잠시 침묵이 흐른 후, 총독이 좀 더 가벼운 어조로 말했다.

"신부님들, 자리에 앉으시지요."

이때 망토를 두른 카피탄 티아고가 발소리를 죽인 채 마리아 클라라의 손을 이끌고 나타났다. 그녀는 수줍게 주춤거리며 응접실에 들어섰지만, 그래도 우아하고 품격 있게 인사를 올렸다. 모르는 척 시치미를 떼며 총독이 물었다.

"이 젊은 처녀가 당신의 딸이요?"

카피탄 티아고는 철저히 예의를 갖춘 통속적인 말로 대답했다.

"각하의 딸이기도 하지요."

그녀를 바라보고만 있는 주지사나 부관들과는 달리, 총독은 평정심을 잃지 않고 그녀에게 손을 내밀며 친근하게 말했다.

"그대 같은 딸을 가진 아버지는 행복하시겠소. 일전에도 그대에 관한 존경과 사랑의 말을 들은 바 있고, 특히 오늘 그대가 보여준 행동에 대해 감사하고자 불렀소. 스페인 정부에 보고를 올릴 때 오늘 그대가 자신의 위험을 무릅쓰고 한 행동을 잊지 않으려 하오. 충성스러운 식민들의 평화와 안정을 희구하는 국왕 폐하를 대신해서, 또한 나 자신과 그대 또래의 딸을 가진 아버지들을 대신하여 그대에게 진심으로 감사의 뜻을 전하며 특별 시상자 후보로 지명하고자 합니다."

마리아 클라라가 떨리는 목소리로 입을 열었다.

"각하……."

총독은 그녀가 하려는 말을 지레 짐작하고 이야기를 계속했다.

"그런 선한 일을 행함으로써 그대가 얻은 만족감과 주변 사람들로부터 얻은 존경만으로도 충분한 보상이라고 생각할 수도 있을 것이오. 물론 그것이 가장 훌륭한 보상이겠지요. 하지만 정의로운 판단으로 보상과 처벌을 내림으로써, 이 땅에 정의가 살아 있음을 보여줄 기회를 저에게서 빼앗지 말기 바랍니다."

한 부관이 큰 소리로 선언하듯 말했다.

"돈 후안 크리소스토모 이베라가 각하를 뵙길 기다리고 있습니다."

마리아 클라라는 깜짝 놀랐다.

"아하."

총독이 크게 외쳤다.

"그럼, 제가 도시를 떠나기 전에 여러분을 한 번 더 뵐 수 있기를 바랍니다. 아직 말씀드리지 못한 중요한 일들도 있고요. 저는 이베라와의 면담을 마친 후 걸어서 시내를 돌아볼 생각인데 그때 주지사께서 함께해주셨으면 합니다."

살비 신부가 겸손한 태도로 말했다.

"송구스럽습니다만, 이베라 씨가 지금 파문당한 상태라는 것을 총독 각하께 말씀드리고자……"

총독이 말을 중간에 끊었다.

"다마소 신부님의 건강 상태 외에 아무것도 염려할 게 없다니 다행이요. 다마소 신부님께서 조속히 완쾌되시길 진심으로 기원합니다. 그분 연세에 건강 문제 때문에 스페인까지 가야 한다는 것은 좋은 일이 아니지요. 모든 것이 그분에게 달려 있습니다. 하느님께서 신부님을 보호해주실 겁니다."

총독의 말이 끝나자 모두들 응접실에서 물러 나왔다. 밖으로 나가면서 살비 신부가 중얼거렸다.

"물론 그분에게 달렸지. 하지만 어떻게!"

다른 프란시스코회 신부가 말했다.

"누가 먼저 건강상의 이유로 스페인에 가게 되는지 두고 봅시다."

시빌라 신부가 화난 어조로 말했다.

"나는 이제 가야겠습니다."

이웃 지역에서 온 아우구스티누스회 신부도 답했다.

"그럼 저희는 저희 도시로 돌아가지요."

총독으로부터 받은 냉대에 모든 성직자들은 분노했다. 이 모든 것이 프란시스코회 신부 한 사람 때문이었다.

대기실에서 그들은 이베라와 마주쳤다. 그는 몇 시간 전까지만 해도 그들을 초대해 대접하던 사람이었지만, 지금은 인사조차 건네지 않고 그저 의미심장한 눈으로 쳐다보기만 했다. 성직자들이 떠난 후, 주지사는 이베라에게 인사하고 손을 내밀며 친근함을 표시했다. 하지만 곧 이베라를 데리러 온 부관으로 인해 그들은 대화를 나눌 여유를 갖지 못했다. 응접실 문 앞에서 이베라는 마리아 클라라를 만났다. 둘 사이에 말없이 오고간 눈길은 의미심장했지만, 성직자들이 보여준 눈빛과는 사뭇 달랐다.

이베라의 마음은 더욱 무거워졌다. 성직자들이 이미 총독을 만났다는 사실은 좋지 않은 예감을 불러일으켰다. 하지만 그는 침착하게 행동하며 총독에게 정중한 인사를 올렸다. 그러자 총독이 그에게로 몇 발자국 다가왔다.

"그대와 악수를 나눌 이 순간을 오랫동안 기다려왔소이다. 아무쪼록 오랜 친구를 만난 것처럼 친근하게 대해주기 바라오, 이베라 씨."

총독은 인정 넘치는 눈길로 이베라를 따뜻하게 맞이했다.

"각하, 이처럼 친절하게……."

"그렇게 놀라다니 서운하구만. 나에게 이처럼 환대를 받을 것이라고 생각 못했다는 것 아닌가? 내 공정한 처사를 의심하는 것이오?"

"저 같은 국왕 폐하의 하찮은 식민을 이렇듯 친절하게 환대해주시는 것은 공정한 처사라기보다는 큰 호의를 베푸시는 것입니다, 각하."

"좋아, 좋아."

총독은 자리에 앉으면서 이베라에게도 자리에 앉으라는 손짓을 했다.

"잠시 쉬면서 즐거운 시간을 가지도록 합시다. 나는 그대가 하고 있는 자선 사업에 대해 대단히 만족하고 있소이다. 그리고 정부에게 학교를 짓는 사업과 관련하여 훈장을 수여하도록 제안했소. 만일 그 기념식에 나를 초대했더라면 기꺼이 참석했을 것이고, 그런 황당한 사건도 피할 수 있었을 텐데 말이야."

이베라가 대답했다.

"저는 그런 사소한 일로 총독 각하의 일과를 방해해서는 안 된다고 생각했습니다. 그리고 우선적으로 지역의 주지사께 먼저 이 일을 알리는 것이 옳다고 여겼습니다."

총독은 만족스럽게 고개를 끄덕이고, 보다 더 친근한 목소리로 말했다.

"다마소 신부와 있었던 불화에 대해서는 두려워하지도 분개하지도 마시오. 내가 이 섬을 통치하는 한 그대의 머리털 하나도 건드리지 못하게 할 테니. 그리고 파문에 관해서는 내가 대주교에게 말해놓겠소. 우리는 현실을 직시하며 살아야 하오. 이곳에 살고 있는 한 우리는 스페인이나 유럽의 문명화된 나라에서처럼 공공연하게 교회와 성직자들을 비웃을 수 없소이다. 앞으로는 좀 더 신중하게 행동하시오. 지금 당신은 사회에서 중요한 위치를 차지하고 많은 재산을 소유해 존경받고 있는 종교계에 대항하여 싸우고 있는 것이오. 내가 그대를 보호해주려는 이유는 나 역시 훌륭한 아들들을 좋아하기 때문이오. 내게도 사랑하는 아버지가 있지요. 내가 그대의 입장이었다면 어떻게 했을지 정말 모르겠소이다."

그러다 그가 갑자기 화제를 바꿔 물었다.

"그대가 유럽에서 귀국한 지 얼마 되지 않았다고 들었는데 마드리드에서 도 산 적이 있소?"

"예, 각하. 몇 달간 살았습니다."

"우리 가족들을 만날 기회가 있었소?"

"각하께서 총독 취임을 위해 막 떠나신 후, 그분들을 만나 뵐 기회가 있었습니다."

"그렇다면 어째서 그대는 내게 전달할 추천서 한 장도 받아오지 않은 것이오?"

"각하."

이베라는 가볍게 고개를 숙이며 대답했다.

"저는 스페인에서 곧바로 귀국한 것이 아닙니다. 게다가 각하의 성품에 대해 들은 바 있기에, 추천서가 소용없을 뿐만 아니라 오히려 해가 될 수도 있다고 생각했습니다. 그런 것 없이도 모든 필리핀 사람들은 각하의 각별한 배려를 받고 있지 않습니까."

총독은 미소를 머금으며 천천히 대답했다. 마치 자신의 말 하나하나를 곱씹어 내뱉는 듯했다.

"그렇게 생각했다니, 칭찬으로 듣겠소. 그게 당연한 일이긴 하지만 말이야! 그건 그렇고, 그대처럼 젊은 사람들이 필리핀에서 우리와 함께할 일이 많다는 사실을 깨달았으면 하오. 지금은 우리처럼 나이 든 사람들이 모든 일에 관여해 수행하고 있는 상황이오. 이는 마치 국왕이면서 외교, 국방, 내무, 경제, 사법 등 모든 부처의 장관 노릇까지 겸하고 있는 것이나 다를 바 없소. 우리를 더욱 힘들게 만드는 건, 사사건건 멀리 있는 본국 정부와 상의를 해야 한다는 것이오. 이곳 사정에 대해 아무런 지식이 없는 저들은 그저 자신들의 판단에 따라 우리의 제안을 받아들이기도 하고 거절하기도 하지. 우리 스페인 사람들이 흔히 하는 말이 있지 않소. '여러 가지를 할 수 있지만, 그렇다고 특별히 잘하는 것도 없다!' 더더구나 우리가 이곳에 파견 나올 때에는 보통 아무 지식도 없이 오지만, 비로소 조금이나마 이곳 사정을 알 때가 되면 곧 떠나야 하니 말이야. 그대에게 솔직히 말하는 것일세. 거짓말을 해도 소용이 없을 테니.

스페인 본국에는 각 부처마다 그곳에서 태어나서 자란 장관들이 있고, 언론과 여론이 있고, 행정부를 감시하고 계몽하는 반대파가 있는데도 여전히 불완전하게 운영되고 있지. 심지어 이곳에서는 그런 이점들은 전혀 존재하지 않고, 더욱 강력한 반대파는 뒤에서 음모를 꾸미고 있지 않소. 행정이 뒤죽박죽되지 않는 것만 해도 기적적인 일이라오. 정부에서 일하는 우리도 잘해보려고 하지만 주위에 적절한 사람이 없단 말이야. 그래서 어쩔 수 없이 잘 알지도 못하고, 국가의 이익보다 자신의 이익을 더 추구하는 사람들의 눈과 손을 빌릴 수밖에 없는 형편이지. 우리의 잘못이 아니라 상황이 그렇게 돌아가기 때문이야. 성직자들은 우리의 어려움을 전혀 도우려고 하지 않고 끊임없이 자신들의 욕심만 채우려고 하지. 그런 면에서 자네는 나에게 아주 특별한 사람일세. 아무쪼록 이 정부의 부족함으로 인해 자네에게 어떤 피해가 돌아가지 않기를 바라네. 하지만 내가 모든 이들을 다 보호할 수는 없고, 또한 모든 이들이 다 나에게 도움을 요청하는 것도 아니지. 내가 자네의 일에 도움이 될 수 없겠나? 내게 요청할 것이 있으면 말해보게나."

이베라는 잠시 생각을 하다가 답했다.

"각하, 저의 가장 큰 기쁨은 이 나라가 행복한 곳이 되는 것입니다. 그 이유는 이 나라가 곧 제 조국이기 때문입니다. 국민들 모두가 하나의 사상으로 뭉쳐서 공동의 이익을 추구하기를 희망합니다. 그렇기에 제가 원하는 것은 정부가 이를 위해 지속적으로 노력하고 올바른 개혁의 방향을 제시해주는 것입니다."

총독은 잠시 동안 이베라의 눈을 바라봤고, 이베라는 꾸밈없이 순수한 눈빛으로 그의 눈길에 응답했다. 총독은 큰 소리로 말하며 이베라의 손을 잡고 흔들었다.

"이 나라에서 내게 진정한 남자처럼 말한 사람은 그대가 처음이오."

"각하께서는 수도 마닐라에 기생하는 기회주의자들의 말만 들으신 것 같습니다. 수없이 많은 불만이 터져 나오는 마을 농부들의 집을 방문해본 적이 없으실 것입니다. 너그러운 마음과 단순한 복장으로 그곳을 방문하면 각하께서는 진정한 남자들을 만나실 수 있을 겁니다."

총독은 자리에서 일어나 응접실을 이리저리 서성거렸다. 그가 갑자기 걸음을 멈추고 그를 불렀다.

"이베라 씨."

이베라는 자리에서 벌떡 일어섰다.

"나는 아마도 한 달 이내에 이 나라를 떠날 것이오. 그대의 교양과 사고방식은 이 나라에 맞지 않는 것 같소. 가지고 있는 재산을 모두 처분하고, 짐을 꾸려서 나와 함께 유럽으로 갑시다. 그곳이 그대가 살아가는 데 더 좋은 환경을 제공할 것이오."

"제가 살아 있는 한 각하께서 베푸신 이 친절은 결코 잊지 않겠습니다."

감동을 받은 표정으로 이베라가 대답했다.

"하지만 저는 제 부모님이 사셨던 이 나라를 떠날 수 없습니다."

"그들이 죽어간 곳이라고 하는 게 더 정확한 말이겠지. 내 말을 믿게나. 아마 내가 그대보다 이 나라에 대해 더 잘 알고 있을 거야. 아, 그렇지. 이제 야 생각나는군."

그는 목소리를 바꿔 소리쳤다.

"그대가 그 사랑스러운 처녀와 결혼할 예정이라지. 내가 그대를 쓸데없이 오래 잡아둔 게로군. 이만 나가서 그녀에게 가보시게. 좀 더 편안한 시간을 갖고 싶다면 그녀의 아버지를 내게로 보내고."

그가 미소를 지으며 말했다.

"하지만 잊지 말게. 내가 시내를 순시할 때 자네도 함께해야 한다는 걸 말이야."

이베라는 인사를 하고 응접실을 나섰다.

총독이 그의 부관을 불렀다.

"기분이 좋구먼."

그는 부관의 어깨를 토닥거리며 말했다.

"나는 오늘 처음으로 훌륭한 스페인 사람이면서 동시에 자신의 나라를 사랑하는 좋은 필리핀 사람을 만났네. 오늘 드디어 신부들에게 우리 모두가 저들의 꼭두각시는 아니라는 사실을 보여줬어. 저 젊은이가 나에게 그것을 가르쳐준 거야. 곧 내가 성직자들에게 진 빚을 모두 갚아줘야지. 가여운 젊은이, 조만간 무슨 일이…… 그럼 주지사를 불러주게나."

주지사가 곧바로 들어왔다. 총독이 말했다.

"주지사님, 오늘 정오에 목격하신 것과 같은 사건이 다시는 발생하지 않도록 주의해주시오. 그런 개탄스러운 일로 정부와 스페인 국민들의 위신이 추락하지 않도록 해주시기 바랍니다. 그리고 더불어 주지사님께 이베라 씨를 강력하게 추천하는 바입니다. 그의 애국적인 계획을 수행하는 데 필요한 각종 지원을 아끼지 말고, 또한 이후 어떤 핑계를 대서라도 그를 방해하려는 사람이 있으면 이를 잘 막아주시기 바랍니다."

주지사는 그의 질책을 잘 이해했고, 불편한 심기를 숨기기 위해 머리를 숙였다.

"주지사께서는 주둔군 부대장에게도 이 말을 잘 전해주시고, 그 젊은이가 부당한 처벌을 받지 않게 철저히 조사하도록 하세요. 이 지역 사람들에게 많은 불만이 있는 것으로 알고 있습니다."

곧이어 카피탄 티아고가 반듯하게 잘 다려진 옷을 입고 들어왔다. 총독이 다정스럽게 그에게 말했다.

"돈 산티아고, 얼마 전에 내가 그대에게 데 로스 산토스의 최고 미녀를 따님으로 둔 사실에 대해 경의를 표한 바 있는데 오늘은 그대의 훌륭한 사윗감에 대해 경의를 표해야 할 것 같소. 그처럼 사랑스러운 따님은 저런 훌륭한 필리핀 시민과 결혼할 자격이 충분하지요. 결혼식이 언제인지 내게 알려주시겠소?'

"각하……."

카피탄 티아고가 이마에 흐르는 땀을 닦으며 말을 더듬었다.

"아, 아직 날짜를 확정한 것은 아닌가 봅니다. 결혼식 후원자가 부족하면 내가 기꺼이 저들의 후원자가 되겠소이다."

주지사에게로 시선을 돌리면서 그가 말을 계속했다.

"지금까지 내가 후원한 결혼식에서 느꼈던 불쾌감을 이 결혼식을 통해서 모두 씻어낼 수 있을 것 같소!"

카피탄 티아고가 가엾은 미소를 지으며 말했다.

"예, 각하."

이베라는 거의 뛰어서 마리아 클라라에게로 갔다. 그녀에게 할 말이 너무나도 많았다. 그는 그녀의 방에서 흘러나오는 즐거운 목소리를 듣고 문을 가볍게 노크했다.

"누구세요?"

마리아 클라라의 목소리였다.

"나야."

더 이상 목소리는 들리지 않았다. 문도 열리지 않았다.

"나야, 들어가도 돼?"

기다리던 이베라의 심장은 격렬히 뛰고 있었다. 계속해서 침묵이 흘렀다. 잠시 후 가벼운 발자국 소리가 문으로 다가왔다. 시낭의 쾌활한 음성이 열쇠구멍을 통해 들려왔다.

"크리소스토모, 오늘 밤 우리는 무대 공연에 갈 거야. 마리아 클라라에게 할 말이 있으면 편지에 써서 전해줘."

발자국 소리는 다가올 때와 마찬가지로 가볍게 멀어져 갔다. 이베라는 닫힌 문을 천천히 떠나면서 그것이 무엇을 의미하는지 곰곰이 생각했다.

39
종교 행렬

저녁이 되자 창가에 걸린 축제의 등불들이 밝아졌다. 교회의 종소리가 울려 퍼지며 폭죽도 요란한 소리를 냈다. 이 가운데 네번째 종교 행렬이 시작되었다.

시내를 걸어 순시하고 있는 주지사는 두 명의 부관과 카피탄 티아고, 주지사, 주둔군 부대장, 이베라와 동행하고 있었다. 일부 군인들과 경찰관들은 그들보다 몇 걸음 앞서가며 길을 안내했다. 그들은 지나가는 종교 행렬을 관람하기 위해 시장의 집 앞에 마련된 작은 무대에 올랐다. 이 무대 앞에서는 수호성인을 기리는 송시가 낭송될 예정이었다.

이베라는 시낭송 관람을 생략하고 그저 카피탄 티아고의 집에서 행렬이 지나가는 모습을 지켜보길 원했다. 그곳에 마리아 클라라와 그의 친구들이 남아 있기 때문이다. 하지만 총독은 송시 낭송을 관람하길 원했다. 이베라는 어쩔 수 없이 저녁에 있을 무대 공연에서 그녀를 만나리라 생각하며 스스로를 위로했다.

종교 행렬의 맨 앞에서는 미사의 진행을 돕는 세 명의 복사들이 흰 장갑을 끼고 은촛대를 들고 있었다. 그 뒤를 선생님들이 인솔하는 학생들이 따랐고, 다음으로 다양한 모양과 색상의 제등을 대나무 막대에 매달아 든 소년들이 쫓았다. 그 제등은 인근 각 마을의 청년들이 용돈을 모아 나름대로 장식해 만든 것이었다. 물론 마을 촌장의 지시에 따라 제작한 것이긴 하지만 청년들의 자발적 의도가 더 컸다. 각자는 등불을 보다 독특하게 장식하기 위해 재정 지원을 해준 사람의 의견에 자신의 뜻도 포함시켜 수술을 달거나 삼각기를 걸기도 했다. 친구나 친척이 교구관사에서 일하는 사람들은 그들의 도움으로 촛대에 크고 작은 초를 꽂아 불을 밝혔고, 일부는 중국인들이 제단을 밝히는 데 사용하는 붉은 양초로 불을 밝혔다.

길 양쪽으로 늘어선 두 행렬 사이로 군인과 경찰들이 돌아다니며 줄과 간격을 맞추도록 지시하고 있었다. 죽은 이들의 영혼을 교화하고 종교 행사의 화려함을 드러내 행렬의 아름다움과 장엄함을 더욱 빛나게 하기 위한 노력이었다. 지나가던 일부 군인들이 죄를 씻긴다는 의미로 사람들을 막대기로 가볍게 때리면, 뒤따라오는 사람들이 이를 위로하며 크고 작은 양초를 나누어 주었다. 이베라가 조용히 물었다

"주지사님, 저기 몽둥이로 때리는 것은 죄에 대한 처벌입니까, 아니면 그저 즐거움을 위한 것입니까?"

옆에서 질문을 들은 총독이 끼어들었다.

"그대가 그런 의문을 가지는 것도 당연하지. 저런 야만적인 행위는 모든 외국인들에게 의아함을 불러일으킨다네. 우리가 저런 행위를 금지해야 할 텐데 말이야."

행렬이 특별한 이유 없이 운반하는 첫번째 모형은 세례자 요한이었다. 한눈에 보기에도 예수님의 사촌인 세례자 요한은 사람들에게 그리 환영받는 것 같지 않았다. 그도 그럴 것이 그의 다리와 발은 마치 하인의 그것과 같고 얼굴은 수도자처럼 보였다. 그는 오래된 나무로 만든 일인승 수레에 타서 운반되고 있었다. 이를 끌고 가는 소년들은 서로 티격태격하느라 등불도 제대

로 밝히지 않아, 세례자 요한의 모형은 제대로 보이지도 않았다.

"가엾은 성인," 길가에서 이 행렬을 바라보고 있던 학자 타시오가 혼잣말을 했다.

"그대가 기쁜 소식을 전하는 인물이라는 사실과 예수님께서 직접 그대에게 와 세례를 받으셨다는 사실도 저들에게는 아무런 의미가 없군요. 그대의 그 깊은 신앙과 자기 부정 그리고 진리와 신념을 위해 목숨을 버렸다는 사실조차도 자만심으로 가득한 세상 사람들에게는 별 소용이 없는가 봅니다. 광야에서 하는 그대의 유창한 설교보다 교회의 어눌한 설교에 인간들은 더 큰 가치를 부여하는 것 같습니다. 필리핀이 그대에게 이 사실을 가르쳐주고 있군요. 만일 그대가 메뚜기 대신에 칠면조를 먹었더라면, 동물 가죽으로 옷을 해 입는 대신 비단으로 짠 옷을 입었더라면, 그리고 한 수도회에 소속되어 있었더라면……."

성 프란시스코의 모형이 등장하자 타시오의 혼잣말은 금세 멈추었다.

"내가 좀 전에 한 말은……."

그는 어색한 미소를 지으며 혼잣말을 이어갔다.

"이번에는 화려한 장식 수레를 타고 등장하시는군. 하느님의 가호가 있기를! 정말 굉장한 수레로군. 저렇게 많은 촛불과 진귀한 유리구슬로 장식하다니! 조반니 베르나르도네(프란시스코 수도회의 창시자_옮긴이)여, 그대가 성 프란시스코가 되기 전까지 이처럼 화려한 불빛 장식과 음악으로 환영받은 적이 있었는가! 그대의 추종자들은 그대가 죽은 후에 전혀 다른 세상을 만들고 있다오. 이 존경스러우며 겸손한 수도회의 창시자가 지금 이 땅에 다시 내려온다면, 파문을 당한 대리 신부나 코르토나의 엘리아스(프란시스코회의 초기 역사를 주도한 사람으로 수차례 파문당하기도 했다_옮긴이), 그리고 교단의 개혁을 외치다가 수감 중에 살해당한 스페이에르의 세자리우스와 같은 운명이 될 것이오!"

브라스 밴드가 지나간 후 또 다른 성 프란시스코의 모형이 다가왔다. 일곱 개의 날개가 달린 모형을 작업복 차림의 프란시스코회 제삼회 회원들이 슬픈 소리로 크게 기도하며 옮겼다. 다음으로 특별한 이유 없이 아름다운 성 막달라 마리아 모형이 등장했다. 모형의 머리에는 화관이 씌워져 있고, 반지를 낀 손가락 사이에는 파인애플 옷감에 곱게 수놓아 만든 손수건이 들려 있었다. 그리고 금박 무늬가 새겨진 비단 가운까지 입었다. 그녀의 모형은 등불과 향내로 둘러싸였고, 뺨에 만들어놓은 크리스털 눈물 방울은 아름다운 채색 불꽃에 반사되어 환상적인 분위기를 자아냈다. 그 눈물은 마치 때로는 녹색, 가끔은 붉은색, 어쩌다 파란색으로 변하는 듯 보였다. 이 채색 불꽃은 성 프란시스코 모형이 도착할 때가 돼서야 길가의 집들에서 밝혀지기 시작했다. 세례자 요한의 모형은 채색 불꽃의 환영을 받지도 못하고 서둘러 지나갔다. 아마도 남루한 옷을 걸친 그는 금과 각종 보석으로 장식된 화려한 옷을 입은 신사들 사이를 지나기가 부끄러웠던 모양이었다.

"우리의 수호성인이 오신다!"

시장의 딸이 막달라 마리아의 모형을 보고는 함께 있는 손님들에게 소리쳤다.

"내가 천국에 가게 되면 그녀에게 내 반지를 선물할 거예요."

행렬의 참석자들은 시장의 집 앞에 설치된 무대 앞에 도착해서 송시를 낭독했다. 모든 성인들과 이를 나르는 사람들도 송시를 듣기 위해 멈춰 섰다. 세례자 요한의 모형을 나르는 사람들은 기다리다 지쳐서 땅에 주저앉아 있고 모형도 땅바닥에 놓였다. 그중 한 명이 말했다.

"군인들이 이 모습을 보면 뭐라고 할 텐데."

"천만에, 성물 안치소에서는 그들이 이 모형을 거미줄 가득한 구석에 처박아 놓았던데 뭐."

그렇게 세례자 요한은 다른 일반 사람들과 마찬가지로 땅바닥에 서 있었다. 성 막달라 마리아 모형의 행렬 다음으로 한 무리의 여성들이 등장했다. 남자들과는 달리 어린아이가 아닌 나이 든 여자들이 앞장섰고, 성모님 모형을 나르는 수레 주위를 결혼하지 않은 처녀들이 둘러싸고 있었다. 이유는 알 수 없지만 그 뒤로 교구 신부들이 따라왔다.

이러한 형태의 행렬은 다마소 신부에 의해 만들어진 것이었다. 그가 말하기를 "성모 마리아는 나이 든 여성보다 젊은 여성들을 좋아한다오." 이 말로 인해 성모 마리아의 취향에 들지 못한 나이 들고 신앙심 깊은 독신 여성들이 얼굴을 더욱 찌푸렸다.

막달라 마리아의 모형이 지나간 자리에 그리 행복해 보이지 않는 성 디에고의 모형이 도착했다. 그는 아침 행렬에서 성 프란시스코 뒤를 따를 때에 보여주었던 자책하는 듯 괴로운 표정을 짓고 있었다. 그를 실은 장식 수레는 여섯 명의 제삼회 여성회원들이 끌고 있었다. 그들은 모두 자신들이 아플 때에 성 디에고 성인에게 서원했던 것을 수행하고 있음이 틀림없었다. 무엇이든 아랑곳 않고 그들은 그것을 힘껏 당기고 또 당겼다. 성 디에고도 결국 무대 인근에 도착해 휴식을 취하면서 자신에게 바치는 송시가 낭독되기를 기다렸다.

그의 차례에 앞서 성모 마리아가 무대 앞에서 송시를 듣는 순서가 있었다. 성모 마리아 모형의 장식 수레 앞에서 행진하는 사람들의 의상은 귀신을 연상케 했다. 이를 지켜보던 아이들은 겁에 질렸고, 엄마의 품 안에 있던 일부 어린아이들은 울음을 터뜨리기도 했다. 그들 중에는 의상이나 고깔모자, 혹은 후드나 장식 끈 같은 것조차 제대로 갖추지 않은 사람들도 있었다. 그들은 천천히 걸으면서 단조로운 비음으로 기도 소리를 내고 있었는데, 그들 가운데 흰 옷을 입은 12명의 어린 소녀들은 흰 백합화처럼 혹은 누더기로 둘러싸인 싱싱하고 향기로운 삼빠기따 꽃처럼 돋보였다. 그네들의 곱슬머리는 화관으로 장식되었고, 눈은 반짝이는 목걸이만큼 빛났다. 마치 마녀가 무서운 악귀를 시켜 납치해 온 듯했다. 성모 마리아 모형을 실은 장식 수레에 연결된 두 개의 파란 리본을 꼭 쥔 그들의 모습은 봄의 마술 마차를 끄는 비둘기처럼 보였다.

송시가 낭독되자 모든 모형들은 가만히 귀를 기울였고, 사람들은 더 잘 듣기 위해 서로 밀치면서 자리다툼을 벌였다. 모두의 시선이 커튼이 반쯤 드리워진 무대에 쏠려 있을 때 날개를 달고 부츠를 신은 채, 어깨와 허리에 띠를 매고 깃털이 달린 모자까지 쓴 소년이 나타났다. 모든 사람들의 입에서 놀라운 감탄사가 터져 나왔다.

"주지사님이다!"

어떤 목소리가 들렸지만 소년은 그 말에 아랑곳하지 않고 주지사와 똑같은 태도로 송시를 읽기 시작했다.

그는 시장이 시킨 대로 송시를 읽었다. 하지만 그 송시는 라틴어인지, 따갈로그어인지, 스페인어인지 구분조차 할 수 없었고, 이를 해석하는 것은 더더구나 의미 없는 일이었다. 이와 비교하면 아침 미사에서 다마소 신부가 한 설교는 오히려 감탄할 만한 것이었으며, 다마소 신부가 듣는다면 그 역시 이 경쟁자를 탐탁지 않게 생각했을 것이 분명했다.

행렬은 계속 이어져 비통한 표정을 한 성 요한의 모형까지 이어졌다.

성모 마리아의 모형이 카피탄 티아고의 집 앞을 지나갈 때 천사의 소리와 같은 사랑스러운 노래가 성모를 맞이했다. 부드럽고 아름다운 곡조에 호소력 있는 그 목소리는 구노의 아베 마리아를 무색하게 할 정도였다. 이와 함께 들려오는 피아노 소리는 마치 노래하는 사람과 함께 기도하는 소리처럼 들렸다. 행렬의 브라스 밴드도 연주를 멈추었고, 크게 외치던 기도 소리도 그쳤다. 신중한 살비 신부의 걸음마저 잠시 멈췄다. 목소리가 떨렸고, 듣는 사람들의 눈가에도 이슬이 맺혔다. 이는 단순한 환영의 노래를 넘어 애원하듯 비통한 심경을 토로하는 소리였다.

이베라는 서 있던 창가에서 그 소리를 들었다. 두려움과 우울함이 엄습해왔다. 그는 노래에 깃든 슬픔을 느꼈고, 이유에 대해 생각하는 것조차 두려웠다. 총독은 침울하게 생각에 잠긴 이베라를 발견했다. 그가 이베라에게 말했다.

"나와 함께 저녁 식사에 갑시다. 식사하면서 아직도 발견되지 않은 그 소년들에 대한 얘기 좀 들어봅시다."

이베라는 총독이 있는 쪽으로 고개를 돌렸지만 그저 반사적인 움직임이었을 뿐 그를 보기 위한 것은 아니었다. 그는 속으로 자문하고 있었다.

'나 때문인가?'

40
도냐 콘솔라시온

어째서 부대장의 집 창문들은 모두 닫혀 있을까? 행렬이 그 집을 지나갈 때 남자 같은 얼굴을 하고 메두사처럼 플란넬 블라우스를 입은 군인들의 뮤즈, 도냐 콘솔라시온은 어디에 있었을까? 얼굴의 관자놀이에 두툼하게 돌출된 혈관에 피 대신 식초와 담즙이 흐를 것만 같은 여자. 커다란 시가가 어울리는 진홍빛 입술에 악의와 질투로 불타는 얼굴을 한 그녀를 마주하게 된다면 누구나 기분이 상하리라. 무슨 선량한 의도 때문이었는지는 모르겠지만, 사악한 면모로 사람들의 즐거운 기분을 망치지 않기 위해 어디론가 가버린 게 아닌지?

아, 그녀의 이런 선량한 충동 따위는 이미 오래전에 사라져버린 것을!

시낭이 지적했던 것처럼 시내가 흥겹기 때문에 그녀의 집은 더욱 우울해 보였다. 이 집에는 축제라고 해서 어떤 등불이나 장식물도 내걸리지 않는다. 대문 앞을 왔다 갔다 하는 초병조차 없었더라면 사람이 살지 않는 집으로 보였을 것이다.

얇은 자개로 만든 창문 너머 먼지와 거미집이 잔뜩 붙어 있는 너저분한 안방에 희미한 불빛이 밝혀져 있었다. 게으름이 일상이 되어버린 여주인은 커다란 안락의자에 앉아 졸고 있었다. 그녀는 평상시처럼 어울리지도 않고 섬뜩하기까지 한 의상을 입었다. 머리띠로 이마 주위를 동여매는 것 정도가 헝클어진 머리카락을 정리하는 유일한 조치였는데, 그나마도 일부 짧은 머리는 머리띠 밖으로 삐져나와 뒤엉켜 있었다. 그녀는 파란 플란넬 블라우스를 두 개 겹쳐서 입고 있었는데 속에 입은 건 원래는 흰색이었을 것 같아 보였다. 그녀의 얇은 넓적다리를 꼭 맞게 감싼 색 바랜 스커트는 이리저리 구겨지고 겹쳐져 있었다. 입에서는 담배연기가 뿜어져 나오고 눈길은 텅 빈 공간에 고정되어 있었다. 당시의 전형적인 스페인 통신원이 이 모습을 보았더라면 그녀를 도시의 유력 인사나 주술사에게 데려갔을 것이다. 그리고 이에 대해 그가 습관적으로 사용하는 피진어로 코멘트를 달아가며 기사를 썼을 것이다.

그날 아침 도냐 콘솔라시온은 미사에 참석하지 않았다. 미사에 가기 싫어서가 아니었다. 오히려 그녀는 미사에 참석해 사람들 앞에 자신의 모습을 자랑하고 싶어 했지만 남편이 이를 허락하지 않았다. 그는 평소와 마찬가지로 두서너 차례 모욕적인 욕설을 하고 발로 걷어차는 시늉을 하며 으름장을 놓았다.

부대장은 아내의 의상이 너무나도 해괴망측하여 부대의 부하 병사들에게 놀림거리가 될 것이라 여겼다. 그런 그녀의 모습을 지방 주도州都에서 온 주요 인사들이나 처음 만나는 사람들에게 보이는 것이 불편했던 것이다. 하지만 그녀는 그렇게 생각하지 않았다. 그녀는 자신이 아름답고 매력적인 여성으로서 여왕의 마차를 타고 우아하게 등장할 것이라 생각했다. 자신의 의상이 이중 스커트를 입고 나타날 마리아 클라라보다 더 아름답고 우아하리라고 생각했다. 자신은 그런 이중 스커트가 필요치 않을 만큼 풍성한 아름다움을 지니고 있다고 굳게 믿고 있었던 것이다. 그런 그녀에게 부대장은 소리를 버럭 지르며 일깨워줘야 했다.

"입 닥쳐! 그러지 않으면 발로 걷어차서 네 고향으로 날려버릴 거야!"

도냐 콘솔라시온은 남편의 발에 걷어차여 고향집으로 돌아갈 생각은 없었다. 대신 자기 발로 고향에 돌아갈 계획을 가지고 있었다.

화장을 해도 그녀의 침울한 표정에서는 자신감이나 확신 같은 것을 찾아보기 힘들었다. 하지만 그날 아침 말없이 집 안을 서성이던 그녀는 뭔가 무섭고 사악한 것을 계획하는 듯 보였다. 사로잡힌 독사가 발에 짓뭉겨질 때 눈에서 발하는 섬광을 그녀의 눈빛에서 발견할 수 있었다. 그것은 차갑고 선명하며 날카로운 빛이었다. 또한 끈적이고 불쾌하고 잔인한 무언가를 품은 듯했다.

지금은 만약 누군가 작은 소음을 내는 정도로 아주 작은 잘못을 저지른다 해도 그녀에게서 속이 뒤집힐 만큼의 욕설과 더러운 모욕을 받을 것이다. 그렇다고 해도 아무도 감히 대꾸하지 못할 것이다. 공연한 변명은 더 큰 화를 불러일으킬 것이 분명하기 때문이었다.

그렇게 하루가 거의 지나갔지만 그녀는 아직도 분풀이할 상대를 찾지 못했다. 남편은 밖에서 저녁 식사를 하고 있고, 그녀는 스스로의 울분에 흠뻑 잠겨 있었다. 몸의 모든 세포들은 전류로 가득 차 있는 듯했으며 엄청난 분노로 폭발하기 직전이었다. 그녀 주위의 모든 것들은 태풍이 휩쓸고 지나간 자리의 벼 줄기처럼 고개를 숙였다. 그녀는 자신의 분노를 분출시킬 어떤 장애물도 발견하지 못했다. 군인들과 하인들은 이미 모두 그녀에게서 멀리 달아난 상태였다.

그녀는 밖에서 축제의 즐거운 소리가 들릴까 봐 집의 창문을 모두 굳게 닫아두었다. 그리고 보초병에게 그 누구도 집에 들이지 말라고 명령했다. 파열을 방지하기라도 하듯 스카프로 머리를 꽁꽁 동여맨 그녀는 햇빛이 아직 있는데도 불구하고 조명을 켜두었다.

시사는 축제 기간 동안에 공공질서를 어지럽힌다는 이유로 체포되어 군부대에 감금되어 있었다. 부대장도 부대 밖으로 나가고 없는 가운데 그 가여운 여인은 구석의 의자에 앉아 우두커니 앞만 바라보며 밤을 지새웠다. 다음 날에야 부대장은 그녀를 발견했다. 그는 어수선한 축제 분위기 속에서 그녀의 안전을 고려했던 것은 물론, 도시에 불미스러운 일이 일어나지 않도록 하기 위해 군인들에게 그녀를 감금하게 한 것이었다. 그는 그녀를 친절하게 보살피며 먹을 것도 주라고 명령했다. 그렇게 그 미친 여인은 이틀간을 그곳에서 보냈다.

그날 밤 근처 카피탄 티아고의 집에서 들려오는 마리아 클라라의 감동적인 노랫소리를 들어서인지 아니면 그 음악의 선율이 전에 알던 노래를 떠오르게 해서인지는 모르겠지만, 미친 여인은 감미롭고 슬픈 목소리로 어릴 때 불렀던 쿤디만(필리핀의 전통적인 사랑가_옮긴이)을 부르기 시작했다. 군인들은 시사의 노래를 조용히 경청했다. 그 노래의 선율은 오래전 기억들, 특히 천진난만했던 시절의 기억들을 떠오르게 했다.

침실에 있던 도냐 콘솔라시온도 그녀의 노래를 들었다. 그리고 누가 그 노래를 부르고 있는지 물었다. 그녀는 잠시 생각을 하다가 명령을 내렸다.

"즉시 그 여자를 이리로 데리고 와."

미소처럼 보이는 무언가가 그녀의 시든 입술에 번졌다.

시사가 군인들에게 이끌려 거실로 들어왔다. 그녀에게서는 수줍음이나 당혹감 또는 두려움 같은 것이 보이지 않았다. 그녀는 자신이 고위층 인물 앞에 서 있다는 것조차 인식하지 못하는 것 같았다. 그런 그녀의 모습은 부대장 부인의 심기를 상하게 만들었다. 그녀는 자신과 대면하는 사람이 비굴

한 표정으로 몸을 조아리거나 어찌할 바를 모르고 당황하는 모습을 기대했던 것이다.

도냐 콘솔라시온은 목청을 가다듬으며 군인들에게 나가라는 신호를 보냈다. 그러고 나서 남편의 채찍을 손에 들고 사나운 목소리로 미친 여인에게 말했다.

"자, 노래를 계속해봐!"

시사는 그처럼 흔하게 사용되는 스페인어조차 알아듣지 못했다. 그녀의 무식함이 오히려 도냐 콘솔라시온의 감정을 누그러뜨렸다. 실제로 그녀는 자신이 따갈로그어를 배우지 않았다는 사실을 자신이 가지고 있는 사랑스러운 애교의 하나로 생각하고 있었다. 가능한 한 어눌하게 그 언어를 사용함으로써 자신이 진정한 유럽인임을 부각시키려는 것이었다. 그녀가 따갈로그어를 의도적으로 왜곡해서 사용하는 만큼이나 그녀의 스페인어 역시 문법적으로나 발음에 있어 나을 바가 없었다. 남편이 군화와 의자를 집어 던지면서까지 그토록 그녀에게 가르치려고 노력했음에도 불구하고 말이다. 저명한 이집트학 학자도 어려워하는 상형문자만큼이나, 그녀가 가장 어려워하는 단어들 중의 하나는 필리핀이었다.

결혼식 다음 날 당시 해군 하사였던 남편과 대화를 나누던 중에 그녀는 그것을 펠레펜이라고 발음했다. 해군 하사는 그녀의 발음을 고쳐주는 것이 자신의 의무라고 생각해서 그녀의 팔소매를 붙들고 말했다.

"자, 바보같이 굴지 말고. 피일리이피인이라고 말해봐! 어떻게 국왕 필립의 이름을 본떠 만든 이 빌어먹을 나라의 이름도 모른단 말이야!"

아직 신혼의 단꿈에서 벗어나지 못한 그의 아내는 남편의 충고에 복종하여 겨우 피일리이피인이라고 발음했다.

해군 하사는 그녀의 발음이 조금 비슷해졌다고 생각하고 더 신랄하게 다 그쳤다.

"이 여자야, 필립이란 발음도 제대로 못해? 그, 흠, 제5대인가 하는 필립 국왕도 모른단 말이야? 그 이름에 핀만 더하면 라틴어로 검둥이 섬을 의미하고, 그게 곧 이 빌어먹을 나라의 이름이잖아!"

당시 세탁부였던 도냐 콘솔라시온은 남편이 쥔 팔소매에 힘이 들어가는 것을 느꼈고, 이를 참으면서 겨우 발음을 했다.

"피일리이프-피일리이피인-피일리핀. 맞아요?"

"피일리프의 피가 P가 아니라 F란 말이야."

남편의 목청이 높아졌다.

"왜, 도대체 피일리프의 피를 P로 발음하는 거야?"

P면 어떻고 또 F면 어떠랴! 해군 하사는 대화의 화제를 바꾸는 것이 낫겠다고 생각했다. 자신도 궁금해서 사전을 찾아봤을 때는 놀라며 눈을 비벼댔다. 아무리 자세히 봐도 약간 이상해 보였다. 거기에는 의심의 여지없이 P-h-i-l-i-p-p-i-n-e-s라고 적혀 있었다. 아내는 물론 자신도 틀린 것이다. 그것은 P도 F도 아닌 Ph였던 것이다.

"어떻게……."

그는 말을 더듬었다. 사전이 잘못된 것일까? 아니면 어리석은 원주민이 이 사전을 제작한 게 아닐까? 그는 젊은 시절에 신부님이 되려고 했다던 고메즈 상사에게 이 질문을 했다. 고메즈는 해군 하사에게 눈길도 주지 않고 담배 연기를 내뿜으며 위엄 있게 말했다.

"옛날에는 필립을 발음이 나는 대로 써서 F로 적었지. 하지만 지금은 언어가 전보다 훨씬 더 정교해져서 그것을 P로 쓰고, 거기에다 h를 더해서 F로 발음하고 있지. 게다가 마드리드에 사는 명문가 사람들은…… 그건 그렇고 자넨 마드리드에 가본 적 있나? 아무튼 내 말은 마드리드에 사는 명문가 사람들은 모두 브리티시나 옥스퍼드 발음을 사용하지. 그리고 필리핀이란 글자의 맨 뒤에 있는 i는 파인트리를 발음할 때처럼 길게 발음해야 해. 무슨 뜻인지 이해하겠어?"

가여운 해군 하사는 마드리드에 가본 적이 없었다. 그것이 바로 그가 이런 철자나 발음에 익숙하지 못한 이유였다! 그런 것들은 마드리드에서나 배울 수 있는 것인데!

"그럼, 요즘은 그 발음이 어떻게……."

고메즈가 냉소적으로 말했다.

"여기 사람들이 옛날 발음을 사용하고 있지. 이 나라는 아직 문명화되지 않았다는 증거야. 무슨 말인지 알겠지! 그리고 물론 이곳에는 파인트리도 없지. 이곳에서는 필리-펜스로 발음해도 무관하다고 봐야지."

해군 하사는 철자에 능한 사람은 아니었지만 좋은 남편이었다. 그는 자신이 방금 배운 지식을 아내에게 가르쳐주고 싶었다. 그는 곧장 아내가 있는 곳으로 가서 그녀를 가르치기 시작했다.

"콘솔라, 당신의 그 빌어먹을 나라의 이름을 어떻게 부르지?"

"또 달리 어떻게 부를까요? 당신이 말한 대로라면, 페일리펜였는데요."

"발음이 더 형편없어졌잖아! 어제 했던 발음이 좀 더 나았는데. 그래도 어제는 문명화된 옥스퍼드식 발음을 했는데 말이야. 이제 또다시 고루한 스타일로 돌아갔어. 페일—내 말은 피일리이피인."

"나를 좀 보세요. 내가 왜 고루한 스타일이라는 거예요. 날 뭐라고 생각하는 거예요?"

"그런 건 상관 말고 그냥 피일리이피인이라고 발음해봐."

그녀는 팔소매를 걷어붙이며 싸우기라도 할 자세로 대들었다.

"안 해요! 난 고루한 사람이 아니에요. 아직 서른도 되지 않았는데!"

"발음해봐, 이 빌어먹을! 아니면 이 의자를 네 돌대가리에 쳐서 부숴버릴 거야!"

콘솔라시온은 남편이 의자를 집어 드는 모습을 보자, 생각을 고쳐먹고 숨을 몰아쉬며 더듬더듬 발음했다. 페일리-피일리-필리-.

의자가 내던져지자 수업은 끝났고, 주먹과 손찌검이 난무하고 손톱이 날을 세우는 싸움으로 이어졌다. 해군 하사는 그녀의 머리채를 잡았다. 그녀는 치아가 튼튼하지 못해 그를 물지는 못했다. 대신에 한 손으로는 그의 턱수염을, 다른 한 손으로는 그의 거시기를 움켜잡았다. 해군 하사는 비명을 지르며 그녀에게 용서를 빌었다. 그가 있는 대로 인상을 찡그리며 반항하는 가운데 셔츠는 물론 옷 여기저기가 찢겨져 나갔다. 결국 그날 필리핀이라는 발음은 빛을 보지 못했다.

언어를 놓고 논쟁을 벌일 때마다 비슷한 사건이 벌어졌다. 아내의 언어 능력에 관한 한 해군 하사는 약간의 후회가 있었다. 지난 10년 동안 제대로 된 말을 가르치려고 다그친 결과 그녀는 말에 대한 자신감을 완전히 상실했다. 결혼했을 당시에 그녀는 따갈로그어를 잘 이해했고, 또한 스페인어로도 자기 의사 표현은 할 수 있는 정도였다. 하지만 그녀는 곧 어떤 언어도 제대로 하지 못하게 되었다. 대신에 그녀는 보디랭귀지를 사용하는 데 더욱 익숙해졌다. 보디랭귀지 중에서도 그녀는 가장 돋보이며 과장된 것들만 선택해서 사용했다. 그런 그녀의 능력은 새로운 국제어인 에스페란토를 창시한 사람에게 뒤지지 않을 정도였다.

시사가 그녀의 말을 이해하지 못한 것은 행운일지도 몰랐다. 찌푸렸던 도냐 콘솔라시온의 표정이 펴졌고 만족한 미소가 입가에 번졌다. 따갈로그어 같은 것은 벌써 잊어버린 그녀는 이미 '요로피언'이 되어 있었다. 그녀는 군인 중 한 명에게 명령했다.

"그녀에게 노래를 불러보라고 따갈로그어로 말해! 내 말을 이해하지 못한단 말이야. 스페인어는 한 마디도 모르잖아."

시사는 군인이 하는 말을 알아듣고 그 밤의 노래를 불렀다.

처음에 도냐 콘솔라시온은 비웃는 표정으로 노래를 들었다. 하지만 점점 그런 표정은 사라졌고 그녀는 노래에 몰입하기 시작했다. 그 후엔 신중하게 들으며 깊은 생각에 잠겼다. 목소리, 노래 가사, 그 멜로디 모두가 그녀에게 깊은 인상을 주었다. 아마도 그녀의 메마르고 시든 마음이 단비를 갈망하고 있었기 때문인 듯했다.

그 음산하고 칙칙한 냉기를
밤하늘의 망토가
고이 감싸 안는다.

쿤디만의 가사가 그녀 자신의 마음을 감싸는 듯했다.

한낮에 정자 위에 피어 있는
그 그을리고 시든 꽃이

자신의 아름다움을 자랑하며

모든 이들로부터 갈채 받는 것을

당연하다 여기는구나.

저녁이 찾아온 지금

후회스럽고 상심되어

시든 꽃잎을 들어 올린다.

하늘을 우러르며

자신의 처지를 비관해본다.

자만심에 가득했던 모습은

태양도 꾸짖지 않았건만

지금은 어둠 속에 숨고자 간청한다.

그리고 이슬에게 자신의 외로운 무덤을

눈물로 적셔주라 애원한다.

"그만해!"

도냐 콘솔라시온이 벌떡 일어서며 완벽한 따갈로그어로 외쳤다.

"노래를 그만해! 그 노래가 내 기분을 망쳤잖아."

미친 여인은 그녀의 말에 따랐다. 그리고 문 밖에 있던 군인은 신기하고 놀랍다는 듯이 그녀를 바라보며 소리쳤다.

"그녀도 따갈로그어를 말할 수 있었단 말인가!"

도냐 콘솔라시온은 자신이 스스로를 배신했다는 것을 깨달았다. 그녀는 부끄러움을 감추려고 여성적인 모습과는 더욱더 거리가 먼 모습으로 분노를 폭발시켰다. 그녀는 그 경솔한 군인에게 다가가 그의 눈앞에서 문을 걸어 차 닫았다. 그리고 불안한 듯이 손에 든 채찍을 만지작거리며 거실을 수차 례 돌았다. 그러더니 갑자기 시사의 앞에 멈춰 서서 스페인어로 명령했다.

"춤을 춰봐!"

시사는 미동도 하지 않았다. 도냐 콘솔라시온은 사악한 목소리로 거듭 말했다.

"춤을 추라고, 춤을!"

미친 여인은 무표정한 눈으로 멍하니 그녀를 바라봤다. 도냐 콘솔라시온은 시사의 한 팔을 들어 올리더니 또 다른 팔도 들어 올려 위아래로 흔들었다. 하지만 아무런 소용도 없었다. 시사는 그것이 무슨 의미인지 이해하지 못했다. 그러자 도냐 콘솔라시온은 위아래로 껑충껑충 뛰며 그녀의 몸을 흔들었다. 그리고 시사에게 따라 하라고 명령했다. 멀리서 종교 행렬에 참여하는 브라스 밴드의 침울하고 장엄한 음악 소리가 들려왔지만, 도냐 콘솔라시온은 자신의 내면에 있는 다른 리듬과 선율에 맞춰 미친 듯이 껑충껑충 뛰었다.

시사는 꼼짝 않고 그녀를 쳐다만 봤다. 뭔가 호기심이 그녀의 눈을 밝혔다. 조심스러운 미소가 그녀의 메마른 입술에 피어났다. 시사는 그녀의 춤에서 즐거움을 발견했다. 그녀는 갑자기 당황한 듯 춤을 멈췄다. 그리고 범죄자들과 군인들에게 무시무시하다고 소문난 채찍을 집어 들었다. 그 채찍은 부대장이 전문가에게 특별히 주문해서 철선을 꼬아 만든 것이었다. 그녀는 시사에게 명령했다.

"자, 이제 네 차례야! 춤을 춰!"

그리고 도냐는 천천히 그 미친 여인의 발에 채찍을 가하기 시작했다. 시사는 아픈 듯 얼굴을 찡그리며 스스로 보호하려는 자세로 자신을 감쌌다.

"아하! 한번 해보자는 거야?"

도냐 콘솔라시온은 야만스러운 환희를 드러내듯 소리쳤다. 그러곤 마치 느린 음악에서 빠르고 거친 음악으로 넘어가듯 채찍을 들어 올려 내리쳤다. 불쌍한 시사는 고통을 호소하며 자신도 모르게 한 발을 치켜 올렸다. 도냐 콘솔라시온은 채찍이 날아가는 소리와 함께 소리쳤다.

"지금 춤을 추는 거야, 마는 거야? 이 원주민 계집아!"

시사는 바닥에 쓰러져 채찍에 맞은 발을 손으로 감싸며 공포에 질린 눈으로 자신을 괴롭히는 사람을 응시했다. 그녀의 등을 강타한 두 번의 강력한 채찍이 다시금 그녀를 일으켜 세웠다. 불쌍한 여인의 입에서 흘러나오는 것은 단순한 울음이 아니라 고통으로 인한 울부짖음이었다. 얇은 블라우스가 찢겨져 나갔고, 피부는 갈라져 피가 흘러나왔다.

피를 본 호랑이가 더욱 흥분하듯, 도냐 콘솔라시온은 피를 흘리는 희생자를 지켜보며 자아도취에 빠졌다.

"춤을 춰! 춤을, 이 빌어먹을 계집아! 너를 낳은 년도 저주를 받을 것이야."

그녀는 소리쳤다.

"춤을 춰. 아니면 넌 여기서 매 맞아 죽을 거야!"

그녀는 한 손으로는 시사를 붙들어 춤을 추도록 유도하고, 다른 손으로는 채찍을 휘두르면서 자신도 껑충껑충 뛰며 춤을 추기 시작했다. 미친 여인은 이제야 무슨 의미인지 깨닫고 팔을 휘저으며 그녀를 따라 했다. 도냐 콘솔라시온은 춤을 추며 만족한 미소를 띠었다. 그녀의 미소는 준엄함 규율을 가르친 여성 메피스토(괴테의 희곡 『파우스트』에 나오는 악마_옮긴이)의 미소와도 같았다. 그 미소에는 증오와 냉소 그리고 잔인함이 뒤섞여서 말로 표현할 수 없는 괴이함이 느껴졌다.

춤추는 광경에 흠뻑 빠진 도냐 콘솔라시온은 남편이 들어오는 것도 알지 못했다. 그가 들어오면서 현관문을 발로 걷어찬 후에야 비로소 그것을 깨달았다. 부대장의 얼굴은 창백하고 우울해 보였다. 이 광경을 목격한 그는 험악한 눈길로 그녀를 쳐다봤다. 그녀는 꼼짝도 하지 않고 그저 냉소적인 웃음만 지을 뿐이었다.

그는 기이한 춤을 추고 있는 미친 여인의 어깨에 부드럽게 손을 얹어 춤을 멈추게 했다. 미친 여인은 한숨을 내쉬고 자신의 피로 얼룩진 바닥에 털썩 주저앉았다. 일시적으로 거실은 고요해졌고, 부대장이 거칠게 내쉬는 숨소리만 들렸다. 뭔가 물어볼 듯한 눈으로 그를 바라보던 도냐 콘솔라시온은 채찍을 든 채 그에게 신중한 목소리로 물었다.

"무슨 문제라도 있어요? 왜 아는 척도 하지 않는 거죠?"

그는 대답하지 않고 밖에 있는 군인을 불렀다.

"이 여인을 데려가."

그가 명령했다. "마르타에게 말해서 깨끗한 옷을 주고 상처도 치료해주라고 해. 그리고 좋은 음식과 잠자리도 마련해줘. 거듭 말하는데 그녀를 극진히 보살펴줘야 해! 그녀를 내일 이베라 씨의 집으로 보낼 예정이야."

그리고 그는 조용히 현관문을 걸어 잠그고 부인에게로 다가갔다. 그는 주먹을 불끈 쥐면서 말했다.

"네가 원하는 게 이거였군. 그렇게도 매를 맞고 싶었던 거야?"

"왜 그러는 거예요?"

그녀가 뒷걸음질을 치면서 물었다.

"왜 그러냐고?"

그는 다짐이라도 하듯 으르렁대면서 서투른 글씨가 어지럽게 적혀 있는 편지를 내던졌다.

"당신이었군, 그렇지? 이 더러운 계집, 네가 주지사에게 편지를 써서 이곳에서 유희를 허락하는 대가로 내가 뇌물을 받았다고 고자질했지? 내가 왜 진작 당신을 걷어차 버리지 않았는지 정말 이해할 수 없군!"

"그래요, 그럼 어디 그렇게 해보시죠."

그녀는 빈정거리며 웃었다.

"어디 당신이 그렇게 할 배짱이나 있는 사람인지 한번 봅시다."

그는 그녀의 비웃음에 움찔했다. 곧 그녀의 손에 들린 채찍을 보았다. 그는 탁자에 놓인 접시를 하나 집어서 그녀의 머리를 향해 던졌다. 도나는 이미 이런 종류의 전투에 아주 익숙해져 있었다. 그녀가 살짝 피하자 접시는 벽에 부딪쳐 산산조각이 났다. 그는 이어서 컵을 던지고 다음으로는 칼을 던졌다.

"이 겁쟁이!"

그녀가 소리쳤다.

"겁이 나서 더 가까이 오지도 못하면서."

그녀는 그를 향해 침을 뱉으며 더욱 자극했고, 그는 흥분을 못 이기고 고함을 지르며 그녀에게로 달려들었다. 그러나 놀랍게도 그녀는 재빠르게 피하면서 채찍으로 그의 얼굴을 가격했다. 그리고 이내 방으로 달아나 문을 쾅 닫아걸었다. 그는 분노와 아픔에 악을 쓰며 달려갔지만 결국 닫힌 문 앞에서 욕설을 퍼붓는 것 외에는 아무것도 할 수 없었다.

"이런 빌어먹을 야만인 같으니, 더럽고 추악한 년! 당장 문 열지 못해! 내가 목을 부러뜨려놓을 테야!"

그는 악을 쓰면서 손과 발로 마구 문을 쳤다. 도냐 콘솔라시온은 아무런 대꾸도 하지 않았다. 방 안에서는 의자와 여행용 가방을 끄는 소리가 들려왔고, 마치 바리케이드라도 치듯 이를 문 앞에 쌓는 것 같았다. 남편의 발길질과 욕설이 온 집 안을 요동치게 했다. 그녀가 신랄하게 경고했다.

"들어오기만 해봐. 코빼기라도 비치면 내가 아주 날려버릴 테니까."

그는 점차 흥분이 가라앉는 듯했고, 우리에 갇힌 맹수처럼 그저 거실을 이리저리 어슬렁거렸다.

"밖에 나가서 좀 진정이나 하시지."

그녀가 계속 조롱하듯 말했다. 아무래도 모든 방어 태세를 갖추고 있는 듯했다.

"맹세컨대 잡히기만 해봐, 하느님도 널 구하지 못할 거야. 이 추잡한 년아!"

그녀는 빈정대며 즉시 대답했다.

"그건 그렇겠네! 네가 날 교회에도 못 가게 하고, 하느님에 대한 내 의무도 다하지 못하게 만들었으니 말이야."

부대장은 헬멧을 들고 옷매무새를 가다듬고는 밖으로 터벅터벅 걸어 나갔다. 하지만 몇 분 후 군화를 벗고 조용히 살금살금 되돌아왔다. 그들의 싸움 광경은 이미 하인들에게 익숙하여 별다른 흥미를 주지 못했다. 하지만 군화를 벗고 양말 차림으로 살금살금 걷고 있는 부대장의 또 다른 모습은 그들의 관심을 끌었다. 하인들은 즐거워하며 서로 눈짓을 주고받았다. 그는 그녀의 방문 옆에 앉아서 30분이 지나도록 인내심을 가지고 기다렸다. 도냐 콘솔라시온은 이따금씩 더 높은 목소리로 호칭을 바꿔가며 소리 질렀다.

"진짜 밖으로 나간 거야, 아니면 아직도 거기 있는 거야, 이 늙은 염소야?"

결국 그녀는 바리케이드로 쌓아놓았던 가구들을 하나씩 치우기로 마음먹었다. 가구가 치워지는 소리를 들은 그는 회심의 미소를 지었다. 그녀가 소리쳤다.

"상병, 부대장님 밖으로 나갔어?"

부대장으로부터 손짓 신호를 받은 상병이 대답했다.

"예, 부인. 부대장님은 밖으로 나가셨습니다."

그녀의 웃음소리와 함께 문의 걸쇠를 여는 소리가 들려왔다. 그녀의 남편은 천천히 일어섰다. 잠시 후 문이 조금 열렸다. 비명 소리, 몸이 방바닥에 부딪치는 소리, 욕설, 조롱, 저주, 주먹질, 목이 쉰 울음소리…… 어떻게 그 어두운 방 안에서 일어났던 일들을 다 묘사할 수 있을까? 상병은 주방 쪽으로 오더니 요리사에게 어깨를 들썩이며 곤란한 표정을 지었다. 요리사가 물었다.

"나중에 어떻게 감당하려고."

"내가 뭐? 저 불쌍한 민간인 잘못이지, 내가 무슨 잘못이 있어. 그 여자가 내게 부대장님이 나갔는지 물었지, 돌아왔는지는 묻지 않았잖아!"

41

정의와 힘

그날 밤 10시경, 마지막 로켓이 어두운 하늘을 향해 천천히 올라갔다. 밤하늘에는 연기와 열기로 가득 채워 띄운 커다란 종이 기구들이 새로운 별들처럼 빛났다. 폭죽이 장착된 일부 종이 기구들은 하늘에서 폭발해서 땅으로 떨어질 때 도시의 집들에 불을 붙일 위험이 있었다. 이를 방지하기 위해 사람들은 물동이와 젖은 걸레를 매단 긴 막대기를 들고 지붕 위에 서서 감시하고 있었다. 밤하늘을 배경으로 드러난 기구들의 희미한 윤곽은 마치 인간들의 즐거움을 구경하기 위해 하늘에서 내려온 유령들처럼 보였다.

수없이 많은 회전 불꽃과 여러 종류의 폭죽들이 한꺼번에 터졌다. 폭죽이 만들어내는 모양은 각양각색이었다. 어떤 건 탑 모양, 또 어떤 것은 물소 모양…… 산디에고 사람들이 이전에 보지 못했던 가장 아름답고 웅장한 화산 모양의 폭죽도 모습을 드러냈다.

이제 사람들은 마지막 무대 공연을 관람하기 위해 시내 광장으로 모여들었다. 여기저기에 밝혀져 있는 채색 불꽃은 즐거운 기분에 환상적인 분위기까지 더했다. 소년들은 아직 터지지 않고 땅바닥에 떨어져 있는 폭죽을 줍느라 분주했다. 음악 소리가 곧 공연이 시작됨을 알리자 모두들 서둘러 무대 쪽으로 향했다.

커다란 무대가 화려한 조명으로 빛났다. 무대를 밝히는 수많은 등불이

기둥과 천장에 걸렸고, 무대 가장자리를 빙 둘러 촘촘히 불을 밝혔다. 불을 보살피는 군인의 모습이 드러날 때마다 군중들은 휘파람을 불며 즐겁고 친근한 환호를 보냈다.

"저기 또 저 사람이 나타났다!"

무대 앞쪽에 위치한 오케스트라 단원들은 악기의 음정을 조율하고 연주할 곡의 일부를 연습하고 있었다. 그들과 마주한 곳에 위치한 몇 줄의 좌석은 마닐라에서 온 특파원들, 관원들, 스페인 사람들, 외부에서 온 부자들을 위해 예약되었다. 어떤 직위도 명예도 없는 일반 사람들은 광장의 나머지 자리를 차지하고 있었다.

몇몇 사람들은 어깨에 의자를 들쳐 메고 왔는데, 앉기 위해서라기보다 자신의 작은 키를 보완하기 위한 목적이 더 컸다. 하지만 그들이 의자 위에 올라서자마자 뒤에서는 불평의 소리가 터져 나왔다. 그들은 즉시 의자에서 내려서지만 곧 아무 일도 없었던 것처럼 다시 의자 위로 올라섰다.

사람들이 오가고, 비명 소리, 고함 소리, 웃음소리, 폭약 터지는 소리, 이 모든 소리들이 온통 뒤섞였다. 예약된 자리에 있던 어떤 긴 의자의 다리가 부러져 땅바닥에 주저앉았다. 그러자 군중들은 웃음이 터졌다. 멀리서부터 공연을 구경하러 온 이들은 오히려 스스로가 구경거리가 된 꼴이었다. 서로 좋은 자리를 차지하려는 다툼도 일어났다. 조금 떨어진 곳에서는 병과 유리잔이 부딪치는 소리가 들렸다. 양손에 간식과 음료가 가득한 쟁반을 들고 있는 안뎅이었다. 그녀가 자신에게 접근하여 도움을 주려는 연인과 마주쳤던 것이다.

부시장 필리포는 모든 순서를 주관했다. 시장은 무대 공연보다 즐기는 것을 더 선호했다.

"내가 어찌해야 합니까?"

필리포가 늙은 타시오에게 물었다.

"시장은 제 사표를 받아들이지 않았습니다. 내가 부시장 직무를 수행하기에는 아무 권한도 없는 것처럼 느끼고 있는 건지 그가 묻더군요."

"그래서 뭐라고 대답했소?"

"저는 이렇게 대답했습니다. '시장님, 비록 하잘것없는 부시장일지라도 권위만큼은 어떤 권력자들과도 다르지 않습니다. 그 모든 것이 똑같이 상부로부터 부여된 것이기 때문입니다. 국왕 자신이 그들을 국민들로부터 선택한 것이고, 그 국민들은 하느님께서 주신 것이지요. 제게 부족한 것은 바로 그런 권한이라고 생각합니다, 시장님!' 하지만 시장은 제 말을 경청하지 않았습니다. 그리고 축제가 끝난 후에 다시 논의해보자고 했습니다."

"그렇다면 하느님께서 그대를 도울 것이오."

이렇게 말하고 늙은 타시오는 그 자리를 떠나려 했다.

"공연은 보지 않으시려고요?"

"고맙지만 사양하겠소. 난 스스로 꿈과 허상을 만들어 자족할 줄 알거든."

늙은 학자는 빈정대는 웃음을 지으며 대답했다.

"하지만 이걸 한번 생각해보시오. 천성적으로는 평화를 사랑하지만 유혈이 낭자한 전쟁터 같은 장엄한 광경을 즐기고, 민주주의를 사랑하지만 여전히 황제들과 왕 그리고 왕자들을 동경하며, 비종교적이지만 성대한 종교 행사에 기꺼이 돈을 아끼지 않는 그런 국민들…… 그리고 천성적으로 착한 우리 여자들이 왕자가 창을 휘두르면 기쁨의 환호를 보내는 모습에서 뭔가 느끼는 것이 없소? 저들이 왜 그런지 알겠소? 글쎄, 그건 말이지……."

하지만 마리아 클라라와 친구들이 도착하면서 대화는 중단되었다. 돈 필리포는 그들을 맞이하여 준비된 자리로 안내했다. 그 뒤에 교구 신부가 또 다른 프란시스코회 신부와 일부 스페인 사람들과 함께 도착했다. 교구 신부는 기회만 있으면 자신의 비위를 맞추기 위해 쫓아다니는 몇몇 사람들까지 대동했다. 늙은 타시오는 걸어 나가면서 중얼거렸다.

"저들이 이승에서 보상받은 것만큼 저승에서도 신께서 저들에게 보상해 주시길 빈다."

무대 공연은 마닐라에서 온 두 명의 유명 배우가 출연하는 짧은 희극으로 시작되었다. 모든 이들의 눈과 귀가 무대에 쏠려 있었지만 오직 살비 신부만은 예외였다. 그는 오로지 마리아 클라라를 보기 위해 온 것 같았다. 슬픔이 그녀에게 환상적인 천상의 아름다움을 더하고 있었기에 그의 황홀한 시선도 충분히 이해가 간다. 하지만 그 프란시스코회 신부의 깊은 내면에는 어떤 황홀함도 일어나지 않았다. 그 고독한 눈길에서는 절망적인 슬픔을 읽을 수 있다. 그 눈길은 마치 자신의 어머니가 들려주었던 즐거운 낙원을 멀리서 바라만 봐야 하는 카인의 눈길과도 같았다.

그 짧은 희극이 끝나갈 무렵 이베라가 도착했다. 그의 도착에 여기저기에서 쑥덕거리는 소리가 들렸다. 모든 눈길이 그와 교구 신부에게로 쏠렸다. 하지만 이베라는 이를 눈치채지 못했다. 그는 침착하게 마리아 클라라와 그녀의 친구들에게 인사를 하고 그들의 옆자리에 앉았다. 오직 시낭만 그에게 말을 걸었다.

"화산 모양의 폭죽이 터지는 것 봤어요?"

"아니, 못 봤어요. 총독 각하와 함께 있어야 했거든요."

"정말 애석하네요! 저 교구 신부는 우리와 함께 있으면서 줄곧 지옥의 망령들에 대한 얘기만 했어요. 이것에 대해 어떻게 생각해요? 우리를 겁에 질리게 해서 제대로 즐기지도 못하게 했어요. 기가 막혀서!"

교구 신부는 잠시 자리를 떠나 돈 필리포에게로 다가가 열띤 논쟁을 벌이는 듯했다. 신부는 격양된 목소리로 말했지만, 돈 필리포는 침착하고 조용하게 말했다.

"죄송합니다만 신부님의 말씀을 따를 수 없었습니다. 이베라 씨는 이 축제의 가장 큰 후원자 중 한 사람입니다. 공공질서를 해하지 않는 한 그도 이곳에 올 권리가 있습니다."

"훌륭한 크리스천과 불화를 일으킨 행위가 공공질서를 해한 게 아니란 말이오? 이는 늑대를 양 떼들의 우리에 놔둔 것과 같소. 당신은 하느님과 그 권위 앞에서 이에 대해 해명해야 할 것이오!"

"저는 항상 제 자유의지에 따라 한 행동에 대해 해명할 준비가 되어 있습니다, 신부님."

돈 필리포는 고개를 약간 숙이며 대답했다.

"하지만 제 보잘것없는 지위로는 종교적 문제에 관여할 입장이 되지 못합니다. 누구든 그가 못마땅한 사람이 있다면, 그저 그를 무시하면 됩니다. 이베라 씨도 그런 사람에게 억지로 말을 걸지는 않을 겁니다."

"하지만 이는 위험을 방기하는 것이오. 그리고 위험을 즐기는 사람은 결국 그로 인해 죽을 것입니다."

"어떤 위험도 보이지 않는데요, 신부님. 주지사님과 총독 각하 그리고 저의 모든 상관들도 오늘 오후 내내 그와 대화를 나누었습니다. 제가 그들 모두에게 잘못했다고 말할 수는 없지요."

"만일 당신이 저자를 그냥 내버려 둔다면 우리는 떠나겠소."

"정말 죄송합니다만, 저는 이곳에서 그 누구도 쫓아낼 수 없습니다."

교구 신부는 마음속에 다른 생각이 들었지만 이미 늦었다. 그가 보낸 신호에 따라 다른 프란시스코회 신부가 마지못해 자리에서 일어서 나갔고 그의 일행들도 뒤를 따랐다. 그들은 이베라가 있는 쪽을 향해 증오의 눈길을 보내는 것도 잊지 않았다. 여기저기서 속삭임과 중얼거리는 소리가 들려왔다. 몇몇 사람들은 이베라에게 다가가 인사를 하면서 격려했다.

"우린 당신 편이오. 저들은 신경 쓰지 마시오."

그가 당혹스러운 표정을 지으며 물었다.

"저 사람들이 누구인데요?"

"당신과 접촉하기를 피하려는 사람들이 조금 전 떠났습니다."

"접촉을 피한다고요? 저하고요?"

"예, 그들은 당신이 파문당했다고 합니다."

이베라는 깜짝 놀라 아무 대답도 하지 못하고 주위를 둘러봤다. 마리아 클라라가 부채로 얼굴을 가리고 있는 모습이 보였다. 그가 참다못해 소리쳤다.

"하지만 이게 말이 되는 일입니까? 우리가 지금 중세시대에 살고 있는 건가요? 그럼……."

그는 흥분을 가라앉히고 옆에 앉은 젊은 여성들에게 조용히 말했다.

"실례합니다. 제가 중요한 약속을 잊었네요. 집에서 뵙겠습니다."

시낭이 말했다.

"가지 마세요. 다음 순서에 정말 유명한 댄서가 나올 거예요."

"안타깝지만 가봐야겠습니다. 곧 돌아오지요."

그 속삭임에는 더욱 힘이 들어가 있었다.

댄스 순서가 진행되는 도중에 군인 두 명이 돈 필리포에게 다가와 공연을 중단해달라고 요청했다. 깜짝 놀란 부시장이 이유를 물었다.

"왜죠?"

"저희 부대장님과 사모님이 싸움을 하셨는데 지금 잠을 잘 수 없다고 하십니다."

"당신 부대장에게 가서 말하시오. 지금 우리는 주지사님의 허락을 받아 공연하고 있고, 그 누구도 이 공연을 방해하지 못한다고요. 저의 유일한 상관이신 시장님도 마찬가지고요."

군인들이 고집을 피웠다.

"어쨌든 공연은 계속할 수 없습니다."

돈 필리포는 등을 돌렸다. 군인들은 곧 떠났다. 부시장은 사람들이 동요하지 않도록 이 경고를 아무에게도 말하지 않았다. 많은 박수를 받으며 뮤지컬 코미디가 막을 내리자, 곧이어 '빌라르도 왕자' 역할을 하는 배우가 무대에 나타났다. 그는 자신의 아버지를 감옥에 가둔 무어족과 목숨을 건 전투를 벌였다. 왕자는 단칼에 그들의 목을 저 멀리 날려버릴 것처럼 기세가 등등했다. 그때였다. 진군 행진곡을 들으며 잔뜩 긴장한 채 전투를 준비하는 무어족들에게 다행히도, 엉뚱한 사건이 벌어졌다. 오케스트라 단원들이 갑자기 연주를 멈추더니, 악기를 내려놓고 다투어 무대 위로 기어 올라왔던 것이다. 이런 상황을 예상치 못한 용감한 빌라르도 왕자는 그들을 무어족의 동맹군으로 생각하고, 창과 방패를 내려놓고 뒷걸음질 쳤다. 무시무시한 크리스천과의 전투가 벌어지리라고 생각한 무어족들도 그와 똑같이 행동했다. 무대를 밝히던 불들이 꺼지고 등불들이 허공으로 날아갔다. 비명, 고함, 욕설과 저주의 말이 난무하면서 사람들은 우왕좌왕, 엎치락뒤치락했다. 누군가 소리쳤다.

"도적 떼! 도적들이 나타났다!"

다른 이가 또 소리쳤다.

"총을 쏴! 저 강도들에게 총을 쏘라고!"

여자와 아이들은 자리에서 비명을 지르고, 서서 관람하던 사람들은 고함 소리에 놀라 땅바닥에 엎드렸다. 무슨 일이 일어난 것일까? 부대에서 온 두 군인이 공연을 멈추기 위해 연주자들을 총으로 위협했던 것이다. 부시장과 장검을 찬 시 경찰들은 저항하는 두 군인을 겨우 체포했다. 돈 필리포가 소리쳤다.

"저들을 시청으로 데려가 달아나지 못하도록 철저히 감시하시오!"

이베라는 마리아 클라라를 찾아 서둘러 돌아왔다. 놀란 여자들이 창백한 얼굴로 벌벌 떨며 그에게 달라붙었다. 이사벨 이모는 라틴어로 모든 성인들을 부르며 기도를 올렸다. 공포가 가시고 완전히 벗어나고 무슨 일인지 알게 되자 사람들은 쌓였던 분노를 터뜨렸다. 시 경찰들에게 붙잡혀 가던 두 군인은 돌팔매질을 당했고, 몇몇 사람들은 군부대에 불을 질러 도냐 콘솔라시온과 부대장을 산 채로 구워버리자고 주장하기도 했다. 한 여성이 소매를 걷어 올리고 힘껏 삿대질을 하면서 소리쳤다.

"그 부대는 오직 자기들만을 위한 거야! 정직한 사람들만 못살게 굴고, 법을 지키는 사람들을 쫓아다니지! 도적들과 노름꾼들은 괘념치도 않고 말이야! 부대에 불을 지르자!"

뒤집어진 의자 밑에서 훌쩍이며 고해성사를 하는 한 남자의 목소리가 들려왔다. 다름 아닌 어떤 음악가였다. 무대는 충격을 받은 배우와 관객들로 가득했고 서로 얘기를 나누고 있었다. 마닐라에서 온 한 유명한 가수는 오페라 의상을 그대로 입은 채, 교장 선생 의상을 입은 또 다른 배우와 피진 스페인어로 대화를 나누고 있었다. 많은 박수갈채를 받은 댄서도 실크 숄을 어깨에 두르고 빌라르도 왕자와 함께 이 사태에 대해 얘기하고 있었다. 무어족들은 군인에게 위협당하며 두들겨 맞은 연주자들을 위로했다. 일부 스페인 사람들은 여기저기 오고 가며 마주치는 사람들에게 장황한 말을 늘어놓았다. 한 무리의 남자들이 모였고, 돈 필리포는 그들이 무엇을 하려는지 눈치채고 앞장서서 저지했다. 그가 소리쳤다.

"공공질서를 해치려 하지 마시오! 내일 우리는 배상을 요구할 것이오. 우리에게 정의로운 판결이 내려질 것이오. 내가 보증하겠소이다!"

몇몇이 대답했다.

"아니오, 칼람바에서도 비슷한 일이 있었는데, 정의로운 판결이 내려지리라고 약속했지만 주지사는 아무런 조치도 취하지 않았소. 우리는 우리 손으로 정의가 무엇인지 보여주려고 합니다. 군부대로 갑시다!"

부시장은 아무 성과도 없이 그들과 논쟁을 벌였다. 그들은 자신의 의견을 굽히지 않았다. 돈 필리포는 도움을 구할 사람을 찾기 위해 주위를 둘러보다가 이베라를 발견했다.

"이베라 씨, 제가 가서 시 경찰관들을 데리고 올 때까지 저들을 좀 막아주시오."

"제가 무엇을 할 수 있겠습니까?"

이베라가 당혹스러워하며 대답했다. 그러나 부시장에게는 그의 말이 들리지 않았다. 이베라도 어찌할 바를 모르며 주위를 살펴봤다. 다행스럽게도 이 광경을 무심하게 지켜보는 엘리아스가 눈에 들어왔다. 이베라는 그에게로 달려가 팔을 붙들고 스페인어로 그에게 말했다.

"제발 뭐라도 좀 해주시오. 난 아무것도 할 수 없소."

엘리아스는 분명히 그의 입장을 이해했을 것이다. 그 무리들 사이에서 이베라는 거의 제정신이 아니었기 때문이다. 열띤 논쟁과 격렬한 항의소리가 들려왔다. 시간이 조금 지나자 무리의 흥분은 점차 가라앉았고 한 사람씩 떠나기 시작했다.

그 무렵 군인들은 총검을 갖추고 부대에서 나왔다.

한편 교구 신부는 무엇을 하고 있었단 말인가?

살비 신부는 아직 잠자리에 들지 않았다. 그는 창문 덮개에 이마를 대고 광장에서 일어나는 사태를 관망하고 있었다. 가끔씩 한숨을 쉬었지만 거의 움직이지 않았다. 만일 불빛이 흐리지 않았더라면 그의 눈에 고여 있던 눈물이 보였을 것이다. 그는 거의 한 시간 동안 그렇게 서 있었다.

멍한 상태의 그를 광장에서의 소란이 일깨웠다. 그는 놀란 눈으로 사람들이 우왕좌왕하는 모습을 바라보았다. 그들이 외치는 비명과 구호가 그의 귀에 겨우 다다를 정도였다. 당황해서 숨이 넘어갈 듯 뛰어온 그의 하인이 무슨 일이 일어나고 있는지 알렸다.

그때 어떤 생각이 그의 머리를 스쳐 지나갔다. 난봉꾼들은 혼란이나 폭동으로 두려워 어찌할 바를 모르는 여성들을 능숙하게 이용할 줄 안다. 모든 사람들이 제정신이 아닐 때는 어떠한 외침도 들리지 않는다. 여자들은 정신을 잃거나 비틀거리며 쓰러지고 공포와 두려움에 질려 정숙함 따위는 잊어버린다. 게다가 어두운 밤인 지금, 더구나 사랑하는 사람들 사이라면……. 그는 이베라가 팔에 마리아 클라라를 들쳐 안고 어둠 속으로 사라지는 모습을 상상했다.

그는 모자와 지팡이도 챙기지 않은 채 미친 듯 광장으로 뛰쳐나갔다. 도착한 그는 군인들을 꾸짖고 있는 스페인 사람들을 발견했다. 마리아 클라라와 그녀의 친구들이 앉아 있던 자리로 눈길을 돌렸지만, 아무도 보이지 않았다.

"신부님! 신부님!"

스페인 사람들이 불렀지만 그는 들은 척도 않고 그대로 카피탄 티아고의 집으로 달려갔다. 집 앞에서 그는 한숨 돌린 후 내부가 희미하게 들여다보이는 커튼 뒤로 사랑스러운 마리아 클라라의 옆모습과 잔을 들고 가는 이사벨을 발견했다.

"이것 참."

그가 중얼거렸다.

"그녀는 그저 당황했을 뿐이로군, 그게 전부였어."

이사벨이 창문 덮개를 닫자 마리아 클라라의 우아한 옆모습은 더 이상 보이지 않았다. 교구 신부는 광장을 지나올 때 만났던 사람들을 다시 찾지 않고 그 장소를 떠났다. 잠자는 처녀의 사랑스러운 모습이 눈앞에 달콤함으로 아른거렸다. 라파엘 그림의 성모 마리아처럼 눈꺼풀 가장자리에 아름다운 곡선을 그리며 난 긴 속눈썹, 약간의 미소를 머금은 아담한 입술, 구름 위를 나는 날개 달린 아기 천사처럼 순결하고 순수하며 달콤한 그 얼굴.

그의 상상력은 점차 다른 부분까지 번져갔지만, 그 뜨거운 마음이 만들어내는 상상을 누가 감히 글로 쓸 수 있겠는가?

아마도 마닐라 신문사에서 파견 나온 특파원은 축제를 정리하고 벌어진 사건에 대한 기사를 쓰면서 이렇게 묘사했을 것이다.

이 기회를 통해 존경하는 베르나르도 살비 신부님께 더할 수 없이 무한

한 감사를 올리고자 합니다. 그는 격분한 시민들의 위협에도 개의치 않고, 모자와 지팡이도 없이 뛰어나와 평화를 대변하는 종교의 신부가 지니는 위엄과 권위, 설득력 있는 언변으로 폭도들의 분노를 잠잠케 했습니다. 그 누구보다 금욕적인 신부님은 자신이 돌보는 양 떼들이 조금이라도 위해를 당할까 염려되어 마땅히 누려야 할 잠자리의 달콤함도 뒤로하고 뛰어나온 것입니다. 산디에고의 시민들은 영웅적인 목자의 숭고한 행동을 결코 잊지 않을 것이고, 어떻게 하면 그에게 무한한 감사를 표할 수 있을지도 알고 있을 것입니다.

42
두 방문자

이런 마음으로 도저히 잠을 이룰 수 없다고 생각한 이베라는 잠을 포기하고 공부를 시작했다. 밤이면 더욱 크게 다가오는 두려움을 쫓아버리기 위한 방편이기도 했다. 그는 대나무와 다른 물질의 조각들을 썰어서 용기에 담아 봉하고 개별적으로 번호를 붙여 보관해두기를 반복했다. 그가 다양한 화학적 혼합물을 만드는 사이 어슴푸레 새벽이 밝아왔다.

하인이 들어와 어떤 농부가 그를 만나길 원한다고 전했다. 이베라가 고개도 돌리지 않고 말했다.

"그를 들여보내세요."

엘리아스는 방 안으로 들어서서 아무런 말도 없이 기다렸다.

"아, 당신이군요."

그를 본 이베라가 따갈로그어로 말했다.

"기다리게 해서 미안합니다. 들어오셨는지 몰랐습니다. 지금 중요한 실험을 하고 있는 중입니다."

"방해가 되지 않았으면 합니다. 제가 온 것은 먼저, 바탕가스 지역에서 당신이 하시는 일에 제가 뭔가 도움이 될 수 있을까 해서입니다. 저는 지금 그곳으로 떠납니다. 그리고 떠나기 전에 다소 좋지 않은 소식을 하나 알려드리고자 합니다."

이베라는 호기심이 찬 눈으로 그를 바라봤다.

"카피탄 티아고의 따님이 병들어 누웠습니다."

엘리아스는 동일한 어조로 말했다.

"하지만 그리 심각한 상황은 아닌 듯합니다."

이베라가 중얼거리듯 말했다.

"걱정스럽네요. 그녀에게 무슨 일이 있었는지 아십니까?"

"몸에 고열이 있다고 들었습니다. 제게 특별히 부탁하실 일이 없으시면 저는 이만……."

엘리아스가 고개를 숙여 인사했다. 그의 눈을 바라보며 이베라가 물었다.

"지난밤 어떻게 사람들의 흥분을 가라앉히고 폭동을 막았습니까?"

"아주 간단했습니다."

엘리아스가 침착하게 대답했다.

"무리의 주동자들 중에 두 형제가 있었습니다. 그들의 아버지는 일전에 군인들에게 맞아 죽었습니다. 한번은 그들이 자기 아버지와 같은 운명이 될 뻔했을 때 제가 구해준 일이 있었습니다. 그에 대해 그들은 저에게 고맙게 생각하고 있었습니다. 지난밤 저는 그들에게 진정하라고 호소했고, 그들이 다른 사람들을 진정시켰습니다. 그리고 그런 식으로 아버지를 잃은 그 두 형제는…… 결국 자기 아버지의 운명처럼 될 겁니다."

엘리아스가 중얼거렸다.

"한 가정에 불행이 몰아치면 가족들 모두가 화를 면치 못하는 법입니다. 번개에 맞은 나무가 산산조각나듯 말입니다."

이베라는 아무 말도 하지 않았다. 엘리아스는 그 자리를 떠났다.

문득 혼자 있는 자신을 발견한 이베라는 키잡이와 함께 있을 때 애써 유지했던 평정심을 잃었다. 그의 얼굴에는 슬픔이 피어올랐다.

'나 때문이야. 내가 그녀를 아프게 만든 거야.'

그는 서둘러 옷을 갈아입고 아래층으로 내려갔다. 왼쪽 얼굴에 커다란 상처 자국이 있는 키 작은 남자가 옷을 말끔히 차려입고 겸손하게 인사를 하면서 그를 멈춰 세웠다. 이베라가 물었다.

"무슨 일이십니까?"

"제 이름은 루카스입니다. 저는 어제 학교 건축 현장에서 죽은 사람의 동생입니다."

"이런, 죄송합니다. 그런데 어째서?"

"제가 온 것은 나리께서 형의 가족들에게 보상으로 얼마를 주실지 알고 싶어서입니다."

"돈을요?"

이베라의 입에서 저도 모르게 말이 튀어나왔다. 그는 불쾌감을 감출 수 없었다.

"다음에 얘기하도록 합시다. 오늘 오후에 오시죠. 제가 지금 좀 바빠서요."

루카스가 강요하듯 말했다.

"얼마를 생각하고 계신지만 말씀해주십시오."

이베라가 약간 성난 목소리로 말했다.

"다음에 얘기하자고 말씀드렸습니다. 저는 지금 시간이 없습니다."

"시간이 없다고요?"

루카스는 그의 길을 가로막으며 쓸쓸한 어조로 물었다.

"죽은 이를 위한 시간이 없다고요?"

"이보시오, 오늘 오후에 오시오."

이베라가 성가시다는 듯 말했다.

"지금 나는 아픈 친구를 방문해야 합니다."

"아하, 나리께서는 죽은 이보다 아픈 이에게 더 마음이 가시는 게로군요. 우리가 가난하다고 업신여겨……."

그는 이베라가 그의 얼굴을 쳐다보자 말을 멈췄다.

"내 인내심을 시험하지 마시오."

이베라는 그렇게 말하고 밖으로 향했다. 루카스는 밖으로 나가는 이베라를 증오로 가득 찬 표정으로 지켜봤다.

'우리 아버지를 남들이 다 보는 앞에서 말뚝에 매달아놨던 인간의 손자가 틀림없군.'

그는 이를 갈며 중얼거렸다.

"그 피가 어디 가겠어!"

그러더니 갑자기 표정을 바꿨다.

"하지만 보상을 후하게 해준다면…… 친구가 될 수도 있지!"

43
에스파다냐

마을 축제가 끝났다. 예년처럼 다시금 시민들은 더욱더 가난해진 자신들을 발견했다. 그들은 특별한 즐거움을 누리거나 친구를 사귀지도 못한 채, 또다시 밤낮으로 노예처럼 땀 흘려 일해야 했다. 간단히 말해서 그들은 그 모든 흥분과 흥청거린 행위에 대한 대가를 톡톡히 치러야 하는 것이다. 어쨌든 내년에도, 아니 다음 세기에도 똑같은 일은 반복될 것이었다. 그것이 이 나라의 오랜 관습이었다.

카피탄 티아고의 집은 침울했다. 창문은 모두 닫혀 있었고 다들 소리를 내지 않으려고 조심조심 다녔다. 오직 식당에서만 사람들은 큰 소리로 말을 했다. 집의 활력소였던 마리아 클라라가 아파서 침대에 누워 있기 때문이다. 정신이 나간 사람은 차림새만 봐도 알 수 있듯이 그녀의 건강 상태는 그녀의 얼굴에 그대로 드러났다. 마리아 클라라의 아버지가 쉰 목소리로 걱정스럽게 물었다.

"어떻게 생각해, 이사벨? 내가 투나산의 성 십자가나 마따홍의 성 십자가에 기부를 하는 게 좋겠지? 투나산의 성 십자가는 나무처럼 자라나고, 마따홍의 성 십자가는 사람처럼 땀을 흘린다고 하던데. 자네는 어느 것이 더 기적적인 일이라고 생각하나?"

이모 이사벨은 그 질문에 대해 잠시 생각해보더니 머리를 갸우뚱하며 중얼거렸다.

"자라난다……. 분명 자라나는 것이 땀을 흘리는 것보다 더 큰 기적일 거야. 우리들 모두 땀을 흘리지만, 모두가 똑같이 자라는 건 아니잖아."

"맞아 이사벨, 네 말이 맞아. 하지만 땀을 흘리는 것도 곰곰이 생각해 보면…… 의자를 만드는 데 사용하는 나무에서 땀이 흘러나온다……. 그 또한 하찮은 기적은 아닌 것 같아. 그럼 두 군데 다 기부를 하는 편이 낫겠다. 그렇게 해야 둘 중 누구도 마음이 상하지 않고 마리아 클라라도 곧 회복될 거야. 방들은 잘 정리해두었지? 우리가 만난 적 없는 다마소 신부님 친척 몇 분이 의사와 함께 온다는 것 알고 있지? 모든 게 깔끔하게 정리되어 있어야 해."

거실의 다른 쪽 끝에서는, 병든 마리아 클라라를 돌보려고 온 사촌 시낭과 빅토리아가 안뎅을 도와 은잔을 닦고 있었다. 마리아 클라라의 수양자매가 호기심 가득한 표정으로 빅토리아에게 물었다.

"에스파다냐 의사 선생님을 알아?"

"아니, 내가 아는 건 그저 그의 진료비가 아주 높다는 거야. 카피탄 티아고가 그렇게 말했어."

안뎅이 말했다.

"그럼 분명히 훌륭한 의사일 거야. 마리아 클라라를 진찰하는 의사는 아주 비싼 진료비를 요구하지. 그도 분명 좋은 의사임에 틀림없어."

"바보 같은 소리!"

시낭이 소리쳤다.

"비싼 의사가 다 훌륭한 의사는 아니야. 게바라 의사를 봐. 그는 지난번 출산에서 아기의 머리를 서툴게 비틀어서 큰일을 낼 뻔했잖아. 그러고도 출산하던 아내를 잃은 남편에게 50페소나 청구했다지. 의사들은 어떻게 돈을 벌 수 있는지 잘 알고 있을 뿐이야."

그녀의 사촌이 팔꿈치로 옆구리를 꾹꾹 찌르면서 물었다.

"그런 건 어떻게 알았어?"

"내가 모를까 봐! 그 나무꾼 남편은 자신의 아내는 물론 집까지 잃었지. 왜냐하면 의사의 친구인 주지사가 청구서를 지불하도록 만들었거든. 난 터무니없는 말을 하고 있는 게 아니야! 우리 아버지가 그에게 주도州都를 방문할 돈을 빌려줬단 말이야."

마차 한 대가 집 앞에 도착하는 소리에 대화가 중단되었다. 카피탄 티아고와 이모 이사벨이 달려 내려가 막 도착하는 사람들을 맞이했다. 의사 돈 티브루시오 데 에스파다냐와 그의 아내 도냐 빅토리나 데 로스 레예스 데 에스파다냐, 그리고 얼굴이 매력적이고 풍채가 건강한 젊은 스페인 사람이었다.

도냐 빅토리나는 꽃장식이 그려진 느슨한 비단 가운을 걸쳤고, 붉은색과 파란색 리본을 동여맨 커다란 차양 모자를 쓰고 있었다. 오는 길에 뒤집어쓴 먼지와 뺨에 하얗게 바른 분가루가 뒤섞여 그녀 얼굴의 주름이 더욱 확연히 드러났다. 절름발이 의사 남편은 마닐라에서처럼 그녀의 팔에 의지하고 있었다.

"우리의 사촌 돈 알폰소 리나레스 데 에스파다냐입니다."

도냐 빅토리나는 젊은이를 가리키며 소개했다.

"이분은 다마소 신부님 친척 중 한 분의 대자代子(가톨릭에서 세례성사로 맺어지는 신앙과 후견의 영적 아들_옮긴이)이며, 서기관이자 정부의 관료이기도 합니다."

카피탄 티아고가 신부에게 하듯 젊은이의 손에 키스를 하려는 순간, 그가 우아하게 고개를 숙여 인사를 했다. 도냐 빅토리나는 45세의 중년이지만 스스로는 아직 자신을 32세의 청춘으로 여겼다. 그녀는 젊었을 때에 외모가 훌륭했던 것이 틀림없었다. 종종 그녀가 그렇게 얘기했기 때문이다. 젊은 시절 자만심에 가득했던 그녀는 자신을 좋아했던 많은 필리핀 남자들을 멸시의 눈으로 바라봤다. 그녀의 열망은 다른 인종에게 있었다. 그녀는 그 어떤 남자에게도 작고 흰 손을 내어주지 않았다. 그녀를 사모했던 국내외의 많은 사람들이 종종 고가의 보석 선물을 선사했지만 그녀는 그것들을 모두 사양했다.

이 사건들이 일어나기 6개월 전, 그녀의 가장 아름다운 꿈이자 평생의 소원이 이루어졌다. 그 소원을 위하여 그녀는 젊은 시절을 모두 보냈고 한때 세레나데를 부르며 사랑을 속삭였던 카피탄 티아고의 구애마저 뿌리쳤다. 그녀의 꿈은 뒤늦게야 성취되었다. 비록 도냐 빅토리나의 스페인어 실력은 보잘것없었지만 그녀는 나폴레옹 군대가 사라고사를 포위하고 점령하려 할 때 도시를 구한 스페인의 여걸 아구스티나보다 더 스페인 사람 같았다.

"늦게라도 꿈이 이루어져서 다행이야."

그녀는 자주 스스로를 이런 말로 위로했다. '세상에는 완벽한 행복이란 없다'라는 말은 그녀가 좋아하는 또 다른 말이다. 하지만 그런 말들은 스스로에게만 할 뿐 결코 남들에게 하지는 않았다.

도냐 빅토리나가 10대, 20대, 30대, 40대의 젊은 시절에 밤잠을 설쳐가면서 세계의 바다에서 낚으려고 했던 그 행운이 결국 그녀의 눈앞에 나타났다. 이 불쌍한 여인이 자신의 나이를 계산하는 방법에 따라, 만일 자신이 32세가 아니라 31세만 되었더라도 그녀에게 주어진 그 기회를 걷어차고 그녀의 취향에 맞는 또 다른 기회를 기다렸을 것이다.

하지만 가장 간절할 때에 한 남자가 청혼해왔다. 그녀는 남편이 절실하게 필요했고, 그 가난한 스페인 남자를 받아들이기로 했다. 그는 자신의 고향인 스페인 남서부의 에스뜨레마두라 지방에서도 버려져 현대판 오디세우스처럼 6, 7년 동안 세계를 돌아다녔다. 그리고 드디어 그는 이 루손 섬에서 친절함과 돈, 그의 또 다른 반쪽인 시든 칼립소를 만난 것이다. 그 반쪽은 얼마나 신 오렌지였는지!

그 가엾은 남자는 티부르시오 에스파다냐였다. 그는 35세였지만 나이보다 늙어 보였고, 32세라 주장하는 도냐 빅토리나보다는 여전히 젊어 보였다. 이유는 모두들 알고 있지만 입 밖에 내는 것은 위험한 일이다. 그는 하급 세관원으로서 필리핀에 임명받아 오기로 되어 있었다. 하지만 여행 도중에 심한 멀미를 겪고 다리가 부러지는 사고를 당하기까지 했다. 그런 불행 외에도 그는 도착한 후 15일 동안 많은 불운을 겪었다. 가지고 있던 마지막 돈까지 다 써버렸을 때 그는 스페인에서 막 도착한 배에서 자신의 직위 해제를 알리는 통보를 받았다.

그는 바다에서 그토록 시달렸던 기억 외엔 아무런 성취도 없이 스페인으로 돌아가야 한다는 사실이 싫었다. 그래서 이곳에 남아 무언가를 하기로 결심했다. 스페인 사람으로서의 자존심은 그로 하여금 막일을 하도록 허락하지 않았다. 이 가엾은 남자는 가능했다면 자신의 생계를 유지하기 위해 정직한 일을 했을 것이다. 하지만 스페인 사람으로서의 위신도 지키면서 정직한 일을 하는 것으로는 배를 채울 수 없다는 것을 깨달았다.

처음에는 몇몇 스페인 동포의 도움을 얻어 생활할 수 있었다. 티부르시오는 정직한 사람이었기에 구걸하듯 얻은 빵으로 생활하는 게 너무도 힘들었다. 구걸해서 얻어 온 빵을 먹으면 그는 살이 찌기보다는 오히려 빠졌다. 기술도, 돈도, 연고도 없는 그였기에 동포 친구들은 그에게 지방에 내려가서 의사로 가장해 돈을 벌라고 조언했다. 처음에는 그것이 내키지 않았다. 그는 마드리드에 있는 산카를로스 병원에서 직원으로 일한 적이 있었지만 의학에 관해서는 전혀 배운 바가 없었기 때문이다. 병원에서 그의 일은 침상을 청소하고 불을 지피는 것이었으며, 그것도 고작 몇 개월 되지 않는 기간이었다. 하지만 그는 어쩔 수 없는 상황과 친구들의 강요에 못 이겨 양심을 접어두고 결국 지방으로 내려왔다. 환자들을 직접 방문하고 적절한 진료비를 청구하는 태도로 최소한의 양심을 지키려 했다. 하지만 결국 그도 점점 더 높은 진료비를 청구하게 되었고, 이로 인해 많은 돈을 벌었다. 그와 경쟁 관계에 있던 한 의사가 마닐라의 의학 위원회에 제소하지만 않았더라도, 그는 훌륭한 의사라는 명성을 얻고 재물도 모았을 것이다.

일반인은 물론 전문가들도 그의 입장을 변호해주었다.

"그냥 푼돈이라도 벌어먹게 내버려 두시지요."

그들은 그 시기심 많은 의사에게 말했다.

"6000, 7000페소를 모으면 고향으로 돌아가 편히 살 수 있을 것이오. 그가 뭘 하든 당신에게 무슨 상관이 있소이까? 그가 어리석은 원주민들을 속였다 칩시다. 그건 다 그들이 똑똑치 못해서 속은 게 아니겠소! 그 불쌍한 악마의 입에 들어가는 음식을 빼앗으려 하지 마시오. 스페인 사람으로서 아량을 베푸시오!"

의학 위원회 위원들은 모두 아량이 넓은 스페인 사람들이었다. 그래서 그의 일을 눈감아주기로 결정했다. 하지만 그 소식은 곧 널리 알려졌고, 사람들은 더 이상 그를 신뢰하지 않았다. 돈 티부르시오 에스파다냐는 고객들을 잃고 다시금 구걸을 해서 연명해야 할 처지에 놓였다. 그때에 그는 도냐 빅토리나의 절친한 친구였던 사람에게, 그녀가 처해 있는 곤경과 그녀가 스페인 사람에게 갖는 호의에 대해 들었다. 그 이야기를 들은 돈 티부르시오는 자신의 인생에 잔뜩 끼어 있던 구름이 걷히는 느낌을 받았고, 그녀를 소개시켜달라고 청했다.

도냐 빅토리나와 돈 티부르시오가 만났다. 타르데 베니엔티부스 오싸—'늦은 자에게 돌아갈 몫은 오직 뼈다귀뿐.' 그가 라틴어를 알았더라면 이렇게 말했을 것이다. 그녀는 성숙의 단계를 넘어 천해 보일 정도였다. 풍성했던 머리카락은 어디론가 사라져 그녀의 하인들이 마늘 머리라고 부를 정도로 듬성듬성해졌고, 얼굴 주름은 깊은 고랑을 이루었다. 이빨은 점점 느슨해지고 있었다. 시력도 아주 나빠져서 어느 정도 거리에 있는 것을 식별할 때면 온갖 인상을 찌푸려야 했다. 오직 그녀의 성격만이 예전 그대로였다.

그들이 서로를 이해하는 데는 30분가량의 대화로 충분했고, 그들은 곧바로 결혼을 약속했다. 그녀는 다리를 절뚝이지 않고, 말을 더듬지도 않고, 보다 많은 머리카락과 치아가 있고 말할 때 침을 덜 흘리는 스페인 사람을 원했을 것이다. 그녀가 종종 말했던 것처럼 그녀는 생기 넘치고 고급스러운 스페인 사람을 선망했지만, 그런 종류의 스페인 사람은 결코 그녀에게 손을 내밀지 않았다.

그녀는 자주 이런 말을 들었다. '자주 다니는 길에 풀이 자라지 않는다.' 그리고 돈 티부르시오가 진정으로 유식한 사람이라는 믿음이 생겨났다. 이는 그가 그동안 겪은 절망스러운 시간들로 인해 일찍 대머리가 되었기 때문이기도 했다. 서른두 살이나 먹은 여자에게 언제 또다시 이런 기회가 찾아올지 누가 알 수 있겠는가?

돈 티부르시오는 다가올 신혼 생활을 생각하며 막연한 우울감에 젖어 들었다. 그는 체념의 미소를 지으며 배고픔의 망령을 떠올렸다. 그는 야심이 있다든가 허세를 부리는 사람은 결코 아니었다. 그의 취향과 생각은 아주 단순했지만 그때까지 총각이었던 그는 결혼에 대해서만큼은 뭔가 성스러운 느낌을 기대했다. 젊었을 시절 허름한 침대에 기대어 하루의 힘든 노동에 지친 몸을 쉬면서 소박한 농부의 음식을 소화시킬 때에도, 그는 평안한 위로의 미소를 지닌 여인을 꿈꾸었다. 이후 실의와 낙담의 세월이 지속되면서 그런 로맨틱한 상상은 점차 사라져갔다. 그는 그저 착하고 성실하며 어느 정도의 지참금을 가져올 수 있는 여성, 그리고 하루의 노동에 지친 자신에게 위로가 되며 가끔씩은 바가지도 긁는 그런 여성을 기대했다. 외로웠던 그는 바가지조차 행복한 삶의 일부로 생각했음이 틀림없다. 하지만 그는 이 나라 저 나라를 떠돌아다니며, 안락한 삶은 고사하고 매일의 생계를 걱정해야 하는 처지가 되었다. 그는 고국으로 돌아가는 동포들의 성공한 모습이 비현실적으로 느껴질 즈음에 필리핀으로 향했다. 이런 현실은 그의 눈길이 집안이 좋은 혼혈 여성이나 금과 다이아몬드로 장식한 반투명 비단 천으로 커다란 검은 눈을 가린 원주민 여성에게로 향하게 했다. 자신이 가진 모든 사랑과 돈을 모두 그에게 바칠 여성을 기대했다. 그가 필리핀에 도착했을 때 그의 꿈이 이루어지는 듯했다. 은빛 마차를 타고 마닐라 시내의 루네따 공원과 넓은 가로수 길을 다니는 여인들이 호기심 가득한 눈으로 그를 바라봤기 때문이다. 그러나 실업자가 되자 혼혈 여성과 부잣집 원주민 여성에 대한 꿈도 접어야 했고, 애써 또 다른 꿈을 꿔야 했다. 이제는 미망인이지만 여전히 매혹적인 여성에 대해 꿈꾸게 되었다. 그런 꿈을 꾸게 되었을 때, 일면 슬픈 생각도 들었지만 원주민들의 철학에 의지하여 스스로 이렇게 말하곤 했다.

"그 모든 것은 꿈일 뿐이야. 그리고 이 세상은 꿈만 가지고 살 수는 없지!"

그는 밀려드는 회의감을 해결하는 나름의 방법을 갖고 있었다. 도냐 빅토리나가 지금은 얼굴에 지나치게 많은 흰색 분을 바르고 있지만, 결혼을 하면 모두 지우도록 하면 된다. 그녀의 얼굴에는 주름이 있지만 자신의 재킷은 낡아서 기워 입고 있지 않은가. 그녀는 제스처가 크고 오만하며 남자 같은 여성이지만, 배고픔은 그보다도 더욱 더 강압적이고 성가시며 괴롭다. 이런 긍정적인 사고는 타고난 그의 부드러운 성품 때문에 가능했다. 그러나 사랑이 사람의 성격도 변하게 할지는 아무도 모를 일이었다. 그녀는 스페인어를 거의 못했지만, 그 또한 스페인어를 그리 썩 잘하는 것이 아니었다. 전에 그의 상관이 그에게 업무 지시를 할 때 그런 사실을 깨달았다. 어쨌든 그게 무슨 문제가 되겠는가? 그녀가 추하고, 우스꽝스럽고, 늙은 것이 무슨 상관이겠는가? 그는 다리도 절고, 이빨도 빠지고, 머리도 벗겨졌는데 말이다. 돈 티부르시오는 배고픔이 닥쳤을 때 환자가 되기보다는 차라리 의사가 되기를 선택했다. 그의 친구들이 그를 가짜 의사라고 놀려댈 때면 이렇게 대꾸했다.

"내 배를 먼저 채워주면 나를 바보라 놀려도 상관없어."

돈 티부르시오는 파리 한 마리도 해칠 줄 모르는 그런 사람이었다. 전설 속에서나 있었음직한 좋은 선교사처럼, 사악한 생각이라곤 전혀 할 줄 모르는 사람이었다. 그의 친구들이 필리핀 생활 몇 주 만에 습득하게 되는 우월감과 콤플렉스에서 오는 자만심이 그에게는 없었다. 그의 선량한 마음속에는 미움이 자리할 공간이 없었다. 그는 체제를 부정하는 선동가에 대해서도 다른 생각을 가지고 있었다. 선동가들이 이전보다 더 불행해지지 않기 위해 지금의 불운을 감수하는 것이라고 생각했다. 그가 가짜 의사 행세를 하는 것에 대해 소송이 일어났을 때 그는 화를 내거나 불평하지 않았다. 그는 그것이 당연하고 정당한 일이라고 생각하면서 단지 이렇게 대답했다.

"하지만 어떻게든 살아야지 않겠어요!"

결국 도냐 빅토리나는 돈 티부르시오와, 돈 티부르시오는 도냐 빅토리나와 결혼함으로써 자신을 던진 것이었다. 그들은 신혼여행을 산타아나 인근으로 갔다. 그녀는 결혼식 날 밤 지독한 복통에 시달렸고, 그는 한편으로는 하느님께 감사하면서 그녀를 걱정하고 염려하는 모습을 보여주었다. 그러나 두번째 밤에는 결혼한 남자로서의 의무를 피할 수가 없었다. 그리고 다음 날 아침, 그는 거울 앞에서 치아 없는 잇몸을 드러내며 우울한 미소를 자신에게 보냈다. 거울에 비친 자신의 모습이 10년은 더 늙어 보였다.

도냐 빅토리나는 남편에 대해 아주 만족스러워했다. 그녀는 남편을 위해 아주 좋은 틀니를 마련했고, 시내에서 가장 훌륭한 재단사에게 그의 의상과 액세서리도 주문해놓았다. 그녀는 가볍고 세련된 마차를 크기 별로 구입했고, 바탕가스와 알바이로 그를 보내 마차를 끌 좋은 말들을 고르도록 했다. 다가오는 경마 시즌을 대비해서 그에게 두 필의 경주마를 선물하기도 했다.

그녀는 자신의 남편을 새롭게 단장시키는 한편, 스스로를 새롭게 하는 것도 잊지 않았다. 그녀는 필리핀 전통 의상인 비단으로 만든 사야와 삐냐 섬유로 만든 보디스를 벗어버리고, 유럽풍의 드레스로 갈아입었다. 필리핀 여성들이 주로 하는 단순한 머리 장식을 빼고 대신 모조 머리카락을 달았다. 번뜩이는 그녀의 악취미가 드러나는 의상은 할 일 없이 잡담이나 즐기는 이웃 사람들을 동요하게 만들었다.

그녀는 남편의 절뚝거리는 모습을 다른 사람에게 보이길 싫어해서 되도록 걸어서는 다니지 않게 했다. 그는 그녀를 데리고 외출할 때마다 인적이 아주 드문 장소만 골라서 다녔다. 그런 그의 행동은 사람들이 가장 붐비는 산책로에서 마차를 타고 남편을 드러내 자랑하길 바라는 그녀의 마음을 상하게 했다. 하지만 그녀는 아직 신혼이기 때문에 참기로 했다.

그러나 그가 그녀 얼굴에 덕지덕지 바른 하얀 분이 거북하고 부자연스럽다고 말했을 때 신혼의 평화는 끝이 났다. 도냐 빅토리나는 험악한 표정으로 그의 벌어진 입술 사이로 보이는 틀니를 흘겨봤다. 그는 무의식중에 벌어진 입을 닫았고, 그녀는 그가 약한 사람이라는 것을 직감적으로 알았다.

곧 그녀는 자신이 임신했다고 믿게 되었고, 자신의 몸 상태에 대해 친구들에게 이런 식으로 말했다.

"데 에스파다냐와 함께 다음 달에 스페인으로 갈 거야. 우리 아들을 여기에서 낳고 싶지는 않거든. 사람들이 국적도 없는 아이라고 놀려댈까 봐 걱정이 돼서 말이야."

그녀는 남편의 성 앞에 귀족적인 '데de'를 붙여 사용했다. 아무런 비용도 들이지 않고도 이름에 귀족적 위엄을 부여하는 것이다. 그녀 자신도 서명할 때면 데 로스 레예스 데 데 에스파다냐라고 썼다. 자신이 지주 계급과 결혼한 것처럼 보이게 하기 위해 두 번 거듭해서 쓴 것이다. 이름에 사용하는 '데'는 그녀의 커다란 집착이자 망상이었다. 그녀에게 명함을 새겨주는 사람도, 그녀의 남편도 그녀의 머릿속에서 그것을 지워버릴 수 없었다.

"만일 내가 '데'를 한 번만 사용하면 사람들이 당신을 이름에 '데'도 없는 촌뜨기라고 생각할 것 아니에요."

그녀가 그에게 그렇게 설명했다. 그녀는 여행을 준비하면서 끊임없이 중얼거렸다. 스페인에 가는 도중에 경유할 항구들의 이름을 외워서 만나는 사람들에게 자랑하듯 즐겁게 얘기했다.

"수에즈 운하에 있는 수에즈 지협을 잊어서는 안 돼. 데 에스파다냐가 그곳이 아주 아름답다고 했거든. 그거 알아? 데 에스파다냐는 이미 전 세계를 다 여행했어. 난 더 이상 이 야만적인 나라에 돌아오지 않을 거야. 나는 이런 나라에 어울리지 않거든. 아주 어렸을 때부터 아덴이나 사이드 항구가 나에게 더 잘 어울리는 곳이라고 생각했어."

도냐 빅토리나의 세계 지리는 필리핀과 스페인으로 양분되어 있었다. 이는 스페인 사람들이 거주하는 거리의 개구쟁이들이, 세계를 스페인과 미국 혹은 중국으로 나누는 세계 지리 개념과 별반 다를 바가 없었다.

그녀의 남편은 그녀가 하는 말들 중 일부가 아주 터무니없다는 것을 알았지만 아무런 말도 하지 않았다. 이는 그녀가 그의 얼굴에 대고 퍼부을 고함 때문에 어쩔 줄 모르고 당황할 자신을 생각해서였다. 도냐 빅토리나는 임신부가 겪는 신체적 변화로 인해 심리적 이상 증세를 보이는 듯했다. 그녀는 각양각색의 옷을 입고 꽃과 리본으로 온통 몸을 장식하고, 실내복 차림으로 상점 거리를 활보하기도 했다. 그러나 3개월이 지나자 임신의 환상에서 깨어났고, 더 이상 국적도 없는 아이라고 놀림 받을 일에 대한 대비도 필요치 않게 되었다. 스페인으로 떠날 여행 계획 자체가 사라져버린 것이었다. 그녀는 의사와 산파, 노파, 온갖 종류의 여인들에게서 해결책을 구하려 했지만 소용이 없었다. 한편 카피탄 티아고의 기분을 몹시 상하게 만든 것은 그녀가 댄서의 성 파스칼에게 기원해보라는 티아고의 조언을 무시하고 그 성인을 조롱하기까지 한 일이었다. 그런 그녀에게 남편의 친구들 중 한 명은 이렇게 말했다.

"저를 믿으세요, 부인. 이 따분한 나라에서 100퍼센트 확실한 것은 부인 자신의 영혼밖에 없습니다."

그녀는 100퍼센트 확실하다는 의미가 무엇인지도 모른 채 미소를 지었다. 그리고 그날 밤 침대에서 남편에게 물었다.

"내 생각에는 그 100퍼센트 확실한 영혼은 바로 암모니아 가스일 거예요. 내 친구가 은유적으로 표현한 것임에 틀림없어요."

그때부터 기회가 있을 때마다 이렇게 말했다.

"나는 이 지루한 나라의 암모니아 가스야. 어떤 신사 분이 나에게 그렇게 말했어. 그는 아직도 스페인에서 상류층에 속하는 사람이야."

그녀는 남편에게 어떠한 반박이나 저항도 허용치 않고 그를 완전히 휘어잡았다. 이에 대해 그는 거의 무기력했고, 이제는 그녀의 애완견이나 다름없는 처지가 되었다. 그녀는 그에게 화나는 일이 있으면 그를 집 밖으로 나가지 못하게 했다. 그리고 화가 매우 많이 났을 때에는 그의 입에서 틀니를 뽑아내 잘못 정도에 따라 하루나 이틀 동안 핼쑥한 송장 얼굴을 하고 있게 만들었다.

어느 날 남편이 내과와 외과 모두를 섭렵한 의사여야 한다는 생각이 떠올라 그에게 자신의 생각을 말했다.

"사랑하는 부인."

그가 공포에 질려 말했다.

"내가 경찰에 체포되기를 바라시오?"

"촌뜨기처럼 굴지 마세요."

그녀가 대꾸했다.

"내가 책임지겠어요. 당신은 그 누구도 치료할 필요가 없어요. 그저 당신이 의사 소리를 듣고, 나는 사모님 소리를 듣고 싶은 거니까요!"

다음 날, 도시 최고의 명판 제작자에게 검은 대리석에 다음과 같은 글씨를 각인해달라는 주문이 들어갔다. '의사 데 에스파다냐—모든 병에 대한 전문의'.

그리고 그녀는 집 안에 있는 모든 사람들에게 자신들을 새로운 호칭으로 부르라고 명령했다. 또 다른 변화로 그녀는 이전보다 더 많은 반지와 장신구, 리본을 걸치고 얼굴에는 더 두터운 흰색 분을 발랐다. 더불어 별 볼일 없는 남편을 가진 원주민 부인들을 깔보면서 경멸하는 눈으로 보는 습관도 더욱 심해졌다. 매일같이 그녀의 사회적 지위는 치솟았다. 1년도 안 돼 신의 경지까지 오를 지경이었다.

그러나 그런 터무니없는 환상이 그녀가 하루하루 늙어가고 우스꽝스러워지는 것까지 막을 수는 없었다. 카피탄 티아고는 그녀와 마주칠 때마다, 그녀가 쫓아다니던 자신을 퇴짜놓았다는 사실을 떠올리면서 인근 교회에 감사 헌금 1페소를 보냈다. 그럼에도 불구하고 카피탄 티아고는 그녀의 남편에게는 높은 존경심을 가졌다. 그가 모든 병의 전문의라는 사실이 티아고의 마음을 사로잡은 것이다. 그래서 그는 데 에스파다냐가 더듬거리며 하는 말을 언제나 집중해서 들었다. 그는 다른 의사들과는 달리 그저 아무에게나 이래라저래라 하지 않았기 때문이다. 카피탄 티아고는 병든 자신의 딸을 위해 그를 초청했다.

한편 스페인에서 온 젊은이는 전혀 다른 이유에서 동행한 것이었다. 스페인으로의 여행 계획이 한참 진행 중일 때 도냐 빅토리나는 스페인에 가 있는 동안에 누군가 자신의 사업을 돌봐줄 사람이 필요하다는 생각이 들었다. 그리고 그 사람은 반드시 스페인에서 온 스페인 사람이어야만 했다. 그녀는 필리핀 사람들을 신뢰하지 않기 때문이다. 그녀는 마드리드에 있는 남편의 조카가 집안에서 가장 똑똑할 뿐만 아니라 법률도 공부했다고 한 말을 떠올렸다. 부부는 즉시 그에게 편지를 써 필리핀에 올 여비와 함께 보냈다. 아이를 낳는다는 꿈이 사라졌을 때 이미 그는 필리핀으로 향하는 배에 타고 있었다. 그렇게 세 사람이 이제 막 카피탄 티아고의 집에 도착했다.

그들이 점심 식사 전에 가벼운 간식을 먹는 동안 살비 신부가 도착했다. 그를 이미 알고 있던 부부는 젊은 리나레스의 얼굴이 붉어질 정도로 과장되게 소개했다. 그들은 방문의 목적인 마리아 클라라의 병에 대해 이야기를 나누었다. 그녀는 침실에서 쉬고 있는 듯했다. 그들은 이미 모든 이들이 알고 있는 부부의 스페인 여행 계획에 관해서도 이야기를 나누었고, 도냐 빅토리나는 사용할 수 있는 모든 단어들을 동원하여 원주민들의 의상, 초라한 움막, 대나무로 엮어 만든 다리 등에 대한 비판을 늘어놓았다. 또한 교구 신부가 들으라는 듯이 부총독, 이런저런 주지사들, 판사들, 국장들 등 그녀가 중요하게 생각하는 모든 고위층 사람들의 이름을 들먹였다.

"이틀 전에 이곳에 오셨으면 좋았을 텐데요, 도냐 빅토리나 부인."

카피탄 티아고가 그녀의 말 도중에 약간의 틈새를 포착하여 끼어들었다.

"그랬더라면 총독 각하를 직접 대면하실 수 있었을 텐데요. 그가 바로 그 자리에 앉으셨습니다."

"뭐라고요! 아니 어떻게 각하께서 이곳에? 당신의 집에? 믿을 수 없는 일이에요!"

"바로 그 자리에 앉으셨다고 말씀드렸습니다. 부인께서 이틀만 빨리 오셨더라면……."

"아아, 클라리따가 좀 더 일찍 아팠더라면 좋았을 것을!"

그녀는 정말 안타깝다는 듯이 소리쳤다. 그리고 리나레스를 향해 말했다.

"지금 우리가 하는 말 들었죠? 각하께서 이미 이곳에 오셨답니다. 이제야데 에스파다냐의 말이 믿어지나요? 그가 말했듯 우린 단순히 그저 그런 필리핀 원주민의 집을 방문한 게 아닙니다. 그거 아세요, 돈 산티아고 씨? 여기 우리 사촌은 마드리드에 장관과 공작 친구들이 많이 있답니다. 그리고 종종 벨프리 백작의 집에서 함께 식사를 해요. 타워 공작의 집이라고 했었나?"

"우리의 이전 총독을 말하는 것이라면, 빅토리나."

그녀의 남편이 대꾸했다.

"그는 타워 공작이 맞아요."

"그렇죠! 당신이 전에 그렇게 말했죠!"

젊은 리나레스가 끼어들어 살비 신부에게 물었다.

"교구관사에 가면 다마소 신부님을 뵐 수 있을지 모르겠습니다. 여기서 그리 멀지 않다고 들었습니다만."

교구 신부가 대답했다.

"다마소 신부님께서 다행히 이곳에 계십니다. 거기엔 잠시 갔다 오셨지요."

젊은이가 말했다.

"잘됐군요! 그분께 전달할 서신이 있습니다. 이처럼 행복한 우연이 절 이곳으로 인도해주지 않았더라면 방문 계획을 다시 잡아야 했을 겁니다."

그 행복한 우연을 지칭하는 빅토리나가 다시 말을 시작했다.

"데 에스파다냐?"

들고 있던 스낵을 흔들어 털면서 그녀가 말했다.

"그럼 클라리따가 어떤지 한번 볼까요?"

그리고 카피탄 티아고에게 말했다.

"오직 당신, 돈 산티아고 씨이기 때문에 저희가 온 겁니다. 제 남편은 오직 상류층 사람들만 그것도 아주 가끔씩 치료를 해준다고요! 제 남편은 다른 의사들과는 달라요. 아시겠어요? 마드리드에서는 아주 고위층의 사람이 아니면 치료를 해주지 않았어요!"

그들은 마리아 클라라가 누워 있는 방으로 향했다. 방 안은 아주 어두침침했다. 바람이 들어올까 봐 창문들도 모두 꼭 닫혀 있었다. 오직 안티폴로의 성모 마리아 상 앞에 놓인 작은 촛대 두 개의 불빛만이 방을 밝혔다. 클라라는 머리에 화장수를 적신 수건을 두르고, 두터운 흰 이불까지 덮고 있어서 순결한 신체를 겉으로 드러내지 않고 있었다. 그녀는 단단한 나무 재질에 이 지방 고유의 천으로 장식된 검은 침대에 누워 있었다. 달걀 모양의 얼굴 주위를 감싸는 머리카락은 투명하고 창백한 얼굴을 더욱 부각시켜, 오직 그녀의 커다랗고 슬픈 눈만이 생기를 발했다. 그녀의 옆에는 두 친구와 백합화 다발을 들고 있는 안뎅이 있었다.

데 에스파다냐는 청진기로 그녀의 맥박을 살펴보고 혀를 관찰한 후 몇 마디 묻더니 고개를 저으며 말했다.

"오, 이런. 많이 아-프시군. 그러나 주-욱지는 않을 거요!"

그리고 그는 아침에 우유와 함께 마실 이끼류 약재인 태선, 마시멜로 시럽, 사냥개 이빨을 갈아 만든 두 개의 환약을 처방했다.

젊은 리나레스는 창백한 얼굴에 박힌 무언가를 갈망하는 듯 우아하고 매력적인 그녀의 눈에 정신이 팔려 도냐 빅토리나가 부르는 소리도 듣지 못했다.

"이보시오, 리나레스 씨."

교구 신부가 마리아 클라라에게 매료되어 있는 그에게 말했다.

"다마소 신부님이 오셨습니다."

다마소 신부가 창백하고 풀이 죽은 모습으로 나타났다. 그가 병상에서 일어난 후 처음으로 찾아간 사람이 바로 마리아 클라라였다. 그는 더 이상 이전처럼 기운 넘치고 과격한 다마소 신부가 아니었다. 이제는 말없이 불안한 표정으로 걸음을 옮기고 있었다.

44
계획들

다른 사람들을 모두 무시한 채 다마소 신부는 곧바로 마리아 클라라의 침실로 가서 그녀의 손을 잡았다.

"마리아."

그는 눈물까지 글썽이며 형언할 수 없는 애정을 담은 목소리로 속삭였다.

"마리아, 내 아가야. 너는 죽지 않을 거야!"

그녀는 의아한 눈길로 그를 바라봤다. 다마소 신부는 더 이상 감정을 억누르지 못하고 잠시 그녀의 곁을 떠났다. 그는 어린아이처럼 훌쩍이면서 발코니로 나와 마리아 클라라가 가꾸던 나무들을 바라보며 감정을 추슬렀다.

'신부님께서 대녀를 저리도 사랑하시다니!'

이 광경을 본 모든 사람들이 그렇게 생각했다. 그를 지켜보던 살비 신부도 아무 말 없이 가볍게 자신의 입술을 깨물었다. 다마소 신부의 감정이 누그러졌을 때 도냐 빅토리나는 리나레스를 그에게 소개했다. 젊은이는 겸손한 자세로 그에게 다가갔다. 다마소 신부는 잠시 그를 머리에서 발끝까지 살펴보더니 전달된 편지를 받아 들었다. 신부는 도통 모르겠다는 표정으로 그 편지를 읽으면서 물었다.

"그런데 당신은 누구시오?"

젊은이가 더듬거리며 말했다.

"저는 알폰소 리나레스라고 합니다. 신부님 매제의 대자이고요."

다마소 신부는 잠시 그를 다시 살펴보더니 얼굴에 화색이 돌며 가까이 다가섰다.

"그래, 그대가 바로 카를리코스의 대자로군!"

그는 크게 소리치며 리나레스를 포옹했다.

"자, 어디 한번 보게. 이리 오시게! 며칠 전에 그로부터 편지를 받았다네. 바로 자네였구먼! 내가 자넬 알아보지 못했네그려. 그럴 만도 하지. 내가 스페인을 떠나올 때 자네는 태어나지도 않았을 테니까. 전혀 알아볼 수 없는 게 당연하고말고."

다마소 신부가 너무 꼭 껴안는 바람에 젊은이는 당황해서인지 숨이 막혀서인지 얼굴이 붉어졌다. 신부는 조금 전 자신의 슬픔을 까맣게 잊은 듯했다. 과도한 상견례가 끝나자 다마소 신부는 형식적으로 카를리코스와 페파의 안부를 물었다. 그리고 젊은이에게 말했다.

"자, 그럼, 카를리코스는 내가 자네에게 무엇을 해주길 바라는가?"

리나레스가 중얼거렸다.

"편지에 뭔가 적어두신 것으로 알고 있습니다만."

"이 편지에 말인가? 어디 보자, 자네 말이 맞구먼. 나더러 자네에게 직업과 신붓감을 소개시켜 달라는군. 흠, 직장을 소개하는 것은 쉬운 일이고…… 자네는 글을 읽고 쓸 줄 아나?"

"저는 마드리드의 센트럴 대학에서 법학 학위를 받았습니다."

"저런 그래! 변호사로군, 그런가? 그런데 자넨 그렇게 보이지 않는구먼. 오히려 얌전한 여학생처럼 보이네그려. 하지만 나쁘지 않아. 자, 그러면 신붓감은…… 흠. 신붓감이라!"

리나레스가 당황스러운 듯 말했다.

"전혀 급하지 않습니다, 신부님."

하지만 다마소 신부는 이리저리 서성이면서 중얼거렸다. '신붓감이라, 신붓감!' 그의 표정은 음울하지도, 그렇다고 그리 밝지도 않았다. 그는 깊은 생각에 잠겨 있었다. 살비 신부가 멀리서 그 광경을 바라보고 있었다.

'내 천사에게 짝을 맺어주는 일이 이렇게 마음 아플 줄은 생각조차 못했군.'

다마소 신부는 번민하는 표정으로 스스로에게 말했다.

'하지만 이 두 악인 중에서, 덜 악한 놈을……'

그는 목소리를 높여 리나레스를 불렀다.

"이리로 오게나. 산티아고 씨와 얘기 좀 나누세."

리나레스는 주춤했지만, 결국 깊은 생각에 잠겨 있는 그 성직자의 말에 따랐다. 이제 살비 신부가 무엇인가를 곰곰이 생각하며 이리저리 서성거렸다. 누군가 살비 신부에게 인사를 건네는 바람에 그의 서성거림은 멈추었다. 그는 고개를 들어 겸손한 자세로 서 있는 루카스를 보았다. 살비 신부는 의아하다는 듯이 그를 쳐다봤다.

"신부님, 저는 축제 때 학교 건설 현장에서 죽은 사람의 동생입니다."

그가 울먹이듯 말했다. 살비 신부의 몸이 순간 움찔했다. 그는 거의 들리지 않는 목소리로 물었다.

"그래서요?"

루카스는 눈물을 억지로 짜내기라도 하듯 손수건으로 눈을 문질렀다.

"신부님, 일전에 제가 배상을 요구하러 돈 크리소스토모 씨의 집에 찾아갔습니다. 하지만 그는 불쌍한 저의 형 때문에 거의 죽을 뻔했다고 하면서,

저를 아주 박대하고 아무런 보상도 해줄 수 없다고 말했습니다. 어제 그의 집을 다시 찾아갔는데, 그는 마치 자선이라도 베풀 듯이 저에게 500페소와 함께 다시는 찾아오지 말라는 메모를 남겨두고 벌써 마닐라로 떠났습니다. 오오, 신부님, 500페소라니요, 신부님······."

처음에 교구 신부는 깜짝 놀란 듯 그의 말에 흥미를 가지고 듣더니, 점차 그가 과장된 촌극을 벌이고 있다는 사실을 알아차리고 경멸의 비웃음을 띠었다. 그 얼굴을 루카스가 봤더라면 당장 일어나서 나갔을 것이다. 살비 신부가 몸을 뒤로 젖히면서 말했다.

"그래서 지금 원하는 것이 무엇이오?"

"오오, 신부님. 하느님의 사랑으로 제가 어떻게 해야 할지 알려주십시오. 신부님께서는 항상 좋은 조언만을 해주셨지요."

"누가 그런 말을 하던가요? 그대는 이곳 사람이 아닌 것 같은데."

"아, 신부님의 명성은 이미 인근 지역에 널리 퍼져 있습니다."

살비 신부는 화난 표정으로 그에게 다가가 땅을 가리키더니 놀란 루카스에게 말했다.

"당장 집으로 가시오. 그리고 당신을 감옥에 보내지 않은 돈 크리소스토모에게 감사하시오! 당장 나가시오!"

루카스는 자신이 연기를 하고 있었음을 잊고 중얼거렸다.

"하지만 제 생각에는······."

살비 신부는 거의 신경질적으로 소리쳤다.

"나가시오!"

"다마소 신부님을 만나고 싶습니다."

"다마소 신부님은 지금 바쁘시니 당장 여기서 나가시오!"

교구 신부는 강압적인 목소리로 거듭해서 명령했다. 루카스는 계단을 내려가며 중얼거렸다.

　'저분도 똑같은 사람이로군. 그럼 누구한테 더 많은 보상을 받아낸단 말인가……'

　다마소 신부와 카피탄 티아고, 리나레스 등 모두가 교구 신부의 고함 소리를 듣고 달려왔다.

　"한 무례한 뜨내기가 기부금을 요구하는데, 어림없지요."

　살비 신부는 그렇게 설명하고 나서 모자와 지팡이를 들고는 교구관사로 향했다.

45
고해

마리아 클라라가 병상에 누워 있는 동안, 길고 무거운 하루하루가 지났다. 그녀는 고해성사를 마친 후 병이 더욱 악화되었다. 열이 심하게 오를 때에는 생전 보지 못한 엄마만을 찾았다. 그녀의 친구들과 아버지, 이모가 옆에서 그녀를 돌봐주었다. 치유를 기원하는 미사를 여러 차례 드렸다. 기적을 일으킨다는 모든 성상이 있는 곳에 헌금을 보냈다. 카피탄 티아고는 안티폴로의 성모 마리아에게 금으로 만든 홀(왕권을 상징하는 봉_옮긴이)을 바치기로 약속했다. 그 후에야 그녀의 열이 조금씩 가라앉기 시작했다.

의사 데 에스파다냐는 마시멜로와 이끼수프의 효험에 스스로가 놀랐다. 그는 전혀 처방을 바꾼 적이 없었다. 도냐 빅토리나는 남편이 너무나 자랑스러웠다. 그래서 하루는 남편이 자신의 실내복 자락을 밟는데도 평소처럼 그의 틀니를 확 잡아 빼는 벌을 내리지 않고 대신 이런 말만 남겼다.

"당신이 발을 절지만 않았더라면 아마 내 거들까지 밟았을 거예요."

물론 그녀는 한 번도 거들을 입어본 적이 없었다!

어느 날 오후, 시낭과 빅토리아가 마리아 클라라를 돌보는 동안 교구 신부와 카피탄 티아고, 도냐 빅토리나의 가족이 거실에서 간식을 들면서 얘기를 나누고 있었다.

"그 의사가 그리 말했다니 정말 유감입니다. 다마소 신부님도 그렇게 생각할 겁니다."

리나레스가 교구 신부에게 물었다.

"저자들이 그분을 어디로 보낸다고 합니까?"

별로 관심이 없다는 듯이 그가 대답했다.

"따야바스 지방으로요."

카피탄 티아고가 말했다.

"마리아가 그 소식을 들으면 무척 실망할 겁니다. 신부님을 제 아버지처럼 생각하고 있거든요."

살비 신부는 의미심장한 눈길로 그를 바라봤다.

"제 생각에는, 신부님."

카피탄 티아고가 말을 계속 이었다,

"딸아이가 아프기 시작한 것도 바로 그 축제일에 일어났던 사건으로 인해 몹시 실망해서가 아닌가 싶습니다."

"저도 그렇게 생각합니다. 이베라 씨가 그녀를 만나지 못하도록 한 것은 현명한 판단입니다. 그러지 않았더라면 그녀는 더 악화되었을 것입니다."

도냐 빅토리나가 대화에 끼어들었다.

"우리가 없었더라면 클라리따는 이미 하늘에서 알렐루야를 부르고 있을지 모를 일이죠."

카피탄 티아고는 그 말에 '아멘'이라고 말해야 할 것 같은 느낌이 들었다.

"제 남편이 고위층 사람을 돌보지 않고 이곳에 온 것을 다행으로 아세요. 그랬더라면 다른 의사를 불렀어야 했을 테니까요. 이곳 의사들은 모두가 형편없지요. 제 남편을 제외하곤……."

"전 아직도 제 생각이 옳다고 봅니다."

교구 신부가 그녀의 말을 가로챘다.

"마리아 클라라가 고해성사를 하러 오고부터 병세가 호전된 겁니다. 비록 제가 과학의 힘, 특히 수술의 능력을 부정하는 것은 아니지만, 순결한 양심이 숱한 약들보다 효력이 있을 때가 있지요! 그 순결한 양심은…… 종교 서적을 살펴보면 얼마나 많은 질병이 진정한 고해성사만으로 치유되었는지 알 수 있답니다."

"그게 무슨 말이지요?"

도냐 빅토리나가 다소 흥분해서 반감을 표현했다.

"신부님이 말하는 고해성사의 힘이라는 것이 우리가 목격한 것처럼 부대장 부인을 치료한 바로 그 고해성사를 말하는 것인가 보군요!"

"부인, 그녀의 시퍼렇게 멍든 눈은 고해성사의 효과로 고쳐질 수 있는 것이 아닙니다."

살비 신부가 차갑게 대답했다.

"하지만 순결한 양심은 아마도 앞으로 맞게 될 주먹으로부터 그녀를 구할 수 있을 것입니다."

도냐 빅토리나는 살비 신부의 말에 동의하지 않는 듯 소리쳤다.

"그 여자는 맞아도 싸요! 아주 못됐어요! 교회에서 언제나 나를 째려본다니까요. 물론 하층민 출신이 틀림없겠죠. 지난 주일에는 그녀에게 뭐가 문제냐고 묻고 싶었어요. 혹시 내 턱에 수염이라도 났냐고 말이에요. 하지만 뭣 하러 내가 내 수준을 낮춰 그 저급한 수준에 맞춰줘야겠어요?"

이 시점에서 교구 신부는 그녀의 모든 말을 무시하고 말했다.

"제 말을 믿으세요, 돈 산티아고. 따님이 완전히 회복되려면 내일 영성체를 받아야 합니다. 내가 직접 오지요. 그녀는 새로운 고해성사를 할 필요가 없다고 생각하지만, 혹시 그녀의 양심에 무언가 남아 있다면 오늘 밤이라도 제가 방문할 수 있습니다."

"도저히 이해할 수가 없다니까요."

도냐 빅토리나가 대화 중간 틈을 이용해 끼어들었다.

"어째서 남자들이 그런 희극 배우 같은 여자와 결혼을 하는지 도대체 이해할 수 없어요! 멀리서도 그녀가 어떤 여자인지 쉽게 알 수 있는데 말입니다. 그녀의 지독한 질투심은 누구나 쉽게 눈치챌 수 있지요. 그 부대장은 뭐가 문제인 건가요?"

"그럼 그렇게 아세요, 돈 산티아고. 그녀의 사촌에게 내일 그녀가 영성체를 해야 한다는 사실을 잊지 말라고 일러두세요. 조금이라도 꺼려지는 것이 있다면, 제가 오늘 밤 언제라도 찾아와 고해성사를 받도록 하겠습니다."

자리를 떠나는 이사벨 이모에게 그는 따갈로그어로 말했다.

"오늘 밤 고해성사를 위한 준비를 해주세요. 내일 그녀에게 성체를 내려야 하니까요. 그것만이 그녀가 조속히 회복되는 길이에요."

"하지만, 신부님."

리나레스가 소심하게 이의를 제기했다.

"그녀가 혹시 자신이 죽음을 앞두고 있는 것이 아닌가 하는 생각을 하진 않을까요?"

"그런 걱정은 마시오."

교구 신부는 그를 쳐다보지도 않고 대답했다.

"나는 내 역할이 무엇인지 분명히 알고 있소이다. 난 수없이 많은 병상을 지켜봤소. 어쨌든 영성체를 하든 안 하든 선택은 그녀에게 달렸소."

카피탄 티아고는 마리아 본인이 직접 선택할 때까지 모두에게 그렇게 할 것이라 약속해야 했다.

이사벨이 그녀의 방에 들어갔다. 마리아 클라라는 아직 창백한 얼굴로 누워 있었다. 그녀의 두 친구가 곁을 지켰다.

"하나 더 먹어."

시낭은 작은 유리병에서 흰 약 하나를 꺼내 건네며 말했다.

"네 귀에서 윙윙하는 소리가 날 때까지 계속 먹으라고 그가 말했어."

마리아 클라라가 속삭이듯 말했다.

"그이가 다른 편지를 써주지 않았니?"

"아니, 무척 바빠 보였어."

"나에게 아무런 말도 전하지 않았어?"

"오직 대주교님이 자신에게 내려진 파문을 철회토록 한 다음에……."

이사벨이 들어오면서 그들의 대화가 끊겼다.

"살비 신부님이 말씀하시기를, 네가 온전한 고해성사를 준비해야 한다고 말씀하셨어."

그녀가 말했다.

"자, 이제 마리아가 자신이 무슨 죄를 지었는지 스스로 생각해보게끔 혼자 있도록 해주자."

시낭이 반박했다.

"하지만 지난주에도 고해성사를 했는데요! 나는 아프지도 않고 멀쩡히 돌아다니는데도 그렇게 자주 죄를 짓지는 않는다고요."

"자자, 교구 신부님이 하신 말씀 기억 안 나니? 온전한 사람도 하루에 일곱 번씩 죄를 저지른다고 말이야. 그럼, 구원의 닻이나 미덕의 꽃다발, 아니면 곧고 좁은 길을 가져다줄까?"

마리아 클라라는 아무런 대답도 하지 않았다. 착한 이사벨 이모는 그녀의 기분이 좀 나아지도록 말을 계속 이었다.

"그래, 그렇다면 아마도 네가 스스로의 죄를 되돌아보는 것에 지쳤나 보다. 그럼 내가 나의 죄를 되새기는 방식을 가르쳐줄 테니 들어보고 네 스스로가 지은 죄를 생각해 보려무나."

그녀의 이모가 자신의 신앙 노트를 가지러 나간 사이에 마리아 클라라는 떠나려는 시낭에게 속삭였다.

"그에게 나를 잊으라고 편지를 써서 전해줘."

"뭐라고!"

하지만 그녀의 이모가 방으로 들어오는 바람에, 시낭은 그 말이 무슨 의미인지도 모른 채 방을 떠나야만 했다. 착한 이사벨은 불빛 아래에 자리를 잡고, 콧등에 안경을 고정시켰다. 그리고 들고 온 작은 신앙 노트를 펼치며 말했다.

"아가야, 잘 들어라. 십계명부터 시작하겠다. 네 자신을 돌아볼 수 있도록 아주 천천히 읽을게. 잘 알아듣지 못한 부분이 있으면 말해, 다시 읽어줄 테니. 내가 너를 위해서라면 무슨 일이라도 할 수 있다는 것 알지?"

그녀는 죄를 저지를 수 있는 모든 상황을 단조로운 비음으로 읽어 내려가기 시작했다. 모든 문단 끝머리마다 잠시 쉬면서, 클라라가 자신의 죄를 되새겨보고 반성할 수 있도록 했다. 마리아 클라라는 멍하니 허공을 바라보고 있다. 안경 너머로 그녀를 관찰하고 있는 이사벨 이모는 하느님을 그 누구보다 사랑해야 한다는 첫번째 십계명에 대해 그녀가 무언가 깊이 생각하는 것 같아 흐뭇했다. 이사벨은 의미 있는 헛기침을 하고, 잠시 있다가 두번째 십계명을 읽었다. 이 나이 든 여인은 공손한 태도로 읽었고, 그에 대한 온전한 해석을 내린 후 다시 조카를 바라봤다. 마리아 클라라는 천천히 고개를 돌렸다.

"정녕……."

이사벨은 자기 자신에게 말했다.

"하느님의 이름을 욕되게 하는 일은 이 불쌍한 아이와는 아무런 관련이 없는 것 같구나. 그럼 세번째 십계명으로 가자."

세번째 십계명이 세심하게 분석되고 해석되었다. 이사벨은 이 계명이 제대로 지켜지지 않는 다양한 경우를 상세히 설명한 후 다시 침대 쪽으로 눈길을 돌렸다. 마리아 클라라는 마치 눈물을 감추기라도 하듯 손수건으로 눈을 가렸다.

'아하, 가여운 우리 아이가 일부 설교 시간에 졸았던 것이 틀림없구나.'

그녀는 안경을 다시금 콧등 끄트머리에 고쳐 얹고 이야기를 계속했다.

"이제 네가 주일을 잘 지키는 것보다 아버지와 어머니에게 자랑스러운 자녀였는지 살펴보자."

그녀는 네번째 십계명을 성직자들이 하는 것처럼 천천히 그리고 비음을 섞어가며 읽었다. 그렇게 함으로써 이 계명의 중요함을 더욱 강조하려는 듯했다. 이사벨은 높은 영적 경지를 강조하는 퀘이커 교단의 설교를 들어본 적은 없지만, 만일 그랬더라면 그들이 하는 성스러운 손짓까지 따라 했을 것이다. 한편 마리아 클라라는 손수건으로 수차례 흐르는 눈물을 닦았다. 그녀의 숨소리가 더욱 커졌다.

'어찌도 이처럼 맑은 영혼을 가졌을까.'

이사벨은 속으로 생각했다.

'모든 이에게 순종하고 따르는 그런 아이이지! 나는 더 많은 죄를 짓지만 저렇게 진심으로 울면서 죄에 대해 용서를 구한 적이 없었는데.'

그녀는 좀 더 길게 멈췄다가, 가능한 모든 감정을 실어 네번째 십계명을 시작했다. 그녀는 거기에 모든 열정을 쏟는 바람에 조카가 몰래 흐느끼는 것을 알아채지 못했다. 치명적인 무기로 살인을 궁리하는 것처럼 잠시 멈춘 후에야 그녀는 범죄자의 탄식을 감지하는 듯했다. 그녀는 협박이라도 하는 듯한 목소리로 십계명에 대한 분석을 늘어놓았다. 그리고 조카가 울고 있는 것을 발견하고, 침대에 몸을 기대며 말했다.

"괜찮아, 애야. 울어라. 네가 더 많이 울면 하느님이 더 빨리 용서해주실 거야. 네가 지옥에 떨어질 두려움보다 하느님의 사랑으로 용서해주실 것을 믿고 회개해라. 울고 또 울어라. 네가 우는 모습이 나를 얼마나 행복하게 만드는지 아느냐. 가슴을 치며 통곡을 하려무나. 그렇다고 너무 심하게 하지는 말고, 너는 아직 병이 온전하게 다 나은 게 아니니까."

하지만 자신의 슬픔이 마치 아주 비밀스럽고 사적인 이유에서 기인하기라도 했던 것처럼 마리아 클라라는 울고 있는 자신에게 스스로 놀라며 아무런 말없이 점차 훌쩍거림을 그쳤다. 이사벨 이모는 읽기를 계속했지만 듣는 청중이 흐느낌을 멈추자 열정도 사라졌다. 마지막 십계명에 이르자 그녀는 자신의 단조로운 비음 탓에 지루해 하품이 나올 것 같아서 가끔씩 읽기를 멈추었다.

'내가 직접 목격하지 않았더라면 믿지 못했을 것이야.'

나이 든 이사벨은 나중에 이런 생각이 들었다.

'이 소녀는 처음 다섯 번째까지의 십계명에 관해서는 누구보다 죄를 많이 지은 것 같은데, 여섯 번째부터 열 번째까지 십계명에 대해서는 별로 죄를 지은 것 같지 않아. 우리와는 정반대인 것 같아! 세상이 정말 많이 변했구나!'

그녀는 커다란 양초에 불을 붙여 안티폴로의 성모상 앞에 놓고, 기도하는 성모상과 필라의 성모상 등 다른 성모상들 앞에는 그보다 작은 양초로 불을 붙여놓았다. 그리고 앞에 있는 상아 십자가를 구석으로 치워 불빛이 성모상을 제대로 비추도록 했다. 한편 들라로슈의 성녀상에는 아무런 관심도 보이지 않았다. 이 성녀상은 잘 알려지지 않은 외국인으로서, 이사벨은 그녀로 인해 어떠한 기적이 일어났다는 얘기도 들은 바가 없었다.

그날 밤 길게 지속된 고해성사의 비밀은 아무도 알 수 없었다. 멀리서 조카를 지키고 있던 이모는, 아픈 클라라의 말에 귀를 기울이기보다는 그녀의 얼굴을 빤히 쳐다보는 데 집중하는 교구 신부를 보았다. 마치 그는 마리아 클라라의 사랑스러운 눈을 통해 그녀가 무슨 생각을 하고 있는지 추측하고 싶어 하는 것처럼 보였다.

살비 신부는 그녀 방을 나올 때 얼굴이 창백해지고 입술은 촉촉해져 있었다. 땀에 젖은 그의 우울한 눈썹은, 마치 그가 고해성사를 하고도 면죄를 받지 못한 것 같은 인상을 주었다.

'예수님, 성모님, 요셉!'

이모는 마치 사악한 생각을 쫓아버리려는 듯 속으로 외쳤다.

'요즘 젊은 애들을 누가 이해할 수 있을까?'

46

억눌린 자

숲 사이에 비치는 희미한 달빛에 의지하여, 한 남자가 숲 속을 천천히 그리고 조용히 걷고 있었다. 그는 때로 자신의 위치를 알리기라도 하듯 휘파람을 불었다. 멀리서 그 소리에 응답하는 휘파람 소리가 들려오자, 그는 귀를 기울여 그 소리를 듣더니 소리가 나는 곳으로 발길을 옮겼다.

사람의 손길이 닿지 않은 숲 속에서 수많은 장애물을 넘어, 드디어 그는 초승달 빛에 드러난 조그만 공터에 도착했다. 나무가 듬성듬성 난 커다란 바위가 주변을 두르고 있는 모습은 마치 허물어진 원형극장 같았다. 그 중앙에는 막 벌목된 나무들이 쌓여 있고, 커다란 둥근 바위가 나뭇잎으로 절반 정도 가려져 있었다. 그가 가까스로 그곳에 가자, 한 남자가 바위 뒤에서 갑자기 나타나 그에게 총을 겨누며 다가왔다. 남자는 방아쇠에 얹은 손가락에 긴장을 더하며 따갈로그어로 물었다.

"누구시오?"

막 도착한 사람은 그의 질문에 대답하거나 겁을 먹지 않으며 침착한 목소리로 물었다.

"파블로 노인이 당신과 함께 있소?"

"대장님 말씀이라면, 여기 계십니다."

"그럼 엘리아스가 찾아왔다고 전해주시오."

"당신이 엘리아스요?"

그는 돌연 공손한 태도를 취하며, 총을 겨눈 채로 그에게 다가서서 물었다.

"그렇다면 저를 따라 오시지요."

엘리아스는 그의 뒤를 따랐다.

그들은 땅 속으로 나 있는 커다란 동굴로 들어갔다. 그 길을 잘 아는 안내자는, 경사진 길이나 고개를 숙이고 배가 땅에 닿도록 기어서 통과해야 할 곳이 나타날 때면 엘리아스에게 주의를 주었다. 그리 오래가지 않아 그들은 횃불로 밝혀져 있는 비교적 넓은 공간에 도착했다. 거기에는 열둘에서 열다섯 명 정도의 무장한 사람들이 있었다. 그들은 얼굴도 씻지 않고 초라한 옷을 입고 있었다. 몇몇은 앉아 있고 다른 사람들은 아무 말도 없이 누워 있었다. 머리에 핏자국이 묻어난 붕대를 감은 침울한 표정의 노인이 테이블처럼 놓여 있는 바위에 팔꿈치를 기대고 앉아 있었다. 어두운 공간을 희미하게 비추고 있는 횃불을 바라보고 있는 모습은 마치 정신 나간 사람 같았다. 그의 얼굴은 단테의 『신곡』 지옥편에 나오는 두 아들과 두 손자와 함께 탑에 갇혀 굶어 죽을 수밖에 없는 운명에 직면한 피사의 백작 우골리노와 비슷해 보였다.

엘리아스와 그를 안내하던 이가 들어서자, 노인은 반쯤 일어서면서 눈짓을 주어 사람들로 하여금 그들에 대한 수색과 감시를 지시했다. 엘리아스가 아무런 무장도 하지 않은 것을 확인하자 그들은 안심했지만 여전히 경계를 늦추지 않았다. 노인은 천천히 얼굴을 들어 침울함이 여실히 드러나는 표정으로 엘리아스를 바라봤다.

"바로 당신이로군, 그렇지?"

노인은 그를 알아보고 흐트러졌던 정신이 돌아온 듯한 표정으로 물었다.

"이렇게 선생을 다시 뵙게 될 줄은 정말 몰랐습니다."

엘리아스가 고개를 끄덕이며 조용히 말했다. 노인은 조용히 고개를 끄덕이고 주위 사람들에게 손짓을 했다. 그들은 일어서 밖으로 나가면서 여전히 엘리아스를 경계의 눈으로 바라봤다. 노인은 자신들만 남은 것을 확인하고 엘리아스에게 말했다.

"그래, 내가 그대에게 피신처를 제공했던 6개월 전에는, 그대를 가엾게 여겨서 돌봐주었지. 하지만 지금은 입장이 바뀌어 그대가 나를 돌봐줘야 하겠소. 앉으시오, 그리고 어떻게 이곳에 오게 되었는지 말해보시오."

"약 15일 전에 선생께서 당하신 불행을 알게 되었습니다. 저는 즉시 이산 저산을 헤매 다니며 선생을 찾았지요. 인근 두 지역에 있는 모든 산을 거의 다 뒤졌답니다."

"무고한 피를 보지 않으려면 이렇게 달아날 수밖에 없었다오. 나의 원수들은 직접 나와 대적하는 것을 두려워해서, 나에게 아무런 해도 끼치지 않은 불쌍한 사람들만 파견해 나를 쫓았지."

엘리아스가 침통한 표정의 노인이 무슨 생각을 하고 있는지 짐작하는 동안 잠시 대화가 끊겼다가 다시 이어졌다.

"저는 선생에게 한 가지 제안을 드리려고 왔습니다. 저는 그동안 저의 살아남은 가족들을 찾기 위해 노력했습니다. 그게 제 불행의 원인이었습니다. 이제 저는 북쪽으로 가서 자유로운 이교도 종족들 사이에서 살려고 합니다. 선생께서도 지금 이 일을 모두 접어두고 저와 함께 가지 않으시렵니까? 선생께서는 아들을 잃으셨죠? 제가 선생의 그 아들이 되어드리겠습니다. 가족을 모두 잃은 제가 아버지로 모시겠습니다."

노인은 고개를 흔들며 말했다.

"내 나이에 이처럼 절망적인 선택을 한 것은 다른 대안이 없었기 때문이었소. 나를 보시오. 나는 모든 젊은 시절과 장년기를 나 자신과 아들들을 위해서 보냈지. 힘든 작업을 끊임없이 나에게 부과하는 윗사람들의 모든 지시를 따르면서, 가능한 한 평화롭고 안락한 삶을 살기 위해 최선을 다했다오. 그런 내가 나이 들고 뜨겁던 피도 점차 식어가는 지금에서야 그 모든 과거와 얼마 남지 않은 미래까지 송두리째 부정하고 만 것은 쉽게 내린 결론이 아니었지요. 이런 결론을 내린 이유는, 내가 추구하던 바로 그 평화는 존재하지도 않을뿐더러 최고의 선도 아니라는 사실을 깨달았기 때문이오. 왜이 낯선 땅에서 비참하게 살아야 하는가? 나는 아들 둘과 딸 하나 그리고 집과 재물도 있었지. 사람들로부터 존경도 받았지요. 하지만 이제 나는 가지가 꺾인 나무와 같은 처지라오. 이 정글에서 짐승들처럼 기는 처지가 되어 있지. 왜? 한 남자가 내 딸을 겁탈했고, 내 아들들이 그 추행에 대해 정의를 요구했기 때문이오. 또한 그 남자가 신의 사자로서 그 누구보다 높은 자리에 있었기 때문이라오. 그 모든 일에 대해 아버지인 나는 수치스럽게도 잘못을 묵인해주면서 젊은 시절의 혈기와 육신의 연약함 탓으로 치부했지요. 되돌릴 수 없는 상처에 직면하여 스스로의 평안을 찾고 그나마 남은 것이라도 보존하려는 노력 외에 무엇을 할 수 있었겠소? 하지만 가해자는 곧 닥칠 보복을 두려워하여 나의 아들들을 파멸로 몰아갔소이다.

그가 무슨 짓을 했는지 아오? 교구관사에서 거짓 강도 사건을 모의하고, 그 강도 중 한 명으로 내 아들을 지목했다오. 다른 아들 하나는 다행히도 그때에 이 도시에 없었기 때문에 범인으로 몰아가지는 못했지요. 도시에 사는 모든 이들이 알다시피 그대 역시 저들이 어떠한 고문을 하는지 잘 알겠지요. 나는 머리카락을 위로 묶여 공중에 대롱대롱 매달린 내 아들을 보았고, 그의 비명을 들었고, 나를 부르는 소리도 들었다오. 겁 많고 평화를 좋아했던 나는 죽을 용기도, 그렇다고 그 누구를 죽일 용기도 없었소. 그의 강도질은 밝혀지지 않았고, 오히려 이를 모의한 사실이 드러났지요. 그 교구 신부는 그 일로 인해 다른 도시로 보내졌다오. 나의 다른 아들은 나처럼 겁쟁이가 아니었고, 그래서 그 살인마는 보복을 두려워했지요. 그래서 다른 아들이 신분증을 소지하지 않았다는 핑계로 군인들에게 붙들려 두들겨 맞고 고문당하다가 목숨을 잃게 했다오! 그는 단지 신분증 챙기는 것을 잠시 잊었을 뿐인데 말이오. 난 그 모든 수모를 겪으며 살아남았소. 하지만 내가 아들을 지키려는 아버지의 용기를 버리지 않는 한 나는 저들에게 복수할 거요. 암, 하고말고! 불만을 품은 사람들이 나에게로 몰려들었고, 나의 적들도 나를 쫓기 위해 인원을 보강했지요. 내가 충분히 힘을 갖추었다고 생각될 때 산을 내려가서 복수를 이루고 내 자신도 함께 불사를 거요. 그날은 반드시 올 거요. 그렇지 않으면 신은 존재하지 않는 것이오!"

노인은 흥분하여 자리에서 벌떡 일어섰다. 그가 맹세하듯 소리쳤다.

"내 아들들을 죽음으로 내몬 자는 바로 나요. 만일 내가 아들들에게 겁탈자를 죽이도록 허락했다면, 만일 내가 신과 인간의 정의에 대한 신념이 조금이라도 약했더라면, 지금 나는 아들들과 함께 있었을 것이오. 우리는 쫓기는 신세가 되었겠지만, 아이들은 내 곁에 있었을 것이고 그렇게 허무하게 고문당해 죽지는 않았을 것이오. 나는 아버지의 자격이 없었소. 그래서 그들을 잃은 것이오. 나는 지금까지 살아오는 동안 내가 살고 있는 이 세상을 제대로 이해하지 못했소. 하지만 이제 저들에게 불과 피로 그리고 내 죽음으로 복수가 무엇인지 보여줄 거라오."

그 불쌍한 노인은 감정이 격앙되어 머리에 감은 붕대를 벗어 던졌다. 그의 이마에 있는 상처에서 다시 피가 흘러내렸다.

"선생이 겪으신 슬픔에 대해 애도를 표합니다."

엘리아스가 대답했다.

"복수하고자 하시는 그 마음을 이해합니다. 저도 같은 입장에 있습니다만 무고한 사람이 다칠까 두려워 차라리 저의 불행을 잊기로 했습니다."

"그대는 아직 젊고, 아들이나 마지막 희망을 잃은 것은 아니기 때문에 잊을 수 있는 것이오. 하지만 확신하건대, 나는 무고한 사람을 해치지는 않을 것이오. 이 상처가 보이시오? 이것은 자신의 의무를 수행하고 있는 한 불쌍한 경찰의 죽음을 막기 위해서 얻은 상처라오."

잠시 침묵하던 엘리아스가 말했다.

"하지만 선생께서 이 불행한 도시에 가져다 줄 파국을 생각해보십시오. 선생이 직접 복수를 감행하더라도 적들은 아주 혹독한 보복을 할 것입니다. 그것도 선생이 아닌, 무장한 사람들도 아닌, 무고한 일반 사람들에게 자행하겠지요. 그것이 저들의 일반적인 행태이니까요. 그러고 나면 또 수많은 불의와 불행이 초래될 것입니다!"

"사람들에게 스스로를 방어하는 방법을 배우라고 하지요! 모든 사람들로 하여금 스스로를 방어하도록 말이오!"

"그게 불가능하다는 것을 알고 계실 겁니다. 저는 선생이 행복했던 그 시절부터 이미 그것을 알고 있었습니다. 그때 선생께서는 저에게 좋은 조언을 해주셨지요. 이제 제가 선생께 충언을 드려도 되겠습니까?'

노인은 팔짱을 끼고 엘리아스가 무슨 말을 하는지 듣고 있었다.

"선생님."

엘리아스가 조심스럽게 말을 이었다.

"저는 최근 선한 생각을 가진 부유한 젊은이에게 봉사할 수 있는 기회가 있었습니다. 그 고상한 젊은이는 나라의 복리를 생각하고 있었습니다. 사람들이 말하기를 그는 마드리드에 친구들이 있다고 합니다. 그것이 사실인지 아닌지 저는 모릅니다만, 확실한 것은 그가 총독과 친분이 있다는 것입니다. 억눌린 자들에 대해 그가 관심을 갖도록 하는 것은 어떻겠습니까? 그래서 그 청년이 사람들의 고통을 대변할 수 있도록 하는 것입니다."

노인은 고개를 저었다.

"그 청년이 부유한 사람이라고? 부자들은 오직 더 부유해지는 것만 생각한다오. 그들은 허례와 허식에 눈이 멀어 있지. 그들이 안락한 삶을 누리고, 특히 힘 있는 권력자를 친구로 두고 있다면, 그들은 결코 불행을 자초하지는 않을 것이오. 내 자신이 전에 부유했던 적이 있기 때문에 그것을 너무나도 잘 알고 있소이다."

"하지만 제가 말하는 그 사람은 다른 사람들과는 다릅니다. 그는 죽은 자기 아버지의 명예가 모욕당하는 일을 겪었습니다. 곧 결혼해 가정을 꾸릴 예정이라니, 그렇다면 그의 아들들에게 남겨줄 좋은 미래에 대해 생각하지 않겠습니까?"

"그렇다면 그는 행복한 사람이지. 하지만 우리의 계획은 행복한 사람들을 위한 것이 아니라오."

"하지만 이것은 선한 마음을 가진 사람들이 할 일이지요."

"좋소."

노인이 자리에 앉으며 대답했다.

"그럼 그가 총독 앞에서 우리를 대변하는 일에 동의했다고 합시다. 그리고 그가 스페인 의회에서 우리의 불행한 현실을 알아줄 의원들까지 찾았다고 해보지요. 그러면 그들이 우리를 공명정대하게 대할 것이라 생각하시오?"

"무력을 사용하기 전에 일단 한번 시도는 해보셔야죠. 남들처럼 불행하지만, 그래도 젊고 강한 제가 연로하고 연약한 선생에게 평화적인 방법을 제안하고 있는 것이 좀 이상해 보이실 겁니다. 하지만 제가 직접 수없이 많은 불행을 목격했습니다. 그리고 그 불행이 억압자들 때문만이 아니라 우리 스스로가 초래하고 있기도 하다는 사실을 알게 되었습니다. 비폭력으로 우리는 무언가를 얻을 수 있을 겁니다."

"우리가 아무것도 얻어내지 못한다면?"

"저를 믿으세요. 반드시 무언가 성취할 겁니다. 정부에 있는 모든 이들이 다 의롭지 못한 사람은 아닙니다. 그리고 우리가 아무것도 성취하지 못한다면, 만일 저들이 우리의 불만에 귀를 기울이지 않는다면, 만일 저들이 동료들의 슬픔을 무시해버린다면…… 그때 저는 선생의 지시에 기꺼이 따르겠습니다."

노인은 격한 감정으로 벌떡 일어서서 엘리아스를 포옹했다.

"그대의 제안을 받아들이겠소. 나는 그대가 약속을 지키는 사람이라는 걸 알고 있소이다. 내게로 오면 그대 선조들에 대한 복수를 내가 도울 것이오. 그리고 내가 하려는 아들들에 대한 복수도 도와주시오. 내 아들들은 당신과 아주 많이 닮았지요."

"그렇다면 선생께서는 당분간 폭력을 삼가실 것입니까?"

"그대가 사람들의 슬픔을 대변해주시오. 그대는 그 모든 슬픔들을 알고 있지요. 언제쯤 대답을 들을 수 있겠소?"

"나흘 후에 부하들 중 한 명을 산디에고 해변으로 보내 저와 만나게 해주십시오. 그럼 제가 우리가 희망을 걸고 있는 그 사람의 대답을 전해드리겠습니다. 만일 그가 제안을 받아들이면 우리는 그가 우리를 위해 정의를 실현하리라 기대해볼 것입니다. 하지만 그가 받아들이지 않는다면, 저는 우리가 시작한 이 투쟁의 선봉에 서서 싸우다 죽을 것입니다."

"엘리아스는 죽지 않을 것이오. 카피탄 파블로에 대한 복수의 기쁨을 맞이할 것이오. 엘리아스 그대가 우리의 지도자가 될 것이오!"

노인이 소리쳤다. 그리고 직접 엘리아스를 동굴 밖으로 안내해주었다.

47
투계장

필리핀 사람들은 주일을 거룩하게 지킨다면서, 오후에는 주로 닭싸움을 즐기려 투계장에 갔다. 이는 스페인에서 사람들이 투우장을 찾는 것과 비슷했다. 한 세기 전에 전파되어 널리 사랑받고 있는 이 닭싸움은 인간들 사이에 행해지는 악덕 중에 하나였다. 이는 중국인들이 아편을 하는 것보다 더 널리 퍼져 있었다. 투계장에 가는 사람들은 보통 가난한 사람들로서, 자신이 가진 작은 돈으로 일하지 않고도 더 많은 돈을 벌어보려 모험을 했다. 더불어 부자들도 투계장을 찾는데, 이는 그들이 파티와 감사 미사에 쓰고도 남는 돈으로 즐기기 위해서였다. 하지만 부자들은 돈과 닭을 자신의 뒤를 이을 아들보다 더 중요하게 여기기 때문에 대단히 신중하고 후회의 여지를 남기지 않았다.

당시에는 정부도 닭싸움을 허용하였을 뿐 아니라 오히려 이를 제도화하여 일요일 대미사를 마친 후 저녁까지 공공장소에서 행하도록 했다. 이는 보다 많은 사람들이 닭싸움을 보고 즐길 수 있게 함은 물론 더 많은 사람들의 참가도 부추겼다. 이번 일요일에도 산디에고의 투계장에 모인 사람들은 모두 익숙한 얼굴들이었다.

투계장의 풍경은 아주 세밀한 부분을 제외하고는 다른 도시와 별반 다를 것이 없었다. 이곳은 세 구역으로 나뉘어 있었다. 출입구는 보통 가로 20

미터 세로 14미터의 직사각형으로 되어 있다. 거기에는 문이 있고, 그 한쪽 곁에는 여자 한 명이 지키고 서서 입장료를 받았다. 정부는 그중 일부를 세금으로 떼어 매년 수십만 페소를 거둬들였다. 이렇게 악덕을 즐기는 대가로 지불한 돈은 웅장한 학교 건물이나 다리, 고속도로를 짓는 데 사용하거나 농업과 상업의 발전 기금으로 사용된다고들 했다. 이토록 훌륭한 결실을 가져오는 악덕에게 하늘의 은총이 있을지어다!

투계장 안의 한 구역에서는 빈랑과 담배, 절인 과일, 다른 주전부리를 파는 상인들을 발견할 수 있었다. 또한 아빠나 삼촌과 함께 온 어린아이들이 일찍부터 어른들의 비밀스러운 생활에 대해 자세히 배우게 되었다.

내부로 들어가면 보다 커다란 공간이 나왔다. 일반인들이 닭싸움을 보기 위해 대기하는 일종의 대기실이었다. 거기서는 대부분의 싸움닭들이 땅바닥에 박혀 있는 뼈나 나무 쐐기에 연결된 줄에 묶여 있었다. 이곳에서는 베팅이 이루어지고, 궁리를 하고, 꼭 갚겠다는 맹세와 함께 돈이 오가고, 호탕한 웃음이 끊임없이 나왔다. 구석에서는 한 경기자가 자기 싸움닭의 번쩍이는 깃털을 토닥거리고 있고, 다른 쪽에서는 싸움닭 다리를 세심히 살피는 참가자도 보였다. 다른 이들은 지난번 경기의 승자에 대해 서로 얘기를 나눴다. 여기에 더해 털이 다 뜯기고 이미 죽은 싸움닭의 다리를 든 채 풀이 죽은 노름꾼들의 모습도 볼 수 있었다. 그 닭은 지난 몇 개월 동안 주인의 사랑을 독차지했을 것이다. 밤낮을 가리지 않고 귀여워하며 돌보면서 수없이 많은 희망의 중심에 있었을 그 닭은, 이제 시체가 되어 1페세타에 팔리고 생강과 함께 요리되어 그날 밤 잡아먹혔을 것이다. 식 트란직 글로리아 문디!('이 세상의 영화는 이처럼 사라져간다!'이란 뜻이다_옮긴이). 패배자는 이제 돈도 없고 닭도 없이 아이들과 아내가 기다리는 집으로 걱정스럽게 돌아갔을 것이다. 지난 몇 달간 새벽부터 밤까지 온 정성을 기울였던 일확천금의 꿈은 수많은 담뱃재와 함께 오직 1페세타로만 남았던 것이다.

대기실에서는 아무런 의견을 제시하지 못할 정도로 어리석은 사람은 한 명도 없었다. 꼼꼼히 문제를 점검하지 않을 정도로 부주의한 사람도 없었다. 그들은 상대편 닭들의 무게를 직접 살펴보고, 날개를 펼쳐 근육의 발달 정도를 가늠해보는 등 모든 상태를 자세히 점검했다. 일부 사람들은 화려한 의상을 입고 자신의 닭을 선호하는 열성팬들을 몰고 다니기도 했다. 다른 일부 사람들은 마음속 사악함을 겉으로 드러내듯 찌든 옷에 핼쑥한 얼굴을 하고, 부유한 사람의 움직임을 잘 살펴 자신의 돈을 걸었다. 이제 그들의 주머니는 텅 비었지만 대신 그들의 가슴속은 열망으로 가득 차 있었다. 이곳에 우울한 얼굴을 하고 있는 사람은 없었다. 나태하고 무관심하며 말이 없는 그런 필리핀인도 이곳에서는 발견할 수 없었다. 모두들 활발히 움직였고, 진흙탕 물로라도 갈증을 해소할 절박한 갈망과 열정이 가득했다.

대기실은 바로 닭싸움이 일어나는 현장으로 이어졌다. 대나무로 주변을 두른 링의 바닥면은 주변 관중석보다 조금 높게 설치되어 있었다. 윗부분의 관중석은 거의 천장에 닿을 정도로 높았다. 대부분은 내기를 걸기 위해 온 사람들이다. 경기가 이루어질 때면 관중석은 고함을 지르고, 환호와 욕설을 내뱉는 남자와 어린아이들로 가득찼다. 다행스러운 것은 그곳에 여자들이 없다는 것이다. 링 안에는 특별한 사람들, 특히 부자나 유명한 도박꾼, 투계장 운영자와 심판들이 있다. 닭들은 평평하게 마련된 바닥에서 싸움을 시작하고, 운명의 여신은 웃음과 눈물, 풍성함과 궁핍함을 나눠 주고 있었다.

이번 일요일에는 시장, 카피탄 파블로, 카피탄 바실리오, 공사장에서 죽은 이의 동생인 얼굴에 흉터가 있는 루카스가 투계장에 일찌감치 나타났다. 카피탄 바실리오가 한 시민에게 다가가 물었다.

"오늘 카피탄 티아고가 어느 닭을 가져와서 경기를 하고 있는지 아시오?"

"저는 잘 모릅니다. 하지만 오늘 아침에 두 마리가 그에게 배달되었습니다. 그중 하나는 지난번에 영사님의 강력한 닭을 이긴 붉고 흰 털을 가진 닭입니다."

"그대는 나의 이 검고 흰 닭이 그 닭을 이길 것 같소?"

"물론입니다. 저라면 저의 집과 옷을 몽땅 다 이 닭에 걸겠습니다."

그때 카피탄 티아고가 막 들어섰다. 다른 유명한 도박꾼들처럼 중국풍의 흰 셔츠를 입고 밀짚모자를 쓰고 있었다. 두 명의 하인이 붉고 흰 닭과 커다란 흰 닭을 들고 그를 따랐다. 카피탄 바실리오가 말했다.

"마리아의 병세가 날로 좋아지고 있다고 시낭에게 들었습니다."

"열은 떨어졌는데, 아직 기력을 되찾지는 못했습니다."

"지난밤 돈을 잃었습니까?"

"조금요. 당신은 땄다는 것을 알고 있습니다. 어디 오늘 제가 그것을 되찾을 수 있는지 볼까요?"

카피탄 바실리오가 자신의 닭을 받아 들고 자세히 살피면서 물었다.

"저 붉고 흰 것과 싸움을 붙여볼까요?"

"그건 내기의 크기에 달렸지요."

"얼마나 거실 건가요?"

"둘 이하는 거절입니다."

"제 검고 흰 닭을 보신 적이 있나요?"

카피탄 바실리오가 물으면서 작은 닭을 들고 있는 한 하인에게 신호를 보냈다. 카피탄 티아고는 그 닭을 받아 들고는 무게와 다리뼈 등을 자세히 살피고 하인에게 되돌려 줬다.

"이 닭에 얼마나 거실 생각입니까?"

"그대가 원하는 만큼 걸겠소."

"둘하고 반은 어떻소이까?"

"셋은 어떻습니까?"

"좋소. 셋으로 합시다."

"다음 경기 순서에 하도록 하지요."

노름꾼들과 청중들 사이에 유명한 닭 두 마리가 싸우게 되었다는 소문이 신속히 번져나갔다. 각각의 닭은 싸움의 내력과 명성을 가지고 있었다. 모두들 두 유명한 닭들이 경기하는 모습을 기대하고 있다. 의견들이 분분하고 예측이 난무했다.

주위가 소란스러워지자 목소리는 더욱 커졌다. 링 위에 사람들이 등장하자 관중석은 폭풍에 휩싸인 듯했다. 조련사들이 흰 것과 붉은 것, 두 마리의 닭을 투계장 속에 넣었다. 그들의 발에는 이미 날카로운 쇠발톱이 장착되어 있었지만 아직 칼집에 싸여 있었다. 흰 닭과 붉은 닭을 응원하는 목소리가 여기저기서 터져 나왔다. 그러나 흰 닭을 응원하는 소리가 더 컸다.

군인들이 관중들 사이를 이리저리 오갔다. 그들은 군복을 입고 있지는 않았지만, 그렇다고 일반 사람들과 같은 차림은 아니었다. 붉은 줄이 있는 데님 바지를 입고, 파란색 셔츠에 재킷을 걸쳤으며, 머리에는 작업모를 쓰고 있었다. 이는 그들 나름대로 자신의 정체를 숨기는 방식이다. 그들은 단속하는 동시에 노름을 하면서 지키라는 질서를 어지럽혔다.

고함 소리, 손에 든 동전을 흔드는 소리, 최후의 베팅으로 물소와 곧 추수할 곡식을 거는 소리들 가운데, 형제처럼 보이는 두 명의 젊은이가 부러운 눈으로 노름꾼들을 바라보고 있었다. 그들은 일부 사람들에게 다가가 곤란한 표정으로 속삭였지만 아무도 그들의 말에 귀를 기울이지 않았다. 거듭되는 거절에 그들은 더욱 풀이 죽어 섭섭함과 절망의 눈길을 주고받았다. 루카스는 교활한 눈빛으로 은밀하게 그들을 관찰했다. 그는 손에 든 은화 페소를 흔들어 소리를 내면서 두 형제가 있는 곳으로 다가가더니 투계장 쪽을 보면서 소리쳤다.

"50대 20으로 흰 닭이오!"

두 형제는 서로 눈치를 보았다. 형으로 보이는 남자가 말했다.

"지난번 경기에 가진 돈 전부를 걸지 말라고 내가 말했잖아. 네가 내 말을 들었더라면 저 붉은 닭에게 걸 돈이 좀 남아 있었을 텐데."

동생은 슬그머니 루카스에게로 다가가 그의 팔을 가볍게 잡았다. 그가 깜짝 놀라는 체하면서 소리쳤다.

"아니, 당신이었구면?"

"그래, 네 형이 나의 제안을 받아들인다고 했나? 아니면 그저 판돈을 걸러 왔나?"

"어떻게 판돈을 걸겠어요. 우리는 벌써 전부 다 털렸는데요."

"그럼, 내 제안을 받아들이는 건가?"

"형이 원하지 않아요. 우리에게 돈을 좀 빌려주시면…… 저희를 안다고 하셨잖아요."

루카스는 머리를 긁던 손을 내려 셔츠를 정리하며 말했다.

"물론이지. 너희는 힘이 센 타실리오와 부르노 형제잖아. 또한 너희의 용감한 아버지가 군인들에게 붙들려 하루에 매를 100대나 맞고 죽은 것도 알지. 그리고 너희가 그를 위해 복수할 의도가 없다는 것 또한 알고 있지."

형인 타실리오가 끼어들었다.

"남의 사사로운 일을 들먹이지 마세요. 그건 불행한 일이었어요. 누이가 없었더라면 우린 벌써 교수대로 보내졌을 거예요."

"교수대? 겁쟁이들과 돈도 권력도 없는 허접한 사람들이나 그런 곳에 가는 거지. 우리 주위엔 그런 것에 아랑곳 않는 사람도 많이 있다고."

"100대 20으로 흰 닭에 걸겠소!"

지나가는 사람이 소리쳤다.

"4페소…… 3페소…… 아니 2페소만 빌려주시오."

동생이 애걸했다.

"우리가 두 배로 갚아드리겠습니다. 이제 막 싸움이 시작되려고 한다니까요."

루카스는 다시 머리를 긁적였다.

"이거 참, 이 돈은 내 것이 아닌데. 돈 크리소스토모가 자신을 위해 싸워줄 사람을 위해 준 거라고. 하지만 자네들은 아버지만큼 그렇게 용감해 보이지는 않는단 말이야. 아, 저기 배짱이 두둑한 진짜 남자가 있군. 배짱이 없으면 재미도 없지."

그는 걸음을 옮겼지만 그리 멀리 가지는 않았다.

"제발, 저 사람 제안을 받아들이자. 그런다고 뭐가 달라지겠어, 응?"

부르노가 애걸했다.

"교수형이나 총살형을 당한다고 뭐가 다르겠어? 우리처럼 가난한 사람들은 아무짝에도 쓸 데 없는데 말이야."

"네 말이 맞아. 하지만 우리 누이는 어쩌고?"

한편 투계장 안이 정리되었다. 곧 닭싸움이 시작되려는 참이었다. 시끄러운 소리들도 잠잠해졌다. 오직 두 명의 조련사와 감독관만이 투계장 중앙에 남겨졌다. 심판의 신호에 따라 감독관이 닭의 며느리발톱을 감싸고 있던 칼집을 벗기자, 날카로운 면도날이 번쩍거리며 위협적인 모습을 드러냈다.

두 형제는 둘러쳐진 대나무 방벽으로 다가가 머리를 대고, 풀이 죽어 조용히 경기를 응시했다. 한 남자가 그들에게 다가가 귀에 대고 속삭였다.

"나 같으면 100대 10으로 흰 닭에 걸겠소, 친구!"

타실리오는 어리석다는 듯이 그를 쳐다봤다. 부르노가 팔꿈치로 형의 옆구리를 꾹꾹 찌르자 그는 성가시다는 듯 대꾸했다. 조련사들은 면도날 같은 칼에 찔리지 않으려고 아주 조심스럽게 닭을 다루고 있다. 숨소리조차 들리지 않는 침묵이 흘렀다. 두 조련사를 제외한 모든 사람들은 공포에 질린 밀랍인형처럼 보일 정도였다. 싸움닭들을 서로 가까이 대면케 하면서 한 닭의 머리를 붙들고 다른 닭의 부리로 그것을 쪼도록 하고, 또다시 반대로 하여 두 닭을 흥분시켰다. 모든 싸움은 공정한 조건에서 이루어져야 하기 때문에 파리산 수탉은 파리산 수탉과, 필리핀 싸움닭은 필리핀 싸움닭과 맞붙었다. 싸움닭들은 점점 더 가까이 정면으로 상대를 마주보며, 자신과 싸워 깃털이 뽑힐 불쌍한 적을 각인했다. 싸움닭들은 목의 깃털을 곤추세우고, 동그란 작은 눈으로 서로를 응시하면서 흥분에 몸을 부르르 떨었다. 바로 그때 일정한 거리를 두고 두 마리의 싸움닭이 바닥에 남겨졌다.

닭들은 아주 천천히 앞으로 나아갔고, 쇠발톱들이 움직이며 딱딱한 바닥에 부딪쳐 똑똑 소리를 냈다. 투계장 안의 모든 사람들은 미동도 하지 않고 숨조차 쉬지 않는 듯했다. 머리를 위로 치켜들었다 아래로 내렸다 하면서 상대의 위력을 가늠해보는 두 싸움닭은 위협하는 듯 비웃는 듯 소리를 토해냈다. 닭들은 차가운 푸른빛이 감도는 날카로운 면도날을 응시했다. 그 위험이 닭들을 더욱 비장하게 만들었다. 싸움닭들은 결의에 가득 찬 모습으로 앞으로 나아갔다. 닭들은 상대를 한 발짝 앞에 두고 멈춰서 머리를 숙인 채 목의 깃을 곤두세우고 상대를 응시했다. 그 순간 피가 두뇌의 핏줄을 타고 급속히 흐르면서 분노가 번개처럼 번뜩였다. 본능적인 용기까지 모두 동원하여 상대에게 맹렬히 돌진했다. 부리와 부리, 가슴과 가슴, 날개와 날개, 쇠발톱이 서로 맞부딪쳤다. 그러나 서로 상대의 공격을 능숙한 솜씨로 피하자 깃털 몇 개만이 떨어졌을 뿐이다. 닭들은 다시 한 번 상대를 가늠했다. 잠시 후 흰 닭이 공중으로 솟구치더니 치명적인 면도날을 휘둘렀다. 하지만 붉은 닭이 다리를 낮추고 고개를 숙여 피하자 면도날은 허공만을 갈랐다. 땅에 착지하자마자 흰 닭은 다시금 방어 자세를 취하며 붉은 닭과 대면했다. 붉은 닭이 맹렬하게 공격을 취했지만 흰 닭은 흥분하지 않고 능숙하게 이를 피했다. 모두들 누가 먼저 피를 보나 기대하며 엎치락뒤치락하는 싸움에 정신이 팔렸다.

정부가 정한 규칙에 따르면 필리핀 사람들에게 이 싸움은 오직 어느 하나가 죽어야만 끝나는 것이었다. 피가 경기장의 바닥을 홍건히 적시고, 용맹한 싸움닭들은 거듭해서 상대에게 돌진했다. 하지만 승리는 아직 모를 일이었다. 드디어 흰 닭이 남은 힘을 모두 모아 솟아오르며 최후의 일격을 가했다. 흰 닭의 쇠발톱이 붉은 닭의 날갯죽지에 꽂혀 뼛속까지 닿았지만 자신도 가슴에 일격을 맞았다. 두 닭은 피를 철철 흘리며 지쳐 헐떡거리면서도 싸움을 멈추지 않았다. 결국 흰 닭의 부리에서 피가 터지고 쓰러졌다. 발에 마지막 고통의 경련이 일었다. 붉은 닭이 날개를 접어 감싸고 그 옆에 멈춰 섰다. 하지만 조금씩 다리가 구부러지고 서서히 눈이 감겼다.

공식적인 규정에 따라 심판은 붉은 닭의 승리를 선언했다. 그 선언을 반기는 야만스러운 함성이 온 시내에서 들릴 정도로 크게 그리고 길게 이어졌다. 멀리서 그런 함성이 들려오면 시내 사람들은 노름꾼들이 가장 많은 돈을 건 싸움닭이 패배했다는 사실을 알 수 있었다. 이는 국가들 사이에서 일어나는 일과 다르지 않았다. 커다란 국가와 싸워 승리를 거둔 작은 나라는 오래도록 그 승리를 얘기하고 경축하는 법이었다.

"저거 봤어?"

모두들 이길 것이라 예상했던 흰 닭이 패배하자 부르노가 뚱해서 형에게 말했다.

"만일 내 말을 들었더라면 우리는 지금 100페소는 더 벌었을 거야. 지금 우리가 무일푼이 된 것도 다 형 때문이야."

타실리오는 아무 대답도 하지 않고 누군가를 찾는 듯 주위를 둘러봤다. 부르노가 거들었다.

"저기 페드로하고 말하고 있다. 많은 돈을 주고 있잖아."

그것은 사실이었다. 루카스는 시사의 남편 페드로에게 은화를 세어 건네주고 있었다. 그들은 비밀스럽게 얘기를 나누더니 서로 만족스러운 표정으로 헤어졌다.

'페드로가 그의 제안을 받아들였어. 이제 자기가 원하는 것을 얻게 된 거야.'

타실리오는 이마에 흐르는 땀을 팔소매로 닦으며 여전히 곰곰이 생각에 잠겨 있었다.

"형."

부르노가 말했다.

"형이 결정하지 않으면 나 혼자라도 뛰어들 거야. 우리가 생각한 대로 되어가고 있잖아. 카피탄 티아고의 닭이 다음 경기에 무조건 이길 거야. 그리고 우리는 이 기회를 놓칠 수 없어. 난 다음 경기에 반드시 베팅을 할 거야. 뭐가 다르겠어? 우리는 어쨌든 아버지의 원수를 갚은 것이잖아."

"제발 가만히 좀 있어봐."

타실리오가 항변했다. 두 사람 모두 얼굴이 창백했다.

"너와 함께할게. 네 말이 옳은 것 같아. 우리 아버지에 대한 복수를 하는 거야."

하지만 그는 다시 이마의 땀을 닦아내며 주춤했다. 부르노가 조바심이 나서 물었다.

"뭘 망설이는 거야?"

"다음 경기에 누구의 닭들이 맞붙는지 알아? 우리가 거기에 베팅할 가치가 있는지 알아야지."

"못 들었어? 카피탄 바실리오와 카피탄 티아고의 닭들이 서로 맞붙을 거야. 우리의 계산에 따르면 카피탄 티아고의 닭이 승리할 게 분명해."

"아, 그래, 나도 거기에 걸려고 했는데. 하지만 좀 더 신중하게 생각해보자."

부르노는 조바심 나는 몸부림을 치면서, 카피탄 티아고의 싸움닭을 또 살피고, 분석하고, 거듭 생각하고, 다시 숙고하고, 질문도 하는 형을 따랐다. 불쌍한 형은 승리에 대한 확신이 서지 않는 모양이었다. 부르노가 신경질적으로 형에게 열변을 토했다.

"장착한 무기의 저 엄청난 크기가 보이지 않아? 발톱들은 또 어떻고, 뭘 더 알아보려는 거야? 저기 발을 좀 봐. 날개를 들춰봐. 커다란 날갯죽지에 또 다른 게 나와 있잖아, 그게 바로 이중 날갯죽지야!"

타실리오는 동생의 말을 듣지 않았다. 그는 계속해서 닭을 세심히 살폈다. 금화와 은화가 쩔렁거리는 소리가 그의 귀에 들려왔다.

"이제 카피탄 바실리오의 닭을 살펴보자."

그는 쥐어짜는 것 같은 목소리로 말했다. 부르노는 발을 동동 구르며 이를 갈았지만 형의 말을 따랐다. 그들은 다른 사람들이 모여 있는 그룹으로 갔다. 그곳에서는 싸움닭에게 무기를 장착하고 있었다. 어떤 칼날을 달지가 결정되었고, 발에 묶는 붉은 실크 끈에 밀납을 바르고 문지른 무기를 고정시켰다. 타실리오는 뭔가 의문을 품은 듯 알 수 없는 표정으로 그 닭을 살펴봤다. 그는 그 싸움닭이 아닌 미래의 무언가를 보고 있는 듯했다. 그는 손으로 이마를 한번 짚어보더니 쉰 목소리로 동생에게 말했다.

"준비됐어?"

"나 말이야? 벌써 준비됐지. 난 그렇게 닭들을 살펴보지 않고도 결정할 수 있어."

"이건 단지…… 우리의 불쌍한 누이 때문이야."

"하지만 돈 크리소스토모가 우리의 지도자가 된다고 말하지 않았어? 그가 총독과 함께 돌아다니는 것을 봤잖아? 우리가 어떻게 이보다 더 좋은 기회를 잡을 수 있겠어, 그렇지 않아?"

"만약 우리가 죽으면?"

"뭐가 다르겠어? 우리 아버지도 매 맞아 죽었는데."

"네 말이 맞다."

두 형제는 무리들 중에서 루카스를 찾느라 두리번거렸다. 그가 눈에 들어오자 타실리오가 멈췄다.

"아니야, 여기서 나가자. 이건 우리를 망치는 일이야."

그가 소리쳤다.

"가고 싶으면 형이나 가. 나는 참가할 거야."

"부르노!"

그때 한 남자가 그들에게 다가와 말했다.

"베팅하려고? 나는 카피탄 바실리오의 닭에 베팅하는 임무를 맡고 있어."

두 형제는 아무런 말도 하지 않았다.

"내가 이율을 좋게 쳐줄게."

부르노가 물었다.

"얼마나 쳐줄려고요?"

남자는 자신의 돈을 세었다. 부르노는 꼼짝도 않고 그를 바라봤다.

"내가 지금 200페소가 있는데, 50대 40으로 하지."

부르노가 강하게 반발했다.

"아니, 그런 말도 안 되는……."

"알았어, 40대 30으로 하지……."

"갑절로 해요."

"좋아, 이건 내 주인의 닭이야. 최근에 승리했지. 100대 60으로 하지."

"좋아요. 잠깐 기다리세요. 내가 돈을 가져올 테니."

부르노의 판단을 전적으로 믿을 수 없는 형이 말했다.

"하지만 난 좀 더 생각해봐야겠어."

"나도 마찬가지야."

자신의 직감으로 판단하는 동생이 대답했다. 그는 형을 돌아보며 말했다.

"형이 내키지 않으면, 나라도 할 거야."

타실리오는 다시 한 번 곰곰이 생각했다. 그는 동생도 사랑했고 내기도 좋아했다. 차마 부르노를 혼자 보낼 수 없어 머뭇거리다가 마지못해 말했다.

"좋아."

그들은 루카스에게 다가갔다. 루카스는 다가오는 그들을 보고 미소를 지었다. 타실리오가 말했다.

"저기요."

"무슨 일이야?"

두 형제가 한 목소리로 물었다.

"얼마나 주실 수 있어요?"

"이미 말했잖아. 만일 너희가 그 군부대를 급습하는 데 다른 사람들을 끌어들이면 각각 30페소씩 주겠다고 그리고 너희를 따라오는 사람들에게는 모두 10페소씩 줄 거야. 만일 일이 계획대로 잘 수행되면 각자에게 100페소씩 주고 너희에게는 따로 두 배를 쳐줄게. 돈 크리소스토모는 아주 돈이 많다고."

부르노가 말했다.

"좋아요, 돈을 주세요."

"난 너희가 너희 아버지처럼 용감하다는 걸 알아. 이리로 오게. 그를 죽인 사람들이 엿들을 수 있으니 말이야."

루카스가 일부 군인들을 가리키며 말했다. 구석에서 그들에게 돈을 세어주며 루카스가 말했다.

"내일 돈 크리소스토모가 무기를 가지고 도착할 거야. 모레 밤 8시경에 공동묘지로 나와. 내가 거기서 마지막으로 어떻게 할지 알려줄게. 아직 시간이 있으니까 함께할 사람들을 찾아봐."

그들은 헤어졌다. 두 형제는 이제 입장이 바뀐 듯 보였다. 타실리오는 침착해진 반면, 부르노의 얼굴은 창백해져 있었다.

48

두 여인

카피탄 티아고가 투계장에서 자신의 붉고 흰 닭으로 경기를 하고 있는 동안 도냐 빅토리나는 도시를 거닐고 있었다. 그녀는 게으른 원주민들이 어떻게 자신들의 집과 뜰을 가꾸고 있는지 직접 보고 싶었다. 실내복에 각종 리본과 조화를 장식해 가능한 한 우아하게 차려입고, 자신이 도시의 원주민들에게 감히 범접할 수 없는 사람임을 보여주고 싶었다. 절름발이 남편의 팔을 잡고 시내 거리를 공작새처럼 뽐내며 걷고 있는 그녀를 사람들은 낯설고 신기하다는 듯 보았다. 조카인 리나레스는 카피탄 티아고의 집에 남아 있었다.

"저 원주민들의 집을 좀 봐. 어찌나 더러워 보이는지 말이야."

도냐 빅토리나가 인상을 찌푸렸다.

"어떻게 저런 곳에서 살 수 있단 말이야? 진정한 원주민이 아니고서 저런 곳에서는 살 수 없을 거야. 매너라고는 찾아볼 수도 없고, 어찌나 거만한지! 우리와 마주치고도 모자를 벗지 않는 것 봐. 저것 봐. 그저 모자에 손을 대는 게 마치 성직자들이나 군부대 장교가 하는 것과 다름없잖아. 저들에게 가서 예절 좀 가르쳐줘요!"

데 에스파다냐가 물었다.

"하지만 오히려 반발하면 어찌하려고요?"

"당신도 남자잖아요!"

"그건 그렇지만 난 다리를 절잖아요!"

도냐 빅토리나는 화가 나기 시작했다. 거리가 포장되어 있지 않아 그녀의 실내복 자락은 먼지를 일으켰다. 게다가 거리에서 여러 명의 젊은 여자들을 마주쳤는데, 그들은 그녀의 우아한 의상에 대한 찬사를 보내는 것을 잊었다. 시낭과 그녀의 사촌을 덮개 없는 우아한 마차에 태우고 가는 마부는 아무것도 모른 채 도냐 빅토리나에게 큰 소리로 길을 비키라고 소리쳤다. 그녀는 엉겁결에 길을 비켜주면서 아무 저항도 하지 못했다.

'저 예의 없는 마부 좀 봐! 저놈 주인에게 말해서 교육 좀 똑똑히 시키라고 해야겠다!'

그녀는 남편에게 명령했다.

"집으로 가요!"

폭풍이 몰아칠 게 두려워 그는 발길을 돌렸다.

돌아오는 길에 그들은 부대장을 만나 인사를 나누었지만 그것이 도냐 빅토리나의 심기를 더욱 날카롭게 만들었다. 부대장은 그녀의 의상에 대해 칭찬을 하기는커녕 오히려 조롱하는 눈빛으로 바라본 것이었다.

"당신은 저런 부대장 따위와 악수를 나누지 말았어야 했어요."

그녀는 부대장과의 거리가 조금 멀어지자 남편에게 말했다.

"게다가 그는 단지 모자에 손을 얹었는데도 당신은 이미 모자를 벗었잖아요. 당신은 적절한 예절도 모르시는군요."

"하지만 그는 여기 주둔군 부대장인데요!"

"그건 상관 마세요. 우리는 어떻고, 우리가 원주민이에요?"

그는 싸움을 피하기 위해 그녀의 말에 동의했다.

"당신 말이 맞는 것 같소."

그들은 부대장 관사 앞으로 지나갔다. 도냐 콘솔라시온은 언제나처럼 그녀의 플란넬 블라우스를 입고 시가를 피우며 창가에 앉아 있었다. 그 집은 그리 높지 않아서 서로 눈길을 교환할 수 있을 정도였다. 도냐 빅토리나의 모습은 그녀의 눈길을 사로잡기에 충분했다. 군부대 뮤즈 여신은 그녀를 머리부터 발끝까지 한번 훑어보더니, 아랫입술을 삐쭉 내밀며 고개를 돌려 퉤 하고 침을 뱉었다. 그 행동에 도냐 빅토리나의 참을성이 한계를 드러냈다. 그녀는 자신을 의지하고 있는 남편도 내팽개치고, 화가 머리끝까지 치민 모습으로 도냐 콘솔라시온에게 갔다. 하지만 막상 아무런 말도 나오지 않았다. 도냐 콘솔라시온은 냉정한 표정으로 그녀를 다시 한 번 훑어보더니 고개를 돌리고 더 크게 침을 뱉었다.

"무슨 일이에요, 도냐?"

"왜 그런 눈으로 나를 바라보는지 말해주겠어요, 부인?"

도냐 빅토리나의 입에서 드디어 한마디가 나왔다.

"질투하는 거예요?"

"내가? 질투를? 당신에게?"

도냐 콘솔라시온이 비웃으며 물었다.

"아이고, 당신 그 곱슬머리가 참 탐나네요!"

"저, 여보."

의사가 말했다.

"그녀의 말에 신경 쓰지 마요."

"저 저급하고 불량한 여자에게 교훈을 좀 줘야겠어요."

그녀는 이렇게 대답하며 남편을 떼밀었다. 그는 거의 얼굴이 땅에 닿을 정도로 크게 넘어졌다. 그리고 그녀는 도냐 콘솔라시온에게로 얼굴을 돌려 경고했다.

"지금 당신이 누구와 상대하고 있는지 알기나 해? 내가 그저 시골뜨기나 군인들의 노리갯감인 줄 알아! 마닐라에 있는 우리 집에서는 당신 남편 같은 중위 따위는 아예 들어오지도 못하고 문 밖에서 기다려야 한다고!"

"실례합니다만 고귀하신 부인! 아마도 중위 따위는 들어가지 못하겠지만 저 절름발이 병신은 들어갈 수 있겠군요!"

이렇게 말하고 도냐 콘솔라시온은 크게 웃음을 터뜨렸다. 볼에 칠한 붉은색 화장이 아니었더라면 도냐 빅토리나의 새빨개진 얼굴이 그대로 드러났을 것이다. 그녀는 그 말을 싸움의 빌미로 삼고자 했지만 보초들이 그녀를 가로막았다. 한편 지나가는 사람들은 무슨 일인가 하여 거리로 모여들었다.

"둘러말하지 말고 내게 직접 얘기해봐! 상류층에 있는 내가 당신이 속한 그 저급한 곳으로 내려가 상대해드리지. 내 옷도 세탁해주겠어요? 내가 돈은 넉넉히 지불하지요. 아마 당신이 기껏해야 남의 빨래나 해주는 가정부였다는 걸 내가 모른다고 생각하나 본데 말이야!"

도냐 콘솔라시온은 화가 나서 몸을 벌떡 일으켰다. 가정부에 관한 발언이 그녀의 신경을 건드렸던 것이다.

"그러는 당신과 당신 남편이 어떤 사람인지 우리가 모른다고 생각하나 보지? 남편이 말한 모든 것을 이제야 확실히 알게 되는군. 부인, 난 한 남자밖에 없는데, 당신은 도대체 몇 명의 남자를 만나고 있는 거요? 아마도 누군가가 먹다 남은 걸 먹기를 좋아 하시나 보네요."

도냐 빅토리나는 화가 머리끝까지 치솟았다. 그녀는 팔소매를 걷어붙이고 주먹을 불끈 쥐고 이를 갈며 소리쳤다.

"이 더러운 년, 당장 내려와! 내가 그 냄새나는 입을 날려줄 테니! 넌 부대의 모든 군인들과 다 놀아난다며! 이 타고난 음탕한 여자야!"

도냐 콘솔라시온이 갑자기 창문에서 사라지더니, 아래층으로 달려 내려가는 모습이 보였다. 그녀의 손에는 남편의 채찍이 들려 있었다. 돈 티부르시오가 그녀들 사이를 가로막고 간청했다. 그때 마침 부대장이 도착하지 않았더라면 싸움이 진작 벌어졌을 것이었다.

"무슨 일이오, 돈 티부르시오 씨!"

"당신 부인 교육 좀 똑바로 시키시죠. 제대로 된 옷도 좀 사 주시고요. 돈이 없으시면 사람들에게서 빼앗으면 될 게 아녜요? 수하에 군인도 있으니까 말이에요!"

도냐 빅토리나가 소리쳤다.

"여기 이렇게 대령했나이다, 마님. 어디 한번 내 입을 날려보시지요? 당신은 그저 침 뛰기며 혓바닥만 내두른 거예요, 고귀하신 마님!"

"마님이라고!"

화가 난 부대장이 소리쳤다.

'당신이 여자라는 사실에 감사하시오. 그렇지 않았더라면 그 곱슬머리와 리본과 함께 당신을 먼바다 너머로 차버렸을 테니까!"

"주-주-중위님!"

"당장 꺼지시오, 의사 양반. 그리고 정신 차리시오!"

제대로 형언하기조차 어려운 비방과 욕설, 비난, 조소, 비명이 이어졌다. 온갖 해괴한 말들이 다 터져 나왔다. 네 명이 동시에 말을 하고 온갖 비밀을 다 들춰내는 바람에 그들의 체면은 회복이 불가능한 상태가 되었다. 구경꾼들은 그들이 하는 말을 모두 다 이해하지는 못했다. 하지만 어쨌든 그 광경을 즐기면서, 결국 주먹질이 모든 것을 정리하리라고 기대하며 기다렸다. 불행하게도 그때 교구 신부가 나타나 싸움을 말렸다.

"신사 여러분, 숙녀 여러분. 부끄러운 줄 아세요! 중위님!"

"상관 마, 이 소심한 협잡꾼 같으니."

"돈 티부르시오, 부인을 집으로 데려가시오. 부인, 제발 좀 진정하시오."

"저 협박꾼들이나 집으로 꺼지라고 해!"

하지만 점점 두 부부의 치부를 묘사할 형용사들이 바닥을 드러냈다. 그들은 협박하고 모욕하는 일에 지쳤다. 살비 신부는 양쪽을 오가며 오히려 싸움에 활기를 불어넣었다. 이 장면을 신문사 특파원이 보지 못한 것이 정말 아쉬운 일이었다!

"마닐라로 돌아가면 즉시 총독 각하께 이 일에 관해 얘기할 거야!"

도냐 빅토리나가 화가 머리끝까지 치솟아 남편에게 말했다.

"당신은 남자도 아니에요! 바지만 입고 있으면 다 남자란 말이에요?"

"하-하지만, 부인. 저 구-닌들은 다 어쩌고요? 난 다리도 저는데!"

"저 부대장에게 결투 신청을 해야지. 권총이나 칼, 아니면 뭐라도……."

그녀는 위협적인 눈빛으로 그의 틀니를 째려봤다.

"나-안 말이오, 아직까지 권총을 손에 들어본……."

도냐 빅토리나는 그가 말을 마칠 때까지 기다리지 않았다. 그녀는 능숙한 솜씨로 그의 틀니를 뽑아 땅에 내동댕이치고 발로 뭉개버렸다. 그녀는 화가 풀리지 않은 채 울상이 된 남편과 함께 카피탄 티아고의 집에 도착했다. 리나레스가 마리아 클라라와 시낭, 빅토리아와 얘기를 나누고 있었다. 방금 벌어진 싸움에 대해 아무것도 모르고 있는 조카에 대해 그는 적잖이

화가 났다. 베개와 담요를 덮고 안락의자에 앉아 있던 마리아 클라라는 의사가 전과는 사뭇 다른 표정을 하고 있어 놀랐다.

"리나레스."

도냐 빅토리나가 말을 꺼냈다.

"지금 당장 부대장에게 결투든 뭐든 신청하세요."

리나레스가 놀라 물렀다.

"네? 왜죠?"

"당장 그놈에게 결투를 신청하지 않으면 내가 모든 사람들에게 네가 어떤 사람인지 모두 밝혀버릴 테니까."

"하지만, 도냐 빅토리나!"

마리아 클라라의 세 친구가 의아한 표정으로 서로를 바라봤다.

"무슨 일이냐고? 부대장 놈이 우리를 모욕하고, 네가 누군지도 다 털어놨어. 그 늙은 년은 채찍을 가지고 달려들었고. 그리고 이 남자는 그 모든 모욕을 다 참았다고. 이게 남자야?"

시낭이 말했다.

"아하! 싸움이 있었네. 좋은 구경 놓쳤군!"

빅토리아가 말했다.

"그 중위가 의사의 이를 이렇게 만들어놓은 게로군."

"우린 지금 마닐라로 떠날 거야. 그리고 당신은 여기 머물면서 부대장이나 누구에게라도 싸움을 걸어야 해. 그러지 않으면 내가 돈 산티아고 씨에게 네가 말한 것이 모두 거짓이라고 불어버릴 테니까."

"하지만, 도냐 빅토리나, 도냐 빅토리나."

어찌할 바를 모르는 리나레스가 그녀의 말을 끊고 가까이 다가갔다.

"제발 좀 진정하시고, 좀 봐주세요……."

그는 그녀에게 귓속말로 속삭였다.

"경솔하게 굴지 말아요. 지금이 다시없는 좋은 기회인데."

바로 그때 카피탄 티아고가 투계장에서 돌아왔다. 지쳐 보이고 한숨을 쉬는 것을 봐서, 그의 싸움닭이 진 것이 틀림없었다. 도냐 빅토리나는 그가 숨을 돌릴 여유도 주지 않고, 몇몇 단어와 욕을 섞어 조금 전에 무슨 일이 일어났는지 자신의 입장에서 설명했다.

"리나레스가 그에게 도전장을 낼 거예요, 알겠어요? 그러지 않으면, 당신의 딸과 결혼시키지 마세요. 그 정도 용기도 없는 남자에게 클라리따와의 결혼은 가당치도 않아요."

반짝이는 눈에 눈물이 맺히며 시낭이 물었다.

"너 저 남자와 결혼하는 거야? 난 널 신의 있는 사람으로 봤는데, 이렇게 변덕스러운 사람인 줄은 몰랐어."

밀랍처럼 창백해진 마리아 클라라는 놀라서 반쯤 일어서면서 공포에 싸인 표정으로 그녀의 아버지와 도냐 빅토리나, 그리고 리나레스를 바라봤다. 리나레스는 얼굴을 붉히고 있었고, 카피탄 티아고는 시선을 아래로 내리고 있었다. 도냐 빅토리나가 말했다.

"클라리따, 꼭 기억해둬. 용기도 없는 그런 남자와 절대 결혼하지 마. 그러면 아마 지나가는 개들도 너를 비웃을 거야."

그녀는 아무 대꾸도 하지 않고 친구들에게 자신을 방으로 데려다달라고 청했다. 그녀는 스스로 걸어서 자신의 방까지 갈 기력조차 없었다. 친구들이 그녀를 부축하여 일으켜 세우고, 허리를 감싸 안아 걸음을 옮겼다. 그녀는 가눌 힘조차 없는 머리를 사랑스러운 빅토리아의 어깨에 기댄 채 방으로 사라졌다.

그날 밤 에스파다냐 부부는 짐을 꾸리며 수천 페소나 되는 청구서를 카피탄 티아고에게 제시했다. 그리고 다음 날 아침 일찍 수줍음 많은 리나레스에게 자신들의 복수를 맡긴 채 카피탄 티아고가 제공한 마차를 타고 마닐라로 떠났다.

49

수수께끼

> 그 검은 제비들은 다시 날아올 것이다…….
>
> – 베커

루카스가 말한 대로 이베라는 다음 날 도시에 도착했다. 그가 처음으로 들른 곳은 카피탄 티아고의 집이었다. 마리아 클라라를 만나서, 저명하고 고귀하신 대주교님께서 그의 교회 은총을 회복시켜주셨다는 것과 교구 신부에게 보낸 추천장을 직접 가지고 왔다는 것을 알리고 싶었기 때문이다. 이모 이사벨이 그를 반갑게 맞이했다. 그녀는 이베라를 무척이나 좋아했고, 조카가 리나레스와 결혼한다는 사실을 달가워하지 않았었다. 마침 카피탄 티아고는 집에 없었다.

"들어와. 어서 들어와."

그녀는 이베라를 재촉했다.

"마리아, 돈 크리소스토모가 다시 교회의 은총 아래로 돌아왔대. 대주교께서 그의 파문을 철회하셨단다."

그 순간 이베라는 온몸에 마비가 온 듯 걸음을 멈추었고, 입가의 미소도 지워져 아무 말도 할 수 없었다. 발코니의 마리아 클라라 곁에서 꽃과 담쟁이넝쿨 줄기로 화환을 만들고 있는 리나레스를 본 것이다. 바닥에는 장미와 삼빠기따가 흩어져 있었다. 창백하고 시름에 가득한 얼굴의 마리아 클라라는 안락의자에 앉아 상아빛 부채를 만지작거리고 있었다. 부채를 만지는 그녀의 손은 상아빛 부채보다도 훨씬 희어 보였다.

이베라를 보자 리나레스의 얼굴은 창백해졌고, 마리아 클라라는 낯을 붉혔다. 그녀는 의자에서 일어서려 했지만 그럴 힘이 없었다. 그녀는 고개를 아래로 숙이고 들고 있던 부채를 바닥에 떨어뜨렸다.

당황스러운 침묵이 몇 초간 지속되었다. 결국 이베라가 가까스로 걸음을 옮겨서 다가갔고, 분명치 않은 어조로 중얼거렸다,

"지금 막 도착했어. 널 보기 위해 서둘렀는데, 예상보다는 많이 좋아진 것 같네."

마리아 클라라는 갑자기 벙어리가 되어버렸다. 그녀는 아무 말 없이 그저 고개를 숙이고 있을 뿐이었다. 이베라는 리나레스를 머리에서 발끝까지 자세히 훑어보았다. 소심한 젊은이가 무거운 현실을 마주해야 할 때의 눈빛이었다.

"이런, 내가 적절하지 않은 때에 온 게로군."

이베라가 어색하게 말했다.

"마리아, 미안해. 미리 온다는 말을 전했어야 했는데. 다음에 다시 와서 얘기할게. 그럼 다시 꼭 보자."

마지막 말을 할 때 이베라의 눈은 리나레스에게 고정되어 있었다. 마리아 클라라는 아름다운 눈을 들어 그를 바라봤다. 그녀의 눈빛이 너무도 순수하고 슬프며, 간절한 호소를 담고 있는 듯 보여 이베라는 혼란스러움에 잠시 걸음을 멈췄다.

"내일 다시 찾아와도 될까?"

그녀가 속삭였다.

"내가 어디에 관심이 있는지 알잖아. 언제라도 찾아와."

이베라는 태연한 듯 조용히 떠났지만 속내는 달랐다. 머릿속은 소용돌이가 치고 심장은 알 수 없는 두려움에 휩싸여 있었다. 그는 방금 목격하고 느낀 바를 이해할 수가 없었다. 이게 무엇이란 말인가. 변덕? 사소한 일? 아니면 배신인가? 그가 중얼거렸다.

'그녀 또한 여자일 뿐이야.'

정처 없이 걷다 보니 이베라는 학교가 지어지는 공사 현장에 다다랐다. 일은 상당히 진척되어 있었다. 현장 책임자인 후안은 측량용 막대기와 추를 들고 일꾼들 사이를 이리저리 오가고 있었다. 그는 이베라를 발견하고 즉시 달려왔다.

"돈 크리소스토모, 드디어 이곳에 다시 오셨군요. 우리 모두 당신을 기다렸습니다. 저기 건물 벽들이 보이시죠? 이미 1미터 높이로 올라갔습니다. 이틀 후면 어지간한 남자 키만큼 올라갈 겁니다. 건물에는 최고급 품질의 목재만을 사용하고 있습니다. 2층에 사용할 목재도 최상으로만 사용하도록 지시했습니다. 지하실을 한번 살펴보시겠습니까?"

일꾼들은 이베라에게 경의를 표하듯 반갑게 인사했고, 그가 옴으로써 더욱 열심히 일하는 것처럼 보였다. 이베라는 마음이 너무나 복잡했지만 가능한 최선을 다해 만족한 표정을 지었다.

"이제 이곳에 하수 시설을 만들고자 땅을 팔 계획입니다."

후안이 말했다.

"건물에서 약 30보 정도 떨어진 곳에 만들 것이며, 정원의 토양을 기름지게 하는 데 이용될 것입니다. 기존의 계획에는 이런 시설이 없었는데, 혹시 이견이 있으십니까?"

"아니오, 정반대입니다. 저도 찬성합니다. 그런 생각을 해내시다니 대단합니다. 당신은 진정한 건축가입니다. 누구에게서 이런 건축 일을 배웠습니까?"

나이 든 후안이 겸손하게 대답했다.

"독학했습니다."

"아참, 잊어버리기 전에 말씀드려야겠습니다. 제가 교회로부터 파문당한 일로 인해 여기서 일하길 꺼리는 사람이 있다면, 대주교로부터 그 파문을 철회받았다고 전해주시오. 대주교께서는 나를 저녁 식사에 초대하기까지 하셨습니다."

"아, 그거요? 저희는 교회 파문 따위는 별로 신경 쓰지 않습니다. 저희들 대부분은 이미 오래전에 파문당한 걸요. 다마소 신부까지도 파문당했는데, 그래도 체중만큼은 전혀 줄어들지 않더군요."

"정말 그런 일이 있었단 말입니까?"

"다들 아는 얘기입니다. 1년 전에 그가 대리 신부를 두들겨 팼거든요. 대리 신부도 그와 다름없는 성직자였는데 말입니다. 하지만 누가 그런 파문 따위에 신경이나 쓰나요?"

이베라는 일꾼들 중에서 엘리아스를 발견했다. 엘리아스도 다른 일꾼들처럼 이베라에게 정중하게 인사했다. 하지만 엘리아스는 동시에 뭔가 할 말이 있다는 신호도 함께 보냈다.

"후안 씨, 저에게 일꾼들의 명부를 좀 가져다주시겠어요?"

현장 책임자가 명부를 가지러 자리를 비우자, 이베라는 무거운 돌을 들어 외바퀴 수레에 싣고 있는 엘리아스에게 다가갔다.

"저와 몇 시간 정도 얘기할 시간이 있으시면 오늘 밤 호숫가로 걸어와 제 배에 오르시지요. 중요한 문제에 관해 논의하고 싶습니다."

이베라가 고개를 끄덕이는 것을 본 엘리아스는 그 자리를 떠났다. 현장 책임자가 일꾼 명부를 가져왔고 이베라는 거듭해서 명단을 살펴봤지만, 엘리아스라는 이름은 발견할 수 없었다. 이베라는 공사 현장을 벗어나 교장 선생을 만나기 위해 발길을 돌렸다.

50

억눌린 자들의 대변자

이베라가 호숫가에 있는 엘리아스의 배에 오른 건 아직 해가 저물지 않을 무렵이었다. 그의 표정은 그리 좋지 않았다.

"죄송합니다."

엘리아스가 송구스럽게 말했다.

"감히 당신에게 이런 부탁을 한 저를 용서해주시기 바랍니다. 저는 자유로운 상황에서 당신과 얘기를 나누고 싶었습니다. 이곳에서는 누구도 우리의 말을 엿들을 수 없거든요. 한 시간이면 충분할 겁니다."

"당신이 틀렸소, 친구."

억지로 미소를 지어 보이며 이베라가 대답했다.

"당신은 나를 도시로 데려갔어야 했소. 여기에서도 저 교회 첨탑이 보이지 않습니까. 운명은 나를 저곳으로 인도할 것이오."

"운명이라고요?"

"그럼요, 친구. 여기 오는 길에 부대장을 만났는데 굳이 나와 동행하겠다고 하더이다. 당신이 생각났지요. 당신을 알아볼지도 몰라서 그 사람을 떼어놓으려고 나는 시내로 간다고 말했습니다. 이제 나는 내일 하루를 저 시내에서 보내야만 해요. 그가 내일 오후에 보자고 했거든요. 그가 왜 그토록 내게 친근하게 대하는지 모르겠지만요."

"절 생각해주셔서 감사합니다."

엘리아스가 진정으로 감사의 뜻을 표했다.

"그렇지만 그냥 그가 따라오도록 해도 될 뻔했습니다."

"그럼 당신은 어쩌고요?"

"그는 저를 알아보지 못할 겁니다. 딱 한 번 저를 본 적이 있었는데, 그때 그는 부대 기록부에 저에 대해 기록할 정도의 지위는 아니었거든요."

"오늘은 정말 불운의 연속이로군."

이베라는 마리아 클라라를 떠올리며 한탄했다. 잠시 후 그가 물었다.

"내게 무슨 할 말이 있는 거죠?"

엘리아스는 잠시 주위를 둘러보았다. 그들은 벌써 호수 가장자리에서 멀어져 있었다. 해가 지고 별도 거의 뜨지 않은 밤이었다. 어둠 속에 보름달만이 더욱 환했다.

"이베라 씨."

엘리아스가 심각한 표정으로 말을 꺼냈다.

"저는 수많은 불행한 사람들의 소망을 지니고 온 사람입니다."

"내가 그들을 위해 뭐라도 할 수 있단 말입니까?"

"많은 것을 할 수 있지요. 그 누구보다 말입니다."

엘리아스는 숲 속 반란군의 대장과 나눈 얘기 중에서, 의혹과 위협적인 내용을 제외한 일부를 그에게 말했다. 이베라는 주의 깊게 그의 말을 경청했다. 엘리아스의 이야기가 끝나자 긴 침묵이 이어졌다.

"그래서 그 사람들이 원하는 것이……."

"군대와 교회, 행정부를 정의롭게 만들기 위한 급진적인 개혁을 원합니다. 즉 스페인 정부의 직접적인 관여를 통한 개혁 말입니다."

"개혁이라! 어떤 의미로 말하는 것인지요?"

"일례로 인간의 존엄성이 더욱 존중되고, 개인의 안전이 더욱 잘 보장되며, 무력의 사용을 더욱 자제시키고, 그러한 것들을 위반하는 조직들의 특권을 줄이는 것입니다."

"엘리아스"

이베라가 대답했다.

"난 사실 당신이 누군지 모릅니다. 하지만 내 생각에 당신은 보통 사람은 아닌 듯합니다. 당신은 다른 사람들과는 다르게 생각하고 또한 다르게 행동합니다. 내가 이런 말을 해도 당신은 이해할 것입니다. 비록 우리의 현재 상태가 많은 결함을 내포하고 있지만, 변화를 통해 더욱 악화될 수도 있습니다. 나는 돈을 들여 마드리드의 친구들을 동원해 그런 말을 정부에 넣을 수도 있을 겁니다. 아니면 직접 총독에게 그런 말을 할 수도 있겠고요. 하지만 내 친구들은 아무것도 성취할 수 없을 것이고, 나 자신도 그러한 측면에서 한 발자국도 앞으로 나아가지 못할 것입니다. 왜냐고요? 잘 알고 있다시피 이 제도들 자체에는 결함이 있지만 그래도 지금 현재를 위해서는 제도가 필요한 게 사실이지요. 우리는 이를 보통 필요악이라고 부르지만요."

엘리아스는 깜짝 놀라 고개를 들어 이베라를 바라봤다.

"당신 또한 필요악을 인정하는 것입니까? 선을 행하기 위해 악을 저지르는 것이 필요하다고 보신다는 겁니까?"

"그렇지 않습니다. 예컨대 질병을 치유하기 위해 과감한 처방을 쓰는 것과 같은 맥락에서 필요악을 믿는 것이지요. 자, 보세요. 이 나라는 만성적인 질병으로 고통당하는 유기적 생명체입니다. 이걸 고치려고 정부는 어쩔 수 없이 거칠고 폭력적이지만, 그래도 효과적인 수단들의 사용을 고려하기도

하지요."

"하지만 이베라 씨, 질병의 근원을 찾으려고도 않고 증상에만 집착하여 억제하려고 한다거나, 근원을 알고 있으면서도 치유하는 일에는 겁을 먹는 의사는 결코 좋은 의사라 할 수 없습니다. 우리의 군대는 오로지 폭력과 협박만을 통해 범죄를 억누르려 하지만, 결코 그 목적을 달성할 수 없을 것입니다. 게다가 당신이 염두에 두어야 할 것은, 이 사회는 도덕적 향상을 이룰 수 있는 수단과 의지가 있는 사람들에게 더욱 가혹하다는 사실입니다. 정부와 국민이 서로 연합되어 있지 않는 한 이 나라에는 소위 말하는 유기적 생명체란 존재하지 않습니다. 따라서 정부는 더 유화적이어야 합니다. 정부 자체가 유화적이길 바라는 것뿐만 아니라, 정부가 제대로 돌봐주지 못하는 개인들의 책임이 덜 무겁기 때문이기도 하지요. 그들은 자신들이 해야 할 의무에 관해 지시를 거의 받지 못하고 있습니다. 당신이 사용한 비유를 빌리자면, 이 나라의 병폐를 고치려는 그 처방은 너무나도 파괴적이어서 병의 활력을 떨어뜨리는 효과가 있습니다. 그렇지만 생명체의 건강한 부분에만 효과적일 뿐이지요. 질병은 잠시 진행을 멈추고 새로운 활력을 모색할 겁니다. 그렇다면 생명체의 병든 부분을 강화시키고 처방의 강도를 낮추는 것이 오히려 합리적이지 않을까요?"

"군부대를 약화시키는 것은 도시의 안전을 위험하게 할 수 있습니다."

"도시의 안전이라고요?"

엘리아스가 통렬하게 외쳤다.

"그 부대가 이 도시에 주둔하여 활동한 지 이제 15년이 되어갑니다. 그런데 보십시오. 우리의 집들은 여전히 도둑질당하고, 우리는 대로에서 강도를 만납니다. 범죄의 소식이 끊이지 않지만, 도둑과 강도들은 여전히 잡히지 않고 활개를 칩니다. 때론 범죄를 저지른 진짜 범인은 자유를 얻고, 죄 없는 시민들만 곤욕을 치르기도 합니다. 길 가는 시민 아무나 붙들고 물어보시오. 그 군부대가 정부가 안전 수단으로 만든 대로 제 구실을 하고 있는지, 그리고 군부대의 독단적인 행태가 강도의 행패보다 더 위협적이지는 않은지 말입니다. 실제로 강도들의 행패는 종종 심각한 사태를 초래하기도 하지만, 그건 항상 있는 일은 아닙니다. 시민들도 자기 스스로를 방어할 수단을 가지고 있지요. 그러나 정작 사람들은 법과 질서라는 힘에 대해서는 아무 방어 수단도 가지지 못합니다. 비록 법과 질서의 적용이 엄중하지는 않더라도 이는 지속적으로 사회에 영향을 미칩니다. 우리 도시의 생존을 위해 그 조직이 담당하는 역할이 대체 무엇입니까? 하찮은 일로 처벌을 받을까 봐 사람들은 서로 마음을 터놓고 얘기하기를 꺼려합니다. 근원을 살피기보다는 증상에만 관심을 두는 무능력의 대표적인 사례지요. 어떤 사람은 자신의 신분증을 챙기지 않았다는 이유로 체포되어 고문당했습니다. 그 사람이 평판도 좋고 예의 바른 인간이었다는 사실도 전혀 소용없었지요. 장교들은 마음에서 우러나오든 그렇지 않든, 심지어 한밤중이라도 격식을 차려 경례하는 일을 중요하게 생각합니다. 그런 관습은 하급 군인들에게 잘못 전달되어 농민들을 괴롭히고 착취하는 다양한 구실이 되고 있습니다. 가정의 신성함은 저들에게 아무런 의미도 없습니다. 그리 오래된 일도 아니지요. 군인들은 깔람바에 있는 한 집에 창문을 통해 들어가 평화롭게 사는 그 집 사람들을 마구 구타했습니다. 집 주인은 다름 아닌 군인들의 상관에게 돈을 빌린 사람이었습니다. 개인의 안위를 지켜주는 어떠한 보안 장치도 없습니다. 군인들이 부대나 자신의 집을 청소하고자 할 때면 길에 나가 저항할 수 없는 아무 사람이나 붙잡아 하루 종일 청소를 시킵니다. 또 다른 사례도 말씀드릴까요? 축제 기간 동안에 그들은 노름하는 행위는 허락하면서도 정당하게 허가받고 거행하려던 행사는 무참하게 짓밟았습니다. 시민들이 어떤 생각을 가지고 있는지 한번 살펴보십시오. 치밀어 오르는 울화를 꾹 참고 인간의 정의가 곧 실현되리라 희망하며 사는 것이 무슨 소용이 있겠습니까? 그게 당신이 생각하는 평화와 질서를 지키는 방법입니까?"

"저도 병폐가 있다는 말에는 동의합니다."

이베라가 대답했다.

"하지만 그 병폐도 저들의 선함을 드러내는 방식이라는 사실도 인정해야 합니다. 군인들은 물론 완벽하지 않겠지요. 하지만 군인들이 조장하는 공포가 범죄의 증가를 막기도 합니다."

"그 공포가 오히려 범죄를 가중시킨다는 것이 맞겠지요."

엘리아스가 말을 정정했다.

"군인들이 주둔하기 전에는 아주 일부를 제외한 대부분의 범죄자들은 굶주려서 범죄를 저질렀습니다. 생존을 위해 도둑질과 강도질을 했지만, 먹을 것이 풍족할 때에는 그런 일은 일어나지 않았어요. 그 당시 범죄자들은 주민자치 경찰과 그들의 하찮은 무기에도 겁을 먹고 달아났지요. 우리 나라에 대해 글을 쓰는 사람들이 우스꽝스럽게 묘사하곤 하는 그 불쌍하고 용감한 경찰들은 죽음을 권리로, 전투를 의무로, 비웃음을 보상으로 삼았지요. 이제 범죄자들은 평생 범죄를 생업으로 삼고 살아갑니다. 경범죄를 저지르든 중죄를 저지르든, 비인격적인 처벌을 받는 것은 모두 똑같습니다. 권위에 도전하는 어떠한 행위도 잔혹한 고문과 처형, 사회로부터의 영원한 격리의 충분한 이유가 됩니다. 군부대가 조장하는 공포는 회개의 여지를 남기지 않습니다. 산에 있는 범법자들이 그들을 쫓는 군인들보다 더 잘 싸우고 더 잘 방어하는 이상, 우리가 만들어낸 이 병폐는 완전히 사라지지 않을 겁니다. 델라 토레스 총독의 현명함이 낳은 결과를 생각해보십시오. 불행한 사람들에게 그가 내린 사면을 통해 산에 있는 범법자들도 결국 사람이라는 사실과 그들은 오직 사면만을 고대하고 있었다는 사실을 증명하지 않았습니까? 공포 정치는 사람들이 노예 상태로 있을 때나 산에 숨어들 동굴이 없을 때 그리고 그 노예의 몸이 오로지 소화기관만으로 되어 있을 때 효과적일 수 있습니다! 하지만 그 절망적인 사람이 자신의 생명을 위해 싸울 때에는 무기를 움켜쥐고 심장의 고동 소리를 듣지요. 온몸에 피가 용솟음친답니다. 이런 경우라면 공포 정치는 오히려 타는 불에 기름을 붓는 꼴이 되지 않겠어요?"

"당신이 그렇게 말하니까 조금 혼란스럽군요. 엘리아스, 나에게 나름의 확신이 없었더라면 당신의 말에 동의했을 겁니다. 내가 당신을 유별난 사람으로 생각한다고 해서 기분 나빠 하지는 마십시오. 그런데 한 가지 분명히 하고 싶은 것은 그런 개혁을 원하는 사람들이 누구냐는 것입니다. 대부분 중범죄자들이거나 비슷한 종류의 사람들이 아닙니까?"

"그들은 이미 범죄자들이거나 혹은 미래의 범죄자들이지요. 하지만 왜 그 사람들이 그렇게 되었겠습니까? 평화가 깨지고, 행복이 뿌리째 뽑히며, 가장 소중하게 간직하고 있던 정의에 대한 신념이 유린당했기 때문입니다. 그리고 그들은 법의 보호를 받으려 했지만, 결국 의지할 곳이라고는 오직 자기 자신밖에 없다는 사실을 깨닫게 된 것이지요. 오직 범죄자들만 개혁을 추구한다는 당신의 생각은 옳지 않습니다. 마을마다 집집마다 다니면서 사람들이 가지고 있는 불만들을 들어보십시오. 그러면 군대가 예방해주는 병폐보다 그것이 지속적으로 일으키는 사악함이 더 크다는 말을 믿게 될 것입니다. 당신도 모든 사람들이 다 범죄자들이라는 결론을 내리시겠습니까? 그렇다면 어째서 그들을 다른 범죄자들로부터 보호해야 합니까? 어째서 그들을 모두 처벌하지 않는 것입니까?"

"내가 잠시 간과하고 있었는데, 당신이 생각하는 방식에 뭔가 잘못이 있는 듯합니다. 이는 경험적으로 반박될 수 있는 일부 원칙의 부분적 오류입니다. 왜냐면 우리의 조국인 스페인에서는 군대 조직이 시민들을 위해 정말로 좋은 일을 많이 해왔고, 또 하고 있기 때문입니다."

"저는 그것에 의심을 품는 것이 아닙니다. 아마 그곳의 군대는 좋을 수도 있겠지요. 그 군인들도 보다 신중하게 선발되었을 테니까요. 하지만 스페인에서는 그들이 필요할지 몰라도 필리핀에서는 아닙니다. 우리의 권리를 부인하려 할 때는 항상 들먹이던 우리의 풍습과 특성은, 우리에게 뭔가를 강제하려 할 때에는 언급조차 되지 않지요. 말씀해보세요, 이베라 씨. 더 많은 나라들이 스페인을 닮은 이유가 단지 스페인의 군대와 같은 제도를 모방해서입니까? 아니면 그저 스페인에 좀 더 가까운 이웃 국가이기 때문이란 말입니까? 그것이 저들 나라에 강도와 폭도, 살인자가 적고 도시 대로에서 칼부림하는 사람들이 적은 이유입니까?"

"친구여."

이베라가 신중하게 말했다.

"그런 일들은 보다 신중하게 알아볼 필요가 있습니다. 만일 내가 조사해서 그런 불만들이 정당한 것으로 드러난다면, 필리핀은 아직 스페인 의회에 대표자가 없으니 내가 마드리드에 있는 친구들에게 편지를 쓰겠습니다. 그동안만이라도 정부가 스스로의 권위를 유지하기 위해서는 일부 조직에게 많은 힘과 권한을 부여하는 일이 필요하다는 사실을 믿기 바랍니다."

"이베라 씨, 만일 정부가 국민과 함께 전쟁을 치르려고 한다면 그 말은 옳을 것입니다. 하지만 정부 자체를 위해서라도, 정부가 국민들과 반대편에 있다는 생각이 들게 해서는 안 됩니다. 어쩔 수 없는 상황이기에 설득보다는 강압적인 방식이 더 효과적이라고 한다면, 우리는 누구에게 그런 많은 힘과 권한을 부여할지에 대해 신중해야 합니다. 무지하고, 고집스럽고, 도덕적인 훈련도 없으며, 정직하지도 않은 이들에게 주어진 그 많은 권력은, 미친 사람의 손에 무기를 쥐어주고 무장하지 않은 군중들을 제멋대로 다루라고 하는 것이나 다름없습니다. 저도 당신처럼 정부가 강력한 오른팔이 필요하다는 것을 인정하고, 또 그렇게 믿고 싶습니다. 하지만 정부는 정말 신중하게 가장 고결한 사람들을 자기 오른팔로 선택해야 합니다. 그 권력을 국민들이 아닌 정부가 부여하고자 하는 이상, 최소한 정부는 그 일을 수행할 적절한 방법을 알고 있다는 사실을 보여줘야 합니다."

엘리아스의 말은 열정과 열의로 차 있었다. 그의 눈이 번뜩였고 목소리가 떨렸다. 잠시 무거운 침묵이 이어졌다. 노를 젓지 않는 배는 호수 위에 잠잠히 떠 있고, 검푸른 하늘에는 달이 빛나고 있었다. 멀리 호숫가에서 희미한 등불 몇 개가 반짝이고 있었다. 이베라가 물었다.

"또 말하고 싶은 게 있나요?"

"성직자들에 대한 개혁입니다."

엘리아스가 침울한 말투로 대답했다.

"그 불쌍한 사람들은 성직자들로부터 보다 큰 보호를 바라고 있습니다."

"종교 교단으로부터 말입니까?"

"그렇습니다. 다름 아닌 자신들의 억압자들로부터 말입니다."

"필리핀은 그 교단들에서 진 빚을 잊었단 말입니까? 정녕 필리핀은 자신들을 그릇된 신념에서 건져내 진정한 믿음을 심어주고, 세속의 압제로부터 보호해주고 있는 교단의 엄청난 은혜를 모른단 말입니까? 우리의 역사를 제대로 가르치지 않아서 잘못된 결과입니다."

엘리아스는 그 말에 깜짝 놀라 귀를 의심했다. 그가 심각한 목소리로 대답했다.

"이베라 씨, 지금 사람들의 배은망덕함을 나무라시는 것입니까? 고통 받는 사람들 중의 한 명인 제게 변명의 기회를 주십시오. 호의가 제대로 인정받으려면 베푸는 사람의 사심이 없어야 합니다. 우리는 성직자들이 미사를 드리는 것이나 자선을 베푸는 것에 대해 논할 필요는 없습니다. 스페인이 온 유럽에 성경과 믿음, 하느님을 알려준 유태인들을 어떻게 대했나요? 문화를 전수해주고 종교적 차이도 인정해주고, 로마와 중세시대의 압제로 인해 시들어가는 자신들에게 민족적 자각을 일깨워준 아랍인들을 그들이 어떻게 취급했던가요? 하지만 당신은 저 교단들이 우리에게 그릇된 신념 대신 진정한 믿음을 심어주었다고 했습니다. 그 말은 진정한 믿음의 형식적인 부분을 말씀하시는 겁니까? 아니면 우리가 매일같이 듣고 있는 기적이나 동화 같은 이야기들을 말씀하시는 것입니까? 그게 그리스도께서 우리에게 주신 법이란 말입니까? 그런 것들을 위해 그리스도께서는 십자가를 지실 필요도 없었고, 우리는 영원한 감사의 의무를 가질 필요도 없습니다. 미신들은 이전부터 이미 존재해왔습니다. 그들이 원하는 것은 단지 자신들의 이야기를 잘 포장해서 높은 가격을 매기려는 것뿐입니다. 당신은 우리가 가진 이 불완전한 신앙이 그래도 이전의 미신보다는 낫다고 하실지 모릅니다. 저도 그렇게 생각합니다. 하지만 그 대가는 너무나도 큽니다. 그것을 위해 우리는 민족적 정체성과 국가의 독립까지 넘겼습니다. 그것 때문에 우리는 성직자들에게 가장 좋은 도시와 땅을 내주었고, 저축한 모든 돈을 바쳐 종교적 장신구들을 사야만 했습니다. 외국에서 많은 물건들이 수입되었고, 우리는 그 비용을 지불했으니 빚진 것은 없는 셈이지요. 당신은 초기에 스페인 정복자들이 점령지에서 휘두른 폭력으로부터 교회의 교단들이 국민을 보호해주었던 사실을 언급했습니다. 그렇다면 저는 바로 그 교회의 교단 때문에 우리들이 세속의 권력 아래 놓이게 되었다고 말하겠습니다. 하지만 저도 초기에 순수한 믿음과 인간에 대한 진정한 사랑을 품고 우리 땅을 밟은 선교사들이 있었다는 것은 인정합니다. 그 고귀한 마음을 가진 선교사들에 대한 감사의 마음도 인정합니다. 당시의 스페인이 종교, 정치, 시민, 군대에 있어서 품격이 있었다는 사실도 알고 있습니다. 하지만 선조들이 고귀했기 때문에 타락한 후손들의 잘못된 처사에도 우리는 굴복해야 하는 것입니까? 우리가 엄청난 혜택을 받았기 때문에, 그 많은 위협에 대해서 스스로를 방어하려는 행위조차도 범죄입니까? 그들은 종교 교단들을 철폐하라고 주장하는 것이 아닙니다. 단지 새로운 상황과 필요에 따라 개혁을 해야 한다고 요구하는 것입니다."

"엘리아스, 나도 당신처럼 우리 조국을 사랑합니다. 우리에게 무엇이 필요한지도 어느 정도 알고 있습니다. 당신의 이야기는 잘 들었습니다. 하지만 여전히 너무 감정에 치우쳐 있다는 생각이 듭니다. 나는 교단에 대한 개혁이 다른 분야의 개혁보다 우선시되어야 한다고 보지는 않습니다."

"정말입니까?"

엘리아스가 실망스럽다는 듯 손을 치켜세우며 말했다.

"가족의 불행을 직접 겪고도 교단에 대한 개혁의 필요성을 느끼지 못한단 말입니까?"

"나는 우리 조국의 안전과 스페인의 권익에 관한 문제에 나의 사적인 불행 같은 건 개입시키지 않습니다."

이베라는 강한 어조로 그의 말을 가로막았다.

"필리핀을 스페인의 보호 아래 두기 위해서는 성직자들의 존재가 여전히 필요하고, 스페인과 연합하는 것이 우리 조국을 위해서도 좋은 일입니다."

엘리아스는 이베라가 말을 마쳤는데도 여전히 경청하는 듯 보였다. 그의 얼굴은 수심이 가득했고 눈에서 번뜩이던 빛은 사라졌다.

"선교사들이 이 나라에 온 것은 모두 스페인을 위해서란 말입니까?"

그가 대답했다.

"성직자들 때문에 스페인이 필리핀을 버리지 않는다고 생각하십니까?"

"그렇소. 단지 성직자들 때문이오. 필리핀을 언급하고 있는 모든 글들이 전부 그런 생각을 표현하고 있습니다."

엘리아스는 낙심한 듯 노를 배 안에 내동댕이치며 울부짖었다.

"오, 당신이 정부와 국민들에 대해 그렇게 저급한 의견을 가지고 계실 것이라 믿지 않았습니다. 왜 직접 나서서 정부와 국민 모두를 경멸한다고 말하지 않는 것입니까? 외부인의 간섭으로 평화롭게 사는 가족에 대해서, 속아서 복종하는 국민들과 기만으로 통치하는 정부에 대해서 뭐라고 말씀하시겠습니까? 국민들로부터 사랑받고 존경받는 방법을 알지 못하는 정부는 또한 어찌하고요. 죄송합니다만 저는 당신이 말하는 정부가 어리석고 자기 파괴적이라고 생각합니다. 친절하게도 저에게 얘기할 기회를 주셔서 감사합니다. 이제 어디로 데려다드릴까요?"

"아니오, 우리의 논의는 아직 끝나지 않았습니다. 이처럼 중요한 문제에 있어서 누가 옳은지 알아야만 합니다."

"용서하십시오, 이베라 씨."

엘리아스는 고개를 떨어뜨렸다.

"저는 당신을 설득시킬 만큼 말을 잘하지 못합니다. 제가 학교에 조금 다니긴 했어도, 그저 원주민에 불과합니다. 당신은 제가 무언가를 말할 자격이 있는지 의심하고, 제가 말하는 모든 것에 의혹을 제기할 것입니다. 그런 불순한 생각을 심어준 자들은 다름 아닌 스페인 사람들입니다. 그들이 어리석고 하찮은 말들을 지껄일지라도 그들의 발음과 지위, 인종은 그 말들을 성스럽게 만듭니다. 결코 반박할 수 없도록 만드는 권위까지 부여하지요. 다시 한 번 말씀드리지만, 아버지가 이 조용한 호수에 잠들어 있는 데다 온갖 시비와 경멸, 처벌까지 경험한 당신이 그 경험과 학식에도 불구하고 그런 의견을 가지고 계신다니, 제 스스로의 신념에 의심이 듭니다. 다른 사람들의 생각이 옳지 않을 수도 있다는 생각까지 듭니다. 여전히 인간에 대한 믿음을 버리지 않은 그 불쌍한 사람들에게, 그들의 희망을 하느님과 자기 자신에게서 찾으라고 전해줘야겠습니다. 다시 한 번 감사드립니다. 어디로 모셔다드릴지 말씀해주십시오, 이베라 씨."

"엘리아스, 당신의 그 신랄한 말이 내 마음을 흔들어놓는군요. 그럼 내가 어떻게 그들을 도울 수 있겠습니까? 나는 그들과 같은 생활을 한 적이 없어서 그들의 필요가 무엇인지 알지 못합니다. 나는 어린 시절을 예수회 학교에서 보냈고, 이후 지금까지 줄곧 유럽에서 살아왔습니다. 내 생각들은 책을 통해 얻은 것이기에, 그저 세상에 드러난 것들만을 알고 있을 뿐입니다. 나는 글로 발표되지 않은 숨겨진 어떤 진실도 알지 못합니다. 그럼에도 불구하고 나는 당신만큼이나 우리 조국을 사랑합니다. 그것은 단지 조국이 우리에게 생명을 주었고 죽은 후에도 안식을 제공할 땅이기 때문만은 아닙니다.

나의 모든 아름다운 추억들이 살아있는 곳이기 때문만도 아닙니다. 이곳은 내가 행복을 빚었고, 또한 앞으로도 빚지고 살아갈 땅이기 때문입니다."

"그럼 저는…… 불행을 빚졌기 때문이라고 해야겠군요."

엘리아스가 중얼거렸다.

"친구여, 난 당신이 불행하게도 겪어야 했던 고통에 관해 알고 있습니다. 그것이 당신의 생각에 영향을 미쳤고, 또한 그 때문에 당신이 미래를 그렇게 어둡게만 보는 것입니다. 그래서 당신이 불만을 얘기할 때 나는 일정한 전제를 두고 들었습니다. 만일 내가 당신의 의도를 제대로 읽었더라면, 그리고 당신의 과거 경험에 대해 좀 더 자세히 알았더라면……."

"저의 불행에는 또 다른 이유가 있습니다. 그 이야기가 어떤 효과가 있을지 모르겠습니다만, 말씀드리겠습니다. 저는 이것을 비밀로 한 적이 없습니다. 벌써 많은 사람들이 이미 알고 있는 사실입니다."

"그 이야기를 들으면 제 마음이 변할지도 모릅니다. 난 이론 따위는 믿지 않습니다. 확실한 사실만을 믿고자 합니다."

엘리아스는 잠시 아무 말도 하지 않았다.

"그렇다면."

그가 대답했다.

"간단하게 제 이야기를 말씀드리겠습니다."

51

엘리아스 이야기

"약 60년 전에 제 조부께서는 마닐라에서 한 스페인 상인의 장부를 관리하는 일을 맡고 계셨습니다. 젊었지만 벌써 결혼을 해서 아들이 하나 있었습니다. 어느 날 밤, 알 수 없는 이유로 창고에 불이 붙었습니다. 그 불은 주변의 모든 건물과 쌓아둔 물건들을 태워버렸습니다. 손실은 엄청났고 주인은 누군가 책임질 사람을 찾았습니다. 그는 조부님을 지목했습니다. 조부님은 결백을 주장했지만 아무 소용이 없었습니다. 그는 가난해서 자신을 제대로 변호해줄 사람도 고용하지 못했고, 결국 마닐라 시내 거리를 끌려 다니며 공개적으로 채찍을 맞았습니다. 죽는 것보다 수천 배나 더 가혹한 그 수치스러운 처벌은 얼마 전까지도 행해졌지요. 그는 어린 아내를 제외한 모든 사람들에게 비난을 받았고, 말에 묶인 채 조롱하는 군중들에 둘러싸여 채찍을 맞았습니다. 자신의 형제들 앞에서도, 사랑의 하느님을 모시는 여러 교회당 앞에서도 채찍을 맞았습니다. 그에게 그런 치욕스러운 불명예를 씌운 비열한 인간들은 그의 피와 고통과 비명으로 복수심을 채우자 비로소 그를 석방시켜주었습니다. 그러나 이미 정신을 잃고 겨우 목숨만 붙어 있는 상태였습니다. 사람을 그런 상태로 풀어준 것 또한 저들의 잔인함을 여실히 드러낸 것이었습니다. 임신한 아내는 병든 남편과 불쌍한 아기를 위해 집집마다 돌아다니면서 허드렛일을 하거나 구걸을 해야 했습니다. 하지만 누가 방

화형으로 낙인찍힌 자의 아내에게 일을 주거나 자선을 베풀겠습니까? 결국 그녀는 몸을 파는 매춘부로 전락했습니다."

이베라의 표정이 확연히 변했다.

"아, 너무 불편해하지 마시기 바랍니다. 매춘은 더 이상 그녀에게도 남편에게도 불명예스러운 일이 아니었습니다. 명예와 수치는 그들에게 별반 다를 바가 없었으니까요. 상처가 아물자 남편은 아내와 아이를 데리고 이 지방의 산속으로 숨어들었습니다. 그곳에서 그의 아내는 병든 기형아를 낳았고, 다행스럽게도 그 아이는 곧 죽었습니다. 그들은 몇 달 동안 다른 모든 이들에게서 떨어져 증오에 가득 찬 마음으로 비참하고 고립된 생활을 했습니다. 제 조부께서는 아내보다 덜 강인했고, 결국 자신의 불행을 견디지 못하고 목을 매달아 자살했습니다. 병들어 누워 있는 아내를 보는 것과 어디에도 도움을 구할 수 없는 절박한 상황이 그로 하여금 절망하게 만들었던 것입니다. 시신은 아픈 어머니를 가까스로 돌보던 아들의 눈앞에서 부패해갔습니다. 시체가 썩는 악취 때문에 그들의 존재가 당국에 발각되었습니다. 아이의 어머니는 경찰에 그 사실을 알리지 않았다는 죄로 처벌을 받았습니다. 남편의 죽음 또한 그녀의 죄가 되었고 처벌을 면할 수 없었습니다. 중죄인의 아내로서 매춘부가 된 그녀에게 더 이상 무슨 처벌을 생각할 수 있었겠습니까? 그녀가 눈물을 흘렸다면 거짓이라고 비판받았을 겁니다. 만약 그녀가 하느님의 이름을 불렀다면 신성모독이 되었을 겁니다. 하지만 그들은 그녀가 다시 임신했다는 사실을 알고 불쌍히 여겨 해산할 때까지 체벌형의 집행을 미루어주었습니다. 그런데 그거 아십니까? 성직자들은 원주민들을 다루는 유일한 방법으로 체벌을 맹신하고 있다는 사실 말입니다. 가스파르 데 산 아구스틴 신부의 글도 그렇게 기록하고 있습니다.

처벌을 앞둔 그녀는 아들이 태어나는 날을 저주했을 것입니다. 단지 그녀가 겪을 고통 때문만이 아니라 태어날 아기의 불쌍한 운명을 염려한 모정 때문이기도 했습니다. 하지만 불행하게도 그녀는 아무 일 없이 아주 건강한 아들을 낳았습니다. 두 달이 지나고, 의무를 다해야만 만족감을 얻는 사람들 손에 의해 모진 형벌이 집행되었습니다. 그녀는 더 이상 그 산에서 평안을 찾을 수 없었습니다. 그녀는 남들의 시선을 피해 두 아들을 데리고 이웃 지방으로 달아났습니다. 그곳에서 그들은 야생의 들짐승들처럼 그렇게 살았습니다. 불행한 상황 속에서도 행복했던 어린 시절을 기억하는 큰아들은 어느 정도 신체가 건장해지자 도적이 되었습니다. 잔혹하기로 유명한 발랏이라는 도적은 이 지역 저 지역을 다니며 도시민들을 공포에 떨게 했습니다. 그는 마치 복수라도 하듯 닥치는 대로 불을 지르고 칼을 휘둘렀습니다. 천성적으로 착한 심성을 가진 동생은 어머니 곁에서 온갖 수모와 고난을 감내하며 살았습니다. 그들은 밀림에서 먹을 것을 구했고, 여행객들이 내다버린 누더기를 입고 살았습니다. 그녀의 이름을 기억하는 사람은 아무도 없었습니다. 그녀는 그저 매춘부였고, 공개적 체벌을 받은 여인으로 기억될 뿐이었습니다. 원주민의 도덕적 행위는 언제나 의혹의 대상이 되었기 때문에 아무도 그들에게 도움의 손길을 내밀지 않았습니다. 동생은 성격이 온순해서 사람들은 그가 방화범의 아들이라는 사실을 의심했습니다. 그는 단지 그 어머니의 아들로만 여겨졌습니다. 악명 높던 발랏도 결국 법과 인간의 심판을 받게 되었습니다. 그에게 법은 교화의 의미가 전혀 없었고, 저지른 죄에 대한 철저한 응징만을 의미했습니다. 어느 날 아침, 동생은 버섯을 따려고 숲 속으로 들어갔던 어머니가 돌아오지 않자 이리저리 찾아 다녔습니다. 그러다 그는 큰길가의 판야나무^{cotton tree} 아래 힘없이 널브러진 그녀를 발견했습니다. 어머니의 얼굴은 하늘을 향하고 있었고, 눈동자는 거의 튕겨져 나와 있었습니다. 그녀의 손가락은 경련을 일으키듯 피로 얼룩진 땅을 헤집고 있었습니다. 그는 죽은 어머니의 시선을 따라 위를 바라봤습니다. 그 나뭇가지에는 바구니가 하나 매달려 있었고, 그 안에는 피로 얼룩진 형의 머리가 담겨 있었습니다.

이베라가 소스라치듯 놀랐다.

"오, 주님!"

"이게 아버지께서 저에게 해주신 이야기입니다."

엘리아스는 차분하게 말을 이어갔다.

"사람들은 도적의 시신을 토막 내어 몸통은 땅에 묻고, 사지는 각각 인근 마을로 보내어 나무에 매달아 두게 했습니다. 당신도 칼람바에서 산토 토마스로 가시게 되면 제 삼촌의 다리가 매달려 썩어갔던 롬보이나무를 보실 수 있을 겁니다. 자연도 그 일을 저주했는지, 그 나무는 더 이상 자라지도 열매를 맺지도 않았습니다. 다른 사지들도 동일하게 처리되었지만, 가장 중요하고 가장 잘 알아볼 수 있는 머리는 그의 어머니가 살고 있는 움막 주위에 걸어두었던 것입니다."

이베라는 고개를 떨구었다.

"어린 동생은 저주받은 사람처럼 도망쳤습니다."

엘리아스가 말을 이었다.

"그는 이 마을 저 마을, 이 산과 저 계곡으로 정처 없이 돌아다녔습니다. 그리고 더 이상 아무도 그를 알아보지 못하리라고 생각했을 때, 타야바스라는 마을의 한 부유한 사람 집에서 일을 했습니다. 그의 성실함과 다정한 성품은 곧 그의 과거를 알지 못하는 사람들로부터 신임을 받았습니다. 열심히 일하고 검소하게 생활한 결과 그는 어느 정도 돈을 모을 수 있었습니다. 고통스러운 기억은 과거가 되었고 아직 젊었던 그는 행복한 미래를 꿈꾸었습니다. 잘생긴 얼굴과 건장한 몸, 어느 정도의 재산을 가진 그는 마을에 사는 한 여인을 사랑하게 되었습니다. 그는 자신의 과거가 드러날까 봐 감히 그녀에게 청혼할 수 없었습니다. 하지만 사랑의 힘은 너무도 강하여 결국 그녀에게 사랑을 고백했습니다. 그는 모든 것을 걸고 그녀의 사랑을 구했던 것입니다. 하지만 그의 과거는 결혼에 필요한 서류를 준비하는 과정에서 모두 드러났습니다. 부자였던 그녀의 아버지는 젊은이를 당국에 넘겨 처벌받도록 했습니다. 그는 아무 변명도 하지 않았고, 결국 감옥으로 보내졌습니다. 그가 사랑했던 여인은 곧 남녀 쌍둥이를 출산했고, 외부에는 아이들의 아버지가 이미 죽었다고 알리고 키웠습니다. 아이들은 아직 어렸을 때 어머니가 죽었기에 부모의 사랑을 제대로 알지 못하고 자랐습니다. 외조부가 부자였기 때문에 우리의 어린 시절은 어려움 없이 행복했습니다. 저와 누이는 함께 학교를 다녔습니다. 우리는 둘도 없는 쌍둥이 남매였기에 서로를 무척이나 아끼고 사랑했습니다. 어린 시절 저는 예수회 학교를 다니며 공부했고 누이는 라 코르디아에 있는 수녀원 기숙학교로 보내졌습니다. 하지만 학업 기간은 그리 오래 지속되지 않았습니다. 농부가 되길 원했던 우리는 졸업하자마자 집으로 돌아와 외할아버지의 재산을 물려받았습니다. 농사를 지으며 행복한 시간을 보냈고 미래도 우리에게 미소를 짓는 듯했습니다. 비옥한 농토에 많은 하인들까지 거느렸습니다. 저의 누이는 사랑하는 남자를 만나 결혼을 약속했습니다. 그즈음 다소 거만했던 저는 일부 재산 문제를 두고 먼 친척과 불화를 겪었습니다. 그는 저를 사생아이며 범죄자의 혈육이라고 몰아붙였습니다. 저는 그것을 근거 없는 비방으로 간주하고, 진실을 밝히고 사죄할 것을 요구했습니다. 그 일로 인해 저의 불행한 과거사는 다시금 무덤에서 깨어났고 진실은 저를 혼란스럽게 했습니다. 우리에게는 더 큰 불행이 기다리고 있었습니다. 저희 집에는 그동안 저의 온갖 변덕을 다 참아주며, 다른 하인들의 비웃음에도 개의치 않고 우리를 떠나지 않았던 한 늙은 하인이 있었습니다. 그의 존재를 어떻게 알았는지 그 먼 친척은 늙은 하인을 법정에 데려와 심문했습니다. 그 하인은 다름 아닌, 자신의 사랑하는 아이들을 곁에서 지켜주려 했던 아버지였습니다. 오, 하느님, 저는 그에게 수차례 매질을 가한 적도 있었습니다! 우리의 행복은 모두 다 끝났습니다. 저는 모든 재산을 포기했고 누이는 파혼을 당했습니다. 우리는 아버지와 함께 그 마을을 떠났습니다. 우리의 불행에 원인이 되었다고 생각한 아버지는 고통을 참지 못하고 곧 세상을 떠났습니다. 그는 죽기 전에 저에게 그의 아픈 과거에 대해 이야기해주셨습니다. 이제 저와 누이만이 이 세상에 남겨졌습니다.

그녀는 무척이나 많이 울었습니다. 그 많은 슬픔 속에서도 그녀는 사랑했던 사람을 잊지 못했습니다. 아무 원망도 하지 못하고 사랑했던 사람이 다른 여자와 결혼하는 모습을 지켜봐야만 했습니다. 저는 그녀가 마음을 달래지 못하고 하루하루 힘들어 하는 것을 봤습니다. 하루는 그녀가 어디론가 사라졌습니다. 아무리 찾아 헤매고 탐문을 해봐도 자취를 찾을 수 없었습니다. 여섯 달이 지나서야 저는 그녀가 사라졌던 때에 일어난 홍수에, 한 여인의 시신이 발견되었다는 소식을 들었습니다. 그 여인은 물에 빠졌는지 살해당한 것인지 모르지만 깔람바 해변에서 발견되었다고들 했습니다. 가슴에 칼이 꽂혀 있었다고도 하더군요. 마을의 관리들이 인근 마을들에 시신의 발견을 알렸지만 누구도 찾으러 오지 않았던 것입니다. 인근 마을들에서는 실종된 여인이 아무도 없었기 때문이었습니다. 나중에 그들이 저에게 알려준 옷과 장신구, 얼굴 생김과 풍부한 머리카락 등은 불쌍한 누이의 것임이 틀림없었습니다. 그때부터 저는 정처 없이 떠돌아 다녔습니다. 제 이름과 저에 관한 이야기는 많은 사람들이 알고 있었습니다. 많은 이야기들이 떠돌았고 일부는 사실이 아닌 것도 있었습니다. 하지만 저는 그런 인간 세계에 대해 별로 관심을 두지 않았고, 제 갈 길을 갔습니다. 이것이 저에 대한 짤막한 소개이자 우리 사회의 불행한 단면을 보여주는 이야기입니다."

엘리아스가 말을 멈추고 조용히 노를 저었다.

"법이 선한 행위에 대해 보상하고 범죄자를 교화함으로써 공동체의 안녕을 추구해야 한다는 당신의 말이 옳다는 것을, 이제야 믿을 수 있을 듯합니다."

크리소스토모가 중얼거렸다.

"하지만 한 가지, 완벽한 유토피아 같은 세상은 존재할 수 없습니다. 그 모든 돈과 권력자들이 다 어디로 가겠습니까?"

"그럼 평화와 자비를 전파한다고 떠들어대는 그 모든 성직자들은 무슨 소용이 있습니까? 죄에서 돌이켜 선한 삶을 살 수 있도록 하느님이 모든 사람의 마음속에 심어준 선한 불씨를 살려 범죄자의 어두운 마음을 밝히는 것이 중요합니까, 아니면 어린아이의 머리에 물을 붓고 소금을 입술에 가져다 대는 세례 의식이 더 중요합니까? 범죄자를 바른 길로 이끌어 선한 삶을 살도록 하기보다 그를 단두대로 끌고 가는 것이 더 인간적이란 말인가요? 신고자와 집행인, 군인들에게 지급되는 돈은 다 얼마입니까? 그 모든 것들은 불명예스러울 뿐만 아니라 비용도 많이 들지요."

"친구여, 비록 우리가 그런 세상을 희망한다고 해도, 당신이나 내가 성취할 수는 없을 것이오."

"우리 자신만으로는 아무것도 할 수 없다는 당신의 말이 맞습니다. 하지만 사람들의 마음을 알아주고, 그들과 함께하며, 목소리에 귀를 기울이고, 모범을 보여줘야 합니다. 이베라 씨, 우리가 진정한 조국에 대한 이상을 가질 수 있도록 인도해주십시오."

"사람들은 지금 불가능한 것을 요구하고 있습니다. 좀 더 기다릴 필요가 있습니다."

"기다리라고요! 기다림은 곧 고통입니다."

"만일 내가 그런 개혁을 주장한다면 저들은 나를 비웃음거리로 만들 것입니다!"

"국민들 모두가 당신을 지지한다고 해도 말입니까?"

"아니오! 나는 군중들을 등에 업고 정부가 부적절하다고 생각하는 것을 얻어내는 그런 사람은 결단코 되지 않을 겁니다. 만일 내가 무장한 군중들과 마주하게 된다면, 나는 정부의 편에 서서 싸울 것입니다. 나는 그런 폭도들에게 우리 나라를 맡길 수 없습니다. 나는 우리 나라의 밝은 미래를 꿈꿉니다. 그게 내가 학교를 짓는 이유입니다. 교육과 점진적인 개혁을 통해서 그 꿈을 이루려는 것입니다. 우리는 지식의 도움 없이는 길을 발견할 수 없습니다."

엘리아스가 대답했다.

"자유도 투쟁 없이는 쟁취할 수 없습니다."

"하지만 난 그런 자유는 원하지 않소."

"자유가 없는 곳에는 어떤 빛도 없습니다."

엘리아스가 강하게 대꾸했다.

"당신은 우리 나라에 대해 잘 모르신다고 했습니다. 이제 그 말을 이해할 것 같습니다. 당신은 저 지평선 너머에서 솟아나는 구름처럼, 서서히 준비되고 있는 투쟁의 징조를 보지 못하고 있습니다. 그 투쟁은 사상의 영역에서 시작되지만, 피비린내 나는 행동으로 끝이 납니다. 저는 하느님의 이런 음성을 들었습니다. '그에게 저항하는 자에게는 화가 있을지어다. 저들에게는 미래가 없을지어다'"

엘리아스의 모습이 변하는 듯했다. 그는 배 위에 두 발을 굳게 딛고 서 있었으며, 달빛에 비춰진 남자다운 얼굴은 범접할 수 없는 위엄을 드러내고 있었다. 그는 긴 머리카락이 흔들릴 정도로 힘주어 말했다.

"모든 일이 어떻게 촉발되는지 보지 못하셨습니까? 우리 국민들은 수 세기 동안 잠들어 있었습니다. 하지만 어느 날 갑자기 번개가 내리쳤고, 그 번개가 블고스, 고메스, 자모라를 죽임으로써 우리 조국을 일깨웠습니다(식민지에서 출생한 세 명의 성직자가 스페인 출생 성직자들과의 동일한 대우를 주장하다가 1872년 반란 혐의가 씌어져 처형을 당한 사건_옮긴이). 그때로부터 우리의 마음에는 새로운 열망이 꿈틀거리기 시작했습니다. 지금은 그 열망들이 흩어져 있지만, 언젠가는 하느님의 인도에 따라 하나로 단결될 것입니다. 하느님께서는 이방인을 버려두지 않으셨습니다. 그는 우리를 버려두지 않을 것입니다. 그 열망은 바로 자유를 향한 열망입니다."

잠시 침묵이 흘렀다. 그러는 동안 배는 물의 흐름에 따라 물가 근처로 나아가고 있었다. 엘리아스가 침묵을 깨고 말을 이었다.

"저를 보낸 사람들에게 무어라고 말할까요?" 그는 목소리 톤을 바꾸어 이베라에게 물었다.

"이미 말했듯이 나는 그들의 처지에 대해 안타깝게 생각합니다. 하지만 우리는 좀 더 인내해야 합니다. 그릇된 것은 그릇된 방식으로 고쳐질 수 없고, 우리의 모든 불행은 일정 부분 우리의 책임이기도 하기 때문입니다."

엘리아스는 대답하지 않았다. 그는 고개를 숙이고 묵묵히 노를 저었다. 배가 물가에 다다르자 그는 이베라에게 작별의 인사를 전했다.

"저를 염려해주신 것 감사드립니다. 당신 자신을 위해서라도 이후로는 저를 잊어주시기 바랍니다. 앞으로 어떠한 상황에서 저를 발견하더라도 모른 척해주시기 바랍니다."

그 말을 하고 그는 다시금 노를 저어 수풀이 좀 더 무성한 곳으로 배를 이동시켰다. 그러는 동안 그는 아무 말도 하지 않았다. 그는 아무것도 보지 않는 듯했지만, 노를 저을 때마다 호수에서 수많은 다이아몬드가 일어났다가 푸른 물결과 함께 비밀스럽게 사라져갔다.

드디어 배가 목적지에 도착했다. 수풀에서 기다리고 있던 사람이 그들에게 다가왔다. 그가 물었다.

"대장에게 뭐라고 말할까요?"

"엘리아스가 약속을 지킬 것이라고 전해주시오."

엘리아스가 슬픈 목소리로 말했다.

"더 일찍 죽지 않는 한 말입니다."

"그럼 언제 우리에게로 오시는 겁니까?'

"당신의 대장께서 위험한 순간이 되었다고 생각하실 때입니다."

"잘 알겠습니다. 그럼 잘 가십시오."

52
변화들

소심한 리나레스는 깊은 근심에 빠져 있었다. 조금 전 도냐 빅토리나로부터 다음과 같은 내용의 편지를 받았던 것이다.

사촌 보시오.

3일 이내에 그 부대장을 죽이든 아니면 그가 그대를 죽이든 어떤 소식이라도 듣게 되길 바라오. 나는 부대장이 천벌을 받지 않고 살아 있다는 사실을 더 이상 하루도 참을 수가 없소. 만일 그대가 부대장에게 도전하지 않는다면, 돈 산티아고에게 당신에 관한 모든 진실을 폭로할 것이오. 당신이 마드리드에서 총리의 비서도 아니었고, 총독과 이런저런 얘기를 나누었다는 것도 다 거짓말로 꾸며낸 것이란 사실을 클라리따에게 모두 말하겠소. 그리고 나 또한 그대에게 동전 한 푼도 주지 않을 것이오. 하지만 그대가 부대장에게 도전만 한다면, 내가 모든 것을 알아서 해줄 것이오. 그러니 지체하지 말고 어서 부대장과 결판을 내시오.

사랑하는 사촌으로부터
빅토리나 데 로스 레예스 데 데 에스파다냐
삼팔록에서, 월요일 오후 7시

사태는 돌이킬 수 없는 방향으로 향하고 있었다. 리나레스는 도냐 빅토리나의 성격을 잘 알았고, 그녀가 뭘 할 수 있는지도 알고 있었다. 그녀에게 이성적으로 생각하라고 요구하는 것은 부패한 세관원이 주위에 아무도 없을 때 정직하게 행동하기를 바라는 것이나 다름없었다. 간청해보는 것도 부질없는 짓이고, 그녀를 속이는 것은 사태를 더욱 악화시킬 뿐이었다. 부대장에게 도전장을 내는 것 외에는 아무런 방도가 보이지 않았다.

'하지만 어떻게?'

그가 서성거리며 중얼거렸다.

'내가 찾아갔을 때 그 사람이 몹시 기분 나빠 하면 어쩌지? 혹시나 그의 부인을 만나면 어쩌지? 그리고 과연 누가 날 위해 결투의 입회인이 되어줄 것인가? 그 교구 신부? 카피탄 티아고? 왜 일전에 나는 그 할 일 없어 따분해하는 사람들의 말에 귀를 기울였단 말인가? 애당초 누가 나를 이렇게 허세를 부리며 남을 속이는 사람으로 만들었고, 이 동화 같은 이야기를 꾸며낸 것이란 말인가? 그 사랑스러운 젊은 여인은 또 나를 어떻게 생각하겠는가! 이것이 나를 정부 장관들의 개인 비서로 만들어놓은 결과란 말인가!'

리나레스가 이런 참담한 생각에 빠져 있을 때 살비 신부가 도착했다. 솔직히 말해 그 프란시스코회 신부는 비정상적으로 말라 보였고, 얼굴은 몹시도 창백했다. 하지만 눈은 광선을 뿜어내듯 빛났고, 입가에는 미묘한 미소가 번져 있었다.

"혼자 계시오, 리나레스 씨?"

문이 반쯤 열려 안에서 피아노 소리가 들려오는 거실 쪽으로 향하면서 살비 신부가 물었다. 리나레스가 어색한 웃음을 지었다. 교구 신부가 물었다.

"돈 산티아고는요?"

때마침 카피탄 티아고가 나타났다. 그는 신부의 손에 입맞춤을 하고, 축복받은 사람처럼 만면의 미소를 지으며 그의 모자와 옷, 지팡이를 받아 들었다. 그는 자신을 따라 거실로 들어서는 리나레스와 카피탄 티아고에게 말했다.

"들어보시오, 내게 좋은 소식이 하나 있소. 어제 이베라 씨가 나에게 전해 준 편지에 대한 확답을 마닐라로부터 받았소이다. 그의 파문이 철회되었고, 결혼을 하는 데 아무런 문제도 없게 되었소."

두 친구들 사이에 끼여 피아노 앞에 앉아 있던 마리아 클라라는 그 말에 얼굴이 빨개졌다. 하지만 곧 온몸에 기운이 빠져 친구에게 몸을 기대었다. 리나레스는 얼굴이 창백해져 눈을 지그시 감고 그 말을 듣고 있는 카피탄 티아고를 바라봤다. 교구 신부가 말을 이었다.

"젊은 이베라 씨에게 점점 더 마음이 끌립니다. 처음에는 제가 그를 오해했습니다. 성격이 좀 거칠긴 해도, 결국은 자신을 미워할 수 없게 만드는 방법을 잘 아는 사람이더군요. 물론 다마소 신부님의 경우는 다르겠지만 말입니다!"

교구 신부는 악보에서 눈을 떼지 않으면서 모든 것을 듣고 있는 마리아 클라라를 힐끗 쳐다봤다. 옆에 앉은 시낭은 보이지 않게 그녀를 꼬집으며 기뻐했다. 아무도 없다면 춤이라도 출 기세였다. 하지만 클라라는 아랑곳하지 않고 조용히 앉아 있었다. 리나레스가 물었다.

"다마소 신부님은요?"

"아, 예. 다마소 신부님이 말씀하시길"

교구 신부는 마리아 클라라에게서 눈을 떼지 않고 말을 계속했다.

"마리아 클라라의 대부로서 이 결혼을 허락할 수 없다지만…… 어쨌든 이베라 씨가 그에게 용서를 구한다면 허락할 것이라 의심치 않소이다. 모든 게 다 잘될 것입니다."

마리아 클라라는 일어서서 양해를 구하고 빅토리아와 함께 방으로 향했다. 카피탄 티아고가 쉰 목소리로 물었다.

"만일 다마소 신부님이 그를 용서해주시지 않는다면 어찌되는 것이죠?"

"그러면…… 마리아 클라라도 이해하겠지만…… 어쨌든 다마소 신부님은 그녀의 정신적인 아버지니까요. 하지만 전 두 사람이 서로 화해할 것이라고 믿습니다."

이때 발자국 소리가 들리더니 이베라가 거실로 들어왔고, 이어서 이사벨이 들어왔다. 그가 등장하자 분위기가 다소 미묘해졌다. 이베라는 붙임성 있는 태도로 카피탄 티아고에게 인사했고, 카피탄 티아고는 웃을 듯 울 듯 미묘한 표정으로 답했다. 이베라는 리나레스에게는 고개를 깊숙이 숙여 인사했다. 살비 신부가 일어서서 아주 친절하게 손을 내밀자 이베라는 의아해하는 표정을 감추지 못했다. 살비 신부가 그에게 말했다.

"너무 그렇게 놀라지 마시오. 사실은 내가 막 당신에 관한 좋은 소식을 전하고 있는 중이었소."

이베라는 그에게 감사의 표시를 하고 시낭 옆으로 갔다. 그녀는 소녀의 재잘거림 같은 목소리로 물었다.

"온종일 어디에 있었어요. 우리는 줄곧 연옥에서 벗어난 불쌍한 영혼이 어디를 헤매고 있을까 궁금해했어요. 물론 각기 다른 생각들을 했겠지만 말이에요."

"각자 무슨 생각들을 했는지 알 수 있을까?"

"아니요, 비밀이에요. 나중에 우리끼리만 있을 때 말해줄게요. 자, 그럼 어디에 갔었는지 말해주실래요? 그래야 누구 생각이 맞는지 알 것 아니에요."

"아니, 그것도 비밀이야. 하지만 여기 계신 분들께서 잠깐 실례하는 걸 양해해주신다면 그때 말해주지."

살비 신부가 말했다.

"물론, 물론입니다. 그러려던 참이었습니다."

시낭은 크리소스토모를 거실 한구석으로 데리고 갔다. 남몰래 비밀을 하나 알아내려는 듯 흥분을 감추지 못한 기색이었다.

"얘기해봐, 마리아가 내게 화나 있는 거야?"

"잘 모르겠지만, 마리아는 당신이 그녀를 잊는 것이 좋겠다고 계속 말했어요. 그러고는 울음을 터뜨렸어요. 카피탄 티아고는 마리아가 저기 있는 신사와 결혼하기를 원해요. 다마소 신부님도 같은 생각이고요. 하지만 그녀는 그에 대해 아무런 말도 하지 않았어요. 오늘 아침에 그녀에게 당신이 어디 갔을까, 혹시 다른 사람을 위해 법정에 돈을 지불하러 간 게 아닐까 물었더니, 그녀는 그랬으면 좋겠다고 하면서 또 울었지요."

이베라의 표정이 심각하게 변했다.

"마리아에게 내가 그녀와 단둘이 얘기했으면 한다고 전해줄래?"

시낭은 인상을 찌푸리며 기묘한 표정으로 물었다.

"단둘이?"

"우리끼리는 함께해도 괜찮지만 저 남자는 빠졌으면 좋겠는데."

"쉽지 않겠지만, 마리아에게 한번 말해볼게요."

"언제쯤 대답을 들을 수 있을까?"

"내일, 내일 우리 집으로 와요. 마리아는 절대 혼자 있고 싶어 하지 않아요. 그래서 계속 우리가 함께 있는 거예요. 하루는 빅토리아, 다음 날은 내가 그녀와 함께 자고 있어요. 내일이 내 차례예요. 그건 그렇고, 당신의 비밀을 말해줘야죠? 가장 중요한 얘기를 해주지 않고 그냥 가려고요?"

"아, 그렇지! 흠, 난 잠시 로스바노스에 갔었어. 거기서 재배되는 코코넛에서 기름을 뽑아내는 공장을 하나 지을 계획이야. 네 아버지도 그 사업에 파트너가 될 거야."

"그게 전부야? 그게 무슨 비밀이라고!"

시냥은 마치 돈을 사기당한 사채업자처럼 큰 목소리로 소리쳤다.

"내 생각에는……."

"말조심 좀 해줘, 난 네가 아직 이 얘기를 다른 사람들에게 하지 않았으면 해……."

그녀가 코를 실룩대며 말했다.

"내가 마치 여기저기 소문이나 내는 사람인 것처럼 말하네. 그게 내 친구들에게 전할 만큼 중요한 일이라면 몰라도, 코코넛기름 공장이라고! 누가 그 따위에 관심이나 두겠어요?"

이내 그녀는 종종걸음으로 친구들이 있는 방으로 들어갔다. 잠시 후 이베라가 자리를 떠났고, 남은 사람들의 대화는 김이 빠진 듯했다. 카피탄 티아고는 달다 쓰다 말할 수 없는 애매한 표정을 지었다. 리나레스는 조용히 뭔가를 경계하는 듯한 모습이었다. 교구 신부는 즐거운 분위기를 만들려고 과장되게 이상한 이야기를 늘어놓았다. 방에 들어간 여인들 아무도 다시 거실에 나타나지 않았다.

53
행운의 카드

달이 구름에 가려 보이지 않는 밤이었다. 12월이 다가오는 것을 알리는 듯, 쌀쌀한 바람에 낙엽과 먼지가 뒤섞여 공동묘지의 좁은 통로를 휩쓸고 다녔다. 그림자 셋이 묘지 입구 앞에서 속닥거렸다. 한 사람이 물었다.

"엘리아스와 얘기해봤나?"

"아니. 그가 얼마나 기이한 인물인지, 말수가 적은지 너도 알잖아. 이젠 그도 우리와 함께해야 하는데. 돈 크리소스토모가 그의 생명을 구해주었으니 말이야."

첫번째 목소리가 말했다.

"내가 이 일에 가담하게 된 이유도 비슷하지. 돈 크리소스토모가 내 아내를 마닐라의 병원에서 치료받을 수 있도록 해주었어. 나는 교구 신부를 찾아가 빚을 갚아줄 거야. 그리고 그 부대에 찾아가서 군인들에게 우리 아버지가 아들들이 있었다는 것을 보여줄 테야."

"몇 명이 같이 가려고?"

"다섯 명, 다섯이면 충분해. 돈 크리소스토모의 대리인에 따르면, 우리는 총 15명이 될 거라더군."

"하지만 성공하지 못하면 어쩌지?"

한 사람이 말하자 모두들 침묵했다.

"쉿, 조용히 해!"

희미한 불빛 가운데 또 다른 그림자가 공동묘지 벽면을 타고 소리 없이 다가오는 모습이 보였다. 그는 이따금씩 멈춰서 뒤에 누가 따라오는지 살피는 듯했다. 그도 그럴 것이 약 20보 뒤에 또 하나의 그림자가 따르고 있었기 때문이다. 다소 크면서 더 깊이 어둠에 가려 있고, 행동이 민첩해 금세 나타났다 사라지곤 했다. 앞선 그림자가 멈춰서 뒤를 돌아볼 때마다 땅이 그를 삼키려는 것만 같은 모습이었다. 루카스가 생각했다.

'누군가 나를 뒤쫓고 있군. 혹시 군인인가? 그 교회의 관리인이 나를 속인 건 아닐까?'

엘리아스가 생각했다.

'그들이 여기에서 만난다고 했는데. 그 두 형제가 나타나지 않는 걸 봐서는 뭔가 안 좋은 일이 생긴 게 틀림없어.'

앞서 오던 그림자가 드디어 묘지 입구에 도착했고, 기다리고 있던 세 명에게 합류했다.

"당신이오?"

"그리고 당신은?"

"어서 각자 흩어집시다. 누군가 나의 뒤를 밟고 있소. 무기는 내일 전달해주겠소. 그 무기는 내일 저녁에 쓸 것이오. 습격의 구호를 절대 잊지 마시오. '돈 크리소스토모 만세!' 자, 갑시다."

세 명의 그림자가 흙담 뒤로 사라졌다. 루카스는 출입구에 숨어 조용히 기다리고 있었다. 루카스가 혼잣말을 했다.

'자, 이제 누가 나의 뒤를 밟는지 알아봐야겠어.'

엘리아스는 극도로 긴장한 자세로 멈춰 주위를 살폈다.

'내가 너무 늦었군. 하지만 저들이 돌아올지도 몰라.'

이슬비가 계속 내리자 엘리아스는 입구 안으로 피하기로 결심했다. 그 어둠 속에서 그는 루카스와 마주치게 되었다. 엘리아스가 물었다.

"당신은 누구요?"

루카스가 냉정한 목소리로 물었다.

"그러는 당신은 누구요?"

그들은 잠시 말을 멈추어 서로의 목소리와 모습을 통해 누구인지 짐작하려 했다. 엘리아스가 물었다.

"여기서 무엇을 기다리고 있는 것이오?"

루카스가 담담하게 대답했다.

"8시 종소리를 기다리고 있소이다. 죽은 영혼이 나에게 행운의 카드를 뽑아주길 기다린단 말이오. 오늘 밤 놀음판에서 돈을 따길 기원하고 있소. 당신은 어쩐 일이오?"

"당신과 같소."

"만나서 반갑소. 동지를 만났군. 내게 카드 한 벌이 있소. 8시 종이 울리면 내가 두 장의 카드를 뽑을 것이오. 그리고 잠시 후에 두 장 더 뽑을 겁니다. 그중에 움직이는 카드가 죽은 이가 선택한 카드요. 우리는 그 귀신들과 겨루어야만 합니다. 당신도 카드를 준비해왔소?"

"아니요."

"그럼, 어쩌려고?"

"당신은 죽은 이에게 패를 돌리지만, 나는 죽은 이가 나에게 패를 돌리길 기대합니다."

"하지만 그가 패를 돌리지 않으면?"

"그럼 별 수 없지요. 죽은 이가 반드시 놀음을 해야 한다는 법은 아직 없으니까요."

잠시 침묵이 흘렀다.

"무기를 소지하고 왔소? 어떻게 그 귀신들과 싸울 생각이오?"

엘리아스가 답했다.

"주먹으로요."

"이런 제기랄, 이제야 생각나는군. 귀신은 산 사람 두 명이 있을 때는 절대 행운의 카드를 선택하지 않는다잖소. 지금 우리가 둘이오."

"그래요? 어쨌든 난 가지 않을 것이오."

루카스가 답했다.

"나 역시 마찬가지요. 난 돈이 필요하오. 한 가지 방법이 있소이다. 우리 둘이 게임을 해서 진 사람이 떠나는 것이오."

엘리아스가 마지못해 동의했다.

"좋소이다."

"그럼, 들어갑시다. 성냥 가지고 있소?"

그들은 공동묘지 안으로 들어가 적당한 장소를 물색했다. 곧 평평한 묘지석을 발견하고 그 위에 앉았다. 루카스는 밀짚모자에서 카드 한 벌을 꺼냈고, 엘리아스는 성냥불을 붙였다. 불빛 속에서 두 사람은 서로의 얼굴을 봤다. 하지만 둘 다 서로를 알아챈 티를 내지 않았다. 루카스가 엘리아스에게서 눈을 떼지 않고 말했다.

"패를 돌리시오."

그는 묘지석 위에 널린 뼛조각들을 쓸어내고, 에이스 한 장과 퀸 한 장을 내려놓았다. 엘리아스는 성냥불이 다 타 꺼지려고 하면 곧바로 이어 다른 성냥불을 붙였다.

"나는 퀸에 걸겠소."

엘리아스가 말하면서 뼈 한 조각을 그 위에 놓았다.

"받겠소."

루카스는 서너 차례 카드를 뽑은 후, 다시 두번째 에이스를 뽑았다. 그가 말했다.

"당신이 졌소. 이제 나 혼자 있게 여길 떠나주시오."

엘리아스는 아무 대답 없이 어둠 속으로 사라졌다. 몇 분이 지난 후 교회에서 8시를 알리는 종소리가 울렸다. 혼령들의 시간이 되었다는 것을 알리는 종소리였다. 그러나 루카스는 귀신과 게임을 하려는 그 어떠한 시도도, 미신을 쫓아 혼령을 부르려는 행동도 하지 않았다. 대신 쓰고 있던 모자를 벗더니, 잠시 몇 마디 기도를 중얼거리며 연신 성호를 그었다. 교회의 성모 신도회 지도자가 열정적으로 기도하는 모습과 같았다.

저녁 내내 비가 내렸다. 9시가 되자 거리는 이미 어두워졌고 인적도 끊겼다. 집집마다 창밖으로 내건 기름 등불은 사방 1미터도 채 밝히지 못했다. 그 등불들이 오히려 어둠을 더 강조하는 것 같기도 했다. 두 명의 군인이 교회 근처 거리를 배회하고 있었다.

그중 한 명이 비사야사투리가 섞인 따갈로그어로 말했다.

"쌀쌀하군. 우린 아직 성직자의 도망간 하인들 중 아무도 체포하지 못했어. 게다가 저기 수리해야 할 부대장의 닭장만 쌓여 있잖아. 일전에 그 녀석이 죽은 후로는 누구도 거리에 코빼기도 비치지 않고 있어. 따분해 죽겠네."

다른 군인이 맞장구쳤다.

"나도 마찬가지야. 강도도 없고, 폭동을 일으키는 놈들도 없어. 아주 감사하게도 엘리아스가 이 도시에 나타났다는 소문이 있던데, 부대장이 누구든 그놈을 잡으면 세 달 동안 채찍질을 면해주겠다더군."

비사야 군인이 물었다.

"그거 끌리는구먼! 자네는 그가 어떻게 생겼는지 알고 있나?"

"물론이지. 부대장님 왈, 키가 크다는데 다마소 신부님은 중간 정도라고 했어. 피부색은 갈색이고. 검은 눈에 검은 머리, 코와 입은 모두 평균 정도고 수염은 없다고 하던데."

"딱히 특징적인 건 없나?"

"나무꾼들이 입는 검은 셔츠와 검은 바지를 입고 있대."

"절대 나를 그냥 지나치진 못할 거야. 나는 그놈을 실제로 본 것처럼 훤히 알고 있거든."

"절대로 다른 놈들과 그놈을 착각하지 않을걸! 아무리 비슷하게 생겼다고 해도 말이지."

두 군인은 계속해서 순찰을 돌았다. 다시금 그림자 두 개가 거리의 희미한 등불에 모습을 드러냈다. 뒤의 그림자는 아주 조심스럽게 주위를 살피면서 앞서가는 사람을 따르고 있었다. "거기 누구야!" 하는 날카로운 소리에 두 그림자가 발길을 멈췄다. 첫번째 그림자가 떨리는 목소리로 대답했다.

"스페인 만세!"

군인들이 그의 팔을 잡고 신원을 확인하기 위해 불빛 아래로 데리고 갔다. 루카스였다. 하지만 군인들은 서로 의심스러운 시선을 교환했다. 비사야 군인이 말했다.

"부대장님은 얼굴에 흉터가 있다는 얘기는 하지 않았는데, 어딜 가던 중인 거야?"

"내일 미사를 준비하려고요."

"혹시 엘리아스를 본 적 있나?"

루카스가 대답했다.

"저는 그런 사람 모르는데요, 나리."

"그놈을 알고 있는지를 묻는 게 아니야, 이 얼간아. 우리도 그를 모르긴 마찬가지니까. 우리가 묻는 건, 그놈을 목격한 적이 있냐는 거지."

"본 적도 없습니다, 나리."

비사야 군인이 말했다.

"그럼, 잘 들어봐. 내가 그놈에 대해 설명해줄 테니. 키는 경우에 따라서 클 수도 있고, 중간 정도일 수도 있어. 눈과 머리는 검고, 다른 모든 것들은 그저 평균 정도야. 어때? 본 적 있는 것 같나?"

루카스가 멍한 표정으로 답했다.

"아뇨, 나리."

"그럼 꺼져, 이 멍텅구리야!"

다른 군인이 비사야 군인에게 물었다.

"자넨 왜 부대장님은 엘리아스의 키가 크다고 하고 다마소 신부님은 보통이라고 했는지 아나?"

"글쎄, 모르겠는데."

"그건 부대장님이 진흙탕에 넘어진 상태에서 엘리아스를 봤기 때문이야."

"오, 그렇군! 맞아!"

비사야 군인이 감탄하듯 말했다.

"자네 정말 똑똑하군. 그런데 어떻게 군대에 들어오게 되었나?"

따갈로그어 군인이 조금 우쭐해져서 대답했다.

"난 원래 군인이 아니었어. 밀수하는 일을 했었지."

그때 또 다른 그림자가 그들의 눈에 들어왔다. 그들은 그를 붙잡아 불빛 아래로 데려갔다. 다름 아닌 엘리아스였다.

"자네 지금 어딜 가는 거야?"

"저 사람을 쫓고 있습니다, 나리. 저자가 제 동생을 모욕하고 때렸습니다. 그의 얼굴에 흉터가 있습니다. 이름은 엘리아스라고 하고요."

"뭐라고!"

두 군인은 벌어진 입을 다물지 못하고 서로를 쳐다보더니, 아까 루카스가 사라진 교회 쪽을 향해 달려갔다.

54
좋은 날의 아침 징조

지난밤 공동묘지에서 여러 개의 불빛이 보였다는 소문은 곧바로 온 시내에
퍼졌다.

　제삼회 회장은 촛불이 밝혀져 있었다고 하면서 그들의 모습과 규모에 대
해 떠들었다. 그들의 인원을 약 스무 명 정도까지는 파악했지만, 그 이상은
정확하게 모르겠다고 했다. 그 묘지에 더 가까이 살고 있는 성모회의 시빠
자매는 경쟁 관계에 있는 다른 신도회 회장이 하늘의 영광이 나타난 광경
을 목격했다며 우쭐대는 것을 참을 수 없었다. 그래서 그녀는 거기에서 훌
쩍거리며 한숨을 내쉬는 소리를 들었다고, 그중 일부는 전에 자신과 얘기
를 나눈 사람의 음성이었다고 증언했다. 하지만 자신은 그리스도교인의 자
비로 그들의 일을 눈감아줄 뿐만 아니라 그들을 위해 기도하고, 이름도 알
리지 않겠다고 선언했다. 그녀의 그러한 태도는 모든 이들로부터 성스럽고
존경할 만한 것으로 인정받았다. 루파 자매는 비록 귀가 잘 들리지는 않았
지만, 시빠 자매가 자신이 듣지 못한 것을 들었다는 사실을 참을 수가 없었
다. 그래서 그녀는 꿈을 꾸었는데, 많은 영혼들이 자신의 눈앞을 지나갔다
고 말했다. 어떤 영혼은 죽은 이의 것이었고, 몇몇은 아직 살아 있는 사람들
의 영혼이었으며, 고통을 받고 있는 영혼들은 자신이 그동안 착실하게 모아
놓은 면죄부를 좀 나눠 달라며 졸랐다고 했다. 그녀는 그 영혼들의 이름을

그들의 가족에게 말해줄 수 있다고 말했다. 대신, 그들더러 교황님을 위해 재물 중 일부를 헌금으로 내놓으라고 했다는 것이다.

물소 떼를 돌보는 어리석기 짝이 없는 한 소년은, 불빛 하나와 농부들이 쓰는 창 넓은 밀짚모자를 쓴 두 명의 사람을 목격했다는 말을 했다가 뭇매를 맞을 뻔했다. 그는 진실을 맹세하면서 자신이 돌본 물소들도 다 지켜보았다고 말했지만, 누구도 그의 말을 믿지 않았다.

"네가 감히 신도회와 성모회 회장들보다 더 많은 것을 알고 있다고 생각하는 거야, 이 무식한 이교도야?"

그들은 신랄하게 꾸짖으며 영 믿을 수 없다는 눈으로 소년을 바라봤다. 교구 신부는 다시 한 번 강단에서 연옥의 벌에 관해 설교를 했고, 많은 신자들이 다시 한 번 죽은 이를 위한 미사를 드리기 위해 숨겨둔 재산을 교회에 내놓았다.

한편, 고통 받는 영혼 따위엔 별 관심이 없는 돈 필리포는, 외딴 집에서 몸져 누워 있는 늙은 타시오를 찾아가 대화를 나누고 있었다. 철학자이면서 바보 같기도 한 그는 이미 오랫동안 병이 들어 누워 있었으며, 쇠약과 무기력증이 급속히 진행되고 있었다.

"그대의 사직서가 수리된 걸 축하해야 할지 말아야 할지 정말 모르겠소. 과거의 시장이 부끄러운 줄도 모르고 다수의 의견을 묵살했던 일이 문제가 되어 사임했던 건 옳은 일이었던 것 같소. 하지만 지금 그대는 공공연히 군부대와 불편한 관계에 있으니, 시기가 좋지 않은 듯하오. 전쟁 시에는 자신의 위치를 지켜야 하는 법이라오."

돈 필리포가 이의를 제기했다.

"그렇겠지요. 하지만 지휘관이 먼저 적들에게 투항한 상태라면 얘기는 다르지요. 선생도 아시다시피, 그 축제 바로 다음 날 시장은 내가 겨우 체포한 군인들을 풀어주었습니다. 이후에 그는 그 사건에 대해 아무 조치도 취하지 않고 있습니다. 저로서는 상관인 그의 허락 없이 어떤 일도 할 수 없습니다."

"당신 혼자서는 아무것도 할 수 없겠지요. 하지만 다른 사람들과 함께라면 많은 것을 할 수 있을 것이오. 이번 기회에 다른 도시들에게도 좋은 선례를 보여줬어야 했소. 시민들의 권리가 시장의 어리석은 권위보다 우선해야 한다는 모습을 말이오. 애초에 좋은 교훈이 될 뻔했는데, 그대가 기회를 놓친 것 같소."

"기득권을 대변하는 그자에 대항해 제가 무슨 일을 할 수 있었겠습니까? 이베라 씨를 보세요. 그는 대중들의 믿음을 저버리지 않게 행동했습니다. 하지만 그가 진정으로 교회의 파문 같은 것을 믿는다고 생각하세요?"

"당신은 그와 상황이 다르오. 이베라 씨는 이상을 심어주길 원하고, 그러려면 스스로를 낮추고 주어진 조건에 맞추어야만 하오. 하지만 당신의 사명은 사회 구조를 바로잡는 것이오. 이를 위해서는 권력과 자기 확신이 필요하오. 게다가 이 싸움은 시장 개인을 상대로 하는 것이 아니라, 권력을 남용하고 공공질서를 어지럽히며 직무를 제대로 수행하지 않는 모든 공직자들을 상대로 하는 것이오. 만약 당신이 그 일을 제대로 수행했다면, 오늘날 우리나라가 20년 전의 모습과 똑같지는 않았을 것이오."

돈 필리포가 물었다.

"정말로 그렇게 생각하십니까?"

"진정 그렇게 될 것이라고 느껴지지 않소?"

늙은 타시오가 침대에서 몸을 일으키며 반문했다.

"그렇지 않다면, 그대가 지난날들을 잘 모르기 때문인가 보오. 그대는 수에즈 운하가 개통된 이래 스페인에서 들여온 새로운 책들과 유럽에서 유학을 한 수많은 젊은이들의 영향에 대해 잘 알아보지 않은 것 같군. 그 차이를 잘 관찰하고 비교해보시오. 왕실과 교황청에 속한 산토토마스 대학은 아직도 가장 학식이 높은 교수들을 보유하고 있고, 그곳에서 많은 지식인들이 탁월함을 추구하며, 철학적 통찰력을 통해 결론을 도출하려 노력하고 있소. 하지만 우리 때의 젊은이들은 지금 무얼 하고 있소이까? 모두들 구식의 교수법에 따라 형이상학에 사로잡혀 애매하고 지엽적인 문제에 관해 궤변이나 늘어놓지. 그들은 존재하는 것들의 속성과 실존적인 문제, 우리 자신의 존재와 정체성과 같은 진정으로 핵심적인 개념에 대해 제대로 이해하지 못하고 죽어갔다오. 그럼 오늘날의 젊은이들을 보시오. 보다 넓은 시야와 넘치는 열정을 가지고 역사와 수학, 지리학, 문학, 물리학, 언어학 등을 학습하고 있지요. 우리는 과거에 이 모든 과목들을 이단적인 것으로 간주하고 멀리했었소. 우리 시대의 최고 지성인은 아리스토텔레스나 추론의 법칙 같은 과목에 비해 그런 것들은 열등한 학문이라 단언했지요. 하지만 인간은 결국 스스로가 인간인 것을 깨닫게 된 것이오. 더 이상 신을 분석하거나 눈으로 직접 본 적이 없는 비물질적인 것을 구분하려 하거나, 자신의 지적 유희만을 위한 논리를 세우는 일 등을 포기하게 된 거지요. 결국 자신의 유산이 스스로 감지할 수 있는 이 넓은 세계라는 사실을, 아무런 성과도 없으면서 오만했던 일에 대한 허무함을 인간이 깨닫게 된 것이오. 오늘날 시인들의 활동이 얼마나 활발한지 한번 보시오. 자연의 여신들이 그들의 보물 창고를 우리에게 조금씩 열어주며, 우리의 노력을 응원이라도 하듯 미소 짓고 있지 않소. 실험 과학은 이미 그 첫번째 결실을 맺었소. 이제 무르익을 때만 기다리면 되는 것이지요. 오늘날 변호사들은 법철학이라는 새로운 원칙으로 스스로의 가치를 높이며, 일부는 법조계를 둘러싼 암흑 속에서 빛을 발하며 진보의 시대를 만들고 있지요. 학교를 방문해서 젊은이들의 목소리를 들어보시오. 우리 시대에는 오직 성 토마스, 수와레즈, 아맛, 산체스, 다른 스콜라 학파 학자들의 이름만이 언급되었지 않소. 하지만 지금은 다른 이들의 이름들도 교실에서 메아리처럼 들려오고 있소. 부도덕한 학생들을 꾸짖는 성직자들의 행위는, 마치 생선 장수가 자신이 파는 물고기가 부패하고 가치 없는 것은 생각지도 않고 고객의 인색함을 불평하는 행위와 흡사하오. 수도회는 새로운 사상의 물결이 다른 도시들로 번지는 것을 막기 위해 지부를 두루 확장하고 있지만 모두 허사라오. 신들의 시대는 이미 지나갔다오. 한 나무의 뿌리는 자신에게 기생하는 식물을 죽일 수는 있소. 하지만 하늘을 나는 새와 같은 생물들을 죽일 수는 없는 법이지요."

흥분하여 말하는 늙은 타시오의 눈에서 섬광이 뿜어져 나왔다. 돈 필리포가 쉽게 수긍하지 않고 다시 이의를 제기했다.

"하지만 그 새로운 지식들은 아직 그리 널리 퍼지지 않았습니다. 만일 우리 모두가 거기에만 몰두한다면, 정작 그동안 많은 희생을 치르고 성취한 진보들을 고갈시키고 말 것입니다."

"고갈시킨다니? 대체 누가? 허약한 난쟁이 같은 인간이 시간과 노력의 강력한 소산인 진보를 고갈시킨다고? 언제 그런 일이 있기나 했소? 진보를 가로막으려던 독선과 교수대, 마녀사냥 등은 오히려 진보를 한 걸음 더 나아가게 했지요. 도미니크회에서 갈릴레오에게 지구가 태양 주위를 돌고 있지 않다고 인정하라며 강요했을 때에도 그는 '그래도 지구는 돈다'고 말했다지요. 이처럼 인간의 진보 역시 어떠한 장애물에도 불구하고 앞으로 나아갈 것이지. 그중 일부의 의지가 꺾일 수도 있고, 몇몇 사람들의 희생을 낳을 수도 있을 것이오. 하지만 그럼에도 불구하고 진보는 자신의 길을 갈 것이라오. 그리고 그들이 흘린 피에서 새롭고 강한 새싹이 돋아날 것이오. 신문들은 어떤지 보시오. 아무리 반동적인 논조를 지속하려고 해도 결국은 변화의 길을 선택하고 있지 않소? 도미니크회도 예외일 수는 없다오. 결국 저들도 용납할 수 없는 경쟁자인 예수회를 닮아가고 있지 않소? 이제 그들은 수도원에서 즐거움을 찾고, 작은 극장들도 만들고, 시도 짓고 있소. 이 모든 것은 그들마저도 자신들이 중세시대에 살고 있다고 착각할 만큼 어리석지 않기 때문이오. 그들은 예수회의 생각이 옳으며 미래 지향적이라는 것을 깨달은 것이오."

"예수회가 진보의 길을 간다고 말씀하셨습니까?"

돈 필리포가 감탄하며 물었다.

"그러면 왜 그들은 유럽에서 배척을 받고 있는 건가요?"

"말해주겠소."

타시오는 다시 등을 대고 누워 냉소적인 웃음을 머금고, 스콜라 철학으로 무장된 언어로 대답했다.

"진보에는 세 가지 길이 있소. 앞서가는 길, 함께 가는 길, 뒤따라가는 길. 앞서가는 사람들은 진보를 안내하고, 두번째 사람들은 진보와 함께 가며, 세번째 사람들은 진보에 의해 끌려가는 것이오. 예수회는 그 마지막 사람들에 속한다오. 앞서가려는 의욕은 있지만, 그들이 감당하기에는 진보의 힘이 너무 강하고 또한 진보 스스로가 길을 개척해나가기 때문에 포기한 것이오. 결국 그들은 진보라는 전차에 짓뭉개지거나 뒤처질 바에는, 차라리 쫓아가는 길을 택한 것이지요. 우리는 이제 가까스로 중세시대를 벗어난 것이오. 그래서 유럽에서는 반동적이라는 예수회가, 우리의 관점에서는 진보를 대변하게 되었다오. 필리핀은 19세기의 정신인 자연과학을 예수회로부터 처음으로 배우기 시작했소. 마치 교황 레오 13세 이후 모든 이들로부터 배척받게 된 스콜라 철학을 도미니크회로부터 배운 것과 마찬가지요. 상식적으로 어떤 교황도 사형 선고를 받은 사람을 살려낼 수는 없소."

그가 목을 가다듬으며 물었다.

"그럼 우리는 지금 어디로 향하고 있는 건가요? 아, 그렇죠! 우리는 지금 필리핀의 현재 상태를 말하고 있는 것이지요. 우리는 지금 투쟁의 시기에 접어들고 있는 것입니다. 아니면 이미 그 가운데 있을지도요. 저희 세대는 어둠의 세대이며 물러가야 하는 세대입니다. 투쟁이란 무너진 중세의 성벽에 기대어 비방이나 늘어놓는 과거와, 높은 파도를 타고 새벽 여명처럼 멀리서 밀려오는 승리의 함성 같은 미래 사이에 있는 것이지요. 무너진 과거의 성벽 잔해에 깔려 묻힐 사람이 누구겠습니까?"

늙은 타시오는 잠시 침묵을 지키며 깊은 생각에 잠긴 돈 필리포의 얼굴을 보았다. 그리고 미소를 지었다.

"당신이 무슨 생각을 하고 있는지 알 것 같소."

"그렇습니까?"

"당신은 내가 틀렸으면 하고 바라고 있소."

그는 슬픈 미소를 지으며 말했다.

"최근 난 병들어 누워 있는 상태라오. 그리고 나라고 언제나 옳은 것은 아니지요. 토렌스도 이렇게 말했소. '난 단지 하나의 인간일 뿐이고, 인간성과 관련된 그 모든 것을 다 지니고 있소이다.' 하지만 꿈을 꾸는 것이 허락되어 있다면 인생의 마지막 순간까지 즐거운 꿈을 꾸는 게 좋지 않겠나? 나는 오늘까지 오로지 꿈만 꾸며 살아왔소이다. 당신의 말이 옳아요. 우리 젊은이들은 오직 사랑하거나 즐기는 일에만 정신이 팔려 있지요. 저들은 국가의 미래를 계획하기보다는 어떻게 하면 한 여인을 꼬여 정복할 수 있는가에 더 많은 시간과 노력을 허비하고 있소. 여자들은 교회의 일에 너무나도 정신이 팔려 정작 집안일은 무관심하지요. 남자들은 악을 따르는 데에 힘을 쓰고 수치스러운 일에 영웅적인 모습을 보여주지요. 어린아이들은 의미 없는 일상에서 맴돌고, 젊은이들은 아무런 이상향도 없이 최고의 시간을 낭비하고 있소. 부질없는 어른들이 보이는 삶의 모습은 젊은이들에게 타락한 본보기가 될 뿐이오. 죽어가고 있다는 게 오히려 기쁘다오. 소년이여, 종을 울려 내 무대의 커튼을 내려주오."

늙고 병든 타시오의 얼굴에 그림자가 드리우자 돈 필리포는 화제를 바꿔 물었다.

"약을 좀 가져다 드릴까요?"

"죽는 자에게는 약이 없는 법이라오. 오직 살아남을 자에게만 필요한 것이지. 돈 크리소스토모에게 내일 좀 들러달라고 전해주시오. 내가 중요하게 할 말이 있다고요. 나는 이제 며칠 남지 않은 것 같소."

몇 마디의 대화를 주고받은 후 돈 필리포는 깊은 생각에 잠긴 침울한 표정으로 병자 타시오의 방을 나왔다.

55
음모

숨겨진 것은 드러나기 마련이고
감추어진 것은 알려지기 마련이다.

— 루카복음 12:2

저녁을 알리는 오래된 교회 종소리가 울려 퍼지자, 모든 사람들이 쓰고 있
던 모자나 수건을 벗고 하던 일을 멈췄다. 리듬에 맞춰 엉덩이를 실룩대는
물소 등에 타서 귀가하던 농부도 잠시 멈추고 기도를 올렸다. 거리의 여인
들은 자신의 성스러움을 보여주기라도 하듯 성호를 그으며 무엇인가를 과
장되게 중얼거렸다. 싸움닭을 쓰다듬고 있던 노름꾼들도 잠시 멈추고 천사
에게 행운을 빌었다. 집 안에서는 보다 큰 소리로 기도를 올렸다. 성모 마리
아를 부르는 소리 이외에는 모든 소리가 멈추었다.

이때 교구 신부가 모자를 들고 거리를 가로질러 황급히 걸어가고 있었다.
늙은 여인들의 추문거리가 되기에 충분한 행동이었다. 하지만 더 큰 추문거
리는, 그가 부대장의 집을 향하고 있다는 사실이었다. 살비 신부도 신실한
늙은 여인들이 잡담을 멈추며 자신의 손에 입맞춤을 하리라는 사실을 지
각하지 못했다. 지금 그는 자신의 앙상한 손등에 코를 대며 축복을 소원하
는 신자들의 행동을 즐길 여유가 없었다. 도냐 콘솔라시온에 따르면, 일부

젊고 매력적인 여자 신도가 몸을 앞으로 숙이며 그의 손등에 입맞춤을 할 때 그의 눈은 슬며시 그녀의 가슴 쪽으로 내려간다고 했다. 교구 신부의 마음속에 뭔가 중요한 일이 있는 것이 틀림없었다. 그래서 그는 지금 자신이 즐겨하는 일과 성직자로서의 의무마저도 잊고 있는 것이었다!

그는 부대장 집의 계단을 뛰다시피 올라가 다급하게 문을 두드렸다. 지옥에서 막 올라온 귀신 같은 웃음을 띤 부인과 함께 부대장이 얼굴을 찡그리며 나타났다.

"오, 신부님! 지금 막 신부님을 만나러 가려던 참이었습니다. 신부님의 그 염소가······!"

"지금 아주 중요한 일이 있어서······."

"이제는 더 이상 신부님의 동물들이 내 집 담장을 망치는 모습을 두고 볼 수 없습니다. 다음에 다시 그 염소를 보면, 총으로 쏴버릴 거요!"

거실 쪽으로 향하며 숨을 헐떡이던 교구 신부가 말했다.

"내일까지 당신이 살아 있다면 그렇게 하시오."

"뭐라고요! 당신은 지금 그 일곱 달밖에 되지 않은 새끼 염소가 나를 죽일 수 있을 것이라 생각하는 것이오? 내가 그 염소의 창자를 모두 끄집어낼 것이오."

살비 신부는 소파에 등을 대고 앉으며 무의식적으로 부대장이 신고 있는 군화에 눈길을 주었다.

"백 보 거리에서 권총 결투를 겨루자고 신청한 그 멍청한 놈 외에 또 누가 감히 나를 위협한단 말이오?"

"아하, 리나레스."

살비 신부는 어이가 없다는 듯 한숨을 내쉬며 말했다.

"내가 여기 온 것은 훨씬 더 다급한 일 때문이오."

"신부님의 문제로 저를 괴롭힐 생각 마시오. 아마도 이전의 두 소년 사건 같은 정도의 일 때문일 테지."

만일 방 안에 기름 램프의 불이 좀 더 밝았더라면, 램프의 유리 등피가 좀 더 깨끗했더라면 부대장은 신부의 얼굴이 창백하다는 사실을 알아차렸을 것이다. 교구 신부가 쉰 목소리로 말했다.

"우리의 목숨이 걸린 아주 심각한 문제라오."

"심각한 문제?"

얼굴색이 변하면서 부대장이 신부의 말을 반복했다.

"그 젊은이가 그렇게 총을 잘 쏜답니까?"

"지금 나는 그 사람에 대해 말하는 것이 아니오."

"그럼요?"

교구 신부의 눈길이 문 쪽으로 향했다. 그러자 부대장은 평소 하던 대로 문을 발로 걷어차 닫았다. 부대장은 자신의 손을 거의 장신구처럼 여겼다. 아마 네 발로 걷는 짐승이었다면 불구를 면치 못했을 것이다. 욕설과 함께 화난 목소리가 문 밖에서 들려왔다. 도냐 콘솔라시온이 고함을 질렀다.

"저런 야만인! 내 머리통이 다 부서지겠네!"

부대장이 냉정한 태도로 교구 신부에게 말했다.

"자, 말씀해보시죠."

교구 신부는 부대장을 한참 쳐다보더니, 설교하는 것처럼 단조로운 비음 조로 물었다.

"내가 어떻게 달려왔는지 봤소이까?"

"물론이오. 빌어먹을, 난 당신이 설사병에라도 걸렸나 했소."

신부는 부대장의 거친 말투를 무시하고 말했다,

"자, 그럼. 내가 나 자신의 모습도 돌보지 않고 다급히 뛰어온 것은 너무나 중요한 문제 때문이었소."

부대장이 군화로 방바닥을 힘주어 구르며 물었다.

"그래서 그게 뭐요?"

"흥분하진 마시오."

"그럼 왜 그렇게 황급히 달려온 것이오?"

신부는 부대장에게 가까이 기대며 속삭이듯 물었다.

"정말 아무것도 듣지 못했소이까? 새로운 사실을 말이오?"

부대장이 물었다.

"지금 엘리아스를 두고 하는 말이오? 당신의 성구 관리인이 지난밤에 돌봐주었다는 바로 그 사람?"

"아니오, 지금 난 그런 소설 같은 얘기를 하고 있는 게 아니오."

교구 신부가 신경질을 내듯 말했다.

"엄청난 위험에 대해 말하는 것이오."

"젠장, 그럼 어서 말해보시오!"

"자, 보시오,"

신부가 경멸적인 어조로 느릿느릿 말을 이었다,

"당신은 다시 한 번 우리 교회가 얼마나 중요한지 알게 될 것이오. 교회에서 가장 하찮은 신도가 군부대의 연대장만큼이나 가치가 있고, 교구 신부는……"

그리고 그는 목소리를 낮추고 아주 은밀하게 말했다.

"내가 아주 엄청난 음모를 발견했소."

부대장은 깜짝 놀라 어안이 벙벙한 표정으로 교구 신부를 바라봤다.

"잘 조직된 엄청난 음모가 바로 오늘밤 드러날 것이오."

"오늘밤이라고!"

부대장이 깜짝 놀라며 소리쳤다. 그러고는 황급히 총과 칼이 걸려 있는 쪽으로 향했다.

"내가 누굴 체포해야 하오?"

그가 소리쳤다.

"누구를 말이오?"

"진정하시오. 내가 민첩하게 행동한 덕분에 아직 시간이 있소이다. 8시 정각까지는 말이오."

"총으로 그놈들 모두를 쏴버릴 거요!"

"들어보시오. 오늘 오후 한 여인이 내게 와서 모든 것을 말했소. 고해성사를 한 사람의 이름을 밝히지 않는 것이 원칙이라 그 여인의 이름은 말할 수 없소. 오늘 밤 8시에 그들은 군부대를 급습하고, 수도원을 강탈하고, 순찰용 보트를 탈취하고, 그리고 또…… 우리 스페인 사람 모두를 살해할 것이라고 했소."

부대장은 잠시 멍하니 있는 듯했다. 교구 신부가 덧붙였다.

"그 여인은 더 이상 자세한 말은 하지 않았소."

"더 이상 말을 하지 않았다고요? 그럼 그녀를 체포해야겠소."

"그것에 동의할 수 없습니다. 고백은 자비의 하느님 권능 아래 있소."

"난 하느님이나 자비 따위엔 관심이 없소. 당장 그녀를 체포하겠소."

"제정신이 아니군요. 당신이 지금 해야 할 일은 습격에 대비하는 것이오. 비밀리에 군인들을 무장시켜 매복하도록 하시오. 수도원 방비를 위해 내게 군인 네 명을 내어주시오. 그리고 순찰용 보트에 연락해서 탈취에 대비하도록 하시오."

"그 순찰용 보트는 지금 여기에 없소! 다른 부대에도 도움을 요청해야겠소!"

"아니오, 다른 부대에는 알리지 마시오. 그러면 이 소식이 외부로 흘러 나갈 것이고, 그들은 계획한 일을 실행에 옮기지 않을 것이오. 중요한 것은 그들을 생포해서 자백을 받아내는 것입니다. 당신이 그 일을 해줘야겠소. 성직자로서 나는 이 문제에 관여해서는 안 된다오. 조심해서 처리해주시오! 이번 일은 당신에게 승진과 함께 훈장을 받을 좋은 기회가 될 것이오. 내가 부탁하는 것은 단지 당신에게 이 모든 비밀을 알려준 사람이 바로 나라는 사실을 기억해달라는 것뿐이오."

부대장은 승진하여 달라진 계급을 보여줄 군복 소맷자락을 상상하며 미소를 머금고 대답했다.

"잘 알겠소, 신부. 당신도 곧 그 머리에 주교의 관이 씌워질 것을 기대하시오."

"그럼, 네 명의 병사를 위장시켜 나에게 보내주시오. 알겠소? 신중히 처신하시오. 오늘 밤 8시, 승진, 훈장!"

이러한 대화가 오고 가는 동안 한 남자가 크리소스토모의 집으로 달려가 계단을 뛰어 올라갔다. 하인에게 묻는 엘리아스의 목소리가 들렸다.

"나리께서 안에 계시오?"

"지금 실험실에서 일하고 계신데요."

마리아 클라라와 만날 시간을 고대하던 이바라는 실험실에서 일하면서 초조함을 억누르고 있었다.

"아, 당신이로군요, 엘리아스."

그가 큰 소리로 말했다.

"지금 당신에 대해 생각하고 있던 참이었습니다. 당신의 할아버지께서 머무셨던 그 스페인 집주인 이름이 뭔지 물어본다는 걸 어제는 내가 깜빡했네요."

"이베라 씨, 그건 나와 아무런 상관이 없습니다."

엘리아스의 흥분 상태를 알아채지 못하고 이베라는 대나무 조각을 불꽃 근처에 가져다 대면서 말했다.

"이것 좀 보세요. 놀라운 발견을 했습니다. 이 대나무가 불에 타지 않는데……."

"지금 대나무 따위를 얘기할 때가 아닙니다. 당장 서류를 챙겨서 여기를 떠나셔야 합니다."

이베라는 경악스러운 눈으로 엘리아스를 바라봤다. 그리고 그의 얼굴에 나타난 심각성을 보고, 손에 든 물건을 바닥에 떨어뜨렸다.

"당신을 위태롭게 할 수 있는 모든 서류를 불태우고 한 시간 내에 안전한 곳으로 피하셔야 합니다. 귀중한 물건들은 숨겨두시고, 당신이 쓴 글이나 당신이 받은 편지도 모두 태워버리세요. 아무리 하찮은 것이라도 당신에게 불리한 증거가 될 수 있습니다."

"하지만 대체 왜?"

"저는 조금 전에 반란 모의 사실을 알았습니다. 그 반란의 모든 책임은 당신에게 돌아갈 것입니다. 그리고 당신을 파멸시킬 겁니다."

"반란이라고요? 누가?"

"이 모든 음모의 배후가 누구인지는 아직 모르겠습니다. 잠시 전에 돈을 받고 반란에 가담한 가련한 사람들 중 한 명과 얘기를 나누었는데, 도저히 그 반란을 포기시킬 수 없었습니다."

"누가 그에게 돈을 주었는지 말하지 않았나요?"

"내가 누구에게도 발설하지 않는다는 조건하에 말했습니다. 그가 말한 사람은 다름 아닌 바로 당신입니다."

이베라가 소리를 지르며 어리둥절해했다.

"오, 하느님!"

"이베라 씨, 지금 조금이라도 주저하거나 지체할 틈이 없습니다. 당장 바로 오늘 밤에 일어날 일입니다."

이베라는 머리에 두 손을 얹고 멍하니 어딘가를 응시하고 있었다. 엘리아스의 말이 들리지 않는 것 같았다. 엘리아스가 계속했다.

"도저히 막을 수 없었습니다. 너무 늦었습니다. 저도 그 주모자들을 모릅니다. 부디 생명을 보전하십시오. 조국을 위해서 꼭 살아 계셔야 합니다!"

"어디로 가란 말입니까?"

마리아 클라라를 머리에 떠올리며 이베라가 물었다.

"오늘 밤 난 약속이 있단 말입니다."

"이곳이 아닌 다른 도시나 마닐라로 가셔서 관료들의 집을 방문하세요. 그래야 그들이 이 반란의 주도자가 당신이 아니라는 사실을 증명해줄 수 있을 겁니다."

"만일 내가 직접 그 반란 음모를 고발하면 어떻겠소?"

엘리아스가 섬뜩하다는 듯 뒤로 물러서며 소리쳤다.

"당신이 직접 고발인이 되신다고요? 그럼 당신은 그 공모자들로부터 배신자와 겁쟁이로 낙인찍힐 것이고, 모든 이들로부터 비겁한 사람이라 비난

받을 것입니다. 자신의 출세를 위해 그들을 궁지에 몰아넣었다고들 하겠지요. 그리고 또한⋯⋯."

"그렇다면 내가 무엇을 해야 하죠?"

"이미 말씀드린 대로 당신에게 불리할 수 있는 모든 서류들을 불태우고 여기를 떠나서 사태의 진행 사항을 지켜보셔야 합니다."

"그럼 마리아 클라라는?"

이베라가 소리쳤다.

"안 되지, 그럼 내가 오히려 더 일찍 죽게 될 거야!"

엘리아스는 이베라의 손을 굳게 잡고 흔들었다.

"그럼, 최소한 다가오는 위험만이라도 피하시고, 당신에게 씌워질 죄목에 대해 대비하도록 하세요."

이베라가 그를 멍한 눈으로 바라봤다.

"날 좀 도와주십시오. 내 가족들이 보낸 편지가 여기 있습니다. 거기서 우리 아버지의 편지들을 찾아주십시오. 아마 그것들이 내게 불리하게 작용할 수 있을 겁니다. 서명 부분을 보시면 됩니다."

이베라는 어찌할 바를 모르고 서랍을 열었다 닫았다 하며 서류들을 모아 대충 살피더니, 일부는 찢고 일부는 다시 넣어두었다. 선반의 책들도 꺼내어 내용을 대충 살펴봤다. 엘리아스는 이베라보다는 침착하게 그렇지만 열심히 물건을 뒤졌다. 그러던 그가 갑자기 손에 든 종이 한 장을 응시하며 귀에 거슬리는 목소리로 물었다.

"당신의 가족이 돈 페드로 에이바라멘디아를 아십니까?"

"물론입니다."

이베라가 서랍을 열어 서류 뭉치를 꺼내면서 대답했다.

"그는 나의 증조부입니다."

엘리아스는 얼굴색이 변했다. 인상이 일그러져 다시 물었다.

"당신의 증조부라고요, 돈 페드로 에이바라멘디아가?"

"그렇습니다."

이베라가 대수롭지 않다는 듯이 대답했다.

"이름이 너무 길어서 보통 줄여서 불렀지요."

"혹시 스페인 바스크 출신입니까?"

이베라가 놀라며 물었다.

"바스크요? 그게 중요한 문제입니까?"

엘리아스는 굳게 쥔 주먹으로 자신의 이마를 짓누르며 이베라를 응시했다. 이베라는 그의 표정을 보고 깜짝 놀라며 물러섰다. 엘리아스는 이를 악물고 물었다.

"당신은 돈 페드로 에이바라멘디아가 어떤 사람이었는지 아십니까? 돈 페드로 에이바라멘디아는 우리 할아버지를 모함하고 우리 가족 모두를 불행으로 몰아넣은 바로 그 불한당이었습니다. 그가 바로 내가 그토록 찾아 헤매던 원수란 말입니다. 하느님께서 우리 가족의 불행을 되갚아 주라고 당신을 내게 보내신 게로군!"

크리소스토모는 두려움에 휩싸여 그를 쳐다보기만 했다. 엘리아스는 그의 손을 잡아 묶고 증오에 불타는 목소리로 말했다.

"나를 잘 보시오. 내가 어떤 고통을 당했는지 판단해보시오. 하지만 당신은 이렇게 살아 있고 사랑하고 집과 명예와 모든 것을 누리며 살고 있소!"

엘리아스는 흥분하여 무기들을 장식해둔 곳으로 달려갔지만, 겨우 두 개의 단검을 집어 들었다가 떨어뜨렸다. 그러고는 가만히 서 있는 이베라를 미친 사람처럼 노려봤다.

"내가 대체 뭘 하려는 거지?"

엘리아스는 혼잣말로 중얼거리더니 이내 집 밖으로 달려 나갔다.

56
파국

카피탄 티아고와 리나레스, 이모 이사벨이 함께 저녁 식사를 하고 있었다. 접시와 은수저가 부딪치는 소리가 거실까지 들렸다. 마리아 클라라는 배가 고프지 않다고 하고 피아노 앞에 앉아 있었다. 살비 신부는 거실을 서성거렸다. 마리아 클라라의 곁에 앉은 쾌활한 시낭은 뭔가 비밀스러운 얘기를 그녀의 귀에 속삭였다.

아직 병이 다 회복되지 않은 상태였다. 마리아 클라라가 진짜로 배가 고프지 않은 것이 아니었다. 그녀는 이베라를 기다리고 있었다. 그녀는 자신을 항상 감시하고 있는 사람들, 특히 리나레스가 저녁 식사를 하는 동안 그를 만나기로 결심한 것이다.

"저 귀신 같은 인간은 8시까지 여기에 머무를 것이 틀림없어."

시낭이 살비 신부 쪽을 향해 고개를 끄덕이며 속삭였다.

"크리소스토모는 분명 8시에 올 거야. 어머, 저 성직자도 리나레스만큼이나 사랑에 푹 빠져 있는 것 같아."

마리아는 경악하는 눈빛으로 시낭을 쳐다봤지만 그녀는 재잘거림을 멈추지 않았다.

"아, 그래. 이제야 알겠군. 저 신부가 내가 아무리 눈치를 줘도 안 가는 이유를 말이야. 그는 수도원의 기름을 아끼려는 거야! 그거 알아? 네가 아픈 다음부터 수도원에서 항상 켜두었던 특별한 등불 두 개를 끄도록 했대. 저 신부 좀 봐. 저 눈, 저 얼굴!"

그 순간 시계가 8시를 알리는 종을 울렸다. 교구 신부는 몸을 바르르 떨며 거실 구석에 앉았다.

"곧 오겠다."

시낭이 마리아 클라라를 꼬집으며 말했다.

"오는 소리 들려?"

그때 기도 시간을 알리는 교회 종소리가 울리자 모두들 자리에서 일어나 기도를 올렸다. 살비 신부가 여리고 떨리는 목소리로 성령께 기도를 올렸지만 누구도 알아채지 못했다. 모두들 각자 자신의 생각에 몰입해 있었다.

기도가 막 끝나려는 참에 이베라가 나타났다. 그의 의복뿐 아니라 표정에도 마치 초상을 치른 듯 애통함이 가득했다. 그런 그를 본 마리아 클라라가 자리에서 일어나 무슨 일이 있느냐고 물으려던 찰나, 밖에서 총소리가 들려왔다. 이베라는 걸음을 멈추고 잠시 뒤를 돌아봤다. 그리고 아무런 말이 없었다. 교구 신부는 기둥 뒤에 모습을 숨기고 드러내지 않았다. 고함 소리, 달려가는 발자국 소리, 더 많은 폭발음과 총소리가 교구관사 쪽에서 들려왔다. 카피탄 티아고, 이모 이사벨, 리나레스가 거실로 뛰쳐나오며 소리쳤다. 도적이다, 도적이야! 안뎅도 그들을 따라 소리를 지르며 젖자매인 마리아의 곁으로 달려왔다.

이사벨 이모는 무릎을 꿇고 앉더니 우는 소리로 '주님, 저희를 불쌍히 여기소서'라고 기도를 올렸다. 얼굴이 창백해져 벌벌 떨고 있던 카피탄 티아고는 울 것 같은 표정으로 안티폴로의 마리아 앞에 포크로 닭의 간을 집어 바쳤다. 리나레스는 입에 음식을 가득 문 채 스푼을 무기처럼 꼭 움켜잡고 있었다. 시낭과 마리아 클라라는 서로의 손을 꼭 잡았다. 오직 크리소스토모만이 형용하기 어려운 창백한 얼굴에 돌처럼 굳어 움직이지 않고 있었다.

고함 소리와 총소리가 계속 들리고, 창문이 쾅쾅 닫히는 소리가 여기저기서 들려왔다. 가끔씩 호루라기 부는 소리도 들렸다. 이사벨 이모가 흐느끼듯 말했다.

"주님, 저희를 보살피소서! 자비를 베풀어주소서! 산티아고, 그 예언이 이루어지려나 봅니다. 창문 좀 닫아요!"

카피탄 티아고가 응답했다.

"대형 로켓 쉰 개를 바치고 감사 미사를 두 번 드리겠습니다. 우리를 위해 기도해주소서!"

점점 총성이 잦아들었다. 공포에 휩싸인 정적이 찾아왔다. "신부님! 살비 신부님! 이것 보시오!"라 외치며 달려오는 부대장의 목소리가 들려왔다.

"자비를 베푸소서! 부대장이 고해성사를 하려나 봅니다."

이사벨 이모가 소리쳤다.

"부대장이 부상을 입은 거 아니야?"

리나레스가 안도의 한숨을 내쉬며 말하는 순간, 그는 자신의 입에 아직 음식이 가득하다는 사실을 깨달았다.

"살비 신부님, 어디 계시오?"

부대장이 계속해서 신부를 찾았다.

"더 이상 염려할 것 없소!"

살비 신부가 얼굴이 창백해진 상태로, 마음을 굳게 먹고 숨어 있던 장소에서 나와 계단을 내려왔다.

"그 도적들이 부대장을 쐈어! 마리아, 시낭, 방으로 들어가 문을 닫아걸어! 주여 우리를 보살펴주소서. 아버지 하느님, 자비를 베푸소서!"

이사벨 이모가 소리쳤다. 그리고 교구 신부를 따라 나가려는 이베라에게 소리쳤다.

"나가면 안 돼! 넌 아직 고해성사를 하지 않았잖니! 나가지 마!"

마음씨 좋은 이사벨은 이베라 어머니의 절친한 친구였다. 하지만 이베라는 집을 나섰다. 그는 모든 것이 자신의 주위에서 소용돌이치는 것처럼 느껴졌다. 땅을 밟고 있다는 실감이 나지 않았고, 귀에서는 윙윙대는 소리가 들렸다. 다리는 무거워서 겨우겨우 걸음을 옮길 수 있었다. 그의 눈에 핏자국과 불빛, 어둠이 하나씩 스치듯 들어왔다. 밤하늘에 달이 밝았지만 쥐죽은 듯 고요한 거리에서 이베라는 비틀거렸다.

군부대 근처에 총검으로 무장한 군인들이 보였다. 그들은 너무도 흥분해서 얘기를 나누는 통에 이베라가 지나가는 것도 알아채지 못했다.

주택가에서 총성과 외침, 욕설, 한탄하는 소리가 들려왔다. 부대장의 목소리가 가장 크게 들렸다.

"이놈은 가둬두고! 저놈은 수갑을 채워! 누구든 움직이는 놈은 모조리 쏴버려! 상사, 자네가 이곳의 경비를 담당해! 누구도 오늘 밤 여길 나가지 못하게 해! 하느님조차도 말이야! 시장님도 오늘 밤 잠자러 가지 말고 여기에 계세요!"

이베라는 서둘러 자신의 집으로 향했다. 그의 하인들이 그를 기다리고 있었다. 이베라가 하인들에게 말했다.

"가장 상태가 좋은 말에 안장을 채우고, 모두 들어가 잠자리에 드세요."

이베라는 실험실로 들어가 서둘러 짐들을 챙겼다. 그는 금고를 열어 모든 돈을 꺼내 가방에 넣었다. 모든 보석을 챙기고 벽에 걸린 마리아 클라라의 사진도 챙겼다. 그리고 단검 하나와 두 정의 권총으로 무장했다. 찬장으로 가서 몇 가지 도구를 챙기려는 순간, 문 쪽으로부터 세 차례의 강하고 날카로운 소리가 들려왔다. 이베라가 음울한 목소리로 물었다.

"거기 누구요?"

"당장 문을 여시오! 그러지 않으면 문을 부숴버리겠소!"

오만한 목소리가 스페인어로 말했다. 이베라는 창문을 통해 밖을 살폈다. 그의 눈은 빛나고 손에는 장전된 권총이 들려져 있었다. 하지만 이베라는 마음을 바꿔 무기를 한쪽에 내려놓았고, 하인들이 달려오는 것을 눈치채고 문을 열어주었다. 세 명의 군인들이 즉시 들어와 그를 붙잡았다. 하사관이 말했다.

"국왕의 이름으로 당신을 체포합니다."

"무슨 이유요?"

"함께 가면 무슨 일인지 알려줄 것이오. 우린 당신에게 어떠한 말도 할 수 없소."

이베라는 이제 모든 것이 끝났다고 생각했다. 군인들은 이베라가 어떤 준비를 하고 있었는지 알아채지 못했다. 이베라는 모자를 집어 들면서 말했다.

"알았소, 함께 가겠소이다. 몇 시간이면 충분할 것이오."

"당신이 달아나지 않겠다고 약속한다면 포박은 하지 않겠소. 이는 부대장님의 특별한 배려요. 하지만 달아나려 한다면……."

이베라는 멍하니 선 하인들을 뒤로하고 군인들을 따라 나섰다.

엘리아스는 크리소스토모의 집에서 뛰쳐나온 후 미친 사람처럼 정신없이 걷다가 들판을 가로질러 숲 속에 다다랐다. 그는 극렬한 광기에 사로잡혀 인간들의 서식처와 불빛으로부터 달아나고 있었다. 달빛조차 그를 불안하게 했다. 그는 빽빽이 들어찬 숲과 나무들이 만든 신비스러운 그림자 속으로 뛰어들었다. 그곳에서 그는 잠시 멈췄다가, 또 알 수 없는 곳으로 발길을 옮겼다. 오래된 넝쿨들이 그를 휘감아 덤불 속에 사로잡았다. 그는 발아래 내려다보이는 시내로 눈길을 돌렸다. 호수 주변 평지를 따라 펼쳐진 시내가 저 멀리서 어렴풋이 달빛에 드러났다. 야행성인지, 그의 움직임에 놀라 깨어난 건지 모를 새 한 마리가 머리 위를 후닥닥 날아갔다. 커다란 박쥐와 부엉이가 나뭇가지마다 달라붙어 동그란 눈으로 그를 응시하며 울어댔다. 엘리아스에게는 아무 소리도 들리지 않았고, 어떤 모습도 보이지 않았다.

그는 성난 조상들의 그림자에 쫓기는 것만 같았다. 아버지가 얘기했던 것처럼 피범벅인 발랏의 머리가 담긴 바구니가 모든 나뭇가지 위에 걸려 있는 듯했다. 그 나무들 아래를 지날 때에는 도적의 나이 든 어머니 시신이 발에 걸리는 듯했다. 모든 그림자들은 처형당한 할아버지의 썩은 유골처럼 흔들리는 듯 보였고, 유골들과 시신, 몸이 없는 머리가 그에게 소리치는 것 같았다. '이 겁쟁이야, 어서 복수해라!' 엘리아스는 산에서 도망쳐 나와 호수 쪽으로 향했다. 그는 호숫가를 따라 미친 듯이 달렸다. 어디쯤 왔을까. 호수 한가운데서 물안개 같은 무언가가 달빛에 비추어 떠 있는 것이 그의 눈에 들어왔다. 그는 또 다른 그림자가 나타나 눈앞에서 아른거리는 것이라 생각했다. 그것은 누이의 그림자였다. 그녀의 가슴은 온통 피로 범벅이 되어 있고, 머리는 바람에 흩날리고 있었다.

그는 모래 위에 무릎을 꿇고 앉아 양팔을 펼치며 소리쳤다.

"너마저도!"

그는 물안개를 응시하며 천천히 일어나 누군가를 쫓아가듯 호수를 향하여 발길을 옮겼다. 완만한 경사의 호수 가장자리 모래톱을 지나자 물이 허리까지 차올랐다. 유혹하는 영혼의 최면에 걸린 사람처럼, 그는 더 깊은 곳으로 나아갔다. 물이 가슴까지 차올랐을 때 시내에서 들려오는 총성으로 인해 그를 사로잡고 있던 환상은 사라지고 현실로 돌아왔다. 밤은 고요하고 적막했기 때문에 총성은 그에게 명확하고 뚜렷하게 들려왔다. 걸음을 멈추고 정신을 추스르자 자신이 물 한가운데 있다는 것을 깨달았다. 호수는 잔잔했고 호숫가의 어부들 움막에서는 아직도 불빛이 흘러나오고 있었다. 엘리아스는 물 밖으로 나와 몽롱한 상태에서 시내로 향했다.

시내는 사람이 살지 않는 것 같았다. 집들은 모두 굳게 닫혀 있었고, 밤마다 짖어대던 개들도 두려움에 몸을 숨긴 듯했다. 은색 달빛만이 슬픔과 고독을 더했다.

그는 순찰병을 만날까 두려워 가로수와 정원 뒤로 몸을 숨기며 나아갔다. 전에 만난 적이 있던 사람이 모르는 사람과 함께 있는 것을 봤지만 무시하고 계속 걸었다. 벽과 담장을 넘어 도시 반대쪽에 있는 이베라의 집에 도착했다. 하인들은 대문 앞에 모여 주인의 체포와 연행에 대해 얘기를 나누며 한탄하고 있었다.

무슨 일이 일어났는지 들은 엘리아스는 그곳을 벗어나 집의 뒤쪽으로 갔다. 그리고 담장을 뛰어넘었다. 그는 창문을 통해 집 안으로 들어가, 이베라가 켜놓은 촛불이 아직도 타고 있는 실험실 안으로 들어갔다.

엘리아스는 종이와 책들이 흩어진 광경을 봤고, 이베라가 돈과 보석을 담아둔 가방과 무기도 발견했다. 그는 무슨 일이 있었는지 상상했다. 그리고 이베라에게 불리하게 작용할 수 있는 수많은 서류들을 한곳에 모아 창문 밖으로 내던진 다음에 땅에 묻을까도 생각했다. 하지만 정원은 달빛에 훤히 드러나 있었고, 주위엔 헬멧을 쓰고 총검으로 무장한 군인들이 민간인들과 함께 있는 것이 보였다.

그는 결심을 하고 옷가지와 연구 중인 종이를 한곳에 모아 램프의 기름을 그 위에 부었다. 그리고 불을 붙였다. 무기를 집어 허리춤에 차고, 마리아 클라라의 사진에 입맞춤을 한 후 가방에 넣었다. 그리고 그 가방을 든 채 창문을 통해 밖으로 뛰어내렸다. 바로 그때 군인들이 이베라의 실험실 문을 부수고 들이닥쳤다. 시청 서기가 말했다.

"위층으로 가서 당신 주인의 서류를 압류해야겠소."

"그분의 허락을 받은 것이오?"

한 나이 든 하인이 물었다.

"그렇지 않으면 올려 보낼 수 없소이다."

그러자 군인들이 총의 개머리판으로 문을 부수고 계단을 뛰어 올라왔다. 하지만 집 안은 이미 연기로 가득했고, 거대한 불길이 거실에서 뿜어져 나와 문과 창문들을 집어삼키고 있었다.

"불이야! 불이야!"

모두들 불길을 피해 건질 만한 것들을 찾기 위해 분주했다. 하지만 이미 불길은 실험실 전체로 번졌고, 화학 물질과 가연성 물건들이 폭발하기 시작했다. 군인들도 하는 수 없이 뒤로 물러났다.

그들 앞에는 무엇이든지 집어삼키려는 불길이 장막을 치고 있었다. 우물에서 물을 떠다 부어봤지만 소용이 없었다. 누군가 목청 높여 도움을 요청했지만, 저택은 시내에서 제법 떨어진 외곽에 위치해 있었다. 불길은 다른 방으로도 번졌다. 하늘로 검은 연기 기둥이 솟아올랐다. 불길이 더운 바람을 받자 곧 저택 전체가 화염에 휩싸였다.

몇몇 농부들이 겨우 도착했지만 할 수 있는 것은 없었다. 그저 자신들이 오랫동안 존경하던 이들이 살았던 그 오래된 저택이 거대한 모닥불처럼 타서 사라지는 모습을 감상하는 게 전부였다.

57

소문들

공포에 휩싸였던 도시에 드디어 아침이 찾아왔다. 군부대와 법원이 들어선 거리는 아직도 사람들의 모습이 보이지 않고 텅 비어 있었다. 집들에서도 아무 인기척이 없었다. 잠시 후 나무로 만든 겉창 하나가 삐거덕 소리를 내며 열리더니, 한 소년이 머리를 삐쭉 내밀고 사방을 여기저기 살펴봤다. 집 안에서 가죽으로 사람의 살갗을 때리는 소리가 들리자 소년은 얼굴을 찡그리며 눈을 감더니 다시 겉창을 닫았다.

이는 서막에 불과했다. 겉창을 여닫는 소리가 여기저기에서 들려왔다. 또 다른 겉창이 천천히 열리더니, 얼굴에 주름이 가득하고 이빨도 빠진 노파가 조심스럽게 밖을 살폈다. 그녀는 바로 다마소 신부의 설교 때 법석을 피우던 뿌뜨 자매였다. 어린아이들과 할머니들은 어쩔 수 없는 호기심 덩어리들이다. 그들은 무언가를 알고 싶어 했고, 그 후에 수다를 떨며 소문을 퍼뜨리고 싶어 했다.

나이 든 할머니를 등 뒤에서 슬리퍼짝으로 때릴 사람은 없는 듯했다. 그렇기에 오직 그녀만이 아직도 창문에 얼굴을 내밀고 있었다. 그녀는 인상을 찡그리며 밖을 힐끗 살폈고, 입 안에서 무언가 우물우물 하더니 소리 내어 침을 퉤 뱉고는 성호를 그었다. 이번엔 길 건너편 집의 창문이 열리고 루파 자매가 모습을 드러냈다. 그녀는 결코 남을 업신여기거나 남으로부터 무시당하는 사람이 아니었다. 두 자매는 서로 눈길이 마주치자 미소를 띠고 다시 성호를 그었다.

"주님!"

루파 자매가 소리쳤다.

"어젯밤은 마치 추수감사절 미사와 비슷하지 않았어요? 그 많은 폭죽들을 터뜨리고 말이에요!"

뿌뜨 자매가 말했다.

"발락이 우리 도시를 습격한 이래로 이런 밤은 처음이에요."

"정말 엄청난 총성이었어요! 사람들은 예전의 파블로 패거리가 나타났다고 하더군요."

"그 산적 말이에요? 가당치도 않아요. 시 경찰과 군부대 군인들 간에 싸움이 있었다고들 하던데요. 그래서 돈 필리포도 감옥에 갇혀 있는 거고요."

"오, 주여! 그 싸움에서 최소 열네 명은 사망했다고 하더라고요."

다른 창문들도 하나둘씩 열리고, 다른 얼굴들이 나타나 서로 인사를 나누며 의견을 교환했다.

활짝 갠 날이 될 것임을 암시하듯 밝게 빛나는 아침 햇살 아래, 창백한 얼굴을 한 군인들이 분주하게 움직이는 모습이 보였다. 창문에서 누군가가 말했다.

"저기 또 시신이 하나 있다."

"하나라고? 내게는 둘로 보이는데."

교활한 얼굴 생김새를 한 사람이 말했다.

"어쨌든 넌 이 모든 것이 어찌된 영문인지 모를 거야."

"시청 경찰관들이지, 암 그렇지."

"아니오, 군부대에서 반란이 일어난 것이오."

그 질문을 먼저 제기했던 사람이 말했다.

"반란이라고? 터무니없는 소리. 그건 중국인들이었어요. 중국인들이 폭동을 일으킨 거예요."

그렇게 말하고 그는 창문을 닫아버렸다.

"중국인이라고!"

모두들 크게 놀라며 메아리처럼 그 말을 따라 했다.

"그래서 중국인들이 한 사람도 보이지 않는 게로군!"

"아마 모두들 죽었을 거야."

"난 사람들이 뭔가 즐거운 일을 준비하나 했는데. 왜 저들이 어제……."

"난 이런 일이 일어날 줄 알았어. 어젯밤에 말이야……."

"정말 안됐군!"

루파 자매가 소리쳤다.

"크리스마스 즈음이면 우리에게 좋은 선물을 가져다주던 중국인들이 모두 죽다니요. 새해가 될 때까지 좀 기다리지 않고."

거리는 조금씩 활기를 찾아갔다. 개와 닭들, 돼지와 비둘기들이 먼저 거리에 나타났다. 그 동물들 뒤로 누더기를 걸친 소년들이 손에 손을 잡고 겁먹은 표정으로 옆걸음질 치며 군부대 쪽으로 다가갔다. 턱받이 수건을 두르고 무거운 묵주를 손에 든 몇몇 할머니들은 기도하는 척하면서 보초병들의 앞을 지나갔다. 총에 맞지 않고 안전하게 거리를 다닐 수 있다는 사실이 명확해지자 아무렇지 않다는 듯 남자들이 나오기 시작했다. 처음에는 자신들의 집 앞을 서성거리면서 싸움닭을 보살피는 척했다. 그리고 조금씩 행동반경을 넓혀 한참이 지나서야 법원 건물까지 다다랐다.

거의 15분마다 지난밤의 일이 또 다른 이야기가 되어 전파되었다. 이베라가 하인들을 데리고 가서 마리아 클라라를 납치하려고 했고, 이에 카피탄 티아고가 군인들의 도움으로 저지했다는 소문도 돌았다. 소문으로 떠도는 죽은 사람의 숫자는 14명에서 30명으로 늘어났다. 카피탄 티아고는 부상을 당해서 가족과 함께 즉시 마닐라로 떠났다고 했다.

두 명의 시청 경찰관이 시체로 보이는 무언가를 들것에 싣고 나타나자 모두들 크게 놀랐다. 그들이 나온 곳이 다름 아닌 교구관사였기 때문이다. 몇몇 사람들은 들것에 실린 사람의 발을 보고 그가 누군지 추측했다. 들것이 어느 정도 지나갔을 때, 그 추측은 이미 확신이 되어 있었다. 죽은 이들의 숫자도 점점 늘어났고, 이는 삼위일체의 비밀만큼이나 신비로운 문제가 되었다. 나중에는 오병이어(예수님이 다섯 개의 떡과 두 마리의 물고기로 5000명을 먹인 기적_옮긴이)의 기적이 나타났고, 죽은 이의 숫자는 38명까지 늘어났다.

7시 30분경이 되자 이웃 도시로부터 군인들이 보강되었고, 지난밤에 일어났던 일에 대한 지금까지의 소문들은 더욱 명확해지고 상세해졌다.

한 남자가 뿌뜨 자매에게 말했다.

"내가 지금 막 법원에 갔다 왔는데 돈 필리포와 돈 크리소스토모가 붙들려 있는 것을 봤어요. 보초를 서는 경찰과 얘기를 나누었는데요. 왜 부르노라고 아시죠? 아버지가 맞아 죽은 바로 그 사람 말이에요. 그 사람이 지난밤 일에 대해 모두 말해주었어요. 아시다시피 카피탄 티아고가 자기 딸을 그 젊은 스페인 사람과 결혼시키려고 했잖아요. 이에 돈 크리소스토모가 모욕감을 느껴, 그 보복으로 교구 신부를 포함해서 스페인 사람을 모두 죽이려고 했다네요. 지난밤 그들이 군부대와 교구관사를 습격했답니다. 하느님의 자비 때문인지 아니면 운이 좋아서인지, 그때 교구 신부는 카피탄 티아고의 집에 있었대요. 그러지 않았으면 그는 분명 저들에게 죽었을 거예요. 수많은 스페인 사람들이 달아났다고 하더군요. 군인들은 돈 크리소스토모의 집에 찾아가 불을 질렀대요. 만일 크리소스토모가 더 일찍 체포되지 않았더라면 그 또한 불에 타 죽었을 거예요."

"저들이 그의 집에 불을 냈다고?"

"하인들도 모두 체포되었대요. 보세요, 아직도 연기가 피어오르는 것이 여기서도 보이잖아요."

얘기하던 사람이 창문 너머로 저 멀리를 바라보면서 말했다.

"그곳에서 잡혀 온 사람들이 이런저런 얘기를 많이 했어요."

모든 이들의 눈길은 아직도 하늘을 향해 피어오르고 있는 가느다란 연기 기둥 쪽으로 향했다. 사람들은 그 원인에 대해 각자 의견을 내놓았다. 일부는 선의였지만, 일부는 악의적이었다. 뿌뜨 자매의 남편이 말했다.

"불쌍한 사람."

그녀가 대답했다.

"그래요, 하지만 그가 어제 자기 아버지의 영혼을 위해 미사를 드리지 않았다는 걸 기억해야 해요. 그의 아버지야말로 누구보다도 미사가 필요한 사람인데 말이에요."

"하지만 여보, 당신은 그가 불쌍하지도 않소?"

"파문당한 사람이 불쌍하다고요? 하느님을 대적하는 사람에게는 동정심을 갖는 것조차 죄라고 교구 신부님이 말했어요. 그가 신성한 공동묘지를 마치 양계장 걸어다니듯 하던 걸 생각해봐요."

"하지만 공동묘지나 양계장은 별 차이가 없는 것 같은데."

그 노인이 대꾸했다.

"차이가 있다면 양계장에는 오직 한 종류의 동물만 들어간다는 것뿐이지."

뿌뜨 자매가 소리쳤다.

"그 입 좀 다물어요! 당신은 지금 하느님께서 명백하게 벌한 자를 변호하고 있는 거예요. 당신도 체포되지 않으려면 조심해요. 공연히 쓰러지는 집을 붙들었다가는 당신도 깔릴 수가 있어요."

그녀의 말에 남편이 입을 닫았다.

"보세요!"

그녀가 말을 계속했다.

"다마소 신부님에게 모욕을 준 후에 그가 뭘 할 수 있었겠어요? 할 수 있는 일이라곤 살비 신부를 죽이려는 것뿐이었겠죠."

"당신도 그가 착한 아이였다는 걸 부인하진 못할 거요."

"그래요, 전에는 착한 아이였지요. 하지만 그는 스페인으로 유학을 다녀왔어요. 거기에서 돌아온 사람들 중에 이단자들이 많대요. 이 모든 것은 신부님께서 말씀하신 거예요."

어떻게 반론해야 할지 잘 아는 그녀의 남편이 소리쳤다.

"맙소사! 그렇다면 교구 신부님과 다른 모든 성직자들, 주교님, 교황님, 심지어 성모님까지 모두들 스페인에서 온 사람들인데, 이들 모두 이단자들이란 말인가? 그래요? 안 그래?"

뿌뜨 자매로서는 다행스럽게도, 그 논쟁은 하녀의 등장으로 거기서 끝났다. 하녀는 창백하고 공포에 질린 표정을 하고 있었다. 그녀가 숨을 헐떡이며 말했다.

"저기 한 남자가 우리 이웃집 텃밭에 목매달려 있어요!"

"목매달려 있다고!"

모두들 깜짝 놀라 소리쳤다.

여자들은 성호를 긋는 것 외에 다른 어떤 행동도 보이지 않았다.

"예, 나리."

하녀는 벌벌 떨면서 말했다.

"제가 콩을 따러 그곳에 갔었는데…… 우리 이웃집 텃밭에도 콩이 있나 해서 봤는데…… 한 남자가 공중에 매달려 흔들거리고 있었어요. 저는 그게 이웃집 하인인 테오라고 생각했어요. 그는 언제나 제게 콩을 나누어 주었거든요. 가까이 가서…… 콩을 몇 개 따고 그를 봤는데, 테오가 아니라 죽은 사람이었어요. 그래서 이렇게 달려와서……."

"어디 그 사람 한번 봅시다."

뿌뜨 자매의 남편이 밖으로 나가며 말했다.

"길을 안내하시오."

"가지 마세요!"

그의 옷자락을 잡으며 뿌뜨 자매가 소리쳤다.

"당신에게도 무서운 일이 일어날지 몰라요! 그가 스스로 목을 맨 것처럼 말이에요! 그런 일은 당신이 상관할 바 아니에요!"

"가서 그 사람을 한번 봅시다. 그리고 후안 당신은 어서 법원에 가서 이 사실을 알려요. 아직 그 사람이 살아 있을지 모르니까."

노인은 텃밭을 향해 걸어갔고, 하녀는 그의 등 뒤에 숨어서 따라갔다. 그 뒤를 뿌뜨 자매를 포함한 여러 여인들이 공포와 호기심에 가득 차서 쫓아갔다.

'이제 다시는 테오와 얘기를 나누러 오후에 그곳에 갈 수 없을 거야!'

하녀는 속으로 생각했다.

"저기 그 사람이 있어요."

그녀가 멈춰서 손으로 뭔가를 가리키며 크게 소리쳤다.

그들을 따라오던 법원 조사관은 멀찌감치 걸음을 멈추고 서서, 노인이 혼자서 가까이 다가가는 것을 지켜봤다.

산톨 나뭇가지에 목을 맨 사람이 바람에 조금씩 흔들리고 있었다. 노인은 잠시 동안 그 모습을 바라보았다. 뻣뻣한 다리와 팔, 더럽혀진 옷가지, 구부러진 등.

그가 크게 소리쳤다.

"경찰이 당도할 때까지 누구도 건드려서는 안 돼. 몸이 아주 뻣뻣하군. 이미 죽은 지 오래된 것이 틀림없어."

여인들이 한 발짝씩 다가왔다.

"저 사람은 다른 과수원에서 살던 사람인데, 두 주 전에 이곳에 와서 그 조그만 움막에서 살고 있었지. 얼굴의 흉터를 보면 알겠지?"

"오, 성모님!"

몇몇 여인들이 소리쳤다. 그 모습을 바라본 어린 소녀가 물었다.

"저 사람의 영혼을 위해 기도드릴까요?"

뿌뜨 자매가 그녀를 꾸짖었다.

"바보 같은 소리! 지금 네가 이단자처럼 말하고 있는 거 알기나 해? 다마소 신부님이 하신 말씀이 생각나지 않아? 저주받은 사람을 위해 기도하는 것은 하느님을 시험하는 것이라고. 자살하는 것은 의심할 여지없이 저주받은 행위야. 그래서 자살한 사람들은 신성한 공동묘지에 묻힐 수도 없는 거야."

그리고 그녀는 한마디 더했다.

"난 저 사람이 이렇게 비참하게 될 줄 느끼고 있었어. 그가 도대체 어디에서 온 사람인지 알 수가 없었지."

다른 소녀가 진술했다.

"난 저 사람이 교회 성구 책임자와 말하는 것을 두 번 봤어요."

"저 사람은 고해성사나 미사 때문에 교회에 갔던 것은 아니었어요. 그건 확실히 말할 수 있어요."

이웃 사람들까지 몰려와 이제 제법 많은 사람들이 아직도 나뭇가지에 목 매달린 시신 주위에 모여 있었다. 시청 조사관 한 명과 시청 서기, 두 명의 경찰이 30분쯤 후에 도착했다. 그리고 시체를 나뭇가지에서 내려 들것 위에 올렸다.

시청 서기는 귀에 꽂혀 있던 펜을 집어 무언가 쓰면서 중얼거렸다.

"요즘 사람들은 죽지 못해 난리라니까."

그는 하녀의 진술도 받아 적으면서 그녀를 옭아매려는 듯 교묘한 질문을 하더니, 급기야는 의심의 눈초리로 쳐다봤다. 이제는 그녀가 하지도 않은 얘기를 들먹이며 협박했다. 결국 그녀는 감옥에 가게 되었구나 하는 생각에 울음을 터뜨렸다. 그녀는 콩을 따러 이곳에 온 것이 아니라고 고백하면서 테오가 그것을 알고 있다고 말했다.

한편 보통 체구에 밀짚모자를 쓰고, 목에는 커다란 고약을 붙인 농부가 시신과 밧줄을 조사하고 있었다. 시신의 얼굴은 다른 몸 부분보다는 덜 검 푸르게 보였다. 밧줄 자국 윗부분에 두 개의 긁힌 자국과 두 개의 작은 상처가 보였다. 밧줄로 인한 상처는 희고 피가 맺혀 있지 않았다. 그것이 의심스러워진 농부는 주의 깊게 시신의 웃옷과 바지를 살펴봤다. 그리고 거기에 흙이 묻어 있고, 아주 최근에 찢긴 자국들을 이곳저곳에서 발견했다. 하지만 무엇보다도 그의 눈길을 사로잡은 것은, 시신이 입고 있는 웃옷의 목 부위까지 묻어 있는 이 지역에서 자라는 잡초였다.

시청 서기가 물었다.

"뭘 그렇게 보고 있는 거야?"

"이자가 누군지 알아보고 있는 중입니다, 나리."

농부는 더듬거리며 말했다. 그는 여전히 모자를 눌러 쓰고 시신을 살피면서 얼굴을 전부 드러내지 않았다.

"루카스가 분명하다는 말을 듣지 못했나? 지금 살피고 있는 바로 그 사람 말이야?"

주위의 모든 사람들이 웃음을 터뜨렸다. 다소 당황한 듯 농부는 몇 마디 중얼거리더니, 여전히 고개를 숙인 채 그곳을 떠나려고 했다.

뿌뜨 자매의 남편이 그를 향해 소리쳤다.

"이보시오, 어디 가시오? 그쪽으로는 가는 길이 없소. 거기는 이 죽은 사람의 움막이 있는 곳이오."

"아직 잠이 덜 깼나 보군."

시청 서기가 냉소적으로 말했다.

"물 한 동이 떠다가 머리에 부어줘야겠소."

또다시 주위에서 웃음이 터져 나왔다.

농부는 시신이 있는 장소를 떠나 교회로 갔다. 성구 보관실에서 그는 관리 책임자를 찾았다.

교회 일꾼들이 그에게 거칠게 말했다.

"관리인은 아직 자고 있소. 간밤에 저들이 교구관사를 습격한 사실을 모른단 말이오?"

"그가 깨어날 때까지 기다릴 수 없소."

자기들을 학대하던 사람들이 흥분해서 보던 것처럼 교회 일꾼들이 그를 쳐다봤다. 외눈박이 성구 관리 책임자는 어두운 구석에서 커다란 안락의자에 누워 자고 있었다. 그의 안경은 위로 치켜 올라가 긴 곱슬머리가 내려온 이마에 걸쳐 있었다. 그의 좁고 마른 가슴이 옷 밖으로 드러나 위아래로 규칙적으로 움직였다.

농부는 그 곁에 앉아 침착하게 그가 깨어날 때까지 기다리려는 듯했다. 하지만 그의 손에서 동전 하나가 떨어졌고, 농부는 촛불 하나를 밝혀 동전을 찾기 위해 성구 관리 책임자가 누워 있는 안락의자 아래를 살폈다. 거기서 그는 시체에 묻어 있던 잡초의 씨가 애꾸눈의 바지와 웃옷 소매에 묻어 있는 것을 발견했다. 결국 관리 책임자는 잠에서 깨어나 성한 한쪽 눈을 비비고는 농부에게 화를 내며 꾸짖었다.

농부가 아양을 떨듯 말했다.

"저는 미사에 관해 말씀드리려고 했습니다요, 나리."

"오늘 더 이상 미사는 없어."

애꾸눈이 약간 누그러진 톤으로 목소리를 바꿔 말했다.

"그래도 원한다면 내일…… 연옥에 있는 영혼을 위한 것인가?"

농부는 손으로 동전을 집으면서 애꾸눈을 한 번 힐끗 쳐다보며 대답했다.

"아니요, 나리. 그것은 곧 죽을 자를 위한 것이죠."

그리고 그는 성구 관리소를 떠났다.

"지난밤 현장에서 그를 잡았어야 했는데."

　농부는 목에 붙어 있는 고약을 떼어내고, 한숨을 내쉬면서 몸을 일으켜
세웠다. 다름 아닌 엘리아스였다.

58

패배자의 비애

나의 즐거움

우물 아래로 추락

불길한 기운이 감도는 가운데 법원 앞에서는 까치발을 하거나 친구 등을 타고 창살 너머에서 무슨 일이 일어나는지 엿보려는 아이들을 향해 군인들이 총대를 들이대며 위협을 가하고 있었다.

법원은 얼마 전 도시 축제 계획을 논의할 때처럼 들뜬 분위기가 아니었다. 지금 이곳은 우울하고 불길한 기운으로 가득 차 있었다. 건물 안의 군인들과 시 경찰관들도 거의 말을 하지 않았다. 말할 때는 귓속말로 간단한 대화를 주고받을 뿐이었다. 시청 서기와 두 명의 사환, 몇 명의 군인들이 방 가운데 커다란 책상에서 뭔가를 쓰고 있고, 부대장은 이리저리 서성거리면서 가끔씩 몹시 성난 눈길로 문 쪽을 응시했다. 테미스토클레스 장군이 살라미스 해전에서 승리한 이후 아테네 올림픽 경기에 나타났을 때도 이보다 더 자랑스러운 태도는 아니었을 것이다. 도냐 콘솔라시온은 구석에서 검붉은 잇몸과 제멋대로 난 치열을 드러내며 하품하고 있었다. 그녀의 차갑고 사악한 눈은 외설스러운 낙서로 가득한 감옥 문을 바라보았다. 그녀는 승리감에 도취되어 너그러워진 남편을 설득해 자신도 사건의 취조 현장과 가능하면 고문 장면까지 참관할 수 있도록 허락을 받았다. 그녀 속에 숨어 있는 하이에나는 이미 시체의 향기를 음미하며 고깃덩어리를 핥고 있었다. 고문이 시작되기까지의 시간이 너무나 지루했다.

시장은 침통한 표정이었다. 국왕의 사진 아래에 놓여 있는 그의 안락의자에는 아무도 앉아 있지 않았다. 아마도 누군가를 위해 비워둔 것 같았다.

창백한 얼굴에 인상을 잔뜩 찌푸린 교구 신부가 9시경에 도착했다.

부대장이 말했다.

"정말, 우릴 이렇게 기다리게 해서는 안 되지. 그렇지 않소?"

부대장의 빈정거림에 아랑곳하지 않고, 살비 신부가 나지막한 목소리로 대답했다.

"난 아예 오지 않을 생각이었습니다. 신경이 좀 예민해서."

"누구도 자기 자리를 떠나 이곳에 올 수 없으니, 난 당연히 당신이 여기 있을 줄…… 아시다시피 저들은 오늘 오후에 이송될 것이요."

"이베라와 부시장은……?"

부대장이 엄지손가락을 뒤로 젖혀 감옥을 가리켰다.

"저기 여덟 명이 수감되어 있소. 부르노는 밤사이에 이미 죽었지만, 그의 진술은 확보해둔 상태요."

교구 신부가 도냐 콘솔라시온에게 인사를 하자, 그녀는 하품과 한숨으로 대답했다. 그는 국왕의 사진 아래 있는 안락의자에 자리 잡고 앉았다.

그가 말했다.

"그럼 시작하시죠."

"감옥에 있는 그 두 놈 데리고 와!"

부대장은 최대한 공포 분위기를 조성하려는 어조로 명령했다. 그리고 교구 신부를 돌아보며 목소리를 바꿔 말했다.

"저놈들은 두 구멍을 건너뛰어 족쇄를 채워놓은 놈들이오."

죄수들의 발을 넣어 꼼짝 못하게 하는 족쇄의 구멍 크기는 겨우 손바닥 크기 정도였다. 그리고 두 구멍을 건너뛰어 채워놓았다는 것은 죄수의 발이 몸에서 멀리 떨어져 묶여 있음을 의미했다. 이는 죄수에게 아주 힘들고 불편하지만 그 때문에 당장 죽지는 않았다.

간수가 네 명의 군인을 대동하고 감옥의 문을 열었다. 축축하고 답답한 분위기가 가득했고, 메스꺼운 악취가 실내의 깊은 어둠 속에서 번져 나왔다. 일부 울음소리와 흐느끼는 소리가 들려왔다. 한 군인이 성냥을 켰지만 실내의 희박한 공기 탓에 깜빡거리다 꺼져버렸다. 불을 밝히기 위해 그들은 공기가 문으로 좀 더 들어올 때까지 기다려야 했다.

촛불의 작은 불빛 아래 몇몇 사람의 모습들이 희미하게 드러났다. 일부는 무릎을 포개고 다리 사이에 얼굴을 묻고 있고, 다른 일부는 배를 바닥에 대고 엎드려 있었다. 다른 몇몇 사람들은 서서 벽면을 바라보고 있었다. 감옥의 문이 열리자 매질하는 소리와 비명 지르는 소리가 욕설과 함께 밖으로 흘러나왔다.

도냐 콘솔라시온은 목 근육에 힘을 주며 고개를 앞으로 삐쭉 내밀고 반쯤 열려 있는 감옥을 바라봤다.

두 명의 군인들 가운데에 선 거무스름한 사람이 모습을 드러냈다. 부르노의 형 타실리오였다. 그의 손에는 수갑이 채워져 있었다. 찢긴 옷 사이로 근육질 몸이 드러났다. 그는 옆에 앉은 부대장의 부인을 향해 경멸스러운 눈길을 보냈다.

부대장이 살비 신부에게 말했다.

"이놈이 제일 잘 싸우던 놈이오. 자기 동료들에게는 도망가서 목숨을 구하라고 명령까지 하더군요."

타실리오 뒤로 어린아이처럼 애걸하며 울고 있는 가련한 남자가 나타났다. 그는 다리를 절고 있었으며 바지는 피로 범벅이 되어 있었다.

"용서해주세요. 나리, 제발 용서해주세요!"

그가 소리쳤다.

"다시는 군부대 근처에도 가지 않겠습니다!"

"저자는 깡패단의 일원이오."

부대장이 교구 신부에게 설명했다.

"달아나려고 하다가 허벅지에 부상을 입었지요. 저들 중 두 명만이 살아서 체포되었소."

부대장이 타실리오에게 물었다.

"네 이름은?"

"타실리오 알라시간."

"군부대를 습격하면 돈 크리소스토모가 무엇을 해준다고 약속했지?"

"돈 크리소스토모는 우리와 어떠한 얘기도 나눈 적이 없소."

"부인하지 마! 그가 뭔가를 약속했기 때문에 부대를 습격한 거 아니야?"

"당신이 틀렸소. 당신은 우리 아버지를 때려 죽였고, 그래서 복수를 한 것이오. 그게 전부요. 다른 두 사람에게 물어보시오."

부대장이 의아한 눈길로 상사를 쳐다봤다.

"그 둘은 절벽으로 데려가 던져버렸습니다. 시신이 거기서 썩고 있을 겁니다."

"나도 죽여라. 더 이상 나에게 어떠한 것도 알아내지 못할 게다."

잠시 동안 침묵과 함께 놀라움이 감돌았다. 부대장이 채찍을 치켜들며 위협적으로 말했다.

"다른 공모자가 누군지 결국은 말하게 될 거야."

죄수는 비웃는 미소를 띠었다.

부대장은 교구 신부와 간단한 논의를 마친 후 군인들을 향해 명령했다.

"저자에게 그 시체들을 보여줘!"

법원 안마당 구석에 다섯 개의 시체가 쌓여 있었다. 더럽고 낡은 거적으로 반쯤 가려져 있었다. 군인이 다가가 머리를 하나씩 들었다 놨다 하면서 침을 뱉었다. 부대장이 거적을 들며 물었다.

"이자들을 아나?"

타실리오는 대답하지 않았다. 그는 총검으로 처참하게 죽어 있는 미친 여자의 남편과 두 명의 다른 남자 그리고 자신의 동생을 알아보았다. 또한 거기엔 아직도 목에 조른 자국이 선명한 루카스의 시신도 있었다. 그는 낙담하듯 한숨을 내쉬었다.

부대장이 다시 물었다.

"저들을 아나?"

채찍이 공중을 가르며 휙 소리를 내더니 그의 어깨를 내리쳤다. 근육이 놀라 반응하듯 그는 몸을 부르르 떨었다. 채찍이 여러 차례 어깨를 가격했지만 타실리오는 꿈쩍도 않고 서 있었다. 몹시 약이 오른 부대장이 소리쳤다.

"말할 때까지 저놈을 마구 두들겨 패! 아니면 아예 사지를 찢어버리던가!"

"자자, 어서 털어놓으라고."

시청 서기가 타실리오에게 재촉했다.

"어쨌든 넌 저들처럼 죽게 될 테니."

타실리오는 다시 법원 안으로 끌려 들어갔다. 거기에는 함께 끌려 나온 죄수가 치아를 덜덜 떨고 다리까지 후들거리며, 온갖 성인들의 이름을 부르며 기도하고 있었다.

살비 신부가 물었다.

"이 사람을 아시오?"

타실리오가 가엾다는 듯 그를 쳐다보며 대답했다.

"처음 본 사람이오."

부대장이 타실리오를 주먹으로 때리고 발로 걷어찼다.

"저놈을 의자에 묶어!"

피로 얼룩진 수갑을 그대로 찬 채 타실리오는 나무의자에 꽁꽁 묶였다. 가련한 타실리오는 무언가를 찾듯 주위를 두리번거리다가 도냐 콘솔라시온을 발견했다. 그는 조소하듯 웃음을 터뜨렸다. 그의 웃음은 모든 이들을 놀라게 했고, 이어서 모든 눈길이 그가 바라보는 곳으로 향했다. 거기엔 입술을 살짝 깨물고 있는 도냐 콘솔라시온이 있었다. 모두들 아무 말이 없는 가운데 타실리오가 큰 소리로 말했다.

"저런 추악한 여자는 내 생애 처음이오. 부대장처럼 저런 여자 옆에 누워 자느니, 내 차라리 이 의자에 누워 있겠소이다."

도냐 콘솔라시온의 얼굴이 새파래졌다.

"나를 때려서 죽이겠지, 중위."

타실리오가 계속했다.

"하지만 당신이 오늘 밤 아내인 저 여자를 품을 때 그녀가 나를 위해 복수해줄 것이오."

"저놈의 입을 틀어막아!"

화가 머리끝까지 오른 부대장이 몸을 부르르 떨며 외쳤다.

"저놈을 죽도록 때려!"

입을 막는 것은 타실리오가 바라던 바였다. 입이 동여매어지자 그의 눈에는 어렴풋이 만족감이 드러났다.

부대장이 신호를 보내자 채찍을 들고 있던 군인이 거칠게 매질을 시작했다. 타실리오의 온몸은 부르르 떨렸다. 포효하듯 으르렁거리는 소리가 긴 소음기를 통과해 들리는 듯했다. 그는 이를 악물고 소리를 내지 않으려 안간힘을 썼다. 잠시 후 그의 머리는 힘없이 늘어졌고, 옷에는 피가 번져났다.

창백한 살비 신부는 이해할 수 없는 표정을 지으며 괴롭다는 듯 자리에서 일어나 비틀거리면서 법원을 나왔다. 거리에 나온 그는 한 여인을 목격했다. 그녀는 법원 벽에 등을 댄 채 꼼짝도 하지 않고 꼿꼿이 서서, 먼 하늘을 바라보며 무언가를 들으려 애쓰는 듯했다. 손은 경련이 일어나는 듯 낡은 벽면을 긁고 있었다. 쉴 새 없이 들려오는 날카로운 채찍 소리와 고통스럽게 흐느끼는 소리가 태양빛과 함께 그녀를 고문하고 있었다. 그녀는 타실리오의 누이동생이었다.

한편 채찍에 맞아 기진맥진한 불쌍한 타실리오는 더 이상 소리를 낼 기운조차 없었다. 그는 그저 자신을 매질하는 군인이 지치길 기다리는 듯했다. 결국 헐떡거리던 군인은 채찍을 손에서 떨어뜨렸다. 흥분과 경악에 얼굴이 창백해진 부대장은, 타실리오를 의자에서 풀라고 명령했다.

이때 도냐 콘솔라시온이 남편의 귀에 몇 마디 속삭였다. 그는 고개를 끄덕이더니 말했다.

"저놈을 우물로 끌고 가!"

필리핀 사람이라면 누구나 그 말이 무엇을 뜻하는지 알았다. 누가 그 고문 방법을 고안했는지는 알려지지 않았지만 아주 오래된 것임에 틀림없었다. '진실은 우물에서 나온다'는 속담도 아마 이 고문으로부터 유래했을 것이다.

법원 정원 한가운데 그림처럼 솟아 있는 우물 입구는 다듬지 않은 돌로 거칠게 쌓아 만들어져 있었다. 물을 길어 올릴 지레로 쓰려고 대충 엮은 대나무는 미끈거리고 더러웠고, 악취가 풍겨났다. 깨진 항아리, 쓰레기에 각종 오물들이 모두 이 우물에 버려졌다. 이 우물은 감옥과 비슷했다. 사회에서 쓸모없다고 포기하고 버려진 모든 것들이 모이는 곳인 셈이다. 이 우물에 던져진다면 그것이 아무리 좋은 것이라 한들 결국 사라진다는 것을 의미했다. 그럼에도 이 우물의 입구는 결코 폐쇄되지 않았다. 가끔씩 죄수들을 매달아 이 우물에 빠뜨렸다가 건져내곤 했기 때문이다. 그 형벌이 무슨 유용한 효과가 있어서가 아니라, 그저 어려운 고문 방법을 동원한다는 이유 때문이었다. 우물에 빠뜨렸던 죄수들은 누구나 할 것 없이 열병에 걸려 결국은 죽음을 맞이했다.

타실리오는 우물에 자신을 빠뜨릴 준비를 하고 있는 군인들을 꼼짝도 않고 지켜봤다. 그의 창백한 얼굴은 뒤틀려 있었다. 아마도 기도문을 외우고 있는 듯했다. 이미 자포자기한 그는 자존심이 거의 사라졌거나 최소한 약해진 듯 보였다. 그는 힘주어 곧게 세우고 있던 목을 여러 차례 떨어뜨렸고, 눈은 체념한 듯 땅을 향하고 있었다.

군인들이 그를 우물 입구로 끌고 가자, 그 뒤를 미묘한 웃음을 머금은 도냐 콘솔라시온이 따라갔다. 불행한 타실리오는 부럽다는 듯 구석에 쌓인 시체들을 바라보고 자신도 모르게 한숨을 흘렸다.

"자 이제 털어놔!"

시청 서기가 그를 다시 재촉했다.

"어쨌든 저들은 자네를 처형하겠지만, 최소한 고통은 줄일 수 있을 거야."

시청 경찰관이 그에게 말했다.

"자넨 곧 교수대로 보내질 거야, 이 친구야."

군인들이 타실리오의 입마개를 벗기고 거꾸로 매달자 그의 긴 머리가 허공에 휘날렸다. 눈은 반쯤 감겨 있었다.

"그대가 그리스도교도라면, 양심이 있는 사람이라면······."

그는 나지막한 목소리로 애원했다.

"나를 힘껏 떨어뜨려서 내 머리가 벽에 부딪쳐 죽게 해주시오. 그 선행에 대해서는 신께서 보답해주실 것이오. 당신도 언젠가 나처럼 이렇게 매달릴 수 있다는 것을 생각해보시오."

부대장은 자리를 잡고 앉아 죄수를 떨어뜨리도록 지시했다.

"천천히, 천천히!"

도냐 콘솔라시온은 그 불행한 남자가 우물에 떨어지는 모습을 지켜보며 소리쳤다.

"조심해!"

지레가 천천히 타실리오를 우물 속으로 내렸다. 그의 머리는 울퉁불퉁한 돌들과 지저분한 풀, 오물들을 스치듯 지나갔다. 잠시 후 지레의 움직임이 멈추고, 부대장이 시간을 재기 시작했다.

30초가 되자 부대장이 명령했다.

"끌어 올려!"

물 위로 무언가 떨어지는 맑고 조화로운 소리는 죄수가 물 위로 떠오른다는 신호였다. 지레 반대 축의 무게가 커서 그는 신속히 올라왔다. 자갈과 모래가 아래로 떨어지는 소리가 이어서 들렸다.

숨을 죽이고 기다리던 군중들 앞에 나타난 그의 모습은 처참했다. 이마와 머리카락은 오물을 뒤집어쓴 듯 더렵혀졌고 얼굴은 상처들로 가득했다. 그의 몸은 흠뻑 젖어 물을 뚝뚝 떨어뜨리고 있었다. 불어오는 바람이 추위에 떨게 했다.

부대장이 거친 목소리로 그에게 물었다.

"이제야 좀 진술할 생각이 드나?"

타실리오는 애원하듯 시청 경찰관을 바라보며 말했다.

"내 누이동생을 부탁하오."

대나무 지레가 다시 삐걱거리는 소리를 내자 불쌍한 죄수의 모습도 다시 사라졌다. 도냐 콘솔라시온은 우물 아래의 물이 잠잠한지 살펴봤다. 이번에 부대장은 1분이 다 찰 때까지 기다렸다.

타실리오가 다시 끌어올려졌을 때 그의 몸은 오그라들어 자줏빛으로 변해 있었다. 그는 핏발이 선 눈을 부릅뜬 채 군중들을 돌아봤다.

부대장이 단념시키려는 듯 그에게 물었다.

"이젠 말할 텐가?"

타실리오가 고개를 가로젓자 그들은 다시금 그를 우물 아래로 내렸다. 그의 눈꺼풀이 감기기 시작했다. 눈동자는 하늘로 향해 떠가는 흰 구름을 바라보고 있었다. 그는 목을 가능한 한 앞으로 기울여 조금이라도 더 햇빛 아래 머물려고 했다. 그러나 곧 물속에 잠겼다. 지옥의 장막 같은 커튼이 드리워져 다시금 세상의 장관으로부터 그의 눈을 가렸다.

1분이 지났다. 우물 아래를 감시하던 도냐 콘솔라시온은 물 표면으로 많은 거품이 떠오르는 것을 발견했다. 그녀가 깔깔대며 말했다.

"저놈이 갈증이 나는가 봐!"
 우물의 표면이 다시금 잠잠해졌다.

이번에 부대장은 1분 30초가 되어서야 그를 끌어 올리라 신호를 주었다.

타실리오의 몸은 더 이상 구부러져 있지 않았다. 반쯤 열린 눈꺼풀 안으로 흰 눈동자가 드러났다. 입에서는 진흙과 피가 범벅이 되어 흘러내렸다. 차가운 바람이 불어왔지만 그의 몸은 더 이상 떨리지 않았다.
 모두들 당황하여 서로의 창백한 얼굴을 조용히 바라봤다. 부대장은 타실리오의 몸을 풀어주라고 명령하곤 깊은 생각에 잠겼다. 도냐 콘솔라시온은 피고 있던 담뱃불로 그의 맨다리를 수차례 지졌다. 하지만 담뱃불이 다 꺼질 때까지도 그의 몸에서는 아무런 반응이 없었다.
 "이자가 질식해 죽었다."
 한 경찰관이 중얼거렸다.
 "혀가 안으로 꼬여 있는 모습이 마치 삼키려는 것처럼 보이잖아."
 타실리오와 함께 끌려온 죄수는 벌벌 떨며 그 광경을 모두 목격했다. 그는 마치 미친 사람처럼 주위를 두리번거렸다.
 부대장은 시청 서기에게 그를 심문하라 지시했다. 그가 흐느끼며 말했다.
 "나리, 나리, 원하시는 것은 무엇이든 말하겠습니다."
 "좋아. 자 그럼, 네 이름부터 말해봐."

"안동입니다, 나리"

"베르나르도…… 레오나르도…… 리카르도…… 데드아르도…… 게라르
도…… 뭐야?"

"베르나르도라고 쓰든지, 아니면 그저 아무 이름이나 써!"

부대장이 소리쳤다.

"성은 뭐야?"

시청 서기의 재치에 놀란 듯 죄수가 그를 쳐다봤다.

"안동이란 이름에 덧붙여 쓰는 게 뭐냐고?"

"아, 네. 얼뜨기 안동입니다, 나리."

주위에서 지켜보던 사람들이 참다못해 웃음을 터뜨렸다. 부대장도 더 이
상 그 심문에 간섭하기를 멈추었다.

"직업은?"

"코코넛나무를 돌보고 있습니다, 나리. 저희 장모님 일도 돕고 있지요."

"누가 군부대를 습격하라고 명령했어?"

"아무도 안 했습니다, 나리."

"아무도 안 했다고? 그게 무슨 말이야? 거짓말하지 마. 그럼 너도 우물에
던져 넣을 거야. 자, 그럼 누가 명령을 내렸는지 말해. 진실을 말하라고!"

"진실을 말입니까, 나리?"

"누구야?"

"누구냐고요, 나리?"

"너에게 폭동을 명령한 사람이 누구냐고 묻고 있는 거야."

"폭동이 뭔데요, 나리?"

"네가 지난밤에 군부대 영내에서 하려던 짓 말이야."

안동이 얼굴을 붉히며 소리쳤다.

"아하, 나리."

"그게 누구의 책임이야?"

"저의 장모입니다, 나리."

그 말에 듣고 있던 사람들은 의아해하면서도 웃음을 참지 못했다. 부대장은 주위를 조용히 시키고 준엄한 눈빛으로 그 불쌍한 죄수를 쳐다봤다. 그는 자신의 말에 많은 사람들이 반응을 보이자 용기를 내어 말을 계속했다.

"네, 나리. 저의 장모 때문입니다. 그녀는 저에게 언제나 상하고 좋지 않은 음식만을 주었습니다, 나리. 그래서 지난밤도 군부대 근처를 지날 때 배가 아프기 시작했습니다. 그때 군부대 뜰이 눈에 들어왔습니다, 나리. 그곳은 어둡고 아무도 지켜보는 사람이 없었습지요. 그래서 안으로 들어갔습니다, 나리. 그런데 제가 볼일을 마쳤을 때 많은 총성이 들려왔습니다. 저는 그저 제 바지를 올린 것뿐입니다, 나리."

채찍이 날아와 그의 말을 끊었다.

"감방으로 보내."

부대장이 명령했다.

"오늘 오후에 주도州都로 보내버려!"

59

원망의 대상

잡혀 있는 사람들이 곧 다른 곳으로 이송될 것이라는 소문이 온 도시에 퍼졌다. 이 소문에 사람들은 두려움으로 술렁거렸고 여기저기서 흐느낌과 탄식이 흘러나왔다.

죄수들의 가족은 마치 미친 사람들처럼 날뛰었다. 그들은 교구관사에서 군부대로, 군부대에서 다시 법원으로 뛰어다녔지만 어디에서도 위안을 받지 못했다. 울부짖는 소리와 흐느끼는 소리가 온 도시에 가득했다. 교구 신부는 아프다는 핑계를 대고 아무도 만나주지 않았다. 부대장은 보초병을 증강시켜 탄원하러 다가오는 여인들에게 총대를 들이대며 위협하도록 명령했다. 아무짝에도 쓸모없는 시장은 그 어느 때보다 어리석고 쓸모없어 보였다. 아직 힘이 남아 있는 사람들은 감옥 주위를 이리저리 배회하고 있었고, 지친 사람들은 아무 데나 앉아서 갇혀 있는 사랑하는 가족의 이름을 애타게 불러댔다.

한낮의 태양 볕이 작열하고 있었지만 그 불행한 사람들 중 누구도 그늘을 찾을 생각조차 하지 않았다. 언제나 유쾌하고 행복했던 부시장 돈 필리포의 아내 도라이도 수심에 가득 차 연신 울어대는 두 아이를 팔에 안고 서성거리고 있었다. 그들이 그녀에게 말했다.

"집에 가시오, 당신 아이가 열병에 걸리겠소."

그녀가 쓸쓸히 대답했다.

"키워줄 아버지가 없다면 살아서 뭐하겠어요?"

"당신 남편은 아무 죄가 없소. 아마 곧 돌아올 거요."

"언제요, 우리가 다 죽은 뒤에 말입니까?"

카피티나 티나이는 울면서 아들 안토니오오를 불렀다. 그 씩씩한 카피티나 마리아는 창살이 있는 창문 너머로 감옥 안에 있는 그녀의 두 아들을 바라봤다. 다른 아이가 없는 그녀에게 두 아들은 전부나 마찬가지였다.

코코넛나무를 돌보던 자의 장모도 그곳에 있었다. 그녀는 울지도 않고 이리저리 돌아다니며, 팔소매를 걷어붙이고 손짓발짓을 해가며 지나가는 사람들에게 얘기를 늘어놓았다.

"이런 경우를 본 적 있소? 우리 안동에게 총을 쏴대고, 체포하고, 감옥에 처넣고, 주도로 보낸다고? 겨우…… 자기 바지를 더럽히지 않으려고 그런 것뿐인데! 그걸 보복이라 부른단 말이야? 저 군인들이 지금 그를 매도하고 있는 거야! 내가 우리 농장에서 저들 중 누구라도 볼일 보는 꼴을 발견하면 맹세컨대 아주 병신을 만들어버릴 거야. 그러지 않으면…… 저들이 나를 병신으로 만들던가!"

하지만 누구도 그 무슬림 장모의 말에 동조하지 않았다. 한 여인이 탄식하듯 말했다.

"돈 크리소스토모가 이 모든 일에 책임을 져야 해."

교장 선생도 군중들과 함께 있었다. 학교 건설 현장 책임자는 항상 지니고 다니던 측량용 자도 없이, 전처럼 손도 비벼대지 않으며 검은 옷차림으로 우두커니 서 있었다. 그는 이 불행한 소식을 들었을 때 이미 장차 일어날 일까지 예상할 수 있었다. 그래서 미리 이베라의 죽음을 애도하는 뜻으로 검은 옷을 입은 것이다.

오후 2시에 두 마리의 소가 끄는 지붕 없는 마차가 법원 앞에 와서 멈췄다. 군중들이 마차로 달려들어 소를 풀고 마차를 부수려고 했다.

카피티나 마리아가 말렸다.

"그러지 마세요. 저들이 걸어서 그 먼 길을 가길 원하세요?"

그 말에 사람들이 마차에서 물러났다. 20여 명의 군인들이 법원에서 나와 마차 주위를 에워쌌다. 이어 죄수들의 모습이 나타났다.

맨 앞에 나타난 사람은 두 팔이 몸에 결박된 돈 필리포였다. 그는 자신을 지켜보는 아내에게 미소를 띠어 보였다. 도라이는 터져 나오는 눈물을 감추지 못했고, 두 군인은 남편에게 달려드는 그녀를 저지하느라 애를 먹었다. 카피티나 티나이의 아들 안토니오오도 어린애처럼 울면서 나타났다. 그런 그의 모습에 가족들의 마음은 무너지는 듯했다. 얼뜨기 안동은 장모의 모습을 보자 자신의 신세를 생각하며 울음을 터뜨렸다. 이전에 신학생이었던 알비노와 카피티나 마리아의 두 쌍둥이 아들은 꽁꽁 결박된 채 나타났다. 세 젊은이는 진지하고 단호한 표정이었다. 마지막으로 나타난 사람은, 결박되지 않은 채 두 군인들 사이에 선 이베라였다. 그는 창백한 얼굴로 아는 얼굴을 찾아 주위를 둘러봤다.

"다 저 사람 때문이야!"

여기저기서 이런 소리가 들려왔다.

"저자가 바로 범인인데 결박도 시키지 않았어!"

"내 사위는 아무 짓도 안 했는데 수갑까지 채웠어!"

이베라가 옆에 있는 군인에게 말했다.

"나도 저들처럼 결박해주시오."

"저희는 그런 명령을 받은 적이 없습니다."

"나를 결박하시오. 그러지 않으면 달아나겠소."

군인들이 하는 수 없이 그의 말을 따랐다.

완전무장한 부대장이 말을 타고 나타났고, 이어 열 몇 명의 군인들이 그의 뒤를 따랐다.

모든 죄수들의 이름이 가족들에 의해 애타는 목소리로 불렸다. 슬퍼하며 탄원하는 소리도 여기저기서 들려왔다. 오직 이베라의 이름만 아무도 부르는 이가 없었다. 현장 책임자 후안과 교장 선생은 이미 모습이 보이지 않았다.

"우리 남편과 아이들에게 무슨 짓을 한 거예요?"

도라이가 울면서 이베라를 비난했다.

"이 불쌍한 아이들을 봐요. 당신이 이들로부터 아비를 빼앗아 간 거예요."

가족들의 슬픔은 이베라를 향한 분노로 바뀌었다. 그는 지난밤의 반란을 배후에서 조종한 범인으로 지목되었던 것이다. 부대장이 출발을 명령했다.

"당신은 겁쟁이야!"

안동의 장모가 소리쳤다.

"다른 사람들이 당신을 위해 싸울 때 당신은 숨어 있었소! 겁쟁이!"

한 노인이 마차에 달려들어 이베라에게 욕설을 퍼부었다. 그는 이베라 가족의 재산이 이 도시에 불행을 가져왔다고 소리쳤다.

"저들이 당신을 교수대로 보내길 빌 거야, 이 이단자야!"

알비노의 친척이 소리쳤다. 그녀는 스스로를 자제하지 못하고 돌 하나를 집어 아베라에게 던졌다. 주위에 있던 다른 사람들도 그녀를 따라 했다. 먼지와 돌들이 불쌍한 이베라에게 소나기처럼 쏟아졌다.

이베라는 노여움도 불평도 보이지 않고 상처받은 그 많은 사람들의 분노를 묵묵히 견디어냈다. 그것이 그가 그토록 사랑했던 도시를 떠날 때 받은 마지막 인사였다.

그는 고개를 숙였다. 아마도 일전에 채찍을 맞으며 마닐라 거리를 지나던 남자를 떠올렸을 것이다. 또한 엘리아스의 이야기가 눈앞에 살아나 아들의 잘린 머리를 보고 충격에 휩싸여 죽은 그 늙은 어머니의 모습도 떠올렸을 것이다.

부대장이 군중들을 떼어놓아 죄수들과 거리를 유지하게 했지만, 날아오는 돌과 퍼붓는 욕설은 멈추지 않았다. 오직 한 어머니, 카피티나 마리아만이 자신의 슬픔을 그에 대한 분노로 돌리지 않았다. 그녀는 눈물 고인 눈으로 가만히 서서 끌려가는 두 아들을 조용히 바라보고 있었다. 그리스 신화에서 열두 명의 아이를 모두 잃고 눈물을 흘리며 돌로 변한 비극의 어머니 니오베의 슬픔도 감정을 드러내지 않는 그녀의 고요한 슬픔에는 견줄 바가 아니었다.

호송대는 앞으로 나아갔다.

일부 열린 창문 너머로 호기심에 무심하게 내다보는 사람들 중에는 이베라의 처지를 측은하게 생각하는 사람도 있었다. 그의 친구들은 어디론가 모두 사라지고 없었다. 카피탄 바실리오조차 딸 시낭을 울지 못하게 단속하고 모습을 감추었다.

이베라는 자신의 집이 잿더미가 되어 허물어진 것을 보았다. 그 집은 조상들이 살던 곳이며, 이베라의 탄생이 이루어졌고 어린 시절의 모든 행복한 기억까지 담겨 있던 장소였다. 이베라의 눈에서는 그동안 애써 참아왔던 눈물이 쏟아졌다. 그는 눈물을 감추려 고개를 숙였다. 팔은 결박되어 있었다. 그랬기에 누군가의 동정심을 살지도 모를, 감추고 싶던 눈물을 어찌할 수 없었다. 이제 그에게는 조국도, 집도, 사랑하는 사람도, 친구도…… 그리고 미래도 없었다.

언덕 위에서 한 남자가 그 우울한 호송 행렬을 지켜보고 있었다. 그 늙은 이는 창백하고 쇠약했으며, 모직 담요를 몸에 두른 채 지팡이를 짚고 서 있었다. 학자 타시오였다. 그는 죄수들의 호송 소식을 듣고 직접 그 모습을 보기 위해 병상에서 일어나 나온 것이었다. 그에게는 법원까지 갈 기력이 없었다. 호송 행렬이 멀리 시야에서 사라질 때까지 그는 눈을 떼지 않았다. 그는 언덕에 잠시 머무르면서 침울한 생각에 잠겼다. 그리고 남은 힘을 모두 끌어모아 몸을 일으켜 집으로 발길을 옮겼다. 한 걸음 한 걸음 옮길 때마다 그는 숨을 돌려야 했다.

다음 날 목동들은 자신의 외딴집 입구에서 쓰러져 죽어 있는 그를 발견했다.

60

애국심과 이기심

반란의 소식은 비밀리에 마닐라로 전송되었다. 서른여섯 시간이 지난 후 마닐라 시내의 신문들에는 이 사건에 대한 내용이 모호하게, 많은 경고문이 덧붙어 발표되었다. 검열 기관에 의해 감춰지고, 수정되고, 삭제된 내용이었다. 한편 선교 단체의 수도원에서 흘러나와 입에서 입으로 비밀리에 전파되며 듣는 이들을 경악케 하는 소문들도 있었다. 사람들은 자기가 들은 모든 소문들을 그냥 믿는 경향이 있다. 각자의 느낌과 신념에 맞게 각색한 수많은 소문들이 나돌면서, 실제로 일어난 사건은 왜곡되고 있었다.

겉으로는 시민들의 평온함에 변화가 없는 것처럼 보였지만 많은 가정의 평화가 혼돈 속에 휘말리고 있었다. 마치 호수의 표면은 잔잔하고 움직임이 없는 듯 보이지만, 그 아래의 물고기들은 쏜살같이 달리며 끊임없이 쫓고 쫓기는 것과 같았다. 메달, 십자훈장, 승진, 영전, 명예, 권력, 위세, 품위가 몇몇 사람들에게 나비처럼 날아들었다. 또 다른 이들에게는 멀리 지평선 너머로부터 어두운 구름이 몰려오고 있었다. 그 어두운 구름은 감옥의 창살, 쇠사슬, 공포의 처형대로 변하였다. 심문하는 소리, 고문당하는 소리, 유죄 판결 내리는 소리가 여기저기서 들려왔다. 피로 범벅이 된 베일의 찢긴 틈새 사이로 공포에 휩싸인 눈이 무언가를 응시하고 있었다. 그 시선은 마리아네스로 유배를 떠나는 모습과 바꿈바얀에서 처형당하는 모습을 향하고 있었다.

마치 물고기와 어부들이 거친 물결 속에 휩싸여 있는 듯했다. 산디에고에서 일어난 사건의 운명은 이제 마닐라 사람들의 상상력에 달려 있었다. 이는 예컨대 한쪽 면은 온통 검은색이고, 다른 쪽 면은 온갖 화려한 색으로 새와 꽃들을 가득 수놓은 중국인의 부채와도 같았다.

가장 흥미로운 얘기는 수도원에서 시작되었다. 대교구 신부들에게 일부는 비밀회의에 참석하고, 일부는 행정 관청에 가서 긴박한 위험에 처한 정부의 일을 도우라는 통보가 내려지자 수도원에서는 서둘러 마차를 준비했다. 혜성에 관한 얘기, 성가신 일에 관한 얘기, 신비스러운 암시에 관한 얘기들이 나돌았다.

"아 테 데움, 아 테 데움!"

수도원의 한 수도사가 라틴어로 연신 하느님을 불렀다.

"이번 일을 있게 하신 하느님께 모두 함께 감사드려야 합니다. 요즘과 같이 반종교적인 시대에 하느님께서 우리의 존재가 얼마나 소중한가를 명백히 일깨워주시려고 허락한 큰 은혜가 아닐 수 없습니다!"

또 다른 수도사가 총독을 빗대어 말했다.

"이번 교훈으로 인해 우리의 그 불손한 장군께서 무언가 깨우칠 것이라 믿습니다."

"우리 교단이 없었더라면 그가 어찌 존재할 수 있겠소이까?"

"이 일을 크게 경축하기 위해 행정 담당 신부님께 적절한 지시를 내리길 제안합니다. 가우데아무스('자! 즐겨보라'라는 뜻의 라틴어로 축제 때에 흥겹게 부르는 노래다._옮긴이), 3일간 축하연을 엽시다!"

"아멘! 아멘! 살비 신부 만세! 만세!"

그런 대화는 다른 수도원에서도 계속 이어졌다.

"내가 뭐라고 했습니까? 그 사람은 예수회에 의해 길러졌어요. 모든 반대파는 다 아테네오(예수회에서 필리핀에 지은 대학_옮긴이)에서 나온다니까요!"

한 수도사가 말했다.

"반교권주의자들도 마찬가지예요."

"내가 거듭 주장했던 것처럼, 예수회가 이 나라를 망치고, 젊은이들을 타락시키고 있어요. 하지만 그들은 지진이 발생할 때마다 관측소에서 그 알 수 없는 파장 곡선을 만들어 제출한다는 이유만으로 모든 허물을 용서받고 있지요."

"저들이 그런 일을 어떻게 하는지 도대체 알 수 없다니까요!"

"맞습니다. 그들은 궁지에 몰릴 일도 없어요. 지진이 발생해서 모든 게 흔들리고 혼란스러운데 누가 그런 파장 곡선을 그릴 여유가 있는가 말이에요. 공연히 저들이 말하는 천문학자가 어쩌고 하는 말은 아예 꺼내지도 마세요……"

그들은 극도로 경멸하는 미소를 서로 주고받았다.

"하지만 어떻게 그들은 폭풍우와 태풍을 예측하지요?"

다른 수도사가 궁금하다는 듯 물었다.

"그런 자연 현상은 하느님의 신성한 능력에서 나오는 것이 아니란 말이에요?"

"어떤 어부라도 폭풍우가 오는 것을 예측합니다."

"정부의 우두머리가 어리석을 때…… 자, 당신의 머리 상태가 어떤지 말해보시오. 그럼 제가 당신의 다리 상태가 어떤지 말해줄 테니까요. 어쨌든 우리 프란시스코 교단에서 어떻게 이번 일을 처리하는지 지켜봅시다. 일간지에서는 살비 신부의 머리에 주교관을 씌워줘야 한다고 주장하고 있습니다!"

"그렇게 되겠지요!"

"그렇게 생각하세요?"

"왜 아니겠습니까? 요즘 같으면 무슨 이유라도 달아서 당신에게 주교관을 씌우게 만들 수 있을 겁니다. 이보다 더 하찮은 일로 주교에 임명된 사람을 알고 있지요. 그는 그저 이곳 원주민들이 허드렛일을 빼고 어떤 일도 할 수 없다는 논지의 하잘것없는 책 하나를 써서 주교가 되었습니다. 너무도 잘 알려진 얘기라서 당신도 들었을 겁니다."

다른 수도사가 말했다.

"맞습니다. 수많은 부조리가 교회를 망치고 있어요!"

"만일 주교관에 눈이 있다면, 어디에서 자리를 잡아야 할지 그 머리를 알아볼 텐데 말이에요!"

다른 수도사가 말했다.

"만일 주교관이 자연의 성질을 닮았다면 텅 빈 진공 상태는 싫어할 텐데 말이에요."

조용히 있던 한 수도사가 끼어들었다.

"그와는 정반대로 텅 빈 진공 상태가 주교관을 빨아들여 꼭 붙잡는 게 아닐까 합니다!"

정치적 문제와 형이상학적 문제부터 하찮은 음식의 양념까지 이런저런 이야기들이 수도원에서 이어졌다.

한편 전에 이베라를 반강제로 저녁에 초대하려고 했던 친절한 카피탄 티농의 집에서는 전혀 다른 분위기가 감지되었다. 화려하게 장식된 넓은 거실의 커다란 안락의자에 앉아 있는 그는 고민스러운 듯 연신 이마와 목을 두드려댔다. 한편 그의 아내 카피타나 틴창은 울먹이는 목소리로 그에게 무언가 계속 말하고 있었다. 그들의 두 딸은 한 구석에서 얼떨떨하면서도 두려움에 가득한 표정으로 부모의 말을 듣고 있다.

"오, 안티폴로의 성모님!"

그의 아내가 소리쳤다.

"오, 존귀하신 로사리오의 성모님! 오, 오, 오 노발리체스의 성모님이여 은총을 베푸소서!"

어린 딸이 끼어들었다.

"엄마!"

카피타나 틴창이 소리를 질렀다.

"내가 뭐라고 했어요! 내가 경고했죠! 오, 크라멜의 성모님이여!"

"하지만 당신은 내게 아무 말도 하지 않았잖소!"

카피탄 티농이 울먹이는 목소리로 그녀에게 대꾸했다.

"오히려 내가 카피탄 티아고의 집에 가서 그와 친분을 쌓는 것이 좋겠다고 종종 말하지 않았소? 그가 부자라서 말이오……. 당신이 내게 그랬잖소……."

"뭐라고요? 내가 뭐라고 했다고요? 그런 말한 적 없어요. 결단코 그런 말 한 적이 없다고요. 오, 당신이 내 말만 따랐더라면!"

카피탄 티농이 안락의자의 팔걸이를 내리치면서 말했다.

"이제 당신이 나를 원망하려드는군! 당신은 종종 나에게 이베라 씨를 초

대해서 함께 식사라도 하는 것이 좋겠다고 했소. 그가 부자이기 때문에 말이오. 당신은 우리가 부자들과 친하게 지내야 한다고 언제나 말하지 않았소? 그렇지 않소?"

"맞아요. 내가 그렇게 말했지만…… 그것도 다 당신 때문이었어요. 당신이 언제나 그 사람에 관한 얘기만 했으니까요. 여기도 이베라 씨, 저기도 이베라 씨, 당신 말에서 이베라 씨가 빠진 적이 없었잖아요. 그렇지만 내가 당신한테, 그 저녁 파티에서 그에게 말을 걸라고 하지는 않았어요. 그건 당신도 부정할 수 없을 거예요."

"그가 그곳에 나타날지 내가 어떻게 알았겠소?"

"당신은 그가 나타날 걸 알고 있었던 게 틀림없어요!"

"어떻게? 나는 그때까지 그를 알지도 못했는데!"

"어쨌든 당신은 그를 알고 있었음에 틀림없어요!"

"하지만, 틴창. 내가 그를 만나고 그에 관한 얘기를 들은 것은 그때가 처음이었소!"

"어쨌든 당신은 전에 그를 만난 게 틀림없고, 또한 그에 관한 얘기를 들은 것이 틀림없어요. 왜냐면 당신은 바지를 입고 다니는 남자이고 또한 〈마닐라데일리〉를 읽기 때문이에요!"

아내는 표독스러운 눈길을 던지며 그에게 계속 퍼부었다. 카피탄 티농은 더 이상 대꾸할 말을 잃었다. 만족할 만한 승리감을 얻지 못한 카피타나 틴창은 그가 완전히 패배를 인정하기를 원했다. 그녀는 주먹을 꼭 쥔 채 그에게로 다가가 더욱 신랄하게 비판했다.

"내가 수 년 동안 그토록 열심히 일하고 절약한 결과가 당신의 어리석음 때문에 이렇게 허무하게 날아가 버린단 말이에요? 이제 저들이 찾아와 당신을 유배지로 끌고 가, 어떤 이의 아내가 당한 것처럼 우리의 모든 재산을 몰수할 거예요······. 오, 내가 남자라면! 내가 남자라면!"

그녀는 남편이 고개를 푹 숙이고 있는 것을 보더니 다시 흐느끼며 거듭 같은 말을 되뇌었다.

"내가 남자라면!"

남편이 그 성가신 말에 더 이상 참지 못하고 결국 물었다.

"아니, 당신이 남자라면 어떻게 하겠다는 것이오?"

"뭐라고요? 난 그냥······ 그냥······ 곧바로 총독한테 달려가 그 반역자들과 싸우겠다고 하겠어요. 지금 당장 말이에요!"

"하지만 당신은 아침 신문도 보지 못했소? 거기에 이렇게 전하고 있소. '그 악명 높고 불법적인 반역자들은 우리의 강력한 힘에 제압되었습니다. 곧 우리 조국의 반역도당들과 협력자들은 법의 무겁고 엄중한 심판을 받게 될 것입니다.' 자, 이제 알겠소? 반란은 이미 끝이 났단 말이오."

"반란이 끝났든 말든 신경 쓸 것 없어요. 당신은 그저 충성심을 보여주기만 하면 돼요. 1872년의 반란 때에도 그렇게 충성심을 보여준 사람들은 모두 목숨을 구했어요."

"하지만 그 신부님 불······."

불고스 신부의 이름이 입에서 다 나오기도 전에 그녀가 달려들어 그의 입을 틀어막았다. 불고스 신부는 1872년 반란을 배후 조종한 혐의로 처형당한 사람이었다.

"좋아요, 말하세요! 그의 이름을 말해보세요. 그럼 저들이 당신을 바꿈바안에 있는 처형장으로 끌고 가서 내일 아침 당장 교수형을 시킬 테니까요! 그의 이름을 언급한다는 자체만으로 재판도 없이 처형당할 수 있다는 걸 모르세요? 자 어서 그 이름을 말해보세요!"

부추김에 그의 이름을 말하고 싶어도 그녀의 손이 여전히 입을 꽉 틀어막고 있어 제대로 발음할 수 없었다. 오히려 더 강하게 입을 틀어막는 손에 숨이 막혀 죽을 지경이었다. 다행히 누군가 거실로 들어오는 바람에 그녀가 입에서 손을 뗐다.

그는 다름 아닌 먼 사촌뻘 돈 프리미티보였다. 그는 라틴어를 공부하고 철학에도 능한 사람이었다. 40대의 나이에 다소 땅딸막한 체구였지만 깔끔하게 차려입은 모습이었다.

"퀴드 비데오? 다시 말해, 내가 무엇을 본 것이오?"

그가 들어오면서 말했다.

"무슨 일이 있는 것이오? 쿠와레? 다시 말해, 왜?"

"오, 사촌!"

카피티나 틴창이 울먹이며 그에게 달려들었다.

"우리에게 무슨 일이 닥칠지 몰라서 제가 연락드렸어요. 우리에게 조언 좀 해주세요. 당신은 라틴어도 배웠고 논쟁하는 방법도 알고 있지 않나요······."

"하지만 먼저, 퀴드 꾸애레티스? 니힐 에스트 인 인텔렉투 쿠오드 프리우스 논 푸에리트 인 센수, 니힐 볼리툼 쿠인 프래코그니툼. 당신을 위해 해석해드리면 이런 말이오. 무엇을 원하시오? 오감으로 지각되지 않은 것을 마음에 담을 수는 없는 것이오. 즉 알지 못하는 것을 원할 수는 없는 것입니다. 그러니 무엇이 당신을 괴롭게 하는지 말해보시오."

그는 의자에 자리를 잡고 앉았다. 라틴어 문장에 진정제 효과라도 있었는지, 부부는 스스로 한탄하는 것을 멈추고 그에게 다가가 그의 입에서 나오는 지혜의 말에 귀를 기울였다. 이는 마치 먼 옛날 그리스 사람들이 페르시아인의 침입으로부터 자신들을 구원해줄 신의 계시를 기다리는 것과 흡사했다.

"왜 울고 있소? 우비남 젠티움 수무스? 다시 말해, 우리가 어떤 상황에 있는 것이오?"

"그 반란에 대해 들으셨죠……."

"알재멘툼, 그 반란, 이바래 압 루테넨토 콘스타볼라리애 데스투툼. 그것을 말하는 것이 맞지요? 엣 눈크? 무엇이 문제요? 돈 크리소스토모가 당신에게 돈을 빌렸소?"

"아니오. 하지만 당신도 알듯이, 티뇽이 이베라씨를 저녁에 초대했고, 대낮에 많은 사람들이 있는 스페인 다리에서 그와 인사를 나누었습니다. 저들은 그가 제 남편의 친구라고 말할 것입니다."

"친구라!"

놀란 라틴어 학자가 소리쳤다.

"아미체, 아미쿠스 플라토 세드 마지스 아미카 베리타스. 친구, 플라톤은 나의 친구지만, 진리는 나의 더욱 친한 친구이지. 새들도 유유상종하지요! 말룸 에스트 네고티움. 느낌이 좋지 않네요, 비극적인 결과를 가져올까 봐 두렵습니다. 말룸 에스트 네고티움 엣 에스트 티멘둠 레룸 이스타룸 호렌디시뭄 레술탄툼!"

카피탄 티뇽은 '움'으로 끝나는 단어를 여러 차례 듣자 얼굴이 창백해졌다. 그 발음은 마치 불길한 예언의 소리처럼 들렸다. 그의 아내는 애원하듯 손을 비벼대며 말했다.

"사촌, 지금 우리에게 라틴어를 쓰지 않으면 안 될까요? 알다시피 우리는 당신처럼 학자가 아니잖아요. 따갈로그어나 스페인어로 조언해주세요."

"라틴어를 모르는 당신들이 불쌍하오. 왜냐하면, 라틴어로 진실이 따갈로그어에서는 거짓이 되기도 하니까요. 예를 들어 콘트라 프린시피아 네간툼 푸스티부스 에스트 아귀엔둠. 다시 말해, 당신은 가장 기초적인 원칙에 동의하지 않는 사람과는 주먹으로 다투어야 합니다. 하지만 이 말을 따갈로그어로 하면, 내가 두들겨 맞았다는 의미가 되고 맙니다. 그래서 라틴어를 모르는 당신들이 불쌍하다는 말이오. 라틴어로는 모든 것을 바로 세울 수 있는데 말이오."

"어쨌든, 우리는 오레무스, 파르세노비스 그리고 아그누스 데이 카톨리스라는 발음을 할 수 있지만 아직 그 각각의 의미를 모른단 말이에요. 저들에게 어찌 설명해야 티농의 목을 매달지 않도록 할 수 있을지 말해주세요."

"그 젊은 친구와 관계를 맺은 것 자체가 아주 아주 잘못된 일이었습니다."

라틴어 학자가 대답했다.

"정의로운 자는 언제나 죄인들 때문에 고통 받지요. 차라리 유언장이나 만들어놓는 것이 좋겠습니다. 배 일리스! 저들에게 화 있을진저. 연기가 있는 곳에 불이 있습니다. 우비 에스트 푸무스 이비 에스트 이그니스."

그는 유감스럽다는 듯이 머리를 가로저었다.

"사투리노!"

카피타나 틴창이 갑자기 공포에 떠는 목소리로 외쳤다.

"오, 하느님, 그가 죽었어요! 의사! 의사를 불러! 티농! 불쌍한 티농!"

두 딸이 달려와 세 명이 서로 부둥켜안고 탄식했다.

"그는 단지 기절한 것뿐이오. 차라리…… 죽는 게 더 나을지도 모르겠소만, 불행히도 그는 단지 기절한 것이오. 바꿈바얀의 교수대에서 처형당하느니 차라리 침대에서 이렇게 죽는 게 나을 거요. 논 티메오 모르템 인 카트레세드 수페르 에스팔도넴 바꿈바야니스. 물 좀 가져와!"

"죽으면 안 돼요!"

카피티나 틴창이 울먹였다.

"죽으면 안 돼요! 군인들이 당신을 체포하러 왔을 때, 당신이 죽어 있는 것을 발견하면 난 어쩌란 말이에요? 아아!"

돈 프리미티보가 카피탄 티농의 얼굴에 물을 튀겨 뿌리자 그가 깨어났다.

"자, 울음을 그치세요. 인베니 레메디움! 내게 해결책이 있습니다. 그를 침대로 옮기시오. 자, 용기를 가지시오. 조상들이 남긴 모든 지혜와 함께 내가 당신과 함께 있소이다. 의사를 부르시오. 그리고 당신은 지금 당장 금목걸이와 금반지를 챙겨서 총독에게로 달려가 선물하시오. 선물은 아무리 강한 바위라도 움직일 것입니다. 다디배 쿠에브란탄트 페나스. 그에게 크리스마스 선물이라고 하세요. 자, 이제 창문과 문을 닫아걸고, 그의 안부를 묻는 사람들에게 티농이 아주 아프다고 말하시오. 내가 그의 온갖 서류와 편지, 책들을 불태울 것이오. 그래야 저들이 아무런 증거도 찾지 못할 테니까요. 그게 바로 돈 크리소스토모가 했던 방식입니다. 어떠한 편지라도 당신에게 불리한 증거가 될 수 있습니다. 스크립티 테스테스 순트! 하지만, 쿠오드 메디카멘타 노온 사나트, 페룸 사나트, 쿠오드 페룸 논사나트, 이그니스 사나트. 약으로 고칠 수 없다면 철분이 효력 있을 것이고, 철분도 효력이 없다면 불이 효력이 있을 것이오."

"오 그래요, 사촌. 여기 모두 태워버리세요."

카피티나 틴창이 말했다.

"여기 집 열쇠가 있습니다. 여기 카피탄 티농의 편지도 있고요. 모두 태워버리세요! 유럽에서 온 신문에도 무언가 트집 잡을 것이 있을지 몰라요. 저들은 아주 위험한 생각을 하니까요. 여기 런던에서 온 〈타임스〉도 몇 부 있어요. 비누나 치마를 보관하기 위한 포장지로 사용하려 남겨둔 것들이에요. 여기 책들도 있어요."

돈 프리미티보가 말했다.

"당신은 지금 당장 총독에게로 가시오. 나를 혼자 있게 해주시오. 인 엑스트레미스 엑스트레마. 이처럼 긴박한 순간에는 특단의 조치가 필요합니다. 나에게 로마의 독재자와 같은 권한을 주시오. 그리고 당신은 내가 하는 대로 그저 보고만 있으시오."

그는 이런저런 명령을 내리고, 서랍들을 죄다 끄집어내서 뒤집고, 서류와 책 그리고 편지 등을 찢기 시작했다. 주방에 불이 지펴지고 그것들이 던져졌다. 오래된 총기들은 도끼로 부수고, 녹이 슨 권총들은 오물통에 던졌다. 불에 바람을 불어넣는 데 사용하려고 총신 하나를 남겨두려 한 하인이 호되게 꾸지람을 들었다.

"콘세르바레 에티암 스페라스티, 페르피다? 그걸 남겨둘 수 있다고 생각해, 이 가여운 사람아? 당장 불 속에 던져버려."

그리고 각종 물건들에 대한 화형이 집행되었다.

한 오래된 양피지 문서의 제목이 그의 눈에 들어왔다. '코페르니쿠스에 의한 천체의 반란'이라 쓰여 있었다. '어리석은 짓,' 그는 이렇게 소리를 지르며 그것을 불에 던져 넣었다.

"불손한 것은 모두 불 속에 던져버려! 이테 말레딕티 인 이그넴 칼라니스! 혁명! 코페르니쿠스! 내가 때마침 여기 오지 않았더라면, 이 모든 것이 형벌의 이유가 되었을 것이오! 이건 또 뭐야? 필리핀에게 자유를! 이런 정신 나간 것 같으니! 불속에 던져버려!"

순박한 저자가 쓴 무고한 책들조차 불 속에 던져졌다. 아무리 소소한 저작물일지라도 남겨두지 않았다. 어쨌든 사촌 프리미티보의 '정의로운 자가 죄인들 때문에 고통을 받는다'라는 말은 틀리지 않았다.

네다섯 시간이 지난 후 성벽으로 둘러싸인 스페인 구역 안에서는 자발적으로 여러 사람들이 한곳에 모여들었다. 그날의 사건이 사람들의 대화 주제였다. 수많은 나이 든 여인들, 노처녀들, 스페인 관리의 아내들과 딸들이 모였다. 모두들 실내복을 입고 있었으며 하품을 하거나 부채질을 하고 있었다. 남자들 중에는 자신의 본성에서 벗어나 여자의 모습을 하고 있는 이들도 있었다. 그곳에는 키가 작고 나이가 좀 들었으며, 팔이 하나밖에 없는 남자도 있었다. 모두들 그에게 정중하게 대했지만 그는 이들을 경멸하듯 묵묵히 대했다.

"사실 말이야, 지금까지 난 성직자들과 군 장교들을 탐탁지 않게 생각했어요. 정말로 못된 사람들이라고 여겼지요."

한 뚱뚱한 여인이 말했다.

"하지만 오늘에서야 저들이 얼마나 유용하고 유익한 사람들인지 알게 되었습니다. 기꺼이 그들 중 한 사람과 결혼이라도 하겠어요. 난 애국자니까요."

한 왜소한 여인이 말했다.

"나도 당신과 같은 생각이에요. 이전 총독과 같은 분이 안 계시다는 게 우리의 불행이지요. 그는 정말 이 나라를 깔끔하게 통치했었는데요."

"그리고 모든 불순한 것들을 쓸어버렸지요."

"아직도 필리핀엔 무인도가 많이 있다고 하지 않았던가요? 왜 저 건방진 원주민들을 모두 그곳으로 보내지 않는 거죠? 내가 만일 총독이라면……."

외팔이 관료가 말했다.

"이보시오, 여인들. 총독께서는 자신이 해야 할 의무를 알고 계십니다. 제가 듣기로는 그가 이베라에게 베푼 모든 혜택들에 대해 아주 불쾌하게 생각하고 계시다고 했습니다."

"많은 혜택이라고요?"

왜소한 여인이 격렬하게 부채질을 하며 물었다. "원주민들이 얼마나 배은망덕한지 보세요! 어떻게 저들을 인간처럼 대할 수 있겠어요! 오, 주여!"

한 관리가 말했다.

"내가 무슨 말을 들었는지 아세요?"

"뭔데요? 어서 들은 것을 말해보세요!"

모두가 조용히 귀를 기울이는 가운데 그 관리가 이야기를 시작했다.

"아주 믿을 만한 사람의 말에 따르면 학교 건물을 짓는다는 소리도 다 새빨간 거짓말이었답니다."

새로 꾸며낸 소문도 당장 믿을 것 같은 여인이 말했다.

"주여, 그것에 대해 어떻게 생각하세요?"

"그 학교는 단지 눈가리개에 불과했대요. 그가 정말 지으려고 했던 것은 추격을 받을 때 자신을 보호하기 위한 요새였다고 하네요."

"주여, 정말 파렴치한이군요!"

"오직 원주민만이 그런 비겁한 생각을 할 수 있는 거예요."

뚱뚱한 여인이 말했다.

"내가 총독이라면, 저들을 당장…… 본때를 보여줄 텐데."

"나도 같은 생각이에요."

왜소한 여인이 동조했다.

"나 같으면 모든 원주민 사기꾼들과 불순한 원주민 성직자들, 악덕 원주민 상인들을 체포해서 법정에 세울 필요도 없이 그냥 추방시켜버릴 텐데 말이에요. 악은 뿌리째 뽑아야 한다고요."

외팔이 관료가 한 발짝 뒤에서 소견을 제시했다.

"근데 그 젊은 선동가가 스페인 사람의 아들이란 말이 있던데요."

"아, 그럼 혼혈이 분명해요!"

약간 당황한 뚱뚱한 여인이 소리쳤다.

"원주민들이 혁명에 관해서 알 리가 만무하죠. 그들은 그저 야생 까마귀처럼 당신의 눈을 쪼아 빼낼 줄이나 알죠."

"내가 무엇을 들었는지 아세요?"

한 혼혈 여성이 끼어들었다.

"카피탄 티농 아시죠? 왜 우리가 지난 톤도 축제 기간에 그의 집에서 식사도 하고 춤도 췄잖아요."

"딸이 둘 있는 그 집 말이죠? 그런데 그가 왜요?"

"글쎄 그의 부인이, 오늘 오후에 1000페소나 되는 반지를 총독에게 선물로 바쳤대요!"

외팔이 관료가 관심을 표시했다.

"정말이요? 뭣 때문에?"

그의 눈빛에 미묘한 변화가 생겼다.

"그의 아내는 그게 크리스마스 선물이라고 했대요."

"아직 크리스마스는 한 달이나 남았는데."

뚱뚱한 여인이 의견을 내놓았다.

"아마도 이번 사건에 휘말릴까 봐 두려워서겠지요."

왜소한 여인이 말했다.

"미리 미리 예방해두자는 것이겠지요. 사악한 자들은 그렇게 누구도 쫓아올 수 없는 곳으로 달아나죠."

"내 생각도 그래요. 바로 정곡을 찔렀어요."

"그 일을 좀 더 자세히 알아볼 필요가 있겠네요."

외팔이 관료가 신중하게 말했다.

"우리에게 보이는 것 이상의 무언가가 있을 수 있어요."

왜소한 여인이 말을 되풀이하며 말했다.

"보이는 것 이상의 무언가라…… 저도 그런 생각이 들었어요."

"저도 그랬어요."

또 다른 사람이 장단을 맞췄다.

"카피탄 티농의 부인은 인색하고 변덕스러운 사람이에요. 우리가 그 집에 방문했을 때도 아무런 선물을 주지 않았어요. 그처럼 인색한 사람이 1000페소나 되는 선물을 하다니……."

외팔이 관료가 물었다.

"근데 그 소문이 정말 확실해요?"

혼혈 여성이 말했다.

"의심할 여지없이 확실해요. 총독 각하의 부관이 제 조카의 약혼자거든요. 그가 조카에게 말한 거예요. 그리고 그 반지는 지난 축제 때 카피탄 티농의 큰딸이 끼고 다녔던 반지와 같은 것임이 분명해요. 그녀는 항상 다이아몬드로 온몸을 휘감고 다니거든요!"

"걸어 다니는 점포 진열대 같아요!"

"마네킹을 사고 점포 전면을 활용해 전시하는 대신에 다른 형태의 광고를 하는 것이겠지……."

외팔이 관료가 먼저 양해를 구하며 자리를 떠났다.

약 두 시간 후 모두들 잠자리에 들었을 때 군인들은 톤도에 사는 일부 사람들에게 초대장을 전달했다. 당국에서는 일부 고위층 재력가들을 바람도 제대로 통하지 않고 방비도 되지 않는 집에서 잠들도록 내버려 둘 수 없었다. 초대받은 이들은 산티아고 요새나 다른 정부 건물에서 더 시원하고 평온하게 잠들 수 있을 것이다. 당국의 그런 배려를 받은 사람들 중에는 불쌍한 카피탄 티농도 끼어 있었다.

61

마리아 클라라의 결혼

카피탄 티아고는 매우 행복했다. 이 불행한 시기에 아무도 그를 성가시게 하지 않았기 때문이다. 그는 체포되거나, 독방에 갇히거나, 전기의자에 앉아 심문을 당하거나, 지하실에서 뭇매를 맞거나, 문명인이라 스스로 칭하는 저들에게 알려진 온갖 사악한 악행을 전혀 당하지 않았다. 그의 친구들, 아니 그의 예전 친구들은(카피탄 티아고는 자신의 필리핀인 친구들이 정부의 조사를 받는 듯하자 그들과의 관계를 끊었다) 나름대로 며칠 동안 정부관사에서 지내다가 각자의 집으로 돌아갔다. 총독이 직접 그들을 돌려보내라고 명령한 것이다. 아마도 그들을 더 이상 정부 건물에 머물게 하는 게 적절치 않다고 판단한 듯했다. 이는 외팔이 관료에게 큰 실망감을 주었다. 그는 다가오는 크리스마스를 그 부유하고 사치스러운 사람들과 함께 보내길 기대했다.

카피탄 티농이 집에 돌아왔을 때, 얼굴은 창백했고 몸은 병들어 부어 있었다. 정부관사에서의 생활이 그에게는 그다지 좋지 않았던 듯했다. 그는 아예 딴 사람이 된 것 같았다. 그가 무사히 귀가하자 웃고 떠들며 기뻐하는 가족들에게 그는 아무런 말도 하지 않고 인사조차 건네지 않았다. 이 가련한 사람은 더 이상 불순한 사람을 만날까 두려워 아예 집 밖을 나가려 하지 않았다. 지혜로 가득한 사촌 프리미티보도 그의 꽉 다문 입을 열지 못했다.

"나를 믿으세요, 사촌."

그가 말했다.

"내가 그 모든 자료들을 불태우지 않았더라면 저들이 당신을 체포했을 것이오. 만일 내가 집 전체를 불태웠더라면, 그들은 당신의 머리카락 하나도 건드리지 않았을 겁니다. 하지만 이미 지난 것은 생각할 필요가 없습니다. 쿠드 이벤툼, 이벤툼. 그라티아스 아가무스 도미노 데오, 당신이 마리아 니스 인술리스 에스, 카모떼스 플란탄도에 있지 않은 것에 대해 하느님께 감사합시다."

카피탄 티아고는 카피탄 티농이 겪은 이야기를 모두 알고 있었다. 그는 누가 자신을 그토록 철저히 보호해주었는지 모르면서도 감사한 마음이 넘쳐났다. 이사벨은 그 기적과 같은 일에 대한 감사를 안티폴로의 성모 마리아, 존귀하신 로사리오의 성모 마리아, 카르멜의 성모 마리아 순으로 돌렸다. 그리고 아주 미미하지만 그녀의 머릿속에 떠오른 다른 성모 마리아에게도 감사했다. 카피탄 티아고는 그 기적을 부인하지 않았지만 한마디 덧붙였다.

"나도 그렇게 믿어, 이사벨. 하지만 안티폴로의 성모님 혼자서 이 모든 일을 할 수는 없었을 거야. 그녀는 분명 나의 미래 사위, 리나레스의 도움을 받았을 게 틀림없어. 그대도 알다시피 그는 지난번 주간지 표지에 등장한 총리와 농담을 주고받을 정도로 친한 사이라고 했잖아. 그 총리는 너무나 중요한 인물이라서 얼굴을 절반밖에 공개하지 않았었지."

리나레스는 산디에고에서 일어나는 일에 대한 소식을 들을 때마다 기쁨의 미소를 감출 수 없었다. 놀랄 일도 아니지만, 비밀이란 꼬리표가 붙은 소문에 따르면 이베라가 곧 처형당할 것이라고 했다. 비록 그를 처벌할 충분한 증거를 찾지는 못했지만 그를 정죄할 수 있는 증거가 드디어 발견되었다고 했다. 전문가들의 판단에 따르면 최근 건설 중인 학교 건물은 비록 무지한 원주민들에 의해 만들어져서 결함이 많긴 하지만 나름대로 요새로 사용할 만하다는 것이다. 이 소문은 카피탄 티아고가 마음을 더욱 굳히게 만들었고 리나레스를 미소 짓게 했다.

카피탄 티아고와 이사벨처럼 그의 친구들도 두 부류로 나뉘어졌다. 한쪽은 카피탄 티아고의 행운을 기적으로 생각하고, 한쪽은 이를 정치적 영향으로 돌렸다. 하지만 후자의 목소리는 그다지 높지 않았다. 이를 기적으로 믿는 사람들 가운데도 분파가 나뉘어졌다. 비논도 교회의 성구 책임자, 양초 행상인, 한 교회 단체의 회장은 존귀하신 로사리오의 성모 마리아에 의해 신의 손길이 움직이는 것을 봤다고 했다. 한편 카피탄 티아고가 안티폴로에 갈 때 구입해 갔던 양초를 제조한 중국인은 부채를 부치고 다리 하나를 건들거리면서 중국인 특유의 말투로 이렇게 말했다.

"엉뚱한 소리 마시오! 안티폴로의 성모님께서 하신 일이라니까. 그녀의 효험은 그 누구도 따라올 수 없소. 가당치도 않은 소리!"

카피탄 티아고는 중국인의 말을 더 신뢰했다. 왜냐하면 그 중국인은 바로 자신의 죽은 아내가 임신 6개월이 되었을 때 그녀의 손금을 봐준 점쟁이이자 의사였으며 모든 것을 의지할 수 있을 만큼 가장 신뢰했던 사람이기 때문이다. 당시 그의 예언은 이러했다. '아이 없이 죽을 사람이 아니오. 좋은 운을 타고났소이다.'

그리고 그 무신론자의 예언에 따라 마리아 클라라가 세상에 태어났다.

신중하고 겁이 많은 카피탄 티아고는 제우스신에게 누가 가장 아름다운 여신인가라는 질문을 받고 주저하는 트로이의 왕자 파리스처럼 쉽게 마음을 결정하지 못했다. 그가 두 성모 마리아 중 어느 하나를 선택할 때 다른 쪽으로부터 저주를 받을까 두려웠기 때문이다. 그는 자신에게 이렇게 말했다.

'신중해야 해. 지금 일을 그르쳐서는 안 되지.'

정치적 영향력이 발휘되었다고 주장하는 도냐 빅토리나, 돈 티부르시오, 리나레스의 방문 후에 그는 더욱 혼란스러워졌다.

도냐 빅토리나는 리나레스가 총독을 방문한 사실을 언급하면서 자신들의 주장을 내세웠다. 그녀는 거듭해서 영향력 있는 사람과 연줄을 맺는 것이 얼마나 중요한지를 암시했다.

"별로 신경 쓸 것 없어요."

그녀가 서툰 발음으로 결론을 말했다. 그리고 '큰 나무들 사이에 있어야 그늘에서 쉴 수 있다'라는 명언을 거꾸로 말했다. 그녀의 의사 남편이 말을 바로잡았다.

"그게 아니라, 반대로."

최근 도냐 빅토리나는 모음 발음을 길게 하고, 끝의 자음 발음을 거의 하지 않는 남쪽 지방 억양을 익혔다. 그래서 누구도 그녀가 무슨 말을 하는지 알아듣지 못했다. 그녀의 앞머리에 붙인 가발은 거의 떨어져나갈 참이었다.

"아, 그래요."

그녀가 이베라에 대해 말했다.

"그가 저지른 일에 합당한 처벌이지요. 그를 처음 봤을 때 난 그가 불순한 사람이란 걸 이미 알아챘어요. 총독께서 뭐라고 말씀하셨죠, 사촌? 그리고 총독께 뭐라고 말했죠? 자, 우리에게 했던 이베라에 관한 얘기를 이 사람에게도 해주지그래요."

리나레스가 그녀를 가로막았다.

"부인, 부인!"

하지만 그녀는 그가 말할 기회를 주지 않았다.

"어째서 외교관처럼 그렇게 격식을 차리는 거예요? 당신이야말로 총독에게 없어서는 안 될 그런 사람이 아닌가요? 우리도 다 알고 있습니다! 오, 사랑스러운 클라리따, 다시 만나게 되어 반가워요!"

마리아 클라라는 병에서 거의 다 회복되었지만 여전히 얼굴이 창백했다. 그녀의 긴 머리는 하늘색 비단 리본으로 묶여 있었다. 그녀는 수줍고 슬픈 미소로 그들을 맞이했고, 도냐 빅토리나에게는 일반적인 인사의 의미로 볼 맞춤을 했다.

간략한 인사가 끝나자 스페인 남부 지방 발음을 흉내 내며 도냐 빅토리나가 말을 계속했다.

"좋은 연줄 때문에 당신들 모두가 이렇게 무사하다는 것을 알고 우리가 방문한 것입니다!"

그녀는 리나레스를 바라보며 의미심장한 눈길을 보냈다.

마리아 클라라가 조용한 목소리로 말했다.

"하느님께서 우리 아버지를 구해주셨습니다."

"아마도, 그렇겠지. 클리리따, 하지만 기적들은 더 이상 일어나지 않을걸. 우리 스페인 사람들 사이에는 성모님보다 당신의 발을 의지하는 게 낫다는 말이 있지!"

"저런, 말의 앞뒤가 바뀌었소!"

"어머, 미안해요. 제 말은 당신의 발을 의지하지 말라는 말이었어요."

아직 이 대화에서 침묵을 지키고 있던 카피탄 티아고가 용기를 내서 질문했다. 그리고 그 질문에 대한 대답에 그의 온 신경을 집중해야 했다.

"도냐 빅토리나 씨, 그럼 당신도 동정녀가 이 모든 일을 하셨다고 믿는 건가요?"

"우리가 지금 여기 와서 당신께 말하려고 하는 게 바로 그 처녀에 관한 것이오."

그녀는 도대체 알아들을 수 없는 대답을 하면서 마리아 클라라를 향해 머리를 획 돌렸다.

"공연히 딴청 피우지 말고 할 얘기나 하는 게 좋겠소이다."

마리아 클라라는 자리를 좀 피해달라는 뜻으로 이해했고 그것을 핑계로 의자에서 일어나 조용히 물러갔다,

그녀가 떠난 자리에서 이어진 논의들은 너무도 비열하고 치사한 것이라 언급조차 하기 부끄럽다. 단지 손님들이 떠나면서 너무도 기분 좋아했다는 정도로만 말해두고자 한다. 잠시 후 카피탄 티아고가 이사벨에게 말했다.

"식당에 연락해서 내일 우리의 연회를 준비해달라고 전해주구려. 그리고 마리아에게 우리가 곧 시집보낼 것이라는 사실도 넌지시 일러주고."

이사벨은 혐오스러움에 몸을 떨었다.

"자네도 깨닫게 될 거야! 리나레스 씨가 우리 사위가 되면, 우리는 정부의 어떤 사무실이라도 자유롭게 들락거릴 수 있을 거야. 모두가 우리를 부러워할 거라고. 아마 배가 아파 죽을지도 모를걸!"

다음 날 저녁 8시가 되자 카피탄 티아고의 집은 다시금 사람들로 북적거렸다. 이번에 초대받은 손님들은 오직 스페인 사람들과 중국인들, 필리핀 현지에서 낳았거나 스페인 반도에서 이주해 온 여자들뿐이었다.

시빌라 신부와 살비 신부는 다른 프란시스코회와 도미니크회 사람들과 함께 있었다. 그곳에는 나이 든 군인 게바라 중위도 굳은 표정을 하고 함께 있었다. 산디에고의 전 부대장은 자신의 견장을 뽐내기라도 하듯 바라보고

있었다. 마치 자신이 레판토 해전에서 승리한 오스트리아의 돈 존이라도 된 것 같은 표정이었다. 그는 지금 도지사의 직급에 올라와 있었다. 데 에스파다냐는 그런 그를 존경스러우면서도 두렵게 바라보며 눈을 마주치지 못했다. 그의 곁에는 화가 잔뜩 난 도냐 빅토리나가 있었다. 리나레스는 아직 도착하지 않았다. 중요한 사람으로서 그는 일부러 남들보다 조금 늦게 도착하려는 것이었다. 어떤 이들은 자신이 어디를 가든 한 시간 정도 늦게 나타나는 것이 스스로를 중요한 사람으로 만든다고 생각했다.

여인들 중에는 모든 화제의 주인공인 마리아 클라라도 있었다. 그녀는 찾아오는 손님들에게 격식을 차려서 인사를 했지만 우울한 감정을 숨길 수는 없었다.

한 젊은 여인이 말했다.

"쉬, 꽤나 고상해 보이는 아가씨인데요."

또 다른 여인이 대답했다.

"아주 예쁘긴 한데, 좀 덜 멍청해 보이는 여인을 선택하는 편이 나았을 것 같네요."

"돈도 많고 사랑스럽잖아. 적절한 상대를 찾은 거야."

또 다른 곳에서 누군가 이런 말을 했다.

"정말로? 그녀의 첫번째 약혼자가 곧 처형당할 처지인데 결혼을 하다니!"

"선견지명이 있었던 거지. 언제든 쉽게 대체할 사람을 곁에 두었던 거야."

"글쎄, 내가 진정 사랑하는 사람을 잃었다면……."

마리아 클라라도 그 대화를 들은 듯했다. 꽃병의 꽃을 정리하던 손은 떨렸고, 얼굴색이 변하며 입술을 깨물었다.

남자들 사이의 대화는 큰 소리로 이어졌고 자연스럽게 화제는 최근의 사건에 관한 것으로 옮겨 갔다. 모두들 대화에 참여해 말을 거들었다. 돈 티부르시오 데 에스파다냐도 대화에 끼어들었지만 살비 신부만은 예외였다. 그는 여전히 그들을 얕보는 표정으로 침묵을 지키고 있었다.

새로운 계급을 나타내는 별들이 어깨에서 빛나는 전 부대장이 말했다.

"존경하는 살비 신부님! 신부님께서 산디에고를 떠날 것이란 말을 들었습니다."

"더 이상 이곳에서 할 일이 없어서요. 이제는 마닐라에 계속 있을 예정입니다. 당신은 어찌되는 겁니까?"

"저도 이 도시를 떠날 것입니다."

어깨를 펼치며 그가 대답했다.

"전투병을 이끌고 반란이 일어나는 지역을 평정하라는 명을 받았습니다."

살비 신부는 순간적으로 그를 위아래로 훑어본 후 등을 돌렸다.

한 사람이 물었다.

"그 반란의 주모자가 어찌될지 분명하게 드러난 것이 있나요?"

또 다른 사람이 물었다.

"크리소스토모 이베라를 말하는 것이오? 아마도…… 별다른 일이 없다면 1872년 사건 때 주모자들처럼 처형당하겠지요."

나이 든 중위 게바라가 차갑게 말했다.

"그는 유배지로 가고 있을 겁니다."

여러 목소리가 동시에 터져 나왔다.

"유배라고, 고작 유배란 말이야! 그래, 아마도 평생 동안 유배지에서 살아야 할 거야."

"만일 그 젊은이가……."

게바라 중위가 단호한 목소리로 말했다.

"좀 더 신중했더라면…… 만일 그가 교신했던 사람들을 좀 덜 신뢰했더라면, 만일 검사들이 그 편지의 내용을 그렇게 교묘하게 왜곡해서 보지만 않았더라면 그는 분명 무죄 판결을 받았을 겁니다."

나이 든 중위의 단호한 태도는 주위 사람들을 놀라게 했다. 그리고 그들은 할 말을 잃었다. 살비 신부는 다른 곳을 쳐다보고 있었다. 자신을 바라보고 있을 것 같은 그 중위의 음울한 시선을 피하고 싶었기 때문일 것이다. 마리아 클라라는 들고 있던 꽃을 떨어뜨리고 얼음처럼 굳어 앉아 있었다. 스스로 침묵해야 할 때를 잘 아는 살비 신부는 이제 무언가 말해야 할 때가 됐다고 생각했다.

"그 편지에 대해서 말하는 겁니까, 게바라 중위님?"

"나는 그저 열정적이고 세심하게 그 사건을 다룬 그의 변호사가 한 말을 그대로 전한 것뿐입니다. 이베라 씨가 유럽으로 떠나기 전에 한 소녀에게 썼던 몇몇 모호한 글귀를 제외하고는, 그에게 죄를 물을 어떠한 증거도 제시되지 않았습니다. 검사는 그 글귀가 정부에 대한 반란 계획을 드러내는 것이라고 주장했습니다. 그리고 이베라 씨는 자신이 그 글을 썼다고 인정했습니다."

"반란에 참가한 자들 중 한 명이 죽기 전에 한 진술은 어쩌고요?"

"그건 이미 변호사의 변론으로 효력이 상실되었습니다. 왜냐면 그 사람은 자신이나 동료들이 이베라 씨와 직접 교신한 적이 없다고 말했기 때문입니다. 오직 분명해진 것은 이베라 씨를 원수로 생각하는 루카스가 그 모든 일을 꾸몄다는 것이고, 그는 아마도 양심의 가책을 받아 자살한 것으로 추정됩니다. 그의 시신에서 발견된 편지들은 모두 위조된 것으로 판명되었습니다. 그것은 이베라 씨의 최근 필적이 아니라, 7년 전의 필적과 흡사했으니까요. 그 위조된 편지에 사용된 필적은 그가 소녀에게 보낸 편지를 모델로 삼았을 것으로 추정됩니다. 게다가 변호사에 따르면, 만일 이베라 씨가 그 편지를 자신의 것이 아니라고 부인했다면 훨씬 수월하게 변호했을 것이라고 했습니다. 하지만 이베라 씨는 그 편지를 보자 얼굴빛이 창백해지고 몸의 기운이 빠지는 듯하더니 자신이 썼다고 모두 시인했다 합니다."

한 프란시스코회 수도사가 물었다.

"당신 말에 따르면 그 편지가 한 소녀에게 보낸 것이라고요? 그럼 어떻게 그 편지가 검사의 손에 들어간 것입니까?"

게바라 중위는 질문에 대답하지 않고 살비 신부를 힐끗 쳐다본 후 자리를 떠나 거실을 가로질러 갔다. 다른 이들은 그 얘기를 계속했다.

"하느님의 섭리가 있었던 게지!"

누군가 말했다.

"그 여인마저도 그를 미워하고 있었던 거잖아."

"자신의 집을 불사르면 스스로를 구할 수 있다고 생각했겠지만, 그 여인, 다시 말해 그 심술궂고 천박한 여인을 생각하지는 못한 것이지."

다른 사람이 웃으면서 말했다.

"하느님의 섭리가 분명해! 산티아고를 구하고 스페인을 드높이기 위함이야!"

한편 게바라 중위는 마리아 클라라의 곁에 잠시 머물렀다. 그녀는 그들의 대화를 들으며 의자에서 꼼짝도 하지 못하고 있었다. 그녀의 손에서 떨어진 꽃들은 발아래에서 그대로 흩어졌다.

"당신은 아주 현명한 여인이오."

게바라 중위가 속삭였다.

"그 편지를 당국에 넘긴 것은 아주 훌륭한 일이었소. 그 때문에 당신과 당신 가족은 평안한 미래를 보장받은 것이오."

그녀는 멍한 눈으로 멀어지는 게바라 중위를 바라보며 입술을 깨물었다. 움직일 수조차 없던 그녀는 다행히도 때마침 곁을 지나가는 이사벨 이모의 옷자락을 겨우 잡을 수 있었다.

"이모"

그녀가 중얼거렸다. 이사벨이 그녀의 표정을 보고 놀라서 물었다.

"무슨 일이야?"

그녀는 이모의 팔을 붙잡고 몸을 일으키며 애원했다.

"나를 방으로 좀 데려다줘요."

"몸이 불편한 거야, 아가야? 온몸에 힘이 하나도 없네! 왜 그런 거야?"

"현기증이…… 사람도 너무 많고 불빛도 너무 밝아서…… 좀 쉬어야겠어. 내가 먼저 잠자리에 들었다고 아빠에게 말해줘."

"몸이 얼음처럼 차갑네. 따뜻한 차라도 좀 가져다줄까?"

마리아 클라라는 머리를 가로저었다. 방에 들어가자 그녀는 문을 닫아걸었다. 그녀의 몸에 남아 있던 모든 기운이 빠져나가는 듯했다. 그녀는 십자가 앞에 엎드려 있는 성모 마리아 같은 모습으로 방바닥에 쓰러져 어머니를 불렀다.

달빛이 창문과 발코니로 나 있는 문을 통해 들어왔다. 오케스트라는 흥겨운 왈츠를 연주하고 있었다. 웃음소리와 대화 소리가 그녀의 침실로 스며들어 왔다. 그녀의 아버지, 이사벨 이모, 도냐 빅토리나, 리나레스가 여러 차례 그녀의 방을 노크했지만, 그녀는 대답하지 않았다.

시간이 지나고 탁자에 앉아 하는 얘기도 시들해지자 춤추는 소리가 들려왔다. 방 안의 양초는 다 타서 꺼져버렸다. 그녀는 여전히 움직이지 않고 있었다. 십자가에 달린 아들 예수의 발아래 있는 어머니 마리아의 모습 그대로였다. 점차 집 안이 조용해지고 등불도 꺼져갔다. 이사벨 이모가 다시 그녀의 침실 문을 노크했다.

그녀가 큰 소리로 말했다.

"지금쯤이면 이미 잠들었을 거야. 아직 어리니 걱정할 것 없어. 이미 세상 일은 다 잊고 잠들었을 거야."

주위가 모두 조용해졌을 때 마리아 클라라는 천천히 일어나 주위를 둘러보다 발코니의 격자 구조물을 발견했다. 그것은 우울한 달빛을 받아 희미하게 드러나 있었다.

"걱정할 것이 없다고! 세상일을 다 잊었으니까!"

그녀는 이모의 말을 중얼거리며 발코니로 나갔다.

도시는 잠들어 있었다. 이따금씩 강을 가로지른 나무다리 위를 달리는 마차 소리가 들려올 뿐이었다. 외롭게 흐르는 강물은 조용히 달빛을 반사하고 있었다.

그녀는 검푸른 하늘을 바라봤다. 그리고 천천히 반지와 귀걸이, 머리핀을 뺐다. 그것들을 난간 위에 올려놓고 아래로 흐르는 강을 바라보았다. 말들의 먹이로 줄 풀을 실은 배 하나가 강변의 집들마다 만들어놓은 작은 선착장에 멈춰 있다. 그 안에 타고 있던 두 명 중 한 명이 돌계단을 지나 담을 넘었다. 잠시 후 그녀가 있는 발코니로 향하는 계단을 오르는 발자국 소리가 들려왔다.

마리아 클라라는 자신을 발견하고 걸음을 멈칫하는 그를 보았다. 하지만 그것도 잠시, 그 남자는 성큼 다가와 코앞에 섰다. 마리아 클라라는 깜짝 놀라 한 걸음 물러섰다. 그녀가 깜짝 놀란 목소리로 속삭였다.

"크리소스토모!"

"그래 나야, 크리소스토모."

그가 침울한 목소리로 대답했다.

"나를 증오할 이유가 충분한 사람인 엘리아스가, 내 친구들 때문에 들어가게 된 감옥에서 나를 구해줬어."

그는 그 말을 하고 잠시 침묵했다. 마리아 클라라는 고개를 떨어뜨렸다.

이베라가 말을 이었다.

"죽은 어머니의 관 옆에서 내게 무슨 일이 있더라도 너를 행복하게 만들어주겠다고 맹세했지. 넌 그때 한 맹세를 깨뜨릴 수 있을 거야. 그녀는 너의 어머니가 아니었으니까. 하지만 나는 그녀에 대해 소중한 기억을 간직하고 있는 그녀의 아들이야. 그래서 수많은 위험을 무릅쓰고 내 약속을 지키기 위해 지금 여기에 왔어. 다행히 하느님의 도우심으로 지금 너를 만날 수 있게 된 거야. 마리아, 우린 다시 만날 수 없을 거야. 그리고 언젠가 나에 대한 기억이 너를 괴롭게 할지도 몰라. 헤어지기 전에 내가 여기에 온 것은, 너를 용서한다고 말해주고 싶어서야. 자 그럼, 행복하게 잘 지내. 안녕."

이베라는 뒤돌아 떠나려 했지만 마리아 클라라가 그를 붙들었다.

"크리소스토모."

그녀가 말했다.

"하느님께서 나를 절망에서 구해주려고 너를 보내신 거야. 내 말을 들어줘."

이베라는 천천히 그녀에게서 벗어나려 했다.

"나는 네게 따지려고 여기에 온 게 아니야. 그저 너의 마음에 평안을 주고자 했을 뿐이야."

"네가 주려는 마음의 평안 같은 건 내게 필요 없어. 만일 내가 그런 평안을 가질 수 있었다면 이미 스스로 가졌을 거야. 너는 나를 경멸하고 있어. 네 경멸은 내게 죽음보다 더 가혹한 거야."

이베라는 그녀의 슬픔과 절망을 발견하고 그녀에게 원하는 것이 뭐냐고 물었다.

"내가 언제나 너를 사랑했다고 믿어줘."

크리소스토모는 쓸쓸한 미소를 지었다.

"너도 나를 의심하는구나. 너는 어떤 비밀도 없었던 어릴 적 친구를 의심하고 있어."

그녀가 슬픈 목소리로 말했다.

"하지만 내가 아파 누워 있을 때 저 사람들이 들려줬던 나의 출생에 관한 비극적인 이야기를 네가 안다면 너도 나를 불쌍히 여기게 될 거야. 그럼 그런 쓸쓸한 미소도 짓지 못할 거야. 지난번 그 무지한 의사의 처방으로 내가 죽어갈 때 그냥 내버려 두지 그랬어? 그랬더라면 지금 너와 나는 이보다 더 행복했을 텐데!"

이베라가 놀라는 듯 뒤돌아섰다.

"그는 우리의 결혼을 결단코 허락할 수 없다고 내게 말했어. 그래도 한다면, 나의 생부에 관한 엄청난 비밀을 세상에 밝힐 수밖에 없다고 하면서……"

그녀는 그만이 들을 수 있도록 귀에다 대고 속삭이듯 이름을 말했다.

"내가 어떻게 했어야 했을까? 너에 대한 사랑을 지키기 위해 우리 어머니에 대한 기억, 나를 키워주신 아버지의 명예, 나의 생부의 명예까지 모두 희생했어야 했을까? 그리고 이렇게 나를 경멸할 너를 두고 내가 무엇을 할 수 있었겠어?"

크리소스토모가 미친 사람처럼 소리쳤다.

"하지만 어떤 증거가 있어? 넌 그 증거를 요구했어야 했어!"

그녀는 자신의 품에서 두 개의 편지를 꺼냈다.

"내 어머니가 나를 임신하고 있을 때 양심의 가책에 못 이겨서 쓴 편지야. 가져가서 읽어봐. 그럼 그녀가 얼마나 태내에 있는 나를 저주하면서 간절히 죽기를 바랐는지 알게 될 거야. 그리고 나의 생부가 뱃속의 아이를 지울 제대로 된 약만 구했더라면, 나는 태어나지도 않았을 거야. 아버지는 이 편지들을 자신이 살던 집 어딘가에 두고 잊어버렸어. 누군가 그것을 발견해서 간직하고 있었던 거야. 저들은 그 편지들을 들고 내게 찾아와 네가 나에게 보낸 편지와 교환하자고 요구했어…… 내가 생부의 허락 없이 너와 결혼하지 않겠다는 약속과 함께 말이야. 네가 보낸 편지 대신에 그 편지들을 간직하고 있을 때, 내 마음에 깊은 한기가 느껴졌어. 난 너를 단념하기로 결심했어. 사랑을 포기하기로 결심했어. 죽은 어머니와 살아 계신 두 아버지를 두고 우리가 어찌할 수 있었을까? 그리고 저들이 네가 나에게 보낸 그 편지를 어떻게 사용할지 내가 어떻게 알았겠어?"

이베라의 온몸에 소름이 끼쳤다.

"내게 무슨 다른 선택의 여지가 남아 있었을까? 그때에 나의 생부가 누구라고 네게 말했어야 했나? 그가 너의 아버지를 그처럼 고통스럽게 만든

것에 대해 내가 너에게 용서를 빌었어야 했나? 태내에 있는 나의 죽음을 그
토록 원했던 생부의 딸로서, 너의 아버지에게 용서를 빈다고 말할 수 있었
을까? 난 그저 고통스럽게 비밀을 지키면서 죽을 수밖에 다른 도리가 없었
어. 너의 불쌍한 친구 마리아의 이 모든 슬픈 이야기를 듣고도 네가 그런 경
멸의 미소를 보냈을까?"

"마리아, 너는 하늘에서 보낸 천사야!"

"나를 믿어줘서 고마워……."

"하지만."

이베라가 목소리를 바꿔 말했다.

"네가 결혼한다는 소식을 들었는데……."

"그래."

그녀가 지체 없이 설명했다.

"아버지가 내게 희생을 요구했어. 그는 아무것도 모르는 채로 내게 집도
주고 사랑도 줬어. 나는 빚진 마음으로 그의 말에 따라 결혼함으로써 그를
평안하게 해주고 싶었어. 하지만……."

"하지만 뭐?"

"난 내가 끝까지 사랑을 지키겠다고 했던 그 약속을 잊지 않을 거야."

이베라가 그녀의 눈을 바라보면서 물었다.

"어떻게 하겠다는 건데?"

"미래는 너무 어둡고, 우리의 운명은 짐작조차 할 수 없어. 내가 무엇을 할
지 나도 모르겠어. 하지만 나에게 사랑은 오직 하나야. 그리고 나는 결코 사
랑 없이는 누구에게도 가지 않을 거야. 그런 너는 어쩌려고, 이제 어떻게 할
건데?"

"나는 이제 쫓기는 몸이야. 저들이 곧 내가 달아났다는 것을 알게 될 거야."

마리아 클라라는 두 손으로 그의 머리를 붙잡고 입술에 키스했다. 그리고 힘주어 포옹하더니 이내 그를 밀쳐냈다.

"어서 가! 빨리! 잘 가!'

이베라는 간절한 눈빛으로 바라봤다. 하지만 그녀의 몸짓에 그는 안타까움을 뒤로하고 발길을 돌렸다. 그는 다시 벽을 뛰어내려 배에 올랐다. 마리아 클라라는 난간에 기대어 떠나는 그를 바라보았다.

그들이 탄 배가 떠나면서 엘리아스는 가리고 있던 얼굴을 드러내고 그녀에게 공손히 인사했다.

62

호수에서의 추격

"들어보십시오."

엘리아스는 산가브리엘 쪽으로 가면서 심각하게 말했다.

"내게 떠오른 생각인데 말입니다. 지금 당신은 만달루용에 있는 내 친구 집에 숨어 있는 것이 좋겠습니다. 그곳으로 내가 당신의 돈도 전달해주겠습니다. 돈은 내가 불길 중에서 건져 당신의 할아버지 무덤 근처에 있는 거대한 발레테나무 아래 숨겨두었습니다. 그것으로 이 나라를 떠나는 게……."

이베라가 말을 끊었다.

"외국으로요?"

"남은 인생을 그곳에서 평안히 살라는 말입니다. 당신은 스페인에 친구도 있지 않소이까. 또한 당신은 부자이니 곧 사면도 받을 수 있을 것이오. 어쨌든 우리 같은 사람은 조국보다 외국에서 더 평안히 살 수 있을 테니까요."

크리소스토모는 깊은 생각에 잠겨 대답을 하지 않았다.

배는 파식 강에 들어섰고, 상류로 노를 젓기 시작했다. 말을 탄 한 사람이 스페인 다리를 따라 달리고 있었다. 날카롭고 긴 호각 소리가 들려왔다.

"엘리아스."

이베라가 드디어 말문을 열었다.

"당신은 우리 가족 때문에 불행에 빠졌고 두 번이나 나의 목숨을 구해줬습니다. 당신에게 그저 감사만 할 게 아니라 당신이 누려야 했던 것들을 회복시켜주고 싶어요. 당신은 내게 외국으로 떠나라고 조언했습니다. 그럼 나와 함께 떠납시다. 그곳에서 형제처럼 함께 살면 되지 않겠습니까. 당신도 여기서는 불행할 수밖에 없습니다."

엘리아스는 슬프게 고개를 가로저으며 대답했다.

"가당치 않습니다. 내가 나의 조국에서 사랑도 할 수 없고 행복할 수도 없다는 것은 맞는 말입니다. 하지만 나는 여기에서 그런 조국을 위해 고통당하다 죽을 수 있습니다. 그럴 만한 가치가 있는 일이라 생각하기 때문입니다. 내 조국의 불행은 곧 나의 불행입니다. 비록 우리 민족이 모두들 그 숭고한 이념으로 하나가 되지 못한다 할지라도, 비록 우리의 심장이 이를 위해 함께 고동치지 못한다 하더라도, 최소한 우리가 겪는 일상의 불행은 나로 하여금 저들과 하나가 되게 할 것입니다. 우리의 이 불행을 겪으며 나는 저들과 함께 애통해할 것입니다. 그 모든 불행이 우리 모두의 심장을 짓누르도록 말입니다."

"그럼 나더러는 왜 조국을 떠나라고 하는 것입니까?"

"그건 당신은 다른 곳에서도 행복하게 살 수 있기 때문입니다. 당신은 고통당하기 위해 태어난 사람이 아니기 때문이고, 당신은 언젠가 조국을 위해 자신이 희생됐다는 것을 깨닫게 될 때 조국을 증오하게 될 것이기 때문입니다. 자신의 조국을 증오한다는 것은 그 무엇보다 큰 불행이지요."

"당신은 나에 대해 편견을 가지고 있군요."

이베라가 불편한 심기를 토로했다.

"당신은 그 사실을 잊었습니까? 내가 스페인에서 돌아오자마자 조국을 위해 투신한 것을 말입니다."

"저의 말을 오해하지는 마십시오. 당신을 비난하려는 게 아닙니다. 저는 모든 사람들이 당신처럼 되기를 바랍니다. 하지만 당신에게 불가능한 것을 요구하지는 않을 것입니다. 당신의 그 마음이 당신을 잘못 인도하고 있다고 해도 화내지 마십시오. 당신은 당신 아버지께서 가르쳐주신 대로 조국을 사랑합니다. 당신은 조국 안에서 사랑과 부와 젊음과 행운을 누릴 수 있기에 조국을 사랑하는 겁니다. 지금까지 당신의 조국은 당신에게 부당한 대우를 하지 않았습니다. 우리가 행복한 시간을 사랑하는 것처럼, 그렇게 당신은 조국을 사랑한 것입니다. 하지만 당신이 가난하고, 배고프고, 쫓기고, 당신의 동포가 포상을 받기 위해 당신을 적들에게 넘기는 날에는…… 당신 스스로는 물론, 조국과 인간성 자체에 대해서도 부인하게 될 것입니다."

이베라가 분개했다.

"당신의 말이 내 마음을 아프게 하는군요, 친구."

엘리아스가 잠시 고개를 숙이더니 다시 말을 이었다.

"나는 당신이 환상에서 깨어나기를 바랍니다. 그리고 장래에 겪을 실망으로부터 당신을 보호하고 싶습니다. 약 한 달 전에 바로 저 달빛 아래의 이 배 안에서 내가 당신에게 했던 말을 기억해보십시오. 그때 당신은 행복한 사람이었습니다. 억압받는 사람들의 고통에 대해 당신은 무감각했습니다. 오히려 당신은 그들의 불평에 대해 범죄자들의 변명이라고 치부했었지요. 당신은 나의 주장과 간청에도 불구하고 오히려 그들을 억압하는 적들의 편에 서서 변호했습니다. 저는 그때 저 스스로 범법자가 되건, 그 비밀스러운 약속을 지키기 위해 죽임을 당하건 제 운명을 당신의 결정에 맡기고 있었습니다. 하지만 하느님께서는 저에게 그런 일이 일어나도록 허락하지 않으셨습니다. 그 반란군의 연로한 대장이 사망했기 때문입니다. 이제 한 달이 지난 지금 당신은 다른 생각을 하고 있군요!"

"당신 말이 옳아요, 엘리아스. 하지만 인간은 상황의 지배를 받는 동물입니다. 당시에 나는 세상을 제대로 볼 수 있는 눈이 없었습니다. 혐오스럽지만 제대로 분별하지 못했던 것입니다. 이제 나의 눈에는 우리 사회를 갉아먹는 그 무서운 암 덩어리가 보입니다. 그것이 우리 조국의 살점을 움켜쥐고 있기에 이를 즉시 도려내야 합니다. 저들이 나의 눈을 밝혀 우리 사회의 암 덩어리를 보게 했습니다. 저들은 나를 범죄자로 만들었습니다. 저들이 원하는 것이 그러하다면 저는 선동가가 될 것입니다. 진정한 선동가가 되어 아직 가슴에서 심장이 뛰는 사람들과 당신을 나에게 보낸 사람들, 그 모든 억압받는 사람들을 모을 것입니다. 그것은 범죄가 아닙니다. 자신의 조국을 위해 싸우는 것은 범죄가 될 수 없습니다. 그 정반대지요! 지난 300년 동안 우리는 저들에게 구걸하며 살았습니다. 저들의 사랑을 구했고, 저들을 형제라고 불렀습니다. 저들의 대답은 어떠했습니까? 모욕하며 빈정대고, 동일한 인간으로 취급하지도 않았습니다! 그대가 언젠가 말한 것처럼, 하느님은 우리를 이대로 내버려 두시지 않을 것입니다. 그분은 독립을 위해 싸우는 모든 사람들에게 도움의 손길을 펼칠 것입니다."

이베라는 열정으로 충만했다. 그의 온몸에 전율이 흘렀다.

그들은 총독 관저 앞을 지날 때, 그곳의 보초병들이 뭔가 특별한 일이 일어난 듯 흥분하고 있는 것을 목격했다.

"당신이 도망친 것을 저들이 이미 알아챘는지도 모르겠습니다."

엘리아스가 중얼거렸다.

"바닥에 엎드리세요. 내가 이 풀들로 당신을 덮겠습니다. 우리는 곧 탄약고를 지나갈 겁니다. 이 배에 두 사람이 타고 있는 것을 보면 보초가 의심할 것입니다."

그 배는 얇고 날씬한 카누라서 물속에 잠겨 가기보다는 표면을 스치며 지나가는 듯했다.

보초병은 엘리아스를 부르며 어디에서 왔는지 물었다.

"마닐라에서요. 판사들과 성직자들의 말에게 먹일 풀을 배달하는 중입니다."

그는 판다칸 지역의 목초지에 사는 사람들의 발음으로 대답했다.

"통과하시오."

그가 엘리아스에게 대답했다.

"하지만 경고하건대, 그 누구든 배에 태워주지 마시오. 방금 죄수 한 명이 도망했소. 당신이 그를 잡아서 내게로 데려오면 좋은 상을 내리리다."

"잘 알겠습니다, 나리. 그가 어떻게 생겼습니까?"

"프록코트를 입고 있고 스페인어를 한다오. 눈을 크게 뜨고 살피시오!"

배는 그곳에서 멀어져갔다. 엘리아스는 고개를 돌려 그 보초병을 바라봤다. 그는 여전히 강둑에 서 있었다.

"몇 분 더 지체해야 할 것 같습니다."

엘리아스가 속삭였다.

"내가 페냐프랑카에서 온 것처럼 보이기 위해서는 비타 강으로 들어가야 합니다. 당신은 곧 프란시스코코 발테자르의 시에 묘사된 강을 볼 것입니다."

도시는 달빛 아래 잠들어 있었다. 크리소스토모는 자연이 주는 평온을 맛보기 위해 몸을 일으켰다. 강물은 가장자리에 이름 모를 풀들이 난 좁은 길을 따라 흐르고 있었다.

엘리아스는 배에 싣고 있던 풀들을 강변에 내던졌다. 그리고 대나무 장대로 풀을 담았던 부대 자루들을 걷어 올렸다. 배는 계속해서 강을 따라 올라갔다.

"당신은 자유인입니다. 당신 스스로 미래를 결정해야 합니다."

그는 묵묵히 있는 크리소스토모에게 말했다.

"하지만 만일 내가 관찰한 바를 말씀드려도 된다면, 하고자 하는 일에 보다 신중하라고 말하고 싶습니다. 당신은 이제 곧 전쟁을 시작할 것입니다. 당신은 돈과 두뇌와 의지가 있기 때문에 곧 많은 도움의 손길을 발견할 것입니다. 하지만 불행히도 그들은 서로가 연합하지 않고 제각각일 것입니다. 당신이 이제 막 시작하려는 그 싸움에서, 가장 고통 받는 사람들은 아무도 보호해주지 않는 무고한 사람들일 것입니다. 한 달 전에 제가 당신에게 개혁을 요구했던 것과 같은 심정으로 지금은 더욱더 신중하라고 말씀드리고 싶습니다. 우리 조국은 스페인 본국으로부터의 독립을 생각하지 않습니다. 단지 자유와 정의 그리고 사랑을 요구하고 있을 뿐입니다. 불만으로 가득한 사람, 범죄자, 절망적인 사람들이 당신을 따르겠지만 제각각일 겁니다. 저는 당신을 따르지 않을 것입니다. 저는 사람들에게서 희망이 보이는 한 결단코 그런 극단적인 방법에 의지하지 않을 것입니다."

이베라가 단호하게 대답했다.

"그럼 나 혼자라도 가겠습니다."

"결심을 굳혔습니까?"

"흔들리지 않을 굳은 결심입니다. 하느님과 저의 아버지를 두고 맹세합니다! 아무런 대가를 치르지 않고 나에게서 평화와 행복을 갈취해 가는 자들을 결단코 내버려 두지 않을 겁니다. 나는 지금까지 오직 좋은 것만을 추구해왔습니다. 종교에 대한 사랑과 조국에 대한 사랑을 위해 모든 것을 존중하며 참아왔습니다. 그렇지만 저들은 나를 어떻게 취급했습니까? 무고한 죄를 씌워 감옥에 가두고, 나의 아내가 될 여인을 나락으로 떨어뜨렸습니다. 이에 대해 복수하지 않는다는 것은 그 자체가 이미 범죄입니다. 이는 저들로 하여금 또다시 불의한 죄를 저지르도록 부추기는 것입니다. 피와 생명이 남아 있는 한 비겁함과 허약함, 한숨과 눈물은 잠시 덮어두렵니다. 사람들의 조롱이 무례함과 도전으로 다가올지라도 나는 저들을 포기하지 않을 겁니다. 나는 저들로 하여금 스스로의 불행을 깨닫게 할 겁니다. 스페인을 형제라 생각하지 않도록 만들 겁니다. 오직 늑대들만이 형제들 간에 서로 잡아먹습니다. 자유에 대한 인간의 권리는 변할 수 없으며, 이를 억압하는 자들에 대해서는 단호히 저항해야 함을 저들에게 알릴 것입니다."

엘리아스는 한숨을 쉬며 머리를 숙였다.

"나를 산으로 데려다줄 수 있겠습니까?"

엘리아스가 대답했다.

"안전한 곳까지 데려다드리겠습니다."

그들은 다시금 파식 강으로 들어갔다. 그리고 대수롭지 않은 것들에 대해 좀 더 얘기를 나누었다.

"산타아나!"

이베라가 중얼거렸다.

"당신도 저 집을 아십니까?"

그들이 탄 배가 예수회에서 운영하는 별장 옆을 지나고 있었다.

"그곳에서 행복한 한때를 보냈지요."

엘리아스가 한숨을 지으며 말했다.

"그때 우리는 한 달에 한 번 꼴로 그곳에 갔습니다. 저도 다른 사람들과 다를 바가 없었지요. 부자였고, 가족과 꿈 그리고 미래도 있었습니다. 인근에 있던 제 여동생의 대학도 자주 방문하곤 했습니다. 그녀에게는 아주 예쁜 친구가 한 명 있었지요. 이제는 그 모든 것이 다 사라졌습니다. 단지 꿈같은 것이었지요."

바토 인근에 도착할 때까지 둘은 아무런 말이 없었다. 깊고 푸른 밤하늘이 달빛으로 슬픈 시를 토해내는 마술과 같은 밤에 파식 강을 따라 내려가는 다른 모든 이들과 마찬가지로, 그들도 조용히 생각에 잠겼다. 그림자는 인간의 비참함을 가리고, 저들의 재잘대는 예쁜 목소리는 고요한 침묵으로 따뜻하게 감싸고, 오직 자연의 소리만이 남아 있다.

바토 인근에 닿자 경비병 한 명이 졸음을 쫓으며 다가와 배 안을 살피더니 별다른 것을 발견하지 못하자 아무런 제재 없이 배를 통과시켰다. 이 검문소를 지키는 경비 조직은 지나가는 배들을 수색해 트집을 잡아 물건을 빼앗는 일을 주로 하곤 했다.

파식 강을 순찰하는 군인들도 그들의 배에 대해 아무 의심도 하지 않았고, 성가시게 굴지도 않았다.

그들이 탄 배가 거대한 거울처럼 고요한 호수에 도착했을 때는 이미 새벽 미명이 밝아오고 있었다. 달은 빛을 잃고 있었고, 동쪽 하늘에서는 붉은 기운이 감돌았다. 저 멀리서 무언가 천천히 움직이는 것이 그들의 눈에 들어왔다.

"순찰정이 다가오고 있습니다."

엘리아스가 속삭였다.

"엎드리세요. 이 부대 자루로 덮어드리겠습니다."

순찰정이 가까워지자 그 모습이 더욱 분명하게 드러났다.

"저들은 우리 배와 호수 가장자리 사이에 와 있습니다."

엘리아스는 불안하게 그 순찰정을 주시했다.

그는 천천히 뱃머리를 돌려 비낭오난 쪽으로 노를 저었다. 몹시 당황스럽게도 그 순찰정도 같은 방향으로 뱃머리를 돌리고 있었다.

그들을 부르는 목소리가 들렸다.

엘리아스는 잠시 멈춰 생각했다. 호숫가는 아직 멀리 있고, 곧 순찰정에서 쏘는 총의 사정권 안에 들어갈 참이었다. 그는 다시 파식 강으로 나가는 길도 생각했다. 그의 배는 순찰정보다 빠르다. 하지만 운명은 그들의 편이 아니었다. 또 다른 배가 그쪽 방향에서 다가오고 있었다. 그 안에는 헬멧을 쓰고 총검을 든 군인들이 타고 있었다.

그가 새파랗게 질린 목소리로 속삭였다.

"걸려든 것 같습니다."

그는 팔의 힘을 다해 나아갈 수 있는 유일한 방향인 딸림 섬 쪽으로 노를 저었다. 한편 태양은 이미 떠오르고 있었다.

배는 물 위를 스치듯 나아갔다. 엘리아스는 순찰정에서 이쪽으로 신호를 보내고 있는 사람들을 보았다. 그가 이베라에게 물었다.

"배를 움직일 줄 압니까?"

"네, 그런데 그건 왜?"

"제가 물에 뛰어들어 저들을 따돌리지 않으면 우리 둘 다 붙잡힐 것입니다. 저들은 저를 따라올 겁니다. 저는 수영도 잘하고 다이빙도 능숙합니다.

제가 저들을 따돌릴 테니 알아서 안전한 곳으로 피하십시오."

"아닙니다. 멈추십시오. 그렇게 허무하게 죽을 수는 없습니다!"

"소용없습니다. 우리는 무기도 없고, 저들은 총으로 새 사냥하듯 손쉽게 우리를 다룰 테니까요."

그때 배 옆으로 총알 하나가 휙 지나가 물에 꽂히더니 이내 총성이 들렸다.

"이제야 알겠습니까?"

엘리아스가 젓던 노를 배 안으로 걸어 올리며 말했다.

"크리스마스이브에 당신 할아버지 묘지 근처에서 만납시다. 꼭 살아서 오십시오."

"그럼 당신은?"

"하느님은 저를 이보다 더 위험한 상황에서도 지켜주셨습니다."

엘리아스가 웃옷을 벗었다. 그의 손에 들려 있던 웃옷에 총알이 관통하고 곧 두 발의 총성이 울렸다. 그에 상관없이 엘리아스는 아직 배 바닥에 엎드려 있는 이베라와 악수를 나누었다. 그리고 일어서더니 호수로 뛰어들어 발로 배를 멀찌감치 밀어냈다.

몇 차례의 총성이 더 울렸다. 곧 멀리서 엘리아스의 머리가 물 위로 떠올랐다가 사라졌다. "저기 그자가 있다!" 몇 사람의 목소리가 들려왔고 다시금 총알이 날아가는 소리가 들렸다.

순찰정과 군인들이 탄 배는 엘리아스가 헤엄쳐 가는 쪽을 쫓아갔다. 엘리아스는 이베라가 타고 있지만 버려진 것처럼 보이는 배에서 점점 멀리 사라져갔다. 그의 머리가 물 위로 떠오를 때마다 군인들과 순찰정에 타고 있는 사람들이 그를 향해 총을 쐈다.

그 추격은 오랫동안 계속되었고 이베라가 타고 있는 배와는 멀리 떨어졌다. 엘리아스는 호숫가에 약 몇 미터 앞까지 다다랐다. 배에서 노를 젓는 사람들도 지쳤지만 엘리아스도 지쳐 보였다. 그는 지쳐서인지 아니면 자신을 추격하는 사람들을 혼란스럽게 만들기 위해서인지 점점 더 자주 물 위로 고개를 드러냈다. 잠시 후 그가 물속으로 사라졌고, 더 이상 어디로 나아가는지 추측할 만한 물결이 보이지 않았다. 그들이 엘리아스를 마지막으로 목격한 것은 호숫가에서 약 20미터가량 떨어진 곳이었다. 그들은 다시 총을 쐈다. 그리고 다시 몇 분이 지났다. 하지만 호수의 잔잔한 표면에는 어떠한 변화도 없었다.

약 30분 후 배를 젓는 사람이 호숫가 근처에서 핏물을 발견했다고 주장했다. 하지만 동료들은 머리를 가로저으며 그의 말을 의심했다.

63

다마소 신부의 고백

탁자에 쌓여 있는 값진 결혼 선물들도 아무 소용이 없었다. 푸른 벨벳 상자에 담긴 다이아몬드, 파인애플에서 뽑아낸 실로 짠 고급 옷감에 자수를 놓은 의상, 비단 다발들도 마리아 클라라의 눈길을 끌지 못했다.

누군가 갑자기 뒤에서 그녀의 눈을 두 손으로 가리며 꼭 껴안았다. 이어 다마소 신부의 성가신 목소리가 들렸다.

"내가 누구지? 내가 누군지 맞혀봐!"

마리아 클라라는 의자에서 벌떡 일어나 공포에 젖은 눈길로 그를 쳐다봤다.

"놀랐구나, 그렇지? 이런 바보, 내가 올 줄 몰랐어? 네 결혼식에 참석하려고 멀리 지방에서 올라왔단다."

그는 행복한 미소를 지으며 그녀에게 다가가, 손을 내밀어 입맞춤을 기다렸다. 마리아 클라라는 온몸을 부르르 떨며 공손한 태도로 그의 손을 잡고 자신의 입술에 가져다 댔다.

"무슨 문제라도 있니, 마리아?"

다마소 신부의 얼굴에 미소가 사라지며 불안한 듯 물었다.

"손이 얼음장 같구나. 얼굴도 창백하고. 어디가 아픈 거야, 아가야?"

다마소 신부는 그녀의 두 손을 부드럽게 잡고 자신에게로 당기며 그녀의 얼굴을 자세히 살펴봤다.

"더 이상 이 대부님을 신뢰하지 않는 거니?"

그가 나무라듯 물었다.

"자, 이리 와 앉아라. 네가 어렸을 때 촛농을 떨어뜨려 인형을 만들고 싶다고 내게 달려와 졸랐던 것처럼 무슨 문제가 있는지 말해봐. 내가 언제나 너를 사랑했다는 걸 알잖니……. 절대로 너를 꾸짖지도 않았고……."

다마소 신부의 목소리는 더 이상 거칠지 않고 부드러우면서도 중압감 있게 들렸다. 마리아 클라라는 이내 눈물을 터뜨렸다.

"왜 우는 거니, 아가야? 리나레스와 다투었니?"

마리아 클라라가 두 손으로 자신의 귀를 막았다.

"그에 관해서는 아무 말도 마세요! 지금은 말이에요!"

그녀가 괴롭게 울부짖었다. 다마소 신부가 놀랍다는 듯이 그녀를 바라봤다.

"내게 모든 것을 털어놓고 싶지 않니? 나는 언제나 너의 모든 소원을 다 들어주지 않았니?"

마리아 클라라는 눈물로 가득한 눈을 들어 그를 바라보고는 다시 몹시 괴로운 듯 울음을 터뜨렸다.

"그렇게 울지 마라, 아가야. 네가 그렇게 우니 내 마음도 아프구나. 뭐가 잘못되었는지 말해봐. 너의 대부가 널 얼마나 사랑하는지 보여줄게."

마리아 클라라는 그의 발 앞에 무릎을 꿇었다. 그리고 눈물로 얼룩진 얼굴을 들어 거의 알아들을 수 없는 발음으로 속삭였다.

"아직도 나를 사랑하세요?"

"아가야!"

"그럼, 제 아버지를 보호해주시고, 저의 결혼을 막아주세요. 그러지 않으면, 죽은 어머니를 두고 맹세하건대, 저는 죽어버릴 거예요!"

다마소 신부는 방금 들은 말을 믿을 수가 없었다.

"크리소스토모가 살아 있을 때에는……."

그녀가 말을 계속했다.

"제가 버틸 수 있는 희망이 있었고, 확신도 있었어요. 살아서 그에 대한 소식을 듣고 싶었기 때문이지요. 하지만 저들이 그를 죽인 지금 내가 무슨 이유로 이 불행한 삶을 계속 살아가겠어요."

아주 천천히 낮은 목소리로 조용히 말했다. 눈물도 흘리지 않았다.

"하지만, 이런 바보야. 리나레스가 그보다 수천 배나 더 낫지 않느냐……."

"그가 살아 있었다면 이 결혼식을 할 수 있었을 거예요. 저는 이 결혼식이 끝난 후에 달아나 그를 찾을 계획이었으니까요……. 제 아버지는 단지 든든한 연줄을 만드는 것에만 관심이 있어요. 이제 그가 죽은 이상 누군가와 결혼해야 한다면 차라리 죽어버릴 거예요. 그가 살아 있을 때에는 제 자신을 굽힐 수 있었지요. 그가 살아 있고 아마도 나를 생각하고 있을 것이라는 사실을 알고 있기에 위로를 받을 수 있었으니까요. 그가 죽은 지금, 저는 차라리 수녀가 되든가 아니면 죽어버릴 거예요."

그녀의 목소리는 너무도 단호해서, 다마소 신부는 잔치의 흥겨움이 순식간에 사라졌다. 그는 깊은 생각에 잠겼다.

"그를 그토록 사랑했니?"

그가 중얼거렸다. 마리아 클라라는 대답하지 않았다. 다마소 신부는 고개를 떨어뜨리고 침묵했다.

"나의 아가야."

그가 낙담한 목소리로 말했다.

"의도치 않게 너를 불행하게 만든 나를 용서해라. 나는 오로지 너의 장래만을 생각했다. 나는 네가 행복해지길 바랐어. 내가 어떻게 너를 필리핀인에게 시집보내서 초라한 아내로, 불쌍한 어머니로 사는 것을 볼 수 있었겠니? 하지만 내가 너의 머릿속에서 그 사람을 지우지 못했구나. 나는 내 온힘을 다해 너희의 사랑을 반대했고, 너를 위해, 오직 너만을 위해 내 모든 권한을 남용하기도 했다. 네가 그의 아내였더라면 너는 아무런 변명도 할 수 없이 그저 모든 죄를 인정해야만 하는 그를 보면서 비통해했을 거야. 네가 어머니였다면, 아이들의 운명을 걱정해 슬피 울었을 거야. 왜냐고? 네가 그들을 잘 교육시킨다고 해도, 그건 단지 아이들의 비극적인 미래를 위한 것밖에 되지 못했을 테니까. 그들은 교회의 적이 되었을 것이고, 너는 아이들이 처형대에 서거나 이 땅에서 추방되는 것을 보게 되었을 거야. 만일 네가 아이들을 그저 무지하게 내버려 둔다면 너는 억압받고 업신여김 당하면서 사는 그들을 봐야만 했을 거고. 그토록 순종하기보다는 명령을 내리고, 처벌을 감내하기보다는 처벌을 내리는, 아이들의 행복한 어머니로 만들어줄 수 있는 남편을 찾아주기 위해 내가 노력했던 이유다. 너의 어린 시절 친구가 좋은 사람이라는 걸 나도 알고 있다. 나는 그의 아버지를 사랑했던 것처럼 그도 사랑했다. 하지만 그들이 너를 불행하게 만들 것이라는 사실을 깨닫게 된 날부터 그들이 미워졌어. 왜냐하면 내가 널 너무도 사랑하기 때문이다. 너는 나에게 정말 특별한 존재야. 친딸처럼 너를 사랑한다. 너는 내가 유일하게 사랑하는 사람이다. 네가 자라는 것을 보면서 한시도 너를 생각하지 않은 적이 없다. 너는 나에게 꿈이자 유일한 즐거움이었어."

다마소 신부는 어린아이같이 울음을 터뜨렸다.

"그토록 저를 사랑하신다면, 제가 평생을 불행하게 살도록 만들지 마세요. 그가 더 이상 살아 있지 않는 한 저는 죽든가 아니면 수녀가 될 거예요."

다마소 신부는 생각에 잠기며 이마를 짚었다.

"수녀, 수녀라!"

그가 거듭해서 중얼거렸다.

"아가야. 넌 그들의 삶…… 그 수녀원 담 안에서 일어나는 숨겨진 미스터리에 대해 아무것도 모른다. 넌 상상도 못할 거야. 수도원에서 고통 받는 너를 보느니 차라리 바깥세상에서 천 번 불행한 너의 모습을 보는 게 나을 게다. 바깥세상에서는 네가 슬플 때 남들에게 말이라도 할 수 있지만, 그곳에서 네가 말할 상대라고는 벽밖에 없단다. 너는 너무나 예쁘고 아름다워, 그리고…… 너는 예수님의 신부가 되기 위해 태어난 사람이 아니야! 내 말을 믿어라, 아가야. 시간이 지나면 다 잊게 될 거야. 조만간 크리소스토모에 대한 생각도 잊고, 너의 남편 리나레스에 대한 사랑이 싹틀 거야."

마리아 클라라가 말했다.

"수녀원이 아니면 죽을 거예요."

"수녀원, 수녀원이 아니면 죽는다고!"

다마소 신부가 고함을 질렀다.

"나는 늙었다, 마리아. 내가 그리 오랫동안 네 곁에서 너의 행복을 지켜줄 수 없을 거야……. 나에게 그것만 빼고 다른 것을 말해보렴. 그가 누구든 상관없이 다른 사람을 사랑해보렴. 하지만 수녀원만은 안 돼!"

"수녀원…… 아니면 죽음."

"오, 하느님. 나의 하느님."

다마소 신부가 손으로 얼굴을 가리며 울부짖었다.

"저에게 벌을 내리시는군요. 그럼, 제가 받아들이겠습니다. 하지만 제 딸을 보살펴주십시오."

그리고 그녀에게로 돌아서서 물었다.

"수녀가 되기를 원한다고 했니? 그럼 그렇게 해라. 난 네가 죽는 것을 볼수 없다."

마리아 클라라는 무릎을 꿇고 그의 손을 잡아 입맞춤했다.

"대부님, 대부님!"

다마소 신부는 잠시 후 침울하고 생기 없는 모습으로 자리를 떠나면서한탄했다.

"오, 하느님, 저의 죄를 벌하시는 당신의 손길이 느껴집니다. 부디 당신의분노가 저에게만 미치게 하시고, 순진무구한 제 딸은 보살펴주옵소서!"

64

크리스마스이브

산디에고 인근 산의 옹달샘에서 흘러나오는 시냇물 옆에 나무로 거칠게 엮어 만든 작은 움막이 있었다. 풀을 엮어 얹은 지붕 위에는 꽃과 호박이 매달린 넝쿨이 휘감겨 있다. 그 움막 안에는 소박한 살림살이가 사슴뿔, 멧돼지 머리뼈와 함께 나란히 정돈되어 있었다. 일부 멧돼지 머리뼈에 달린 뻐드렁니는 유난히 컸다. 여기는 사냥과 벌목을 업으로 삼은 필리핀인 가정집이었다.

나무 그늘 아래서는 할아버지가 야자 잎사귀 대롱을 엮어 빗자루를 만들고 있었다. 그 옆에서 손자 둘이 장단을 맞추어 벼를 찧고, 손녀는 달걀과 레몬, 야채를 소쿠리에 가지런히 담고 있었다. 다른 두 어린 소년과 소녀는 힘없이 나무 그루터기에 앉아 있는 창백하고 눈이 쑥 들어간 소년 옆에서 뛰어 놀고 있었다. 그 소년은 다름 아닌 시사의 아들이자 크리스핀의 형인 바실리오였다.

"네 다리가 다 나으면……"

옆에서 뛰놀던 어린 소녀가 그에게 말했다.

"우리 함께 돌차기 놀이하고 숨바꼭질하며 놀자. 내가 술래 할게."

"그리고 우리와 함께 산봉우리에도 올라가자."

어린 소년이 말했다.

"거기서 레몬즙을 탄 사슴피를 마시면 우리처럼 살도 찔 거야."

바실리오는 슬픈 미소를 지으며 자신의 다리에 난 상처를 쳐다봤다. 그리고 눈을 돌려 하늘에서 빛나는 태양을 바라봤다. 할아버지가 소녀에게 말했다.

"이 빗자루들을 내다 팔아서 아이들을 위해 샌들 몇 켤레를 사 오거라. 크리스마스이브가 되었구나."

"폭죽도!"

어린 소년이 소리쳤다.

"폭죽놀이 하고 싶어요!"

어린 소녀가 언니의 치마를 잡아당기며 애원하듯 소리쳤다.

"난 내 인형에게 씌울 새로운 가발을 갖고 싶어요!"

할아버지가 바실리오에게 물었다.

"그럼 넌 크리스마스 선물로 뭘 갖고 싶니?"

바실리오가 아픈 다리를 일으켜 절뚝거리면서 할아버지 곁으로 다가갔다. 그가 물었다.

"할아버지, 내가 진짜 한 달이 지나도록 앓아누워 있었어요?"

"우리가 상처 입고 정신을 잃은 너를 발견한 지가 벌써 두 달이 되었구나. 우린 네가 죽는 줄만 알았다."

"절 살려주신 은혜는 하느님께서 보상해주실 거예요. 저희가 너무 가난해서요."

바실리오가 대답했다.

"하지만 크리스마스이니 저도 도시로 가서 어머니와 제 동생을 만나야겠어요. 분명 절 애타게 찾고 있을 거예요."

"하지만, 얘야. 아직 몸이 충분히 낫지 않았다. 그 도시는 여기서 제법 멀단다. 지금 떠나도 자정까지 갈 수 없을 거야."

"상관없어요, 할아버지. 제 엄마와 동생이 무척이나 슬퍼할 거예요. 우린 매년 함께 크리스마스를 보냈거든요. 작년에는 우리에게 생선 한 마리밖에 없어서 어머니가 저를 보고 울었어요."

"그 도시까지 무사히 갈 수 있을지 모르겠구나! 오늘 밤엔 그냥 우리와 함께 닭과 멧돼지 고기나 먹자꾸나. 내 아들들이 산과 들에서 돌아오면 네가 어디 갔는지 찾을 게다."

"할아버지는 아들들이 많지만 우리 엄마는 둘밖에 없어요. 아마 엄마는 제가 죽은 줄 알 거예요. 오늘 밤 저는 우리 엄마를 행복하게 해드리고 싶어요. 죽은 줄만 알았던 아들을 선물로 드리고 싶어요."

노인은 눈에 눈물이 고이는 것을 느꼈다. 그는 소년의 머리에 손을 얹고 따뜻하게 말했다.

"꼭 어른처럼 말하는구나. 그럼 가서 네 어머니께 선물을 드려라……. 네가 말한 것처럼 하느님이 주신 선물을 드려라. 네가 앓아누워 있을 때 너의 도시를 알았더라면 찾아갔을 게다……. 가라, 얘야. 하느님께서 너와 함께하실 거야. 루시아가 건넛마을까지 널 데려다줄 게다."

어린 소년이 물었다.

"뭐라고! 정말 가려고 그래? 저 아래에는 군인들도 있고 도적들도 많이 있어. 내가 폭죽 터뜨리는 소리 듣고 싶지 않아? 꽝, 꽝, 꽝!"

"우리와 함께 장님놀이 하고 싶지 않아?"

어린 소녀가 곧이어 물었다.

"아니면 숨바꼭질은 어때? 숨는 것보다 더 재미있는 것은 없어!"

바실리오는 미소를 지으며 지팡이를 집어 들고 눈에 눈물을 글썽이며 말했다.

"곧 돌아올 거야. 내 동생도 함께 말이야. 그 애와 함께 놀면 좋을 거야. 그 애도 너희 또래니까."

어린 소녀가 물었다.

"그 애도 다리를 절어? 그렇다면 술래를 하면 돼."

할아버지가 말했다.

"우리를 잊지 말아라. 그리고 여기 훈제된 멧돼지 고기를 좀 가져다 네 어머니께 드려라."

벼를 찧고 있던 두 소년이 말했다.

"도시에 내려가면 너를 만나러 갈게."

아이들은 시냇물 위로 만들어놓은 대나무 다리까지 그를 배웅했다.

루시아는 손을 바실리오의 어깨에 얹어 그가 자신한테 기대도록 했다. 둘은 시야에서 사라졌다. 바실리오는 동여맨 다리로도 빠르게 걸었다.

북쪽에서 부는 바람 소리가 휘파람처럼 들려왔고, 산디에고 주민들은 몸이 오싹할 정도로 추위를 느꼈다. 크리스마스이브였지만 시내는 슬픔에 잠겨 있었다. 종이로 만든 등불을 창문에 내건 집이 하나도 없었다. 다른 때였으면 새해를 맞이할 기대감에 부산 떠는 소리가 집집마다 울려 퍼졌을 텐데, 올해는 아무 소리도 들리지 않았다.

카피탄 바실리오의 집 아래층에서 바실리오와 돈 필리포가 얘기를 나누는 모습이 창살 밖으로 보인다. 이번 불행한 사건을 통해 둘은 친구가 되었다.

한편 다른 창문으로는 시낭과 그녀의 사촌 빅토리나가 보이고, 예쁜 인다이는 창문 밖을 내다보고 있었다.

반쯤 기운 달이 지평선에서 빛났고, 구름과 나무 그리고 집들은 금빛의 길고 환상적인 그림자를 만들었다.

카피탄 바실리오가 돈 필리포에게 말했다.

"이번에 그냥 자리에서 물러나는 것으로 마무리된 건 운이 좋았던 거요. 저들이 당신의 책을 불살랐지만 다른 사람들은 그보다 더한 것을 잃기도 했지요."

한 여성이 창문으로 다가와서 안을 들여다봤다. 그녀의 눈은 번뜩이고 얼굴은 수척했으며, 머리카락은 풀어헤쳐진 채였다. 달빛이 그녀의 모습을 더욱 기묘하게 만들었다.

"시사!"

돈 필리포가 놀라서 소리쳤다. 미친 여인이 발길을 돌려서 떠나자 그는 카피탄 바실리오에게로 눈길을 돌리며 물었다.

"저 여자는 의사의 치료를 받고 있지 않나요? 다 회복되었나요?"

카피탄 바실리오가 쓸쓸한 미소를 지었다.

"그 의사가 자신이 돈 크리소스토모의 친구로 오해받을까 봐 두려워서 그녀를 집에서 내보냈지요. 지금 그녀는 전처럼 다시 미쳐서 노래를 부르며 돌아다니고 있어요. 하지만 남에게 해를 끼치지는 않는다고 하네요. 그녀는 숲 속에서 살고 있답니다."

"우리가 떠난 후 이 도시에 또 무슨 일이 일어났나요? 새로운 교구 신부님과 부대장이 부임한 것은 들어서 알고 있습니다만."

"어찌나 소름끼치는 시간이었던지! 인간성의 타락이 어디까지 갈 수 있는지를 보았지요."

카피탄 바실리오는 지난 일을 회상하며 중얼거렸다.

"들어보세요. 당신이 호송된 다음 날 성구 관리 책임자가 자신의 집 천장에 목을 매 죽었어요. 그 시체를 검사한 결과 그도 루카스처럼 독살된 것으로 드러나자 모두들 의아해했지요. 살비 신부는 그의 죽음을 예민하게 받아들여 그에 관한 모든 서류들을 압류했어요. 참, 그리고 학자 타시오 역시 죽어서 중국인 묘지에 묻혔어요."

"불쌍한 돈 아나스타시오."

돈 필리포가 한숨을 내쉬었다.

"그럼 그의 책들은요?"

"하느님을 기쁘게 한다는 명목으로 신자들이 모아다가 모두 불태웠어요. 한 권도 살리지 못했습니다. 키케로의 책조차 말이오. 시장은 그 책들을 보호하려는 어떤 일도 하지 않았지요."

두 사람은 모두 침묵했다.

미친 여인이 부르는 슬프고 애절한 노랫소리가 들려왔다.

"마리아 클라라가 언제 결혼하는지 알아요?"

인다이가 시낭에게 물었다.

"몰라."

시낭이 대답했다.

"그녀에게서 편지를 받았는데 겁이 나서 못 열어보겠어. 차라리 모르는 게 나을 것 같아. 불쌍한 크리소스토모!"

빅토리나가 말을 거들었다.

"사람들이 말하길, 마리아 클라라가 리나레스와 결혼하지 않으면 카피탄 티아고가 처형당할 거래. 마리아 클라라가 어떻게 할 수 있겠어?"

한 소년이 다리를 절뚝거리면서 지나갔다. 그는 시사의 노랫소리가 들려오는 광장 쪽으로 향하고 있었다. 바실리오였다. 그는 엄마가 있어야 할 집이 폐허처럼 버려진 모습을 보고, 수소문하여 엄마가 정신이 나가 시내를 돌아다닌다는 사실을 알게 되었다. 크리스핀에 대한 얘기는 아무것도 듣지 못했다.

바실리오는 눈물을 삼키며 감정을 추스르고 곧바로 엄마를 찾아 나섰다. 도시에 도착하자마자 그녀를 찾아 헤매다 멀리서 들려오는 그녀의 노랫소리를 들었다. 그 불쌍한 소년은 휘청거리는 다리를 겨우 가누면서 그녀의 품에 안기려고 달려갔다.

미친 여인은 광장을 떠나 새로 부임한 부대장의 관사로 갔다. 전처럼 문앞에는 보초병이 서 있었고 창문으로는 한 여성의 얼굴이 보였다. 하지만 그녀는 메두사 같은 얼굴은 아니었다. 모든 부대장이 다 불행한 결혼을 하는 것은 아니었나 보다.

시사는 그 집 앞에서 노래를 불렀다. 그녀의 눈은 금빛 구름에 흔들리며 검푸른 하늘에 장엄하게 걸린 달을 쳐다보고 있었다. 바실리오는 그녀를 발견했지만 감히 가까이 다가갈 수가 없었다. 소년은 어머니가 그 장소에서 멀리 떨어지길 기다렸다. 그는 주위를 서성거렸지만 부대 가까이 다가갈 수는 없었다.

창문에 있던 젊은 여성이 미친 여인의 노랫소리를 주의 깊게 듣고는 그녀를 안으로 데려오라고 지시했다. 그러나 군인들이 뭐라고 말하며 자신에게로 다가오는 것을 본 시사는 공포에 휩싸여 달아났다. 미친 여인이 얼마나 빨리 달릴 수 있는지는 아무도 모른다. 바실리오는 그녀를 놓칠까 봐 다리가 아픈지도 모른 채 힘껏 뒤를 쫓았다.

"저기 소년이 미친 여인을 쫓아가는 걸 봐."

길에서 한 하녀가 화난 목소리로 말했다. 그가 시사의 뒤를 계속 쫓는 것을 보자 그녀는 돌을 하나 집어 들어 던지며 말했다.

"이거나 먹어라! 우리 집 개가 묶여 있어서 다행인 줄 알아."

바실리오는 머리에 돌을 맞아 아팠지만 상관하지 않고 달렸다. 개들이 그를 향해 짖고 거위들도 울어댔다. 사람들은 무슨 일이 있나 해서 창문을 열어보았고, 또 일부는 지난번 반란과 같은 일이 아닌가 싶어 창문을 닫았다.

그들이 시내 밖으로 달려 나갔을 때 시사의 발걸음이 조금 늦추어졌다. 바실리오는 안간힘을 다해 쫓았지만 그녀와의 사이는 아직 좁혀지지 않았다.

"엄마!"

그가 그녀를 보며 소리쳤다. 하지만 미친 여인은 그 목소리를 듣자마자 다시금 달리기 시작했다.

"엄마, 나야!"

바실리오가 필사적으로 소리쳤다. 그녀는 그 소리에도 아랑곳하지 않았고, 소년은 헐떡거리며 그녀에게로 달려갔다. 그들은 농지를 지나 숲 근처에 이르렀다.

바실리오는 그녀가 숲 속으로 들어가는 모습을 보고 따라갔다. 작은 나무들과 수풀, 가시나무, 밖으로 드러나 있는 나무뿌리들이 가로막아 빨리 달릴 수 없었다. 그는 나뭇가지들 사이로 비치는 달빛에 가끔씩 희미하게 보이는 어머니의 모습을 뒤쫓았다. 그들은 어느덧 이베라 가족의 비밀스러운 나무가 있는 숲까지 다다랐다.

소년은 비틀거리며 수차례 넘어지기를 반복했지만 다시 일어났고 고통도 느끼지 못했다. 그의 모든 정신은 사랑하는 엄마의 모습을 쫓는 두 눈에 집중되어 있었다.

모자는 졸졸 소리를 내며 흐르는 작은 시냇물을 건넜다. 시냇가 진흙에 떨어져 있는 대나무 가시가 바실리오의 맨발에 꽂혔지만 빼내려고도 하지 않고 계속 달렸다.

그는 수풀 깊숙이 들어가는 엄마를 봤다. 발레테나무 아래에 있는 오래된 스페인 사람의 무덤에 다다랐을 때, 그녀는 무덤의 나무문을 열고 안으로 들어갔다.

바실리오는 따라서 안으로 들어가려 했지만 문이 잠겨 있었다. 미친 여인은 그가 들어오지 못하게 수척해진 몸과 헝클어진 머리까지 다 써서 문을 막고 있었다.

"엄마, 나예요. 바실리오! 아들이에요."

기진맥진한 소년이 소리치며 바닥에 풀썩 주저앉았다.

하지만 그녀는 포기하지 않고 더 많은 힘을 얻기 위해 발을 땅에 굳건히 고정시켰다. 바실리오는 주먹과 피로 얼룩진 머리로 문을 두들겼다. 그의 울부짖음도 소용이 없었다. 그는 고통스럽게 몸을 일으켜 주위를 살폈다. 혹시 무덤 위를 통해 들어갈 길이 있는지 보기 위해서였다. 그는 무덤 위로 올라가려 했지만 발이 닿는 곳을 발견할 수 없었다. 무덤 주위를 돌다가 한 나무의 가지가 뻗쳐 불길한 발레테나무에 닿아 있는 것을 발견했다. 그 나무에 기어 올라갔다. 어머니에 대한 그의 사랑은 기적을 낳아 마침내 나뭇가지를 건너 발레테나무에 도착했다. 거기서 여전히 문에 머리를 대고 밀고 있는 엄마를 보았다.

소년이 나뭇가지에서 내는 소리에 시사가 그를 발견했다. 그녀가 다시 도망치려는 순간, 바실리오는 나무에서 떨어져 그녀를 안고 볼에 입맞춤한 후 정신을 잃었다.

엄마와 아들은 한참 동안 시간이 멈춘 듯 그대로 있었다.

바실리오는 정신이 돌아오자 곁에 쓰러져 있는 엄마를 발견했다. 그는 세상에서 가장 사랑스러운 호칭으로 엄마를 부르며 몸을 흔들었다. 그러나 그녀가 깨어나기는커녕 숨도 쉬지 않는다는 것을 발견하고, 일어나 시냇물이 흐르는 곳으로 달려갔다. 그는 바나나 잎사귀를 접어 그 안에 물을 담아 가지고 와서 핏기 없는 엄마의 얼굴을 씻어주었다. 하지만 그녀는 작은 움직임도 보이지 않았고 눈은 여전히 감겨 있었다.

바실리오는 공포에 휩싸여 엄마를 바라봤다. 그는 자신의 귀를 그녀의 가슴에 가져다 댔다. 그녀의 가냘프고 시든 가슴은 차가웠고 심장은 뛰지 않았다. 그는 자신의 입술을 그녀의 입에 가져다 댔지만 아무런 호흡도 느낄 수 없었다. 불쌍한 소년은 엄마의 시신을 감싸 안고 어찌할 바를 몰라 하며 울부짖었다.

유독 장엄해 보이는 달이 하늘에서 빛났고, 방향을 알 수 없는 산들바람이 허공을 배회했으며, 귀뚜라미는 숲에서 찍찍 소리를 내며 슬피 울었다.

따뜻한 가족의 품 안에 있는 수많은 어린아이들에게는 지금이 그 어떤 기념일보다 더 달콤한 기억으로 남을 즐거운 밤일 것이다. 이 밤은 하늘로부터의 사랑이 이 땅에 내려온 바로 그 밤이었다. 이 밤은 모든 크리스천 가족들이 먹고, 마시고, 춤추고, 노래 부르고, 웃고, 즐기고, 서로 사랑하고 키스하는 그런 밤이었다. 어린아이들에게는 이 밤이 추운 날씨에 등불과 인형, 사탕, 온갖 반짝이는 것들로 장식된 소나무에 티 없이 맑은 두 눈이 휘

둥그레지는 그런 마술과 같은 밤이었다. 그런 이 밤에 바실리오에게 주어진 것은 엄마의 시신이 전부였다. 말수가 적은 살비 신부의 집에서조차 아이들이 뛰어놀며, 오래된 스페인 크리스마스 캐럴을 부르고 있을 것이다.

크리스마스가 다가온다.
크리스마스가 지나갔다.
우리도 또한 떠나간다.
조만간 돌아오지 않으리.

바실리오가 고개를 들었을 때 조용히 자신을 지켜보는 한 남자를 발견했다. 남자는 그에게 다가와 조용한 목소리로 물었다.

"네가 그녀의 아들이니?"

소년이 고개를 끄덕였다.

"이제 어찌하려고?"

"엄마를 묻어줘야죠."

"공동묘지에다가?"

"저는 그럴 돈이 없어요. 게다가 교구 신부님이 허락하지 않을 거예요."

"그래서?"

"저를 좀 도와주시면……."

"내가 힘이 없어서……."

남자는 천천히 두 손으로 땅을 짚고 주저앉으면서 대답했다.

"나는 상처를 입었어. 그리고 이틀 동안 잠도 자지 못했고 먹지도 못했어. 이곳에 함께 온 사람은 없니?"

남자는 소년의 호기심 어린 얼굴을 자세히 바라봤다.

"잘 들어."

그가 점점 약해지는 목소리로 말을 계속했다.

"나 역시 내일 새벽이 오기 전에 죽을 거야. 여기에서 약 20보 정도 가면 시냇물 건너편 기슭에 장작더미가 있을 거야. 그것을 이리로 가져와서 차곡 차곡 쌓고, 나와 네 어머니의 시신을 그 위에 올려놓고 다시 나무로 덮어라. 그리고 그 나무에 불을 붙여서 거대한 불꽃이 우리 시신을 태워 재가 되도록 해라."

바실리오는 조용히 듣고 있었다.

"그리고 아무도 오지 않으면 이곳을 파봐라. 거기에 많은 금덩이가 묻혀 있다. 모두 다 네 것이다. 그걸로 공부해라!"

그 정체 모를 사람의 목소리는 점점 더 알아들을 수 없었다.

"어서 가서 장작을 가져와라. 너를 돕고 싶지만 내가……."

바실리오는 장작을 가지러 자리를 떠났다. 남자는 얼굴을 동쪽으로 돌리며 기도하듯 중얼거렸다.

"나에게 남은 것은 아무것도 없구나……. 나의 조국에 태양이 떠오르는 것을 보지 못하고 죽는구나. 새벽을 보는 이들이여, 그것을 반겨 맞아라. 그리고 이 밤에 쓰러져간 자들을 잊지 말아라!"

그는 눈을 들어 하늘을 바라봤다. 그의 입술은 무언가를 기도하듯 움직였다. 그리고 머리를 떨구고 천천히 땅으로 쓰러졌다…….

두 시간이 지난 후, 성당 미사에 가기 전에 설거지를 마치려는 루파 자매가 부엌에 나타났다. 그 신실한 여자는 부엌 창문을 통해 숲 속 방향에서 커다란 연기 기둥이 피어오르는 것을 봤다. 그녀는 눈살을 찌푸리며 신성한 노여움에 소리쳤다.

"어느 이교도가 이 신성한 주일에 화전을 일구는 거야? 저런 불경한 짓 때문에 우리에게 그 많은 불행이 닥쳐왔지! 하느님이 예비한 연옥에 떨어질 게다, 이 불쌍한 야만인아! 나의 면죄부 외에는 너를 그곳에서 구해줄 자가 아무도 없을 거야."

에필로그

이 이야기에 나오는 많은 인물들이 아직 살아 있고, 또 몇몇은 관심 밖으로 사라진 이상 여기서 이렇게 마무리를 짓는 것은 적절하지 않을 것이다. 그럼에도 불구하고 일부 사람들이 했던 것처럼 몇 마디 덧붙여 결말을 맺고자 한다.

마리아 클라라가 수녀원에 들어간 후 다마소 신부는 마닐라에서 살기 위해 교구 신부로 있던 도시를 떠났다. 살비 신부도 마닐라로 거처를 옮겼으며, 주교로 임명받기 위해 기다리는 동안 그가 중직을 맡고 있는 성 클라라 수녀원 성당에서 종종 설교를 했다. 몇 달 후 다마소 신부는 교단으로부터 아주 먼 지방의 교구로 파견되었다. 그는 그 임명으로 인해 큰 충격을 받았고, 다음 날 침대에서 죽은 채 발견되었고 한다. 어떤 사람들은 그가 심장마비로 죽었다고 하고, 또 어떤 사람들은 그가 악몽에 시달려 죽었다고 했다. 하지만 시신을 검안한 의사는 다마소 신부가 그저 갑자기 사망했다는 의견을 내놓음으로써 모든 의혹들이 잦아들었다.

이전에 카피탄 티아고를 알고 지냈던 사람들 중 그 누구도 이제는 그를 알아보지 못할 것이다. 마리아 클라라가 수녀원에 들어가기 몇 주 전부터 그는 너무나 깊은 우울증에 빠져 체중도 줄고, 신경질도 늘고, 의심도 많아졌다. 그는 가여운 카피탄 티농처럼 남들을 믿지 못하게 되었다. 마리아 클라라가 수도원에 들어가자마자 그는 의지할 데가 없어진 이사벨에게 자신의 딸과 죽은 아내에게 속한 모든 것을 챙겨서 말라본이나 산디에고에 가서 살라고 했다. 그는 그때부터 혼자 살기를 원했다. 그는 카드놀이와 닭싸움에 미친 듯이 빠져들었으며, 아편도 즐기기 시작했다. 더 이상 안티폴로로 순례 여행을 떠나지 않았고, 미사를 후원하는 일도 하지 않았다. 그의 오랜 경쟁자였던 도냐 파트리시오는 자신의 승리를 자축하기라도 하듯 교회의 설교 중에 코를 골곤 했다. 저녁에 차이나타운 중심가를 지나가는 사람이라면 누구나 볼 수 있는 사람이 있었다. 그는 작은 중국인 상점에 앉아 있고, 얼굴은 황달에 걸린 듯 노랗고, 몸은 바싹 말라 허리가 굽었다. 눈은 움푹 들어갔고, 입술과 손톱에는 무언가 잔뜩 묻어 있으며, 지나가는 사람들에게 눈길을 주지만 그들을 인식하는 것 같지는 않다. 저녁이 되면 그는 지팡이에 의지해서 몸을 일으켜 좁은 골목에 있는 추레한 집으로 들어간다. 그 집 문에는 커다란 붉은 글씨로 '아편흡연, 누구나 환영'이라고 적혀 있다. 그 유명했던 카피탄 티아고에게 남은 것이라고는 그게 전부였다. 더 이상 성당의 성구 관리 책임자도 그를 찾지 않았다.

도냐 빅토리나는 자신의 가발들과 스페인 남부 지방의 발음에 만족하지 않고 새로운 흥밋거리를 찾았다. 이번에는 돈 티브리시오를 옆에 태우고 본인이 직접 마차를 몰게 된 것이다. 근시안인 그녀는 눈 때문에 많은 사고를 당하자 코에 거는 안경을 착용했다. 이는 그녀의 모습을 새로워 보이게 했다. 어떤 사람도 그녀의 남편을 의사로 다시 부르지 않았으며, 그의 하인들은 일주일에 몇 차례나 틀니가 빠진 채 시무룩해 있는 그의 모습을 목격했다.

그 불쌍한 사람의 유일한 동지였던 리나레스는 얼마 전에 이질에 걸렸고,

사촌이 그의 병을 제대로 치료하지 못해 결국 목숨을 잃었다.

의기양양했던 부대장은 임시 시장에 임명받아 스페인으로 돌아가면서, 색이 바랜 너저분한 플란넬 옷들과 함께 아내를 뒤에 남겨두었다. 마치 그리스 신화에서 자신이 구해준 테세우스에게 버림받은 아리아드네가 와인의 신 바쿠스를 숭배했던 것처럼, 그 불쌍한 여인은 술과 담배의 신에 빠져들었다. 술과 담배에 너무나 찌든 그녀는, 젊은 여자들에게는 물론 나이 든 여자와 아이들에게까지 공포의 대상이 되었다.

이 이야기에 등장하는 산디에고 사람들은, 일전에 그 지역의 운송 수단이었던 증기선 리빠가 폭발했을 때 죽지 않았다면 아마도 아직 살아 있을 것이다. 아무도 1883년에 일어났던 불행한 폭발 사건으로 희생된 사람들의 신원을 확인하거나, 마닐라 주변과 파식 강변에 널리 흩어져 있는 팔과 다리를 수습하려 하지 않았다. 그 배에 타고 있던 신부 한 명이 무사하다는 사실에 당시 정부와 언론은 만족스러워했다. 일반인들도 그 사실을 받아들여야 했다. 신실한 성직자의 생명과, 필리핀에서의 그의 사역은 많은 영혼들을 위해 하느님께서 보호해주셨다는 사실만이 가장 중요했던 것이다.

마리아 클라라는 죽어서 무덤에 묻혔다는 것 외에는 별다른 이야기가 전해지지 않는다. 성 클레어 수녀원의 윗선에서 그녀에 관한 얘기를 함구했다. 고위층 부인들의 요리사에 의해 준비된 유명한 닭의 간 요리와 성 클라라를 위한 음식을 그 수녀원으로부터 정기적으로 상납받고 있는 말 많은 여성 후원자들조차 그녀에 관해서는 언급하지 않았다.

그러나 9월의 어느 날, 마닐라에 폭풍우가 몰아치던 밤에 일어났던 일이 전해지고 있다. 그날은 천둥소리가 으르렁거렸고, 번개는 번쩍거리며 태풍에 파손된 폐허를 드러냈다. 도시 주민들은 공포에 빠졌고 비는 쏟아 붓듯 내렸다. 그런 와중에 지붕 한구석에서 이리저리 흔들리는 불빛이 보였다. 지붕 덮개가 바람에 떨어져나가 간담이 서늘해질 만큼 무서운 소리를 내며 땅바닥에 내동댕이쳐졌다. 거리에는 마차도 행인도, 그 어떤 것도 없었다. 떠들썩한 천둥소리가 수백 차례 이어지며 점점 멀어지자 바람 소리가 들려왔다. 그 바람은 내리는 비를 소용돌이처럼 휘저어 닫혀 있는 창문들을 두들겨댔다.

그날 밤 두 명의 보초병이 수녀원 근처 공사장 건물에서 비를 피하고 있었다. 한 명은 평민 출신 군인이었고, 다른 한 명은 귀족 출신 군인이었다.

평민 출신 군인이 말했다.

"우리가 지금 여기서 뭐하고 있는 거야? 아무도 거리에 없는데 말이야. 적당한 집을 찾아들어가 쉬는 게 좋겠다. 마침 내 애인이 이 근처에 살고 있어."

귀족 출신 군인이 반대했다.

"여기서 거기까지는 제법 거리가 있어서 옷이 모두 젖을 거야."

"그럼 어떡해. 번개라도 맞으면 어떡하라고?"

"그건 걱정할 필요 없어. 수녀원에는 피뢰침이 있거든."

"정말이야? 정말 이대로 괜찮겠어?"

그가 어둠 속에서 수녀원의 지붕 쪽을 바라봤을 때 한 줄기 번개가 찢어지는 천둥소리와 함께 번쩍거렸다.

"아이고, 어머니! 예수님, 성모님, 요셉!"

평민 출신 군인이 성호를 그으며 동료 군인의 팔을 잡아당겼다.

"당장 여기서 나가자!"

"뭐가 문제야, 정신 좀 차려."

그는 이빨을 덜덜 떨며 말했다.

"빨리, 어서 여기서 나가자."

"왜 그러는데?"

그의 목소리가 불안으로 떨렸다.

"귀신을 봤어!"

"귀신이라고?"

"저, 저기 지붕 위에!"

귀족 출신 군인이 머리를 내밀었다. 그의 말을 확인하고 싶었던 것이다.

또 다른 번개가 내리쳤다. 하늘에서 한 줄기의 불빛이 갈라지고, 이내 귀가 먹을 정도로 큰 천둥소리가 들려왔다.

"이런 맙소사!"

그가 자기도 모르게 성호를 그으며 말했다.

번개가 칠 때 그도 지붕 언저리에 서 있는 하얀 무언가를 보았던 것이다. 그 손은 하늘을 향해 뻗어 있었고, 그 얼굴은 무언가를 애원하듯 위로 향해 있었으며, 하늘은 천둥과 번개로 응답하는 듯했다.

천둥소리에 이어 음울한 신음 소리 같은 것이 들려왔다. 자신의 두 손을 꼭 쥐며 속삭이는 동료에게 그는 쉿 하고 꾸짖었다.

"이건 바람 소리가 아니야. 귀신이 내는 소리야!"

그 신음 소리는 요란스럽게 떨어지는 빗소리와 함께 울려 퍼졌다. 바람이 만드는 휘파람 소리도 그 달콤하면서도 구슬픈 노랫소리 같은 것을 지우지 못했다. 또다시 눈앞에 번쩍이는 번개가 내리쳤다.

"아니야, 저건 귀신이 아니야!"

귀족 출신 군인이 말했다.

"내가 다시 봤는데 저건 성모님처럼 아름다운 여인이었어. 어서 여기서 나가 당국에 신고하자."

그들은 더 이상 지체하지 않고 어둠 속으로 사라졌다.

폭풍우가 몰아치던 밤에 그토록 슬피 울던 그 사람은 누구였던가? 그 소심한 수녀는 누구이기에 그런 자연 현상에 도전하여 공포로 가득한 밤하늘을 열고 위험천만한 높이에서 하느님을 찾고 있었던 것인가? 하느님이 그 수녀원의 성전을 거부하고 그곳에서 드리는 기도 소리를 듣지 않아서, 그 불쌍한 영혼이 금지된 수도원 지붕에 올라가 자비의 하느님 앞에서 부르짖었던 것인가?

폭풍우는 그 밤 내내 거칠게 몰아쳤다. 그날 밤에는 별도 보이지 않았고, 바람 소리와 함께 뒤섞인 절망적인 신음이 계속되었지만, 자연도 사람도 이를 듣지 못했다.

다음 날 하늘에서 검은 구름이 걷혔고 태양이 다시금 빛났다. 마차 하나가 성 클라라 수녀원 대문 앞에 멈췄다. 한 신사가 내려 정부에서 나왔다며 스스로를 소개하고, 즉시 수녀원 원장을 만나야겠다고 했다. 그는 그곳에 있는 모든 수녀들을 면담시켜줄 것을 요구했다.

수녀들 중 누군가가 흠뻑 젖은 누더기를 입고 종종 나타나서 강간범으로부터 자신을 보호해달라고 애원한다는 무서운 소문이 떠돌고 있다는 것이었다. 그녀는 너무나 아름답고, 무엇보다 호소력 있는 아름다운 눈을 가졌다는 소문이었다.

정부에서 나온 사람은 그녀를 정부의 보호 아래 두는 것이 적절하지 않다고 판단했다. 대신에 그는 수녀원 원장과 상의한 후 눈물로 호소하는 그녀를 그곳에 그냥 내버려 두기로 했다. 그가 떠나고 수녀원 대문이 닫히는 모습은, 그녀로서는 마치 저주받은 사람이 하늘의 문이 닫히는 광경을 보는 듯했다. 하늘이 인간 세계처럼 잔인하고 무감각한 것처럼 보였다. 수녀원 원장은 그 젊은 수녀가 정신이 나갔다고 했다.

정부에서 나온 사람은 마닐라에 정신병원이 있다는 사실을 알지 못했거나, 그 수녀원 자체가 정신병원이나 다름없다고 생각했을 것이다. 어쨌든 그는 무지해서 그녀가 제정신인지 아닌지를 판단할 능력이 없었다.

총독이 그 사건에 관해 보고받았을 때, 그는 다른 마음이 들어서 그 미친 수녀에게 안식처를 찾아주었다는 얘기도 있다.

하지만 이제는 슬픈 사연을 가진 어떤 어여쁜 수녀도 당국에 존재를 밝힐 수 없게 되었다. 수녀원 원장이 교회의 권위와 수도회의 규율에 따라 그 수녀원에 대한 감찰을 거부했기 때문이다. 더 이상 그 이야기는 전해지지 않았고, 불쌍한 마리아 클라라에 관한 이야기도 떠돌지 않게 되었다.

―끝―

호세 리살의 소설 『나를 만지지 마라Noli Me Tangere』는 그 제목에 대한 해석이
다양하다. 라틴어로 된 이 소설의 제목은 본디 요한복음서 20장 17절에서
예수가 부활하여 막달라 마리아에게 한 말이다. 한국 가톨릭교회의 성경
과 한국어 개역개정판 성경에는 "나를 붙들지 마라"라고 번역되어 있다. 종
양은 만지면 옮거나 악화된다는 서양의 전설에 빗대어 'Noli Me Tangere'
를 '나를 만지지 마라'라고 해석하기도 한다. 리살은 친구인 이달고(Félix
Resurrección Hidalgo, 1855~1913)에게 보낸 편지에서 소설을 쓴 이유를 설명
하고 있다. "그동안 너무나 민감한 문제라서 그 누구도 감히 건드리지 못했
던 사실을 내가 다루려고 한다. (……) 종교라는 가면 아래에서 우리를 잔인
하게 취급하고 가난하게 만드는 행위를 들추어내고자 한다." 리살은 이 소
설의 헌사에서 식민지배하에서 필리핀 사회가 겪고 있는 만질 수 없을 정도
로 아픈 '종양'을 드러내기 위함이라고 밝히고 있다. 이 뜻을 살리기 위해 한
국어판 소설 제목을 '나를 만지지 마라'로 정했다.

리살은 『나를 만지지 마라』와 속편인 『폭로자El Filibusterismo』이라는 두 편
의 소설을 통해 필리핀 국민들의 민족정신을 일깨우려 했다. 그의 사상은
수백 년 동안 이어온 스페인 식민지배에 저항하는 독립운동의 정신적 기반
이 되었다. 안과 의사로서 문학과 예술 그리고 과학과 철학 등 수많은 영역

에서 천재적 재능을 보여준 호세 리살은 부조리와 모순으로 가득한 식민통치 아래에서 신음하는 조국 필리핀을 위해 자신을 바쳤다. 계몽주의 운동에 앞장섰던 그는 1896년 스페인 당국에 체포되어 처형당했으며, 그의 죽음은 이듬해부터 본격화된 필리핀 무장 독립운동의 촉매제가 되었다. 그의 소설 『나를 만지지 마라』는 수백 년간 서구의 식민통치하에 신음하던 아시아인들에게 민족주의 정신을 일깨운 최초의 소설이기도 하다.

호세 리살의 『나를 만지지 마라』는 스페인어로 쓰인 원문보다는 다양한 번역도서들로 인해 그 생명력을 이어온 대표적인 소설이다. 1887년 최초 출간된 스페인어 원본을 읽은 사람은 그리 많지 않다. 그러나 이후 수십 차례 번역되어 전 세계 독자들에게 감명을 주었다. 최초 번역본은 1889년에 프랑스어로 출판되었다. 이후 영어, 필리핀어, 일어, 중국어, 인도네시아어, 독일어까지 전 세계 7개 국어로 번역 출판되었다. 이는 당시 유럽의 모든 주요 언어들로 번역되어 널리 읽힌 빅토르 위고의 『파리의 노트르담』, 알렉상드르 뒤마의 『몬테크리스토 백작』, 해리엇 스토의 『톰 아저씨의 오두막』과 비견될 만하다.

이 소설의 최초 영문 번역본은 1900년에 프랑스어 번역본을 재번역하여 『독수리 비행 Eagle Flight』이란 제목으로 출간되었다. 1898년에 스페인으로부터 필리핀의 주권을 이양받은 미국은 아시아의 새로운 식민지였던 필리핀에 대한 이해가 필요한 상황이었다. 이러한 배경하에 나온 이 번역본은 미국의 독자들에게 필리핀 국민들의 문제, 특히 성직자들의 억압에서 벗어나고자 하는 열망을 알리기 위함이었다. 그 목적에 초점을 맞춘 『독수리 비행』은 원본 소설에서 필요치 않다고 여긴 일부 내용을 제외하고 출판되었다. 이 영문 번역본과 함께 미국에 알려진 호세 리살의 삶과 사상은 미개하고 야만적인 민족으로만 여겼던 필리핀 사람들에 대한 미국인의 선입관을 바꾸어놓았다. 당시 미국 하원의원 쿠퍼는 우연히 『독수리 비행』을 읽고, 리살이 형장으로 끌려가기 전날 밤에 쓴 시, 「나의 마지막 작별Mi Último Adiós」에 감명을 받아 필리핀 역사에 중요한 전기를 마련하는 법안을 입안했다.

쿠퍼는 의회 연설에서 필리핀 사람들은 미개하고 야만적인 민족이 아니라, 그 어떠한 백인보다 고귀한 사상을 가진 호세 리살과 같은 인물을 낳은 민족으로서 그 미래에 대한 희망을 가질 수 있다고 역설했다. 그의 연설은 쿠퍼법Cooper Law으로 불리는 필리핀 조직법Philippine Organic Act, 1902이 미국 의회를 통과하는 데 기여했다. 쿠퍼법을 통해 미국의 필리핀 식민 정책은 유화적 동화정책benevolent assimilation policy으로 바뀌었고, 필리핀 국민들로 이루어진 의회를 구성할 수 있는 계기가 되었다. 필리핀 국민뿐 아니라 전 세계인의 심금을 울렸던 호세 리살의 시 「나의 마지막 작별」은 1998년에 한국어로도 번역되어 마닐라의 호세 리살 기념관에 다른 언어들과 함께 걸려 있다. 그 내용의 일부를 살펴보면 다음과 같다.

(전략)

내 영원히 사랑하고 그리운 나라

필리핀이여

나의 마지막 작별의 말을 들어다오

그대들 모두 두고 나 이제 형장으로 가노라

내 부모, 사랑하던 이들이여

저기 노예도 수탈도 억압도

사형과 처형도 없는 곳

누구도 나의 믿음과 사랑을 사멸할 수 없는 곳
하늘나라로 나는 가노라

잘 있거라, 서러움 남아 있는
나의 조국이여
사랑하는 여인이여
어릴 적 친구들이여
이 괴로운 삶에서 벗어나는 안식에
감사하노라. 잘 있거라
내게 다정했던 나그네여
즐거움 함께했던 친구들이여
잘 있거라 내 사랑하는 이들이여
아 죽음은 곧 안식이니······

민용태 역

미국 식민지배하의 필리핀에서는 영어를 공식 교육 언어로 채택한 근대적 교육 제도가 도입되었고, 이러한 환경에서 교육받는 필리핀 국민들이 늘어나면서 이 소설의 영문 번역본에 대한 수요가 증가했다. 특히 1956년 필리핀 의회가 리살법Rizal Laws, RA 1425 을 통과시켜 필리핀 민족주의의 상징과도 같은 리살의 생애와 저작물에 관한 내용을 각급 학교 교과목에 포함시키도록 법제화했다. 리살법의 목적이 필리핀 국민의 민족주의 정신 고취였기 때문에 이러한 요구에 부응하여 일부는 민족주의적 관점에 초점을 맞추어 번역되고 출판되었다.

본 한국어판의 대본인 게레로$^{Leon\ Ma.\ Guerrero}$의 영문 번역본은 1961년 『잃어버린 에덴$^{The\ Lost\ Eden}$』이란 제목으로 최초 출판되었다. 이후에 본 영문본의 제목은 마케팅 목적에 부응하여 『놀리^{Noli}』로 수정되었다. 가톨릭이 다수를 차지하는 필리핀에서 성직자들의 치부를 적나라하게 드러낸 소설을 교과 과정으로 채택하자 필리핀 가톨릭계가 강력히 반발함으로써 논란이 일어났다. 이 와중에 가톨릭계 학교에서도 교재로 사용할 수 있도록 순화된 번역본이 게레로의 영문 번역본이었으며, 이후 필리핀 대중들에게 가장 널리 읽히는 번역본이 되었다. 게레로의 영문 번역본은 이후 보다 원전에 가깝게 몇 번의 개정을 거쳤다. 본 한국어판은 2010년에 개정된 최신판을 사용하였다.

호세 리살의 『나를 만지지 마라』는 필리핀의 주요 지방 언어로도 번역되어 영어나 필리핀어에 익숙하지 않은 필리핀 국민들도 읽을 수 있게 했다. 이 소설은 중국어, 일어, 인도네시아어 등 이미 아시아의 주요 언어들로도 번역되어 널리 읽히고 있는 점을 고려할 때, 한국어 번역본의 출판이 매우 늦은 감이 없지 않다. 특히 한국에서 비행기로 3시간 30분이면 도착할 수 있는 가까운 국가이며, 매년 100만 명이나 되는 한국인이 방문하는 국가이고, 근래 한국 사회 다문화 현상의 중요한 일부가 되고 있는 국가라는 점을 감안하면 더욱 그러하다. 이처럼 밀접한 관련을 맺고 있는 이웃 국가 필리핀에 대해 한국 국민들은 그다지 큰 관심을 기울이지 않고 있다. 이따금씩 뉴스를 통해 전해지는 필리핀에 관한 소식은 자연재해나 사건·사고 등이 대부분이며, 이는 필리핀에 대한 부정적인 인식만 형성하게 했다.

호세 리살의 『나를 만지지 마라』 한국어판은 필리핀의 대표적인 민족주의 소설을 소개하는 의미를 넘어 우리와 밀접한 관련을 맺고 있는 필리핀 국민들에 대한 올바른 이해를 돕고자 하는 데 목적이 있다. 이 소설은 필리핀 국민이라면 누구나 접해봤으며, 특히 감수성이 예민한 청소년기에 많은 영향을 남긴 소설이다. 여러 차례 영화로도 제작되었으며 시상식에서 각종 상을 휩쓸 정도로 인기를 끌었다. 최근에는 만화와 오디오로도 제작되어 널리 보급되고 있다. 필리핀 국민들은 이 소설에 나오는 다양한 인물들과 장면들을 통해 세상을 보는 경향이 있다. 소설의 등장인물 중 크리소스토모 이베라는 호세 리살 자신과 비교되는 인물로 간주된다. 그리고 여주인공 마리아 클라라는 필리핀 국민들의 '연인'을 대변하며, 시사는 가난하고 불쌍한 여인을 상징한다. 본 한국어판 『나를 만지지 마라』를 통해 한국인들에게 필리핀의 국민적 영웅 호세 리살이 새로운 생명력을 갖게 되길 기대한다. 또한 한국인들이 필리핀 국민들의 정서를 보다 깊이 이해하는 계기가 되기를 바란다.

마지막으로 본 한국어판의 번역과 교정 그리고 출판에 도움을 주신 많은 분들에게 감사의 뜻을 전하고자 한다. 특별히 영문판 저작권자를 찾는 데 많은 도움을 주셨으며, 본 한국어판의 출판을 누구보다 기대하셨지만 안타깝게도 지난해 작고하신 리디아 호세^{Lydia Yu-Jose} 교수님께 감사의 뜻을 남긴다. 그리고 영문판의 한국어 번역을 흔쾌히 허락해주신 저작권자 데이비드 게레로^{David Guererro} 사장님께도 감사를 드린다. 어눌한 번역 문구를 다듬는 데 수고를 아끼지 않으신 많은 분들과 정성스럽게 책을 만들어주신 도서출판 눌민 정성원 대표와 심민규 실장께 감사의 뜻을 전한다.

2015년 4월 19일
옮긴이 김동엽

옮긴이　김동엽은 중앙대학교 정치외교학과를 졸업하고 국립 필리핀대학교 정치학과에서 국제지역
레짐으로서 아세안의 생존능력을 평가하는 논문으로 석사학위를, 이어 1990년대 한국과 필
리핀의 통신서비스산업 자유화정책에 대한 비교연구로 2003년에 박사학위를 받았다. 현재
부산외국어대학교 동남아지역원 조교수로 재직하고 있으며, 주요 저서로『동남아의 역사와
문화』(2012, 공역),『한국 속 동남아 현상: 인간과 문화의 이동』(2012, 공저),『동남아의 이슬
람화 1』(2014, 공저),『동아시아공동체: 동향과 전망』(2014, 공저) 등이 있다.

나를 만지지 마라 2

1판 1쇄 찍음 2015년 4월 24일
1판 1쇄 펴냄 2015년 4월 30일

지은이 호세 리살
옮긴이 김동엽
펴낸이 정성원 · 심민규
펴낸곳 도서출판 눌민
출판등록 2013. 2. 28 제2013-000064호
주소 서울시 마포구 양화로 156, 1624호 (121-754)
전화 (02) 332-2486   팩스 (02) 332-2487
이메일 nulminbooks@gmail.com

ⓒ 도서출판 눌민 2015

Printed in Seoul, Korea

ISBN 979-11-951638-8-5 04830
　　　979-11-951638-6-1 (set)

• 이 번역서는 2009년 대한민국 교육부와 한국연구재단의 인문한국(HK)지원사업의
　지원을 받아 수행되었음 (NRF-2009-362-B00016).